JULIAN LASCHEWSKI

DIE HERRSCHAFT DER DÄMONEN KÖNIGIN

Julian Laschewski
Die Herrschaft der Dämonenkönigin

1. Auflage
© 2024 Community Editions GmbH
Weyerstraße 88–90, 50676 Köln

Alle Rechte der Verbreitung, auch durch Film, Funk, Fernsehen, fotomechanische Wiedergabe, Tonträger aller Art, auszugsweisen Nachdruck oder Einspeicherung und Rückgewinnung in Datenverarbeitungsanlagen aller Art, sind vorbehalten. Vervielfältigungen dieses Werkes für das Text- und Data-Mining bleiben vorbehalten.

Die Inhalte dieses Buches sind von Autor und Verlag sorgfältig erwogen und geprüft, dennoch kann eine Garantie nicht übernommen werden. Eine Haftung von Autor und Verlag für Personen-, Sach- und Vermögensschäden ist ausgeschlossen.

Text: Julian Laschewski
Umschlaggestaltung: Katharina Netolitzky
Coverillustration: Kira Jung (Dämonenkönigin),
Katharina Netolitzky (Drachenzahn)
Satz: Joachim Buhmann
Projektleitung: Mareike Neukam
Lektorat: Kerstin Fricke
Illustrationen im Innenteil: adobe.stock.com © warmtail
(Seiten 22, 55, 86, 109, 136, 171, 188, 209, 234, 267, 288, 321, 352, 389)
© samiradragonfly (Illustrationen in den Ecken)
© Ilya (Illustrationen an den Seitenenden)
Autorenfoto: Andreas Krupa

Gesetzt aus der Goudy Old Style von URW Type Foundry GmbH und der Minion Pro von Robert Slimbach

Gesamtherstellung: Community Editions GmbH

978-3-96096-419-3

Druck: GGP Media GmbH, Karl-Marx-Str. 24, 07381 Pößneck
Printed in Germany
www.community-editions.de

Für die Frauen in meinem Leben, ohne die ich nicht die
Person wäre, die ich heute bin:

Anne
Fiona
Louise
Nina
Lucy
& Joana

CHARAKTERVERZEICHNIS

DIE MENSCHEN

Kira: Die Anführerin der Dämonenjägerinnen und -jäger. Eine junge Frau, die aus ihrem idyllischen Leben als Frischverlobte gerissen und in die Mitte eines Krieges zwischen Himmel und Erde geworfen wurde. Ihr Verlobter Ben wurde von Dämonenkönig Astaroth vor ihren Augen enthauptet. Um selbst dem Tod zu entrinnen, ging sie mit Urgott Joker einen Blutvertrag ein. Zusammen mit den anderen Urgöttern, Jägerinnen und Jägern sind sie in die Hölle hinabgestiegen, um den König zu entthronen und Bens Seele zu retten. Dort musste Kira jedoch feststellen, dass ihr Verlobter von Anfang an mit dem Höllenfürsten unter einer Decke steckte. Im entscheidenden Moment sieht es danach aus, als würde sie den Kampf verlieren, fusioniert aber mit Joker zu einer Nephalem und schlägt Astaroth in die Flucht.

Jen: Kiras beste Freundin, die ebenfalls Dämonenjägerin ist, musste keinen zweiten Gedanken daran verschwenden, ihr in die waschechte Hölle zu folgen. Zusammen mit ihrer Urgöttin Wraith würde sie alles daransetzen, dass sie ihr Ziel erreichen. Blöderweise sorgt ihr impulsiver Charakter manchmal dafür, dass sie über die Zielgerade hinausschießt.

Bevor sie es überhaupt schafft, Kira in die Hölle zu folgen, wird sie vom wahrhaftigen Tod, der den Namen Billie trägt, kaltblütig ermordet. Doch glücklicherweise sind die Jägerinnen und Jäger sowieso auf dem Weg, die Seele eines Verstorbenen zu retten. Da macht eine mehr auch keinen Unterschied.

Sam: Er ist auf der Suche nach seinem großen Bruder, der vor Jahren angeblich von der Imperatorin der Hölle, Lilith, umgebracht wurde. Sam war schon ein Jäger, bevor sein Götterhund Fenrir in sein Leben getreten ist. Er folgt damit einer langen Familientradition. Als Erinnerung an seinen Bruder James trägt er dessen dunkelbraune Lederjacke sowie einen Anhänger, der Dämonen abhalten soll. Sam hat stets das Notizbuch seines Bruders zur Hand, weil es oftmals wertvolle Informationen enthält und ihn daran erinnert, warum er kämpft.

Peter: Der Angsthase der Gruppe, der eher zufällig in das Abenteuer reingestolpert ist, als er vor dem Tod durch einen Spinnendämon nur knapp von Kira und Jen gerettet wurde. Blöderweise ist er auf dem Weg in die Hölle verloren gegangen. Seine Urgöttin Mona setzt daher alles daran, ihn wiederzufinden – was leider für Konflikte mit der Gruppe sorgt, da die sich lieber auf das Schließen der Höllentore konzentrieren möchte.

Natascha: Eine junge Frau, der das Schicksal übel mitgespielt hat und die nur sehr widerwillig mit in die Hölle gekommen ist. Aufgrund ihrer tragischen Vergangenheit fällt es ihr schwer, sich neuen Menschen anzuvertrauen oder gar zu öffnen. Daher hält sie sich mit ihrer Urgöttin Kali eher im Abseits und versucht, sich auf eigene Faust durchzuschlagen. Trotzdem weiß sie insgeheim, was sie an den anderen hat.

Ellie: Sie ist das Herz der Gruppe. Aufgrund einer schweren Kindheit, bei der ihre Mutter ihr größter Bully war, hat sie es nie leicht gehabt. Entsprechend ging sie mit gesenktem Kopf und leiser Stimme durchs Leben. Das änderte sich jedoch, als sie erst Jen kennenlernte, die ihr beibrachte, dass laut und präsent zu sein etwas Gutes sein kann. Und insbesondere durch die Muttergöttin Freya, die mit ihr einen Seelenvertrag einging und ihr versprach, ewig an ihrer Seite zu bleiben. Durch sie versteht sie, dass sie sich und ihr inneres Kind lieben kann, ohne diese Liebe je von ihren Eltern bekommen zu haben.

Ben: Kiras getöteter Verlobter, dessen Rettungsmission in die Hölle das ganze Abenteuer in Gang setzt. Als Kira ihn endlich findet, stellt sich heraus, dass er sie alle für ein bisschen Macht hintergangen hat. Doch sein falsches Spiel zahlt sich nicht aus, denn Kiras Macht ist inzwischen stärker als seine und Astaroth nimmt ihn gefangen. Trotz allem ist sich Kira nicht sicher, ob sie nicht doch an das Gute in ihm glaubt und er Rettung verdient, weswegen sie Astaroth und ihm in die Unterstadt folgt. Also an den Ort, an dem alle Dämonen versammelt sein sollen.

James: ?

DIE URGÖTTER

Joker/Ren: Eigentlich wurde er von Inari damit beauftragt, einen Seelenvertrag mit Ben einzugehen, dann kam er jedoch zu spät und ging stattdessen einen Blutvertrag mit Kira ein – bevor er wusste, dass sie die Auserwählte ist. Sein Kosename kommt nicht von ungefähr, weil er in den unpassendsten Situationen mit Witzen aufwartet. Aufgrund der Schicksalsgesetze dürfen Urgötter ihren wahren Namen – Ren – nicht verraten. Kira bekommt ihn jedoch selbst heraus und setzt damit ungeahnte Kräfte frei. Woher sein eigentlicher Name aber stammt, weiß man noch nicht.

Wraith/Renée: Jens Urgöttin, die darin versagt hat, ihre Partnerin zu beschützen. Zu allem Überfluss hat sie in diesem traumatischen Aufeinandertreffen mit Billie, der Sensenfrau, auch noch ihren treuen Begleiter Höllenhund Inuki verloren. Sie wird die Dimensionsherrscherin genannt, weil sie mühelos zwischen den verschiedenen Ebenen hin- und herreisen kann. Ihren wahren Namen, Renée, verrät sie den anderen entmutigt, nachdem Jen umgebracht wurde. Sie möchte sich den Schicksalsgesetzen nicht mehr beugen und sinnt auf Rache.

Freya: Sie ist die Muttergöttin und wird von den anderen mit dem entsprechenden Respekt behandelt. Vor vielen Äonen hat sie ihre gesamte Familie bei einem Angriff auf Asgard verloren und wollte daher für immer allein bleiben. Wraith hat es jedoch geschafft, sie zu überzeugen, ihrem Leben einen neuen Sinn zu geben. In Ellie findet sie in Form ihrer Ziehtochter einen neuen Sinn und möchte den Jägerinnen und Jägern dabei helfen, dass andere niemals dasselbe Leid erfahren müssen.

Fenrir: Der Wolfshund, der eigentlich einst Freyas bester Freund war und ihre Familie beschützte. Die Muttergöttin rettete ihn vor den Schergen Astaroths und schickte ihn auf die Erde, wo er erst über James, danach über Sam wachte. Er hat ein blaues und ein braunes Auge und ist ein absoluter Kuschelbär – außer, die Situation erfordert härtere Maßnahmen.

Mona: Sie ist eine Schülerin von Khaos und beherrscht daher die verbotene Khaosmagie. Stets mit ihrem Zauberbuch bewaffnet steht sie an Peters Seite und versucht, ihr Wissen an ihn weiterzugeben. Die anderen unterschätzen sie meist aufgrund ihrer etwas naiven Art. Tatsächlich ist sie aber diejenige, die oft die passende Lösung für eine Situation parat hält.

Kali: Nataschas Partnerin und direkt aus der indischen Mythologie entsprungen: eine riesige Frau mit vier Armen, vier Säbeln und der Intention, ihre Partnerin vor allen zu schützen, die ihr schaden wollen.

Inari: Viel ist über sie nicht bekannt. Ihren wahren Namen kennen die wenigsten. Sie ist die Obergöttin und steht damit über allen Urgöttern. Was sie sagt, gilt und wird nicht hinterfragt. Blöd nur, dass sie im Aufeinandertreffen mit Astaroth zur Salzsäule erstarrt ist.

DIE DÄMONEN

Astaroth: Der Dämonenkönig der Hölle, der dachte, er könnte sich Kiras Macht unter den Nagel reißen. Mit ausufernden und schön klingenden Lügen hat er Ben auf seine Seite gezogen und versprach ihm ein Paradies auf Erden. Sein Plan ist jedoch nicht aufgegangen und so flüchtet er nach seiner Niederlage gegen die Dämonenjäger in die Unterstadt. Dort versteckt er sich und hofft auf die Hilfe anderer Dämonen. Schließlich befindet er sich direkt in der Brutstätte allen Übels, in der jedoch erheblich schlimmeres wartet.

Lilith: ?

PROLOG

„Lilith." Eine warme Stimme spricht sanft ihren Namen aus.

Lilith rührt sich nicht. Sie steht mit dem Rücken zur Wand und blickt in den kalten, leeren Raum hinein. Am anderen Ende steht ein junger Mann. Er guckt erwartungsvoll in ihre Richtung.

„Lilith?" Er mag es nicht, ignoriert zu werden. Doch seine Stimme bleibt sanft.

Sie drückt sich von der Wand ab und tritt nach vorne. Die langen scharlachroten Haare wirft sie mit einer gelassenen Kopfbewegung in den Nacken. Ein schimmerndes Juwel schmeichelt prunkvoll ihrer Haarpracht. Es dient als Haarreif und besitzt die Form eines Drachenkopfes – mit aufgerissener Schnauze, allzeit bereit, die Feinde einzuäschern.

Ihre Augen leuchten glutrot. Pupillen sind keine erkennbar. Ein See aus Lava scheint in ihren Augäpfeln beheimatet zu sein und schwappt beim Umherblicken hin und her. Obwohl ein Glutsee etwas Bedrohliches hat, blickt sie überraschend herzlich drein. Unterhalb der Augen ziert schwarze Schminke das Gesicht. Facepaint wäre ein naheliegender Begriff, doch dafür sieht es zu organisch aus, als könnte es

aufgemalt sein – dass es sich bewegt, ist ein weiteres Indiz, dass es nicht nur draufgepinselt ist. Schwarze, malerische Striche, die das komplette Auge umranden und nach unten wie Zacken abgehen. Sie bewegen sich leicht und glänzen – als wären es glibberige Minitentakel.

Unter ihren Haaren verstecken sich zwei spitze Ohren, die verirrte Seelen als elfische Herkunft gedeutet haben. Was sie mit dem Leben bezahlt haben.

Direkt auf Augenhöhe wachsen ihr auf jeder Seite kleine Hörner aus dem Kopf, die fröhlich nach oben zeigen – bereit zuzustechen. Außerdem trägt sie ein Geweih, das eher kleinerer Natur, aber üppig ausgestattet ist. Die verzweigten Hörner enden in spitzen Zacken und können mit Leichtigkeit durch Wände – oder Feinde – brechen.

Liliths Gesicht zieren symmetrische Risse auf beiden Seiten, die jeden Dermatologen vor ein Rätsel stellen würden. Sie verlaufen über und unter den Augen und ähneln vom Aussehen her Narben, beim genaueren Betrachten könnten es aber auch mikroskopische Flüsse sein. In der Mitte der Stirn scheinen sie ein Muster zu bilden. Welches genau, weiß nur sie. Sie ist die Letzte ihrer Art und weiß als Einzige, woher diese fadendicken Linien rühren.

Ihre Lippen sind nicht nur feuerrot – passend zu ihren Augen –, sie sahen schon für mehr als ein geblendetes Opfer äußerst verführerisch aus. Voll, weich und bereit, dir alles zu versprechen, damit du auf sie hereinfällst.

Ihr Hals wird von einer goldenen Kette, die überraschend billig aussieht, geschmückt. Sie hat keinen Anhänger, besteht dafür aber aus mehreren ineinander verwobenen Ketten. Ihren Glanz scheint sie schon lange verloren zu haben.

Unter den Ketten ist ein Lederhalsband, das ihre Kehle fest umschließt. In der Hölle würde man jedoch niemals auf die Idee kommen, aus unschuldigen Tieren Klamotten herzustellen. Menschen geben hervorragende Lederspender ab.

Sie trägt ein langes schwarzes Kleid, das von einem einheitlichen Muster überzogen ist. Es liegt eng genug an, um den Eindruck zu erwecken, eine zweite schuppige Haut zu sein – vielleicht ist es genau das?

Beim Herüberwandern – fast schon Schweben – zum jungen Mann blitzen große, runde Ohrringe scheu unter ihren Haaren hervor. Totenköpfe, die schreien, aber nicht zu hören sind, dienen als furchterregender Schmuck.

Sie lässt sich Zeit, obgleich der Eindruck entsteht, dass der Mann ihr Chef ist und keinerlei Spaß an ihrem Schauspiel hat. Ein Gefühl von Überlegenheit entsteht meistens aus Arroganz, die dafür sorgt, dass man einen drohenden Untergang nicht kommen sieht, weil man sich unantastbar fühlt – genauso sieht sich Lilith.

„Mein Kind", sagt er und geht ihr einen Schritt entgegen. „Vergiss nicht, was du mir schuldest. Deine despektierliche Art lässt mich in dem Glauben, du verkennst deinen Platz."

Sie schlendert unbekümmert weiter. Hätte sie einen Kaugummi im Mund, würde sie demonstrativ drauf kauen, ihn aufpusten und eine große Blase platzen lassen.

„Mich beschleicht so das Gefühl", er tritt einen weiteren Schritt vor und rückt die Sonnenbrille, die er trotz Dunkelheit trägt, zurecht, „du scheinst etwas zu wissen, bei dem du wahrhaftig glaubst, ich wäre nicht im Bilde."

„Aber …" Eine liebliche, fast schon zu freundliche Frauenstimme antwortet langsam, um die Spannung aufrechtzuerhalten. „Schicksal entgeht doch nichts."

Mit ihrer Stimme könnte sie gleichermaßen einem Kleinkind eine Gutenachtgeschichte vorlesen und die Frontfrau einer Death-Metal-Band sein.

Schicksal grinst. Weiße Zähne blitzen hervor und sind so hell, dass Sonnencreme mit Schutzfaktor 50 angebracht wäre.

Er streicht sich mit einer Hand durch das gelockte wasserstoffblonde Haar und steckt die andere in die Tasche seines dunkelbraunen Mantels, der ihm bis zu den Knöcheln reicht. Das Kleidungsstück ändert sich hinsichtlich der Reinlichkeit, je nach Gemütszustand des Trägers. In diesem Augenblick sieht es gewaschen aus. Darunter trägt er ein weißes enganliegendes T-Shirt, das definitiv eine Nummer zu klein ist und das Logo einer Band aufweist – die niemand kennt. Definierte Bauch- und Brustmuskeln sind silhouettenhaft zu erkennen und spannen sich an, sobald er wütend wird. Doch Schicksal hat schon lange keinen Zorn mehr verspürt. Schließlich kennt er den Anfang, das Ende und alles, was dazwischen passiert. Schummeln wäre ein Wort, was niederen Lebensarten – seine Worte – dazu einfällt.

Seine Beine sind in piekfeine Jeans gehüllt, die seine Waden absichtlich zur Schau stellen. Bunte Socken, mit Pizzastücken dekoriert, sowie trendige Sneaker runden ein Bild ab, das man gesehen haben muss, um es zu glauben. Ist Schicksal lediglich ein Mensch mit Hang zum Narzissmus?

„Schicksal entgeht in der Tat nichts." Sein Grinsen wird breiter und er streckt die Hand, mit der er sich gerade noch durch das Haar gefahren ist, zu Lilith aus. Sie schmunzelt und erwidert die Geste nicht.

Er lacht leise und lässt den Arm ruckartig herabfallen. Dann schüttelt er den Kopf, schaut auf und Lilith eindringlich an.

„Möchtest du nicht wissen", sie zieht beide Augenbrauen hoch, „was ich weiß?"

„Nur", er steckt beide Hände in die Taschen und kehrt ihr den Rücken zu, „damit ich dir beweisen kann, dass ich es schon wusste?"

„Astaroth hat versagt."

„Ich weiß."

„Die Bande Jägerinnen – und ein paar Kerle – sind in der Hölle gefangen."

„Natürlich …" Er nickt spöttisch und seine Augen weiten sich, um ihr klarzumachen, dass diese Informationen keine Neuigkeiten für ihn sind – und niemals sein werden.

„Inari ist zur Säule –"

„Können wir das Spiel nicht abkürzen? Wir haben uns Jahrhunderte nicht gesehen und du begegnest mir mit Respektlosigkeit. Nur wenige können davon erzählen, das vollbracht zu haben. Was ist meiner Aufmerksamkeit angeblich entgangen?"

Lilith wickelt eine ihrer Haarfransen um den Zeigefinger und grinst hämisch.

„Der Nephalem ist erneut erwacht."

„Ein Nephalem ist erneut erwacht", erwidert er und seufzt. „Wieso bist du im Irrglauben, dass mir dies nicht aufgefallen sei? Wieso denkst du, ich würde nicht wissen, dass die Prophezeiung zutrifft? Es sind schließlich wieder zehn Generationen vergangen."

„Ich weiß, warum er –"

„Ich auch. Lilith, ich mag unsterblich sein, doch gerade deswegen ist Langeweile –"

Sie drückt den anderen Zeigefinger sanft auf seine Lippen und flüstert ein *Pssst*. Ihr verführerischer roter Mund

wandert nah an sein Ohr heran, und er schaut, als flüstere sie ihm ein unersättliches Geheimnis zu.

Er rückt seinen Mantel zurecht und macht nachdenklich ein paar Schritte. Lilith schaut ihm grinsend hinterher. Sie wusste, diese klitzekleinen News würden seine Aufmerksamkeit erregen.

„Wenn das stimmt", sagt er und hält inne. Leise murmelt er Wortfetzen in sich hinein und schüttelt sachte den Kopf. „Wenn ... das ... so ... ist ..."

„Ich wusste, du würdest diese Info zu schätzen wissen."

Mit einer schnellen Handbewegung erscheint aus dem Nichts ein bequemer Stuhl hinter ihr. Sie setzt sich drauf und schlägt die Beine übereinander.

„Sollte diese Offenbarung stimmen –"

„Tut sie."

„Dann habe ich sie kommen sehen. Aber nie so betrachtet. Mir scheint, meine Fähigkeit, etwas aus dem Weitwinkelobjektiv zu sehen, ist etwas eingerostet. Über die letzten Äonen haben sich ein paar tote Winkel eingeschlichen, fürchte ich. Aber das ist gar kein Problem. Solange Inari –"

„Musst *du* dich *wirklich* an die Schicksalsgesetze halten?" Lilith schnalzt mit der Zunge und lacht.

„Solange die hochwürdige Lady Anne eine Salzsäule bleibt, wird sie Kira niemals preisgeben, wer sie wirklich ist."

Schicksal schnippt und der kahle, leere Raum verwandelt sich in Windeseile in ein altertümliches Büro. Es ist unaufgeräumt, voller Staub und in jeder Ecke liegen Bücher und Magazine verstreut. Selbst der Schreibtisch, der in der Mitte des Raumes steht und dafür sorgt, dass es nicht einladend aussieht, ist mit einem dicken Staubfilm überzogen.

Lilith springt erschreckt auf und schaut genervt in Schicksals Richtung.

Er setzt sich hinter das enorme Möbelstück auf einen tiefen, eingesessenen Chefsessel. Der Stuhl ist doppelt so hoch wie die Anwesenden und vermittelt einen comichaften Eindruck. Er passt nicht ganz zum restlichen Dekor und doch scheint er die ideale Sitzgelegenheit für einen jungen Mann zu sein, der das T-Shirt einer unbekannten Band trägt und älter als die Zeit ist.

„Wirklich?" Lilith seufzt und schaut provokant. „Sieht alles bisschen alt aus. Hättest du nicht einfach was Neues herbeizaubern können?"

„Hier habe ich meinen allerersten Gedanken aufgeschrieben." Seine sanfte Stimme erfüllt ein trotziger Unterton. „Und hier werde ich auch den letzten niederschreiben. Lange nachdem du zurück zu Staub zerfallen bist. Wie schon mehrfach betont – etwas Respekt würde dir gut stehen."

„Respekt muss sich verdient –"

Schicksal schnippt ein weiteres Mal. Lilith schießt ohne Vorwarnung in der Mitte des Raumes in die Luft. Ihre Gelenke und ihre Kehle werden von unsichtbaren Fesseln schmerzhaft zugedrückt, die an ihr zerren. Sie versucht, ihre Pein zu verbergen, doch ihr Gesichtsausdruck verrät sie.

„Habe ich mir hierdurch deinen Respekt verdient?" Er bleibt ruhig und seine sanfte Stimme klingt verständnisvoll – auch wenn Lilith Häme erwartet hätte.

Sie versucht zu sprechen, bringt aber keinen Ton heraus. Stattdessen nickt sie und fällt zu Boden.

„Du weißt, welchen Auftrag ich dir geben werde."

Sie nickt abermals und reibt sich den schmerzenden Hals.

„Ich bin die Imperatorin der Hölle ..." Sie versucht, ihren Worten Nachdruck zu verleihen, schafft es aber nur, mit ge-

dämpfter Stimme zu reden. Ihr sonst so ehrfurchteinflößender Hass ist nicht wahrzunehmen.

„Die ihren Platz vergessen hat." Er zeigt ihr die Tür. „Ich weiß, was du möchtest. Folge meinen Anweisungen und du wirst zur Dämonenkönigin. Die Erde soll dir gehören. Ich habe kein Interesse mehr an derart trivialen Dingen."

Lilith verbeugt sich widerwillig und trottet langsam, mit dem Rücken zur großen Holztür gewandt, heraus.

Schicksal steht hinter seinem enormen Schreibtisch auf und stützt sich auf der Platte ab. Nachdenklich schaut er ihr hinterher.

I

KEIN AUSWEG

am sitzt im Schneidersitz auf den Boden und blättert wie üblich im Notizbuch seines Bruders umher. Was er genau sucht, scheint er selbst nicht zu wissen. Aufmerksam studiert er die Seiten, die mit der Unterstadt zu tun haben. Doch sie enthalten nichts als Vermutungen und fehlerhafte Schlussfolgerungen. Astaroths Worten, dass sein Bruder noch lebe, versucht er keine Beachtung zu schenken. Er hat gesehen, was Ben erlebt hat, der auf den Herrn der Lügen reingefallen ist.

Fenrir hat sich neben seinen besten Freund gelegt und schläft tief. Nach der langen Reise und dem lebensgefährlichen Kampf hat er sich die Auszeit redlich verdient. Sam ärgert sich, dass er für seinen Fellkumpel keine Leckerchen mitgebracht hat. Der Wolfshund würde niemals von seiner Seite weichen und ihn mit seinem Leben beschützen – schließlich hat er ein Versprechen einzuhalten. Doch Sam kann im Gegenzug nicht mal daran denken, ein paar Hähnchenschenkel einzupacken.

Natascha hat sich in die gegenüberliegende Ecke gehockt und schaut in die Schlucht zur Unterstadt hinab. Sie erkennt

nichts und ist sich unsicher, ob sie Kiren – deren Name sie immer noch strunzbescheuert findet – Erfolg wünscht oder hofft, dass sie scheitert und gezwungen ist zurückzukehren. Kali versteht genau, wie sich ihr Schützling fühlt. Schließlich sind sie damals in Nataschas dunkelster Stunde den Seelenvertrag eingegangen.

Freya und Ellie begutachten Inaris Salzsäule mit Argusaugen. Akribisch klopfen sie jeden einzelnen Winkel ab und versuchen, auch nur den kleinsten Riss zu entdecken, um die Obergöttin befreien zu können.

„Danke", sagt Ellie, ohne den Blick von der Statue abzuwenden. „Ich bin froh, dass du nicht auch erstarrt bist."

„Ich habe Kira nur den nötigen Ansporn gegeben. Sie hat den Rest erledigt." Freya hingegen schaut ihre Adoptivtochter mit funkelnden Augen an. „Sie war diejenige, die wusste, was zu tun war."

„Woher wusste sie das?" Ellie lässt vom erstarrten Gestein ab und erwidert den Blick der Muttergöttin.

„Das darf ich dir leider noch nicht sagen, mein Kind. Schicksals Zorn schwebt über uns. Es ... Er ist das mächtigste Wesen in diesem Universum. Er wacht über den Verlauf der Geschichte, und wenn ihm etwas nicht passt, greift er ein."

„Schreibt er die Geschichte dann nicht einfach selbst?"

Freya schüttelt den Kopf. Sie möchte Ellie nicht in Gefahr bringen, daher lässt die Jägerin das Thema – vorerst – fallen.

Mona steht in der Mitte des Daches und sagt verzweifelt einen Zauberspruch nach dem nächsten auf. Sie hat auf den offensichtlichen Seiten angefangen, die allesamt Portale diverser Herkunft und Ziele behandeln, und sich verzweifelt zu den unbekannten Zaubern vorgearbeitet. Manche von ihnen sind für eine junge Zauberin gar verboten, da sie mit ihnen in Dimensionen vordringen könnte, die unheilige Kreaturen beherbergen. Glücklicherweise ist niemand hier, um sie davon abzuhalten. Auch wenn sie Sorge hat, dass ihr Meister Khaos es mitbekommt und sie dafür bestraft. Er würde ihr die Kräfte entziehen und sie Jahrtausende ins Gefängnis der Ukultans stecken – eine Rasse, die ihrem Leben dem Foltern und Quälen anderer Lebewesen verschrieben hat. Kleine, garstige Biester, kaum größer als ein Stiefel, dafür immer in der Überzahl und mit piksenden Werkzeugen, die hochgewachsene Gegner schnell zu Fall bringen.

„Und die Farbe Lila maaag ich so gaaar nicht", sagt sie gedankenverloren.

„Wieso magst du die Farbe Lila nicht?", fragt Natascha und steht auf. Sie klopft sich die Hose ab, obwohl keinerlei Dreck erkennbar ist, und schlendert zu Mona hinüber.

„Weil diese Viecher lila sind und sich so fies in einem verbeißen."

Natascha guckt sich irritiert um, doch außer der kahlen Fläche des Daches erkennt sie nichts. „Welche Viecher?"

„Die Ukultan natürlich!"

„Natürlich ...", erwidert sie und seufzt. „Ich hatte mich schon gefragt, wer als Erstes von uns verrückt wird."

„Ich tippe auf Kali!", ruft Mona mit viel zu viel Freude in der Stimme.

Natascha zuckt mit den Schultern und fragt sich, warum sie etwas anderes von Mona erwartet hat.

„Es bringt nichts, wenn wir hier nur herumstehen und Wurzeln schlagen." Sam schlägt sein Notizbuch mit einem demonstrativen *PAFF* zu und stellt sich mit herausgestreckter Brust hin. „Ich habe einen Plan."

Freya schaut ihn argwöhnisch an. Sein Tatendrang verheißt nichts Gutes.

„Kira hat uns doch allen einen Auftrag gegeben", sagt Natascha. Den Spott in ihrer Stimme versteckt sie erst gar nicht. „Damit haben wir doch schon einen Plan!"

„Was hast du vor?", fragt Freya und blickt ihm misstrauisch direkt in die Augen.

„Ich ... ähm ..." Sam stottert. Das Starren der Muttergöttin stärkt nicht gerade sein Selbstbewusstsein. Er räuspert sich unangenehm berührt und setzt abermals an. „Ich habe eine Theorie. Die hatte ich schon, bevor wir gegen Astaroth gekämpft haben."

„Was hatten wir dir gesagt, wenn du etwas weißt –?"

„Nein. Ich wusste es ja nicht. Der Gedanke kam mir erst mit der Zeit. Aber ich glaube, die Unterstadt ist leer. Vielleicht ist etwas vorgefallen? Sind die Dämonen ausgeflogen? Was es auch ist, es sorgt dafür, dass sie gerade nicht hier sind und wir theoretisch freie Bahn haben."

Freya wendet den Blick schnurstracks von Sam ab und dreht sich um. Mit verschränkten Armen geht sie ein paar Schritte nach vorne. Ihr Argwohn ist einer erschreckenden Erkenntnis gewichen, die sie zum jetzigen Zeitpunkt noch nicht mit den anderen teilen wird. Sie dürfen ihre Mission nicht aus den Augen verlieren und doch ... Priorität sollte etwas anderes haben.

„Was bedeutet das für uns?", fragt Natascha.

„Wir können Kira folgen. Und Ren. Und Renée. Ich habe leider überhaupt keine Ahnung, wann die Dämonen wiederkommen -"

„Falls sie wiederkommen ...", flüstert Freya gedankenverloren. Nur Ellie nimmt ihre Worte wahr, behält sie aber für

sich. Das ungute Gefühl, das sie seit ihrer Kindheit mit sich herumträgt, das sich am liebsten wie eine Dornenranke in ihrer Magengrube ausbreitet, wird stärker – vorerst entscheidet sie sich, es zu ignorieren und der Muttergöttin zu vertrauen.

„Daher sollten wir trotzdem schnell und effizient vorgehen. Sollte aber wirklich nur Astaroth – und vielleicht ein paar zurückgebliebene Dämonen – in der Unterstadt sein, haben wir nichts zu befürchten. Wir haben den Nephalem bei uns und die Urgötter."

„Aber ... aber ..." Mona schluchzt und stampft ein paar Mal auf. „WAS IST MIT PETER?"

Die anderen halten sich vor Schreck die Ohren zu. Das Gebrüll war über die gesamte Krone der Unterstadt zu hören und weht wie ein wütender Wind brachial umher. Wenn bis hierhin kein Dämon gekommen ist, werden sie sie jetzt mit Sicherheit angelockt haben.

„Sorry", schluchzt sie abermals. „Ich vergesse immer, dass ich nicht brüllen darf."

„Hört ihr das?" Sam umrahmt sein rechts Ohr mit seiner Hand, um sie als Trichter zu benutzen.

„Nein?", erwidert Ellie und schaut hektisch in der Gegend umher.

„Genau. Hier ist sonst niemand."

„Aber wie hilft mir das mit Peter?" Mona stampft abermals auf – mit ausreichend Kraft, dass ein kleiner Riss im Boden zu sehen ist.

„Du hast recht ... Okay ... Mona, meinst du, du schaffst es, allein nach Peter zu suchen?"

Mona wischt sich die Tränen aus dem Gesicht und nickt eifrig.

„Freya, Ellie, Fenrir und ich folgen den anderen in die Unterstadt. Natascha und Kali, ihr bleibt hier und passt auf Inari auf. Mona –"

„Einen Scheiß werde ich", entgegnet Natascha und schüttelt wütend den Kopf. „Ich bleibe doch nicht als Einzige zurück, um auf eine Statue aufzupassen. Was soll passieren? Die ist komplett festgefroren. Da besteht nicht mal Gefahr, dass sie umkippt. Wir kommen mit euch."

„Und ich weiß auch immer noch nicht, wie ich zurück auf die andere Ebene komme", winselt Mona und tritt einen Stein weg, der sich beim Stampfen gelöst hat und mit voller Wucht durch die Gegend fliegt. „Wobei ..."

„Das könnte klappen", stimmt ihr Freya zu und nickt.

„Daran denkst du jetzt erst?", fragt Kali und rollt die Augen.

„Wuff", fügt Fenrir an und seufzt.

„JA, ENTSCHULDIGT, IHR HABT DAS AUCH NICHT VORGESCHLAGEN."

Ein weiterer wütender Wind prescht über die Ebene, der dafür sorgt, dass sich die Jägerinnen und Jäger anstrengen müssen, um nicht auf den Hintern zu fallen.

„Mona", zischt Kali und ballt ihre vier Fäuste.

„Was haben wir nicht vorgeschlagen?" Ellie klopft sich ihr T-Shirt ab, nachdem es sich der aufgewirbelte Dreck auf ihr bequem gemacht hat.

„Ich bin eine Zauberin und kann deswegen fliegen!" Mona lacht und hüpft aufgeregt auf der Stelle. „Dann mal bis später –"

„Moment." Sam hält sie sanft am Arm fest, den sie überrascht wegzieht. „Sorry, ich wollte dich nicht erschrecken. Aber sollten wir nicht noch einmal genauer besprechen, was du vorhast?"

„Ach so. Klar! Ich rette Peter! Bis später!"

Ohne dass Sam erneut einhaken kann, fliegt Mona in Richtung des Höllenherzens los. Die Jägerinnen und Jäger schauen ihr etwas ungläubig hinterher. Es sieht so aus, als würde sie in einem unsichtbaren Aufzug stehen, der sie langsam aufwärts – und etwas seitlich – nach oben fährt.

„Was ist", Ellie schluckt, „wenn du unrecht hast?"

„Womit?" Sam weiß genau, worauf sie hinausmöchte, lässt sich seine Unsicherheit aber nicht anmerken.

„Mit den Dämonen. Was ist, wenn wir Kira, Ren und Renée folgen und auf eine Armee an blutrünstigen Bestien stoßen, die uns schnurstracks das Leben ausknipsen? Ich möchte noch nicht sterben."

„Dann hättest du diese Mission erst gar nicht annehmen dürfen", raunzt Natascha und zuckt mit den Schultern.

„Da wird keine Armee sein", erwidert Sam und räuspert sich abermals. „Einzig Astaroth und ein paar seiner Untertanen. Sonst niemand."

„Und wo sind die Dämonen?" Ellie schaut weiterhin Sam an, ihre Augen wandern bei ihrer Frage langsam in Richtung Freya, die den Blick absichtlich nicht erwidert.

„Das finden wir auch noch raus", antwortet Sam. „Wenn es sonst keine Fragen mehr gibt, bin ich sehr dafür, dass wir –"

„Eine sehr wichtige Frage habe ich noch." Natascha klingt ernst. Sie atmet tief ein und rümpft die Nase. „Wir kennen bisher keinen Ausweg aus dieser ... der Hölle. Und wenn nicht noch einer von euch noch eine zusätzliche Superkraft wie Mona hat und weird durch die Gegend fliegen kann, gehen wir ins Zentrum der Hölle des Löwen. Wie sollen wir je wieder rauskommen? Und warum sollen wir unser Leben für jemanden riskieren, der uns betrogen hat?"

„Ben wurde vom Herrn der Lügen –"

„Ich rede nicht von Ben." Sie schaut auf den Boden. Die Worte gehen ihr nicht so leicht über die Lippen. „Kira hat uns nicht einmal die Wahl gelassen. Erst stirbt sie fast, dann erhält sie diese neue Kraft und macht sich aus dem Staub. Sie hat nicht einen Moment darüber nachgedacht, erst uns zu helfen. Wieso sollten wir ihr also folgen und bei ihrem Selbstmordkommando helfen?"

„Weil sie unsere Freundin ist", erwidert Ellie und schaut mit Natascha auf den Boden. „Ich bin ebenfalls sauer. Sogar enttäuscht. Freunde streiten aber auch mal und treffen dämliche Entscheidungen. Doch deswegen überlassen wir sie nicht ihrem Schicksal. Sondern wir erinnern uns daran, warum sie überhaupt erst unsere Freunde geworden sind."

„Ich habe keine –"

„WIR sind deine Freunde, Natascha. Zusammen haben wir alle bereits mehr erlebt als andere Menschen ihr ganzes Leben lang. Lass uns das nicht wegwerfen, nur weil wir uns ungerecht behandelt fühlen und sauer sind. Denkst du nicht, es ist am Ende mehr wert, in den Momenten, in denen es wirklich darauf ankommt, füreinander da zu sein, als recht zu haben?"

Natascha schaut Ellie an. Ihre Augen sind glasig und ihre Mundwinkel leicht nach unten gezogen. Sie bringt kein weiteres Wort über die Lippen, sondern nickt ihr zu. Ellie spürt ein wohliges Gefühl im Bauch, als ob jemand die Spitzen der Dornenranke abgefeilt hat.

„Auf geht es." Sam tritt an den Rand der Krone und schaut auf die Unterstadt herab. Aufgrund des Nebels kann er nichts erkennen, aber Kira ist schließlich auch gesprungen. Von der exakt selben Stelle. „Wir sehen uns unten."

II

EIN BESCHEUERTER NAME

iren und Renée durchstreifen eine verlassene Straße. Obwohl beide aufgrund von Erzählungen wissen, wie es hier aussieht, sind sie erstaunt. Die verblüffende Ähnlichkeit mit irdischen Städten ist gruselig. Insbesondere, da es durchweg nur Fassaden sind. Komplett in Weiß, Schwarz und Grau eingehüllt. Es sieht leblos aus. Es sind keine Schilder zu erkennen und Namen stehen ebenso wenig an den Gebäuden.

„Wie sollen wir Astaroth folgen, wenn alles gleich aussieht?", fragt Renée und zuckt mit der Schulter. „Es sind nicht einmal Spuren auf dem Boden."

„Wir glauben", Kiren vermittelt den Eindruck, ein lebendiger Leuchtturm zu sein, und dreht sich schwindelerregend schnell im Kreis, „ihn so ausfindig machen zu können."

„Kommt es mir nur so vor", Renée schüttelt den Kopf, „oder teilt ihr euch ein Gehirn?"

Sie setzen weiterhin einen Fuß vor den anderen und achten genau auf ihre Umgebung. Doch sie können weder etwas hören noch etwas sehen. Sie beäugen absichtlich jedes Gebäude haargenau, ob ihnen irgendetwas auffällt, das bei den anderen nicht sichtbar ist. Vielleicht eine offene Tür, ein kaputtes Fenster, irgendetwas, das Aufschluss darüber gibt, ob jemand dort eingedrungen ist. Stattdessen sieht alles viel zu steril und unangetastet aus.

„Aber wir sind hier richtig …" Renée ist sich selbst nicht sicher, ob sie eine Aussage trifft oder eine Frage stellt.

„Vorsicht." Kiren hält ihre Hand schützend vor die Urgöttin. „Da ist gerade jemand langgehuscht."

„Astaroth?"

„Nein. Zu klein und zierlich dafür. Eine Person oder ein Wesen mit einem lila Mantel."

Energiekugeln blitzen in Renées Hand auf. Auch wenn die Beschreibung nicht nach einem furchteinflößenden Gegner klingt, kann niemand von ihnen abschätzen, was sie in der Unterstadt erwartet. Kiren überlegt, zückt aber ebenfalls ihr Schwert und hält den Koloss angriffsbereit vor sich. Die beiden tauschen Blicke, nicken und schleichen vorsichtig nach vorne, in Richtung der vorbeigerannten Person – oder des Wesens. An der Ecke angekommen, schaut Kiren vorsichtig herum, kann aber niemanden erblicken. Sie guckt zu Renée und schüttelt langsam den Kopf. Renée lässt die Arme sinken, reißt die Augen auf und zerrt Kiren zur Seite – ein lodernder Feuerball schießt mit Blitzgeschwindigkeit an ihnen vorbei.

„Was zur Hölle!", flucht Kiren und springt mit gezücktem Schwert um die Ecke. „ZEIG DICH!"

Renée stellt sich neben sie und lädt die Energiebälle in ihrer Hand auf. In Windeseile wachsen sie von Tischtennisbällen zu Wassermelonengröße und versprühen elektrische Funken, die nur darauf warten, den Körper des Gegners zu durchzucken. Sie erhalten keine Antwort. Doch ihre Verteidigung lassen sie nicht noch einmal fallen. Kiren schließt die Augen, atmet tief ein und versucht, die Aura des dritten Wesens wahrzunehmen. Vor ihrem inneren Auge sieht sie die Windstöße, Risse in den Wänden und Unebenheiten, doch –

„ÜBER UNS!"

Kiren lässt Dante nach oben schnellen, und die Angreiferin, die beinahe ihr Schwert in sie reingebohrt hätte, wird abgewehrt. Sie hat sich in einem der Gebäude versteckt und ist für einen Überraschungsangriff rausgesprungen. Durch das Abblocken wird sie gezwungen, einen Salto nach hinten zu machen, und gibt ihr Antlitz preis. Die Klinge ihres eindrucksvollen Schwerts, das wie ein riesiger Drachenzahn aussieht und erheblich breiter als sie selbst ist, zieren kleine Zacken. Ihr Gesicht blitzt einen Augenblick auf und Kiren nimmt drei tiefe Narben unter und über ihrem rechten Auge wahr, das komplett weiß ist. Ihr linkes Auge schillert in einem Blau, das einem funkelnden Kristall nahekommt, der fast schon violett anmutet. Doch der Moment ist vorbei und mehr kann sie nicht erkennen. Die Angreiferin prescht auf die beiden los.

„HALT!", ruft Kiren und lässt Dantes Spitze auf den Asphalt fallen. „Wir sind nicht deine Feinde."

Die Gegnerin hält inne.

„Ist das ein Trick?", fragt sie, und ihr Schwert leuchtet in einem Flammenmeer auf, das um sie herum eine Feuerwand auflodern lässt. „Ich bin ein Nephalem, ihr –"

„Ich weiß. Ich auch."

Vor Schreck wirft sie den Kopf in den Nacken, ihre Kapuze fällt nach hinten und riesige Knopfaugen kommen zum Vorschein. Einen ungewissen Moment lang möchte sie Kiren und Renée glauben, doch im nächsten Augenblick beißt sie die Zähne zusammen und fokussiert ihren Blick.

„Beweis es!", verlangt sie und zeigt mit ihrem Großschwert auf die beiden. Der Flammenkreis leuchtet lichterloh und wächst weiter. „Verwandle dich zurück."

Kirens Augenbrauen schnellen in die Höhe und wachsen über ihre Stirn hinaus.

„Mich zurückverwandeln?"

„Ich will wissen, wie du wirklich aussiehst!", ergänzt sie.

„Ich halte das für keine gute Idee", hakt Renée ein. „Was ist, wenn sie versucht, euch auseinanderzureißen?"

„Ich kann mich zurückverwandeln?" Kiren scheint die Information immer noch verarbeiten zu müssen. „Ich dachte, ich müsste mir jetzt auf ewig einen Körper mit Ren – mit Kira ... Ich dachte, die beiden müssten sich auf ewig einen Körper teilen!"

„Wieso sollte das denn passieren?" Renée kratzt sich am Kopf und schaut die beiden wie eine enttäuschte Mutter an.

„WIESO TEILST DU DIESE INFORMATION NICHT SCHON VORHER MIT MIR?"

„Ren weiß das doch bestimmt auch!"

Ein infantiles Lachen erfüllt den Raum, und Renée weiß ganz genau, wo es herkommt.

„DU HAST ES IHR NICHT GESAGT?", brüllt sie.

„Wieso sollte ich?", fragt Ren, dessen Stimme aus dem Nichts erscheint.

„Wie ist das möglich? Kann Kira auch reden?" Kiren versteht die Welt nicht mehr. Wenn sie doch ein Amalgam aus Kira und Ren ist, wieso kann Ren einfach so mit seiner eigenen Stimme sprechen?

„Wenn sie eine Urgöttin wäre, na klar!"

Die in einen lila Mantel gekleidete Nephalem schaut sich das Schauspiel ungläubig an. Das können keine Gegner sein. Höchstens ein schlechter Scherz irgendeines Dämons, der sie in Versuchung führen möchte. Sie seufzt, löscht die Flammen und packt sich ihr Schwert auf den Rücken. Sie weiß, dass der nächste Schritt nicht nur ein Vertrauensbeweis ist, sondern sie auch ihren Gegenübern ausliefert. Doch was sie nicht weiß, ist, wie lange sie hier schon herumirrt. Vielleicht ist es an der Zeit, endlich wieder Gefährten an ihrer Seite zu haben.

„TALI."

„LISSY."

Die zwei weiblichen Stimmen erklingen zur selben Zeit und erfüllen die Straße. Eine weiche, warme Stimme, die auch einem älteren Mädchen gehören könnte, das selten lauter wird. Und die andere, eine selbstbewusste, erfahrene Frauenstimme, die in ihrem Leben schon des Öfteren damit beschäftigt war, einen ganzen Saal nur mit ihrem Sprechorgan zu fesseln.

Ein Blitz schlägt ein, der den Staub der Ebene aufwirbelt und dafür sorgt, dass die Anwesenden erst mal nichts sehen können. Glücklicherweise legt sich der kleine Wirbelwind aber im Nu.

Aus heiterem Himmel stehen vor Kiren und Renée eine junge Frau, die aussieht, als wäre sie einige Jahre jünger als

Kira, und unschwer erkennbar auch eine Urgöttin, die vom Erscheinungsbild her im ersten Moment an die Muttergöttin Freya erinnert und doch markantere Gesichtszüge und erheblich mehr Kampfnarben aufweist. Aber auch an der neuen Jägerin sind die Jahre nicht spurlos vorübergegangen. Die beiden teilen sich die drei tiefen Narben über dem rechten Auge sowie das verlorene Augenlicht.

Kiren begreift zum Glück sofort und braucht keine Gebrauchsanweisung, um wieder zu den alten Formen zurückzukehren – insbesondere, da Ren es ja sowieso wusste.

„REN!"

„KIRA!"

Abermals schlägt der Blitz ein, abermals wird der Staub aufgewirbelt, und abermals sind aus einer Person zwei geworden.

Die junge Frau streckt die Hand aus. „Ich bin Tali."

Kira erwidert die Geste, und sie schütteln sich die Hände. „Ich bin Kira."

„Ich dachte", Tali dreht den Kopf grübelnd zur Seite, „ich wäre die einzige Nephalem."

Kira kommt nicht umhin, daran zu denken, dass sie dabei wie ein Hundewelpe aussieht, der die Welt noch nicht versteht.

„Ich bin Lissy." Die Urgöttin tritt einen Schritt nach vorne und Kira bemerkt, wie falsch sie mit ihrem ersten Eindruck lag, dass sie der Muttergöttin Freya ähnlich sieht. Vor ihr steht eine Kriegerin. Ein markantes Gesicht, durchzogen von Narben, bei denen sie überzeugt ist, dass jede einzelne eine Geschichte erzählt. Sie ist größer als Ren und Renée – was nicht so schwierig ist, da Renée die mit Abstand kleinste Urgöttin ist. In der linken Hand hält sie den Drachenzahn, den sie – auch da ist sich Kira sicher – mit bloßen Händen ihrem Besitzer rausgerissen hat. Mit der rechten Hand um-

klammert sie einen goldenen Schild, mit roten Juwelen besetzt. Beim genaueren Hinschauen fällt ihr auf, dass in den wertvollen Steinen verschiedenfarbige Flammen züngeln und wild vor sich her lodern. Ein goldsilberner Brustpanzer schützt sie zusammen mit einem gepanzerten Rock und kniehohen Stiefeln vor feindlichen Angriffen.

„Den Drachen haben wir besiegt und ihm einen Zahn als Trophäe abgenommen", sagt Tali mit breitem Grinsen im Gesicht. „Dann habe ich ihn einfach zu einem der Höllenschmiede gebracht und ihn gezwungen, uns ein Schwert draus zu machen."

„Klar …", erwidert Kira, die noch dabei ist, die Information zu verarbeiten, dass nicht nur noch ein Nephalem vor ihr steht, sondern auch eine neue Jägerin.

Tali ist etwas kleiner als Kira, ihre Haare sind lila gefärbt und sie trägt einen dazu passenden lila Mantel. Was sie drunter anhat, ist nicht erkennbar. Ihr Gesicht sieht wie das einer imaginären Freundin aus, die sich ein Kind ausgedacht und aufgezeichnet hat. Rote, pausbäckige Wangen, ein gemaltes Lächeln und eine Brille, die ein für das kleine Gesicht viel zu großes Gestell hat. Ihre Haare sind lang, dick und lockig – und viel zu sauber dafür, dass sie anscheinend schon länger in der Unterstadt ist.

„Wie lange bist du schon hier?" Die Frage platzt aus Kira heraus. „Und wie hast du so lange überlebt?"

„Ich habe leider für beide Fragen keine Antworten parat."

Kira schaut zu Lissy.

„Ich auch nicht", erwidert diese und schüttelt den Kopf.

Tali blickt traurig drein.

„Wir sind hinabgestiegen, um die Seele unserer Freundin wiederzuholen."

Kira schluckt. Sie weiß nicht, ob sie ebenfalls direkt damit rausrücken sollte, warum sie hier ist. Ihr Blick wandert vorsichtig herüber zu Renée, die ihr mit einer unscheinbaren Handbewegung vermittelt, erst einmal still zu sein.

„Lilith hat meine beste Freundin umgebracht und ihre Seele mit in die Hölle genommen. An einen Ort, den niemand erreichen kann. Nicht einmal Dämonen. Nur sie hat Zugang dazu. Damit meine ich das Purgatorium."

Renée seufzt laut und schlägt die Hände über den Kopf zusammen. Sie tritt einen Schritt vor, und es sieht aus, als würde sie schreien wollen.

„Ich hätte es wissen müssen", sagt sie. Ren und Lissy schauen sie mit verständnisvollen Blicken an. Alle drei teilen sich die Bürde des Wissens.

Kira guckt zur Urgöttin herüber.

„Das Purgatorium. Es ist ein Sammelort für verlorene Seelen. Mit einem riesigen Haken –"

„Sie vergessen mit der Zeit, wer sie sind", unterbricht Tali und schaut schwermütig zu Boden. Tränen schießen ihr in die Augen. Mit einem lauten Schlucken hält sie diese zurück. Sie hat in letzter Zeit genug getrauert. „Aber ich gebe nicht auf. Ich weiß, dass ich sie da rausholen kann!"

„Seit wann seid ihr hier?", fragt Kira. Sie weiß nicht warum, aber sie hat Angst vor der Antwort.

„Wir –"

Ein lauter Knall. Irgendwo am anderen Ende der Straße. Der Boden öffnet sich und eine Lavafontäne schießt hervor.

„Wieso kommen die denn hier auch aus dem Boden geschossen?", fragt Kira und grummelt vor sich her. „Kein Problem, wir –"

BOOM
BOOM
BOOM
BOOM

Um sie herum hören sie an jedem Straßenende, an jeder Kreuzung einen lauten Knall nach dem anderen. Die Straßen brechen auf, und ein Feuerstoß nach dem nächsten prescht mit Getöse hervor.

„WIR SOLLTEN LAUFEN!", ruft Tali, und zusammen mit Lissy bittet sie die anderen, ihnen zu folgen.

Kira zögert einen Augenblick, ignoriert ihr Bauchgefühl jedoch und schließt sich der neugewonnenen Freundin und ihrer Urgöttin an. Als wäre es ein Reflex, biegen Tali und Lissy immer genau dann in eine neue Abzweigung ab, wenn ein Knall ertönt und sich ein Loch im Boden öffnet. Es dauert nicht lange und die fünf stehen vor einer roten Tür, die wie aufgemalt auf einem der Gebäude prangt.

„Nicht nachdenken!", befiehlt Tali und läuft zusammen mit Lissy drauflos. Mit einem Mal sind sie verschwunden. Kira, Ren und Renée tauschen Blicke, entscheiden sich aber, ihnen zu folgen, denn jeder neue Knall wird lauter und jedes neue Loch kommt näher.

III

DAS ÄLTESTE ZIMMER

ira, Tali, Ren, Renée und Lissy stehen inmitten des ältesten Zimmers. Von der Gefahr von außen keine Spur. Viel Platz ist nicht, und ein ausgiebiges Umschauen reicht schon, um alles gesehen zu haben. Einzig das rote Telefon, das sich vom restlichen Dekor abhebt, fällt Kira sofort ins Auge.

„Ich habe sehr viele Fragen", sagt sie und plumpst auf eines der zwei Betten. „Wieso sieht es hier aus wie in einem abgeranzten Hotelzimmer? Wen erreicht man mit dem roten Telefon? Und woher wusstest du von diesem Ort?"

Tali lacht und fällt auf das andere Bett. Sie lässt sich sanft zurückfallen und schließt die Augen. Endlich kann sie – wenngleich auch nur für einen Augenblick – zur Ruhe kommen.

„Und wieso riecht es hier nach altem Papier? Die Frage hast du vergessen!"

Kira nimmt einen tiefen Atemzug, um die Nase anschließend zu rümpfen und laut zu niesen.

„Und voller Staub, ich –", *HATSCHI*, „bin allergisch gegen Hausstau–" *HATSCHI!*

Tali lacht abermals.

„Ich versuch, deine Fragen mal chronologisch zu beantworten. Also … Warum es hier wie in einem abgenutzten Hotelzimmer aussieht, in dem regelmäßig schmierige Geschäftsmänner ein- und ausgehen, um ihre Ehefrauen zu betrügen, kann ich dir auch nicht sagen –"

„Lieber nicht mit einem UV-Licht über dieses Laken gehen", rät Ren und tritt demonstrativ einen Schritt zurück. Renée ahmt ihn nach.

„Ich glaube, darüber müssen wir uns keine Sorgen machen", fährt Tali fort. „Das rote Telefon erkläre ich dir gleich. Aber wie gesagt, ich bin schon lange in der Unterstadt … Zu lange … Auch wenn die Zeit hier anders funktioniert, bin ich sicher, dass viele Jahre in meiner – unserer – Welt vergangen sind."

„Stimmt, du hast mir immer noch nicht beantwortet, wann du –"

„Zuerst das Telefon!" Talis Ton vermittelt Ernsthaftigkeit. Was hat es mit dem kleinen, unscheinbaren Apparat auf sich? „Damit erreichst du die Architekten."

„Die Architekten?" Kira zieht die linke Augenbraue hoch und mustert das Telefon eindringlich. Der Name klingt bedeutungsschwanger.

Sie sieht nicht, wie Ren, Renée und Lissy Blicke tauschen. Blicke, die sagen, dass sie das Thema direkt wieder fallenlassen sollte.

„Schicksal hat –"

„Tali!" Lissy legt ihre Hand auf die Schulter ihrer Gefährtin. „Denk an die Gesetze."

„Kannst du es umschreiben?" Kira hat die Neugierde gepackt, und sie möchte wissen, was sich hinter diesem harmlosen Namen verbirgt.

Tali setzt sich gerade hin. Sie fährt sich mit der linken Hand durchs Haar und mit der Zunge nervös über die Lippen.

„Du weißt, was Architekten in unserer Welt machen?"

Kira zuckt mit den Schultern. „Sie designen Häuser, Wohnungen, mit Sicherheit auch riesige Bauten?"

Tali nickt und schaut sich demonstrativ im Raum um.

„Die Architekten haben dieses Zimmer gebaut?"

Lissy seufzt laut, und Renée schüttelt den Kopf.

„Die Architekten haben die Unterstadt gebaut?"

Tali schaut ihre Gefährtin fragend an. Die beiden wissen, was das älteste Zimmer mit sich bringt und was es bedeutet, in ihm drin zu sein.

„Okay", sagt sie und stellt sich hin. „Wir befinden uns im ältesten Zimmer. Der allererste Raum, der jemals erbaut wurde. In diesem Raum gelten die Schicksalsgesetze nicht. Das heißt, hier können wir frei quatschen."

„Trotzdem", hakt Lissy abermals ein, „solltet ihr vorsichtig sein. Dieser Raum existierte lange vor der Zeit. Doch Schicksal weiß von seiner Existenz. Schließlich hat er ihn erbaut. Bevor er –"

„Die Architekten erschuf. Legenden besagen, dass er Jahrtausende benötigte, bis dieses Zimmer fertig war. Daher brauchte er Hilfe. Er konnte nicht alles allein bewerkstelligen. Außerdem brauchte er einen Weg, sie zu kontaktieren."

„Ein rotes Telefon? Gab es zu der Zeit überhaupt schon Telefone?" Kira zieht die linke Augenbraue erneut hoch. Ihr fällt es schwer, Talis Geschichte Glauben zu schenken.

„Woher, denkst du, hatte Alex Bell die Idee für das Telefon? Viele bekannte Objekte der Geschichte sind nur deswegen entstanden, weil ihre Erfinder Eingebungen hatten aufgrund von Gegenständen, die sie schon einmal irgendwo gesehen haben. In ihren Träumen. Ihren Gedanken. Kennst du das Höhlengleichnis von Platon?"

„Ich habe in Philosophie jetzt nicht sooo gut aufgepasst ..."

„Verstehst du das Prinzip denn?"

„Jemand ist in einer Höhle gefangen und sieht die Welt nur in Schattenbildern an sich vorüberziehen, bis er das Licht der Wahrheit entdeckt. So funktionieren Eingebungen. So denken sich Autoren ihre Geschichten aus. Künstlerinnen ihre Bilder. Architekten ihre Welt."

„Dafür, dass du nicht gut aufgepasst hast, scheinst du es aber schnell verstanden zu haben."

Tali geht zum Telefon und legt ihre Hand sachte auf den Hörer. Lissys Augen weiten sich, und ihre Miene verzieht sich. Renée bereitet sich vor, einzugreifen. Rens Mundwinkel wandern nach oben.

„Keine Sorge", entgegnet Tali, die den Blick ihrer Urgöttin direkt im Nacken spürt. „Ich werde ihn nicht abheben."

„Was würde passieren?"

Ren beugt sich zu Kira hinab. „Was, denkst du, würde passieren, wenn wir einfach mal die rechten Hände von Schicksal anrufen? Da kannst du eine Pizza Salami bestellen und bekommst trotzdem eine Hawaii."

Kira rollt mit den Augen. Sie steht ebenfalls auf und bewegt sich nachdenklich im Kreis. Ein direkter Draht zu den Verbündeten von Schicksal. Könnten sie den fünfen nicht helfen, aus ihrer Misere zu entfliehen? Im Bestfall sogar auch ihre Freunde retten?

„Können wir sie nicht austricksen?", schießt es aus Kira heraus, die demonstrativ mit den Fingern schnippt, als hätte sie eine wirklich krasse Idee gehabt.

Tali lacht und lässt vom Hörer ab. Lissy dreht sich zu Rens Gefährtin hin und setzt einen äußerst fragenden Blick auf, den Kira beinahe schon als Beleidigung deutet.

„Du weißt doch gar nicht", die Urgöttin holt tief Luft, „wer am anderen Ende wartet. Welche Wesen Schicksal erschaffen hat, um seine Welt zu errichten. Das sind keine Menschen. Keine Urgötter. Auch keine Dämonen."

„Sondern?" Kiras Augenbraue wandert zum dritten Mal innerhalb kürzester Zeit nach oben.

„Das weiß keiner ...", grätscht Tali dazwischen. „Aber ich bin mir sicher, du wirst sie nicht austricksen können. Ich wüsste nicht einmal, wie. Oder hast du eine blendende Idee, bei der du sicher bist, dass sie funktioniert?"

„Also, um ehrlich zu sein, bisher nicht. Wir können ja zusammen drauf rumdenken?"

„Dafür bräuchte ich aber einen Kaffee", erwidert Tali und seufzt. „Ich weiß nicht einmal mehr, wie diese frische, heilige Köstlichkeit riecht."

„Ooookay?" Ren dreht den Kopf zur Seite wie ein Hund, der nicht versteht, woher der plötzliche Ausbruch kommt. „Dir ist schon bewusst, dass du in der Unterstadt weder alterst noch Hunger bekommst, oder –"

„Ich habe trotzdem Verlangen!" Tali hebt die Stimme, was Lissy so gar nicht gefällt. Ihr Schützling neigt zu emotionalen Detonationen, wenn sie einen Moment der Schwäche verspürt. Man sollte sie lieber nicht herausfordern.

„Verlangen?" Ren kichert und hat in Windeseile Talis Klauen an der Kehle. Eine Waffe, die sie anscheinend ir-

gendwo aus ihrem lila Mäntelchen hervorgezaubert hat.

„HEY!" Kira springt schlagartig zwischen die beiden, umgeben von einer hellen Flamme, die ihre immense Aura unterstreicht.

Renée beobachtet das Schauspiel. Sie verspürt keine Gefahr von Tali ausgehen.

„Entschuldigt." Tali seufzt. „Ich will nur endlich hier raus."

„Ich auch!", erwidert die Jägerin und umarmt ihre neue Freundin. „Und ich verspreche dir, ich werde dich hier rausholen. Deswegen frage ich ja, ob uns die Architekten vielleicht dabei helfen können?"

Ein Versprechen, denkt sich Lissy und schaut Kira misstrauisch an.

„Wir können den Hörer nicht einfach in die Hand nehmen, ohne einen Plan zu haben", erklärt Tali und drückt Kira fest. „Danke …"

„Ich möchte außerdem darauf hinweisen, wie gefährlich es sein kann, einen Hörer abzunehmen, der einen direkten Draht zu den rechten Händen Schicksals hat. Dass wir im ältesten Zimmer sind, ist schon gefährlich genug. Aber dann auch noch die Wesen in Kenntnis darüber setzen, die alles erschaffen haben und ihm direkt unterstehen? Da wäre ich extrem vorsichtig." Renée lehnt sich am Türrahmen an und guckt grübelnd an die Decke.

„Sprechen sie überhaupt eure Sprache?", fragt Ren. „Oder wäre es schlauer, wenn einer von uns Urgöttern anruft und fragt, ob jemand zum Spielen rauskommen möchte? Schließlich sprechen wir viele alte Sprachen, von denen ihr noch nie was gehört habt."

„Enochian", flüstert Lissy – gedanklich abwesend. „Sie sprechen Enochian."

„Nicht schon wieder ..." Renée seufzt.

„Schon wieder?", fragt Tali.

„Wir haben das Totenbuch von Astaroth von der Muttergöttin Freya übersetzen lassen, um –"

„IHR HABT WAS?" Lissy ist wieder komplett gegenwärtig. „Wie seid ihr bitte noch am Leben? Hat Billie euch das Buch einfach übergeben? War Schicksal einfach cool damit, dass ihr euch ins große Ganze einmischt? Wart ihr etwa in Billies Bibliothek? An wen sind wir hier geraten, Tali?"

„Ey!" Kira verschränkt die Arme. „Wir haben gegen Billie gekämpft. Und gewonnen. Also quasi. Ren ist wieder erwacht und –"

„Wieder erwacht?" Tali schaut die beiden verdutzt an. „Hast du geschlafen?"

„Nein, nein, vorher hieß er Joker. Dann habe ich aber seinen Namen herausgefunden und dadurch ist er aufgewacht! Dadurch wurden wir noch stärker, und später, als er starb und ich – oder wir? – zum Nephalem wurden –"

„Stopp. Ich kann dir überhaupt nicht folgen. Noch mal von vorne. Was heißt erwacht? Lissy, bist du erwacht?"

Die Urgöttin starrt ihren Schützling stoisch an.

„Auch wenn uns Schicksal hier nicht erreichen kann und die Gesetze mit großer Sicherheit nicht gelten, werde ich dir diese Frage nicht beantworten. Wir haben uns schon genug in Gefahr begeben. Meine Aufgabe ist es, dich sicher wieder in deine Welt zu bringen. Nicht, dich noch mehr Bedrohungen auszusetzen."

„Ist Lissy denn dein richtiger Name?", fragt Ren und schaut sie mit aufgerissenen Augen an. „Oder ist es vielleicht ... HILDEGARD?"

Sie ignoriert ihn und schaut absichtlich an ihm vorbei.

„Aber wenn du nicht erwacht bist – falls du nicht erwacht bist –, wie seid ihr zu einem Nephalem geworden?", fragt Renée.

„Ein Nephalem entsteht durch bedingungslose Liebe. Was hat das damit zu tun, wie ich heiße?", erwidert Lissy merklich genervt von der Frage.

„Könnt ihr mir denn sagen, wer Freya ist?", bittet Tali und schaut mit heruntergezogenen Mundwinkeln zu Boden. Keine Antworten auf so wichtige Fragen zu bekommen fühlt sich ziemlich unbefriedigend an.

Kira schaut vorsichtshalber zu Lissy herüber, die ihr verhalten zunickt.

„Freya ist die Muttergöttin und Partnerin von Ellie. Einer guten Freundin und Jägerkollegin. Ich war dabei, als die beiden sich miteinander verbunden hatten. Wir haben sie auf Asgard gesucht und gefunden. Sie hat uns dabei geholfen, das Totenbuch zu übersetzen. Leider hat Billie es sich im entscheidenden Moment zurückgeholt. Dazu hat sie ... hat sie ..."

Eine Welle der Erinnerungen bricht über Kira hinein. Durch all das, was bisher passierte, hatte sie noch keine Möglichkeit, den Verlust ihrer besten Freundin zu verarbeiten. Und so hoffnungsvoll sie ist, die Seele ihrer Freundin wiederzufinden und Astaroth zu entreißen, so unsicher ist sie, ob es wirklich funktionieren wird.

„Hat sie was?", hakt Tali mit gedämpfter Stimme nach und legt ihren Arm um Kira.

„Sie hat meine beste Freundin mit ihrer Sense durchbohrt. Mit einem so lauten Knacken, dass es sich anhörte, als würde man einen jahrhundertealten Baumstamm entzweibrechen. Aber ich werde Astaroth ihre Seele entreißen und sie zurückholen. Wie ich es mit Ben getan habe ... Tun wollte ..."

„Und wer ist Ben?" Tali merkt, dass sie mindestens genauso viele Fragen an Kira hat wie Kira an sie.

Lissy seufzt laut. Eigentlich hatte sie gehofft, dass sie sich nur kurz im ältesten Zimmer aufhalten würden. Aber es scheint eine längere Unterbrechung zu werden, als ihr lieb ist. Ren klopft ihr lachend auf die Schulter. Sie zieht sich zurück und setzt sich neben die beiden Jägerinnen aufs Bett.

„Okay." Kira holt tief Luft, hält ihre Tränen zurück und beginnt zu erzählen. Ganz am Anfang.

IV

WAS BISHER GESCHAH

en und ich hatten uns verlobt", sagt Kira und rollt die ersten Augenblicke erneut auf. Lissy scheint gedanklich wieder abwesend zu sein, sie interessiert die Geschichte eher weniger. Ren war dabei und hat sich aufs Bett gelegt. Renée nutzt die Gunst der Stunde, um sich über ihr weiteres Vorgehen Gedanken zu machen. „Auf dem Heimweg hatten wir einen Unfall. Der aber von Astaroth ausgelöst worden war. Glaube ich. Er hat Ben umgebracht –"

„Astaroth?" Talis Kopf dreht sich zur Seite, und ihr Hundewelpenblick kommt erneut zum Vorschein. Sie rückt ihre Brille zurecht, die dabei immer ein kleines Stückchen herunterrutscht. „DER Dämonenkönig? Gegen den hast du gekämpft?"

„Genau. Und er hat Ben umgebracht. Und kurz bevor ich draufgegangen bin – er hat mich einfach zurückgelassen –, ist Ren – also Joker – erschienen."

„Weil Ren vorher Joker hieß?"

„Schicksalsgesetze", flüstert Ren und schnarcht leise.

Kira nickt. „Genau. Und er hat mir einen Vertrag gegeben. Den sollte ich unterschreiben, damit ich temporär seine Macht bekomme, weil er sich eigentlich mit Ben verbinden wollte. Aber das ging ja dann nicht auf. Also war der Plan, mit seinem abgetrennten Kopf in meinem Rucksack in die Hölle hinabzusteigen."

„Nicht in die Unterstadt? Irgendwo hier befindet sich ja der Eingang zum Purgatorium."

Renée horcht auf. Diese Information war ihr neu. Sie fragt sich, woher Tali das wusste, und mustert die Jägerin ein weiteres Mal eingängig. Gefahr verspürt sie von ihr immer noch nicht ausgehen, aber irgendetwas kommt ihr komisch vor. Sie ist definitiv jünger als Kira. Ihre Kleidung gibt wenig Aufschluss darüber, wie alt sie wirklich ist. Nur, dass sie nicht zwingend zur selben Zeit wie die anderen hier hinabgestiegen ist. Aus Lissy wird sie nichts herausbekommen, dessen ist sie sich sicher. Nicht nur, dass sie von der Urgöttin vorher noch nie etwas gehört hat. Die beiden misstrauen sich. Trotzdem erscheint eine Zusammenarbeit sinnvoll.

„Das wusste ich gar nicht", erwidert Kira. „Ich wusste nur, dass Bens Seele in Astaroths Seelengefäß steckt. Dass er ihn dort absichtlich eingesperrt hat."

Tali dreht sich zu Lissy um. „Weißt du mehr über das Seelengefäß?"

„Wahrscheinlich genauso viel wie meine göttlichen Kollegen", erwidert sie und schaut weiterhin stoisch an die Decke.

„In dem Gefäß befindet sich eine andere Welt", erklärt Kira. „Mehrere Seelen sind dort gefangen. Ich habe aber nur die von Ben gesehen und retten können. Die von meiner besten Freundin befindet sich immer noch darin."

„Die von Billie mit der Sense durchbohrt wurde?" Tali nickt und lächelt. Sie hat genau zugehört.

Kira teilt ihren Enthusiasmus eher weniger. „Genau. Die."

Tali verzieht die Mundwinkel und schaut reumütig auf die Bettkante.

„Alles gut", erwidert Kira. „Ren - also Joker - hatte mir gesagt, dass wir die Sieben zusammensuchen müssen."

„Oh!" Tali merkt auf. „Wer sind die Sieben? Die klingen wie Superhelden!"

„So was in der Art", sagt Lissy und seufzt. „In jeder Generation gibt es sieben Auserwählte. Sie allein - oder eben zusammen - kämpfen gegen die Dämonen und die Mächte des Bösen. Ihnen werden die Partner an die Seite gestellt. Das ist aber alles ein bisschen Wischiwaschi. Die Sieben können auch aus acht oder mehr Jägern bestehen. Alles schon vorgekommen."

„Bin ich eine der Sieben?", fragt Tali und dreht den Kopf erneut zur Seite.

„Du –", Lissy stockt. „Ja."

„Vielleicht haben wir uns ja deswegen gefunden!", überlegt Kira, und die beiden freuen sich.

Renée wird in diesem Augenblick schlagartig klar, warum sie keine Bedrohung von Tali verspürte. Aber da wird die Jägerin selbst drauf kommen.

„Ich habe also die Leute zusammengesucht, und ehrlicherweise war das erheblich einfacher, als ich erst dachte."

„Schicksal", murmelt Lissy. „Es war Schicksal."

„Aber wieso möchte er denn, dass die Sieben zusammenkommen?", fragt Kira und zieht eine Augenbraue hoch.

„Ich bezweifle", erwidert Renée, „dass er euch als Gefahr einstuft. Die letzten Jahrtausende konnte er unbeirrt weiter-

machen. Es ist schon lange niemand mehr bis in die Unterstadt gekommen. Wir sind seit längerer Zeit die Ersten."

„Dann müssen wir ja gleichzeitig hinabgestiegen sein", stellt Tali fest und freut sich erneut. „Aber komisch, dass wir uns vorher nicht begegnet sind."

Kira schüttelt den Kopf und zuckt mit den Schultern.

„Kann ich dir auch nicht sagen. Auf jeden Fall sind nach und nach neue Freunde in mein Leben getreten – und Natascha. Und nachdem wir Freya gefunden haben, hat sie für uns das Totenbuch übersetzt. Was Billie sich wiedergeholt hat und –"

„Entschuldige, wenn ich dich unterbreche", sagt Lissy, die aus ihrer Trance rausgerissen wurde, als hätte sie nur auf den Moment gewartet. „Aber wieso hat Billie deine beste Freundin umgebracht? Sie ist der Tod. Nicht die Henkerin. Ihre Aufgabe ist es, das Gleichgewicht sicherzustellen."

Kira schaut traurig drein. Lissys Worte verunsichern sie.

„Wir haben das Gleichgewicht zerrüttet", gesteht sie.

„Das wird's sein", sagt Lissy und nickt eifrig. „Das mag sie nicht. Sonst ist sie nämlich eigentlich echt gut drauf."

Die Urgöttin geht erneut dazu über, gedankenverloren an die Decke zu schauen.

„Wie auch immer", sagt Kira und will nicht länger über Jen nachdenken. „Wir haben allesamt zusammengefunden und sind dann in die Hölle hinabgestiegen."

„Aber wie habt ihr denn das Portal geöffnet?", fragt Tali.

„Wie habt IHR das Portal geöffnet?", gibt Kira zurück.

„Das war Lissy."

Alle Anwesenden – außer Tali – schauen die Urgöttin mit großen Augen an.

Renée stellt sich vor sie hin, und der Größenunterschied wird erschreckend offensichtlich. Lissy ist zwei übereinandergestapelte Renées.

„Das würde mich auch interessieren. Wir brauchten Khaosmagie und die Macht einer Zauberin und einer Dimensionsherrscherin – also meine. Wie konntet ihr so einfach ein Portal öffnen?"

Lissy lacht. Sie legt beide Hände auf Renées Schultern und schaut sie durchdringend an. „Dann bin ich wohl um einiges mächtiger als ihr."

„Lissy ..." Tali seufzt. „Entschuldigt. Sie ist manchmal etwas ... kratzbürstig. Sie hat ebenfalls einen Zauber aufgesagt und ein Portal geöffnet. Hat echt lange gedauert, und plötzlich standen da unzählige Dämonen. Die hab ich aber abgewehrt. Und – *Plopp* – waren wir in der Unterstadt."

„Ihr musstet gar nicht durch die sieben Höllenringe gehen?"

„Nee", Lissy starrt immer noch Renée an, „das wäre ja ziemlich hirnrissig, uns nicht direkt an den Zielort zu teleportieren."

Die Dimensionswanderin zieht sich zurück und stellt sich ein paar Schritte von der Urgöttin weg. Sie schließt einen kurzen Moment die Augen, um mit ihren Schwestern in anderen Dimensionen zu plaudern, aber keine von ihnen spricht eine Warnung aus. Lediglich bestätigen sie Renées Theorie, was Tali angeht. Aber dafür ist später noch Zeit.

„Ooooooookay", sagt Kira und schmatzt laut. „Wir sind auf jeden Fall durch die Höllenringe gewandert und haben da allerlei erlebt. Einmal haben wir sogar unser Gedächtnis verloren und wussten nicht mehr, wer wir sind. Sam tat

mir dabei am meisten leid. Er dachte, er wäre sein Bruder James."

Lissy horcht bei den Namen auf. Anscheinend sagen sie ihr etwas.

„Und das alles habt ihr getan, um Astaroth hinterherzujagen und die Seelen deiner Freunde wiederzuholen?"

„Genau. Also, meines Verlobten und meiner besten Freundin. Nachdem wir das Höllenherz vernichtet haben –"

„Ihr habt was?" Lissy reißt die Augen auf. „Wie habt ihr das denn geschafft?"

In ihrer Stimme schwingt ein Quäntchen Ehrfurcht mit.

„Doch mächtiger als gedacht, mh?", flüstert Renée laut genug, dass die Urgöttin es wahrnimmt.

„Das haben wir mitbekommen", sagt Tali. „Wir haben uns schon gefragt, wo die Dämonen auf einmal hin sind und warum der Himmel – oder das, wo der Himmel wäre – nicht mehr so rot und düster war. Ich glaube, ihr habt da ordentlich was rumgerissen. Durch die Zerstörung des Herzens sind die Dämonen wohl auch allesamt nicht mehr so mächtig. Zumindest kamen mir die, gegen die wir danach gekämpft haben, schwächer vor."

„Hut ab." Lissy mimt das Herunterziehen eines waschechten Hutes, als wäre sie ein Cowboy, der jemanden auf seiner Ranch begrüßt.

„Danke?", erwidert Kira. Sie ist sich unsicher, warum gerade die Zerstörung des Herzens so viel Respekt auslöst. Für sie war es ehrlicherweise mit der leichteste Part an diesem ganzen Unterfangen.

„Wir haben gegen Astaroth in der Krone der Unterstadt gekämpft und verloren. Also mehr oder minder. Er hat Ren umgebracht. Deswegen habe ich ihm einen Vertrag

angeboten und er hat überlebt. Und wir wurden zu einem Nephalem."

„Wie hast du ihm denn einen Vertrag angeboten?" Talis Augen werden riesig.

„Also ... so wie er mir halt? Nur umgekehrt?"

„Lissy und ich – wir sind zu einem Nephalem geworden, als wir in der Unterstadt beinahe draufgegangen wären. Wir haben gegen eine Dämonin gekämpft. Die war richtig krass drauf. Als ich dachte, es wäre um mich geschehen, hat Lissy mich vor dem Tod bewahrt, durch ihr Opfer sind wir aber zu einem Nephalem ... aufgestiegen?"

Lissy nickt und klopft ihrem Schützling auf die Schulter.

„Ich frage mich", sagt Kira, „ob jeder, der mit einem Urgott verbandelt ist, zu einem Nephalem werden könnte."

„Das glaube ich nicht", erwidert Renée. „Dafür müsste es schon ein sehr inniger Bund sind."

„Den traust du Jen nicht zu?", scherzt Kira.

„Doch. Hätte ich ihr zugetraut." Die Urgöttin schaut sie mit einer Mischung aus Wut und Trauer an.

Kira schluckt und nickt.

„Und dann ist Astaroth aber mit Ben in sich drin geflüchtet?", fragt Tali.

„Ja. Das war eine ziemliche Shitshow, sag ich dir. Na ja, und dann haben wir quasi direkt euch getroffen."

„Was ein glücklicher Zufall!" Tali klatscht in die Hände. „Dann können wir ja zusammenarbeiten? Ihr helft mir, die Seele meiner Freundin aus dem Purgatorium zu retten, und ich helfe euch dabei, eure Freunde wiederzufinden, und dann kehren wir alle zusammen zurück nach Hause?"

Kira streckt die Hand aus. „Deal!"

Sie schlagen ein und freuen sich.

V

DER ANGST-
HASE UND
DIE JÄGERIN

nd das Letzte, an das du dich erinnern kannst, ist der Kampf gegen Billie?"

„Nicht ganz. Das Letzte, an das ich mich erinnern kann, ist, dass Billie mit ihrer Sense vor meinen Augen ausholte. Und plötzlich wurde alles schwarz und ich befand mich hier. Auf dieser ... Welt? Ich dachte erst, ich wäre in der Hölle oder in ... dem Gefäß – sorry, mein Gedächtnis fühlt sich löchrig an. Als hätte mir irgendjemand absichtlich Erinnerungen gestohlen. Bist du schon mal geschlafwandelt?"

Er schüttelt den Kopf.

„So fühlt es sich an. Als würde ich schlafwandeln. Aber ich kann nicht aufwachen. Und je mehr ich es versuche, desto weniger fällt mir ein. Ich kann dir nicht einmal sagen, wie lange ich schon hier bin. Tage? Jahre? Es ist alles verschwommen. Aber ich habe auch keine Panik. Und keine

Angst. Aber ich vermisse Kira. Und Wraith. Und Inuki ... Und noch jemanden. Aber ich kann mich nicht an den Namen erinnern. Wenn ich mich anstrenge, kann ich mich daran erinnern, wie die Person aussieht – schemenhaft. Wie etwas, das man mir beschreibt und das ich mir vor dem inneren Auge vorstelle."

„Vielleicht deine Mutter? Oder dein Vater?"

„Nein. Die habe ich sehr gut im Kopf. Eine Person, die mir plötzlich sehr vertraut war. Aber ich weiß ihren Namen nicht, ich –"

„Sam!"

„Der Name sagt mir nichts – glaube ich. Ich sag doch, es ist, als hätte jemand absichtlich meine Erinnerungen gelöscht."

„Aber meinen Namen wusstest du direkt?"

„Du kamst mir bekannt vor. Ich habe dich gesehen und wusste sofort, wie du heißt. An Kira und Wraith erinnere ich mich ja auch."

„Ihr Name –" Er hält inne. Er kann sich an alles erinnern, besonders an die Warnungen, was passiert, wenn man die echten Namen ausspricht. Schicksal würde passenderweise Himmel und Hölle auf ihn herabregnen lassen, wenn er es ihr verrät.

„Ihr Name?"

„– ist schön. Ihr Name ist schön."

Sie rümpft die Nase und schaut stoisch in die Luft. „Ich weiß, dass Wraith und Kira auf mich warten. Und die anderen, von denen du erzählt hast, mit Sicherheit auch. Ich weiß aber nicht, wie wir hier hingekommen sind. Oder warum wir hier sind. Dieser Ort ... Er kommt mir so vertraut und freundlich vor, aber du hast es bestimmt auch schon gespürt ..."

„Ja", sagt er und nickt.

„Wir müssen einen Weg hinausfinden. Zu den anderen. Wie stellen wir das an?"

Sie zucken zeitgleich mit den Schultern, und er schaut mit ihr auf. Eine stille Galaxie, unendliche Weiten, untermalt von einem verspielten Sternenhimmel.

„Ich traue mich nicht", sie verschränkt die Arme und hält sich fest, „es auszusprechen. Aber glaubst du, dass wir –"

„Nein!" Er lässt sie erst gar nicht ausreden. Nicht nur, dass ihm der Gedanke Angst bereitet, sondern auch, weil er die Antwort zum Glück kennt. „Ich bin mir völlig sicher. Ich bin zurück in den Buchladen, habe wahllos Bücher aufgeschlagen und bin hier gelandet. Da gibt es keinen Zweifel."

„Und wenn dir jemand diese Erinnerung eingepflanzt hat? So wie mir meine genommen worden sind?"

„Das glaube ich nicht. Ich kann mich an alles ganz klar erinnern, und ich habe auch nicht dieses komische Schlafwandelgefühl, das du beschreibst."

„Dann lass uns einen Weg hier rausfinden."

Die beiden trotten los, fest entschlossen, sich ihren Freunden wieder anzuschließen. Doch schon nach kurzer Zeit bemerken sie, dass sie nicht wissen, wo sie hinsollten – hier scheint es keinen Anfang und auch kein Ende zu geben.

„Sollen wir in verschiedene Richtungen gehen?"

Er schüttelt den Kopf. Das hält er für viel zu gefährlich. Aber weiter in eine Richtung tigern, ohne wirklich zu wissen, was sie erwartet, ergibt auch viel zu wenig Sinn. „Wieso", sie schüttelt den Kopf und ärgert sich, erst jetzt darauf gekommen zu sein, „rufen wir nicht einfach unsere Götter?"

Er lacht und stimmt ihr zu.

„Ockhams Rasiermesser", murmelt sie. „Ich dachte immer, mein Philosophiestudium wäre nur dafür gut, um mir ein Diplom in ein Taxi zu hängen, aber immerhin ist was hängengeblieben."

„Ich dachte immer, es heißt Hitchens' Rasiermesser …"

„Was ohne Beleg behauptet wird, kann auch ohne Nachweis verworfen werden." Sie muss lachen. Der unsinnige Dialog erinnert sie an bessere Zeiten. Sie wundert sich, warum diese Erinnerungen so deutlich sind und andere – die jüngsten – so verschwommen.

„Ockhams Rasiermesser besagt runtergebrochen, dass die offensichtlichste Lösung auch die richtige sein muss."

„Worauf warten wir dann?"

Sie nicken sich zu und brüllen sich die Seelen aus dem Leib.

„WRAAAAAAAITH!"

„MOOOOOOOOONA!"

Immer und immer wieder erklingen die Namen ihrer Urgötter auf dieser unendlichen Ebene. Doch es passiert nichts. Keine Antwort. Weder erlangen sie die Kräfte ihrer Partner noch verschwinden sie aus dieser Welt. Entmutigt und energielos schauen sie sich an. Sie möchten sich setzen, bemerken jedoch eine Aura, die vorher nicht da war.

„Merkst du das auch?", flüstert sie und schaut ihn mit aufgerissenen Augen an. Ihren Zeigefinger sachte an den Mund gepresst, um zu verdeutlichen, dass er nicht zu laut sein soll.

Er sagt nichts, sondern nickt nur. Alarmiert schauen sie sich gründlich um, können aber niemand anderes erspähen.

„Hier ist noch jemand", flüstert sie erneut und winkt ihn mit dem Kopf näher zu sich heran. „Wir sind doch eben an einem großen Stein vorbeigekommen. Lass uns dahin zurück."

Er nickt abermals und denkt gar nicht daran, ihr zu widersprechen. Alles in ihm möchte davonlaufen und um Hilfe schreien. Aber er möchte sie nicht allein lassen – nicht noch mal.

Mit langsamen Schritten und aufmerksamen Augen schleichen sie zurück zum Stein, um ihn als Schutz zu benutzen. Sie bemerken jedoch zügig, dass er nicht so viel Deckung bietet, wie sie gehofft haben.

„Wir brauchen einen anderen Plan. Lange werden wir nicht überleben –"

„Falls wir noch leben …"

„– lange werden wir nicht überleben, wenn das so weitergeht. Haben die Urgötter nicht mal von so einem Ort hier erzählt? Ist das hier nicht die Ebene, auf die sie sich zurückziehen?"

„Auf jeden Fall ähnlich, ja."

„Vielleicht müssen wir nur warten, bis sie sich –"

„Ich bin länger als du hier und niemand hat sich hierhin zurückgezogen."

Sie seufzen gleichzeitig, lehnen sich am großen Stein an und lassen sich langsam herabsinken. Die Ideen gehen ihnen aus, aber immerhin spüren sie die Aura nicht mehr. Sie

scheint sich wie Ebbe und Flut zu verhalten, nur dass hier kein Mond in Sicht ist, und sie kommt und geht, wann sie möchte. Sie sind sich nicht einmal sicher, ob sie wirklich so bedrohlich ist, wie sie sich anfühlt.

„Wir schlafen bestimmt nur", sagt er und würde sich am liebsten selbst auf die Schulter klopfen. „Also kein normaler Schlaf, aber so ein Zauberschlaf. Deswegen kannst du dich auch an nichts mehr nach Billie erinnern und hast Schweizer Käse im Kopf."

„Aber du kannst dich doch an alles erinnern …?"

„Ja! Aber! Bestimmt, weil ich später eingeschlafen bin … Außerdem hatte sie doch erklärt, dass –"

„Wer?"

„Sie, ähm, wie hieß sie doch gleich?"

„Du kannst dich also auch nicht an alles erinnern!" Im ersten Moment fühlt es sich für sie wie ein kleiner Sieg an, dass sie doch nicht die Einzige ist, deren Erinnerungen Lücken aufweisen. Doch im nächsten Augenblick ahnt sie Böses. „Es ist dieser Ort. Das ist die Bedrohung, die wir spüren. Es ist keine Entität, kein Dämon … Es ist das Vergessen."

„Und da du schon länger hier bist als ich –"

„Habe ich schon mehr vergessen."

Die beiden schlucken simultan und sacken noch tiefer hinab. Der Wettlauf um die Zeit hat längst begonnen, und niemand hat ihnen Bescheid gesagt.

IRGENDWO AUF EINER ANDEREN EBENE

Mona fliegt munter durch die Luft, bis sie wie vom Blitz getroffen verharrt und entschlossen nach vorne guckt. „Purgatorium. Ich spüre es. Peter und Jen sind im Purgatorium gefangen. Ich muss zurück zu den anderen. Wir müssen sie da rausholen, bevor sie alles vergessen."

VI

EINE
ENTSCHEIDUNG

„Hat jemand Streichhölzer dabei?", fragt Ellie. „Dann könnten wir alle eins ziehen und wer das Kürzeste hat, muss als Erstes springen!"

„Lass mich", sagt Natascha. „Wenn wir hierbleiben, passiert nichts. Zurück können wir auch nicht. Mona ist schon längst auf und davon. Wir können nur noch vorwärts."

Ohne, dass irgendjemand Einspruch erheben könnte, springt sie in den Abgrund. Gefolgt von Kali, die ihrem Schützling in den Tod folgen würde, ohne darüber nachzudenken.

Freya lächelt. Sie fühlt sich geehrt, von so vielen tapferen Kriegerinnen – und Kriegern – umgeben zu sein.

„Na gut", murmelt Sam und seufzt. „Ich spring als Nächster. Komm, Fenrir –"

WUFF

Der Gotteshund heult auf und protestiert. Er weiß aber, dass kein Weg daran vorbeiführen wird, wenn sie Kira retten wollen. Sam streichelt seinem Gefährten über den Kopf und drückt ihn an sich.

„Keine Sorge", sagt er und beugt sich zu ihm herunter, „ich pass auf dich auf."

Fenrirs Ohren spitzen sich, und er gibt ein leises RUFF von sich. Er ist doch derjenige, der auf Sam aufpasst, und nicht umgekehrt!

Der Wolfshund richtet sich entschlossen auf, die Schwanzspitze in die Luft gereckt, die Ohren angelegt, und drückt den Kopf gegen seinen besten Freund, um ihm einen kleinen Schubs zu verpassen. Sam strauchelt kurz, wedelt mit den Armen, springt dann aber in den Abgrund – dicht gefolgt von Fenrir, der ihn nicht aus den Augen lassen wird.

„Bleiben nur noch wir beide", stellt die Muttergöttin fest und legt ihren Arm sanft auf die Schulter ihres Schützlings. „Bist du bereit, Ellie?"

„Ich weiß nicht, was uns erwarten wird", erwidert sie und atmet schnell ein und aus. „Aber ich möchte Jen wiedersehen."

„Hab keine Angst", antwortet Freya und umarmt die Jägerin. „Ich werde bei dir sein und auf dich aufpassen. Solange ich an deiner Seite stehe, wird dir niemand Schaden zufügen. Das verspreche ich dir."

„Das weiß ich doch", sagt Ellie, die sich wünscht, schon früher diese bedingungslose Liebe erfahren zu haben.

Ohne Vorwarnung schweben die beiden Frauen über den Boden.

„Halt dich gut fest", verlangt die Muttergöttin, und mit einem leichten Windstoß fliegen sie zusammen in die Unterstadt hinab.

Ellie kneift die Augen so fest zu, wie sie kann. Sie unterdrückt einen Schrei, und ehe sie sichs versieht, ist sie bereits am Boden angekommen.

„Sonst ist niemand hier", bemerkt Natascha und klopft eine Häuserwand ab. „Zudem sieht hier alles aus, als wäre es aus Pappmaché."

„Wieso", Sam blättert fanatisch im Notizbuch seines Bruders, „ist hier niemand? Wir müssten von einer Armee an Dämonen begrüßt werden."

„Vielleicht hat Kira – sorry, Kiren – kurzen Prozess mit ihnen gemacht?" Natascha lehnt sich an die soeben abgeklopfte Wand und verschränkt die Arme. „Dadurch, dass wir keinerlei Verständnis haben, wie die Zeit hier unten funktioniert, kann es ja gut sein, dass sie schon einige Tage Vorsprung hat."

„So viel Zeit wird nicht vergangen sein", hakt Freya ein. „Auch wenn die irdische Zeitrechnung hier nicht funktioniert, gibt es trotzdem kausale Gesetze, die eingehalten werden müssen."

„Kausale Gesetze?", fragt Ellie.

„Zeit und Raum müssen zusammenhängen", erwidert Sam, der dabei immer wieder auf eine Seite im Notizbuch tippt. „Hier steht es. Mein Bruder wusste von der Unterstadt. Auch nur durch Erzählungen, aber das, was an ihn rangetragen wurde, hat er niedergeschrieben. Wir befinden uns in einem der Übungsareale. Hier ist selten was los. Die Dämonen versammeln sich hauptsächlich außen rum, an den Grenzen. Dort haben sie kleine Horte – Sammelpunkte, um genau zu sein –, in denen sie sich die Zeit vertreiben können, wenn sie nicht gebraucht werden."

„Wie vertreiben sich Dämonen denn bitte die Zeit?", fragt Natascha und rümpft die Nase.

„Das kann ich dir nicht sagen. Ich könnte mir vorstellen, dass –"

„Dämonen sind lebende Wesen", schaltet sich Freya ein. „Ähnlich wie wir Götter. Sie sitzen nicht den ganzen Tag in der Gegend rum und verschwenden ihre Zeit. Sie trainieren. Kämpfen gegeneinander. Kümmern sich um den Nachwuchs."

„Den", Ellie schluckt, „Nachwuchs?"

„Züchten neue Krieger ran", fährt Sam fort. „Das meinte sie mit Sicherheit."

„Das meinte ich." Freya nickt. „Trotzdem ... Wir dürfen uns nicht in falscher Sicherheit wiegen. Zu jedweder Zeit kann es passieren, dass sie einfallen. Astaroth hat ihnen unter Umständen auch schon Bescheid gegeben, dass wir hier sind."

„Dafür sieht es viel zu ruhig aus", erwidert Kali. „Ich kann mir nicht vorstellen, dass der Dämonenkönig seinen Untertanen von seiner Niederlage erzählt. Höchstens, wie wir in die Falle gelockt werden sollen."

„Das denke ich auch", sagt Sam. „Daher sollten wir alles, was vorher geschah, als Vorbereitung auf den Ernstfall sehen. Gerade haben wir den großen Vorteil, dass niemand wirklich von unserer Anwesenheit hier weiß. Weder Kira – Kiren – noch Renée oder der Lügenbaron. Das sollten wir ausnutzen."

„Wieso Kiren? Wäre es nicht ein großer Vorteil für sie – ihn – es? – zu wissen, dass wir auf dem Weg sind?", fragt Natascha.

„Ich weiß, was Sam meint", hakt Ellie ein. „Es handelt sich um ein neuartiges Wesen. Wie hattest du es genannt, Ma- Muttergöttin?"

Freya schmunzelt leicht, und Ellie läuft rot an.

„Ein Nephalem. Geboren aus Liebe. Von ihm wird keine Gefahr ausgehen."

Sam stellt sich zwischen die anderen und zeigt eine krude Zeichnung, bei der man halbwegs eine junge Frau ausmachen kann, hinter ihr ein Urgott – oder zumindest ein Wesen, das wie ein Urgott aussieht. Die Jägerin wirkt fröhlich und unbefangen. Ihre Augen schirmt sie etwas ab, als würde sie die Sonne blenden. Doch der Urgott – er steht hinter ihr und schaut finster. Wie eine Bedrohung, die nicht dafür da ist, die Partnerin zu beschützen, sondern ihr wie ein Schatten hinterherjagt.

„Wer soll das sein?", fragt Ellie, da Sam erst mal nichts sagt.

„Das weiß ich nicht", erwidert er zur Frustration aller. „Aber sie soll ein Nephalem sein. Fällt euch etwas auf?"

„Die Augenfarbe ist nicht zu erkennen?" Natascha seufzt.

„Nein, etwas ganz Offensichtliches."

„Samuel", sagt Freya mit Nachdruck in der Stimme, „wenn du eine wichtige Information für uns hast, die du gerne mit uns teilen möchtest, mach es doch bitte einfach."

„Sie sind nicht eins. Sie und ihr Urgott sind getrennt voneinander. Die beiden scheinen zusammen eine Einheit zu bilden, ohne verschmolzen zu sein. Ich denke, Kira und Ren könnten dies genauso halten."

„Wie bist du auf die Seite gestoßen?", fragt Ellie.

„Ich wusste, dass irgendwo hinten – zwischen diesen ganzen losen Notizen, Zeichnungen, Markierungen – auch dieses Bild war. Und untendrunter stehen einige Dinge, die durchgestrichen wurden. Aber klar erkennbar ist immer noch das Wort ‚Nephalem'. Mein Bruder muss diese Person also irgendwann einmal getroffen haben."

„Ich dachte, vieles, was drin ist, wurde ihm erzählt?"

„Das auch. Aber es sieht mir nicht wie eine Zeichnung aus, die er aufgrund einer Beschreibung angefertigt hat. Er hat dieses Mädchen -"

„Mädchen?" Natascha zieht die Nase demonstrativ hoch.

„Diese Frau ... Er hat diese Frau getroffen. Also weiß er bestimmt, was Nephalem sind. Aber ... und darauf wollte ich eigentlich hinaus –"

„Darauf wolltest du bisher nicht hinaus?"

„Aber er hätte sie hier nicht reingeschrieben, zwischen all den anderen Monstern, wenn sie nicht wichtig wäre. Für was, weiß ich aber nicht. Daher wäre ich aber erst einmal vorsichtig – oder zumindest reserviert, wenn wir auf Kiren treffen. Eventuell ticken Nephalem anders?"

„Das müssen wir nicht", widerspricht die Muttergöttin. „Davon bin ich fest überzeugt."

„Ich wollte es trotzdem angemerkt haben", erwidert Sam und klappt sein Notizbuch demonstrativ zu.

Freya dreht sich von der Gruppe weg und geht gedankenversunken ein paar Schritte nach vorne. Sie schaut zu Boden und umschlingt sich selbst mit den Armen. Ihr Kleid weht leicht durch den stetigen Luftstoß, der über die Ebene wandert – als würde jemand am anderen Ende mit einem riesigen Fächer stehen und ihnen stetig Luft zuwedeln.

„Freya?" Ihr Schützling tippt ihr vorsichtig auf den Rücken. „Ist alles in Ordnung?"

Die Muttergöttin schüttelt gedankenverloren den Kopf und nickt dann. „Ja, ich kann euch leider nicht erzählen, was es mit einem Nephalem im Kern auf sich hat. Ihr wisst, die Schicksalsgesetze. Besonders hier. Ich bin mir sicher, dass Schicksal jede unserer Bewegungen kennt. Denkt nur an Inari. Aber die Wahrheit wird noch ans Licht kommen."

„Schicksal..." Kali seufzt. „Nehmt euch in Acht. Das hier – eigentlich alles –, aber besonders das hier, ist seine Welt."

„Was ist, wenn wir auf ihn treffen?", fragt Ellie und versteckt sich leicht hinter ihrer Partnerin. „Haben wir überhaupt eine Chance gegen ihn?"

WUFF

Fenrir setzt sich neben sie und lehnt den Kopf an. Ellie streichelt ihm sanft über die Öhrchen, was er besonders zu mögen scheint.

„Um das auch den anderen noch mal zu übersetzen, was er gerade gesagt hat: Nein. Wir haben keine Chance gegen ihn. Aber er wird hier auch nicht auftauchen. Die eigenen Hände würde er sich niemals schmutzig machen."

„Wir sollten trotzdem Vorsicht walten lassen", fügt Sam hinzu. „Auch wenn ich in meinem Notizbuch nichts Gegenteiliges gefunden habe, sollten wir vor einem so mächtigen Wesen wie Schicksal –"

„Du weißt schon, dass wir hier mit Göttern rumlaufen, die es seit Äonen gibt und mit denen wir neben Astaroth auch Billie vertrieben haben?", fragt Natascha.

„Ich weiß, aber –"

„Das war Kira", unterbricht Ellie. „Sie war diejenige, die all das vollbracht hat. Wir waren nur dabei –"

„Und ein sehr wichtiger Bestandteil, der dafür gesorgt hat, dass das Unterfangen überhaupt erst gelingt", fügt Freya an und legt einen Arm um ihren Schützling. „Ohne uns hätte sie das nicht geschafft. Sie mag das Schwert am Ende fallengelassen haben. Aber wir waren stets an ihrer Seite. Das weiß sie auch. Und das solltet ihr euch alle vorhalten. Wir sind ein Team. Eine Gruppe Kriegerinnen und Krieger, die es gewagt haben, die Tore des Feindes zu durchstoßen und ihnen ihre Äxte in die Schädel zu rammen. Wir sind weiter gekommen als je ein anderer oder eine andere."

Die Muttergöttin tritt einen Schritt vor und ballt die Fäuste.

„Lasst uns diesen Erfolg nicht schmälern, nur weil wir nicht die Anführer sind, sondern diejenigen, die der Anführerin folgen. Wir vertrauen auf sie und sie genauso auf uns. Und sollten wir diesen Tag nicht überleben, bin ich überzeugt davon, dass wir uns alle in Walhalla wiedersehen werden. Genauso bin ich überzeugt davon, dass Kira und Ren alles unternehmen, um nicht nur allein hier lebend rauszukommen, sondern auch zu uns aufschließen und gemeinsam die Tore der Hölle verriegeln möchten."

Fenrir stimmt mit einem frohjauchzenden Bellen zu. Sam und Ellie nicken. Kali und Natascha scheinen weniger überzeugt – das liegt aber vor allem an ihrer misstrauischen Natur.

„Solange", Natascha seufzt, „die beiden keine Dummheiten anstellen, wird das schon passen."

VII

DAS ROTE TELEFON

„Soll ich den Hörer abnehmen?", fragt Kira und lässt ihre Hand immer wieder über dem roten Telefon schweben. „Oder lieber nicht?"
Anscheinend hat sich in der Zwischenzeit ein kleines Spiel, das an längst vergangene Tage in Ferienlagern erinnert, entwickelt – eine Mutprobe, wie die Kids von damals gesagt hätten.
„Unter keinen Umständen", ermahnt Lissy. „Möchtest du etwa, dass Schicksal sich gestört fühlt und auch dir den Kopf abreißt?"
„Ich hab dir die Geschichte nicht erzählt, damit du direkt alte Wunden aufreißen kannst", erwidert Kira und zieht die linke Augenbraue hoch. „Aber möchten wir nicht auch, dass er vor uns steht?"
„Ich bin ja eigentlich der König der dummen Ideen, aber ganz unvorbereitet kommt mir das auch nicht smart vor", erklärt Ren.
„Aber was sind denn unsere Alternativen?"

„Also mal den Hörer abnehmen, was soll da schon passieren?", grübelt Tali laut vor sich her. „Du kannst ja jederzeit auflegen."

Renée schaut den Neuzugang mit sehr ernster Miene an.

„Vielleicht kann da auch zu viel passieren ...", fügt sie kleinlaut an.

„Erst mal bist du jetzt aber dran", sagt Kira. „Ich habe dir gerade meine ganze Geschichte – in absoluter Kurzfassung – erzählt. Ich will auch mehr über dich erfahren! Vor allem, wie haben Lissy und du euch kennengelernt?"

Tali setzt sich auf und schaut ihre Partnergöttin leicht bedröppelt an.

„Das weiß ich nicht mehr. Und Lissy verrät es mir nicht. Wegen –"

„Der Schicksalsgesetze ...", verkünden die anderen gleichzeitig und seufzen.

„Aber ich dachte, im ältesten Zimmer gelten sie nicht?", fragt Kira.

„Das Risiko sollten wir trotzdem nicht eingehen", erwidert Renée.

„Aber es gibt leider einiges, an das ich mich nicht mehr erinnern kann. Ich bin wie ihr in die Unterstadt hinabgestiegen. Ich wollte jemanden finden. Aber nicht Astaroth. Eine Seele. Und noch wen. Aber es gab eine Gegnerin. Ihr Name ist mir entfallen."

„Lilith?", wirft Ren ein. „Die Schreckschraube des Bösen?"

Lissy und Tali verstummen. Gleichzeitig, als wären ihre Gedanken miteinander verwoben, schlagen sie die Hände vor den Kopf. Ein leises, schmerzerfülltes Stöhnen ist von ihnen zu hören.

„Dieser Name", sagt Tali. „Wieso schmerzt er, wenn ich an ihn denke?"

Kira reißt die Augen auf. Hat Ren gerade so sehr ins Schwarze getroffen?

„Ich kann ihn nicht einmal aussprechen. Wieso –"

„Nicht", fleht Lissy. „Das meinte ich. Auch wenn Schicksals Reichweite nicht bis hierhin geht, seine Gesetze gelten trotzdem."

„Aber Lilith –", sagt Ren, der von Talis Schmerzensschrei unterbrochen wird, die sich mit voller Wucht die Hand vor den Kopf schlägt, sodass Kira aufspringt und ihre Hände festhält, damit sie es nicht noch einmal wiederholt. „Ooookay …"

„Wieso reagiert ihr so auf diesen Namen?", fragt Kira.

„Ich weiß es nicht", wimmert Tali, die vor Schmerzen Tränen in den Augen hat. „Aber bitte hört auf. Irgendetwas scheint uns davon abzuhalten, über die Person, die diesen Namen hat, zu sprechen."

„Person", spottet Renée. „Eine Dämonin. Und dazu noch die niederträchtigste."

„Du weißt, was ich meine …"

„Kannst du denn weitererzählen?", fragt Kira vorsichtig. Auch wenn sie nicht möchte, dass ihre neugewonnene Freundin Schmerzen hat, ist sie zu neugierig, als dass sie nicht trotzdem erfahren möchte, wie sie hierhergekommen ist.

„Ja." Tali schluchzt einmal und schluckt schwer. „Lissy und ich wurden getrennt, und ich ging auf die Suche nach ihr aus der Unterstadt heraus und irgendwann stand ich auf einmal vor einer Kirche. Aber sie sah nicht aus wie eine der unseren, sondern –"

„Die Höllenkirche!", ruft Kira, die im ersten Augenblick viel zu fröhlich reagiert. „Da haben wir einen unserer Kollegen verloren", fügt sie an und dämpft vorsorglich die Stimme.

„Vor ihr lag sie ... lagst du ..." Tali zeigt lächelnd auf Lissy. „Ich hatte sie wiedergefunden."

„MOMENT", hakt Ren ein und springt in die Mitte des viel zu kleinen Zimmers. „DU BIST ALLEIN DURCH DIE HÖLLE GEWANDERT? VON DER UNTERSTADT AUS?"

„Ich glaube schon", erwidert Tali, den Mundwinkel nach links gezogen, den Kopf nach oben gedreht und den Zeigefinger auf die Lippen gelegt. Ihre Brille rutscht langsam zurück. „Zumindest kann ich mich daran erinnern, dass wir längere Zeit getrennt waren."

Rens, Renées und Kiras Münder berühren beinahe den Boden, so tief sind ihre Kinnladen runtergefallen.

„Wie hast du das geschafft?", fragt Kira.

„Das weiß ich leider nicht mehr", antwortet Tali. „Ich glaube, ich hatte Hilfe von einem Zauberer? Einer Zauberin? Einer Person, die Magie konnte. Ich hatte sie angefleht, mir zu helfen. Mir ein Tor zu öffnen, um Lissy wiederzufinden."

„Aber du hast doch eben gesagt, dass du bisher sonst niemanden getroffen hattest?"

„Ach so." Tali schaut verwirrt drein. Kiras mulmiges Bauchgefühl breitet sich aus. Doch sie hat nicht das Gefühl, als würde die Jägerin lügen. Eher, als würde sie sich sehr selektiv an das erinnern, was einst war. Ihre Geschichte klingt schwammig, als würde sie etwas nicht verraten wollen. Als hätte sie in der Nacht ins Bett gemacht und die Matratze einfach nur fix umgedreht, damit es keiner mitbekommt.

„Doch, ich wollte sie ja retten. Und meine Freundin. Aber dafür musste ich erst ... jemanden besiegen. Aber ich weiß nicht mehr, wen, meine Erinnerung daran ist weg. Je mehr ich versuche, mich an das, was geschah, zu erinnern, desto mehr kämpft etwas in mir dagegen an."

„Seitdem steckt ihr hier fest?", fragt Kira.

„Ja. Was sehr schade ist, denn meine Eltern hatten mir gerade erst ein nigelnagelneues Auto geschenkt. Als Glückwunsch, dass ich meinen Bachelor geschafft hatte. Weil ich auch schon eine neue Stelle angefangen habe."

Kira lacht. Ihr mulmiges Bauchgefühl ist verschwunden. Wahrscheinlich kommt Talis Erinnerung wieder, sobald sie zurück zu Hause ist.

„Was für ein Auto denn?"

„Ein rotes!"

Ren lacht. Der Witz hätte von ihm sein können. Doch Tali wollte gar keinen Gag zünden.

„Sorry", murmelt sie und zieht den Kopf ein wenig ein, „ich kenne mich da nicht so aus. Aber von Opel. Einen Corsa, glaube ich. Sogar mit richtigen krassen technischen Spielereien."

„Mit Navi und großem Touchscreen?", fragt Kira, die zwar auch nicht wirklich von Autos begeistert ist, aber sich immerhin ein wenig auskennt.

„Navi? Meinst du ein Navigationssystem? Nee, das ist zu teuer und gibt's in so kleinen Autos auch nicht. Das ist doch nur so dicken Schlitten vorbehalten. Und Tatschskrien sagt mir leider nichts. Aber er hat auch einen CD-Spieler drin, nicht nur ein Kassettendeck. Darüber hab ich mich sehr gefreut. Eines der ersten Autos, die so einen haben!"

Das Bauchgefühl, das sich so schnell verabschiedete, ist wieder da. Inklusive seiner Nachbarn Schock und Unglaube.

„Tali ..." Kira ist sich sehr unsicher, wie sie den nächsten Satz formulieren soll, ohne dass ihre neue Freundin ebenso in Schock und Unglaube verfällt.

„Ja?"

„Kannst du mir eins verraten …"

„Ja?"

„Seit wann … Also … wann bist du … Wie bist du …"

„Spuck's aus!" Kiras Rumdruckserei löst in Tali ein starkes mulmiges Gefühl aus. „Ist das kein gutes Auto?"

„Nein – doch – keine Ahnung! Aber einen CD-Spieler hat mein Auto gar nicht –"

„Oh, das tut mir leid. Ich wollte nicht angeben, aber –"

„Weil es sich automatisch mit dem Internet verbindet und ich darüber Musik höre."

„Internet?"

Tali schluckt. Ihre Atmung wird unregelmäßig, der Raum beginnt sich zu drehen. Sie schmeckt Salz, weiß aber nicht, warum.

„Es ist alles gut", sagt Kira und nimmt sie fest in den Arm.

Tali bemerkt, wie ihr unkontrolliert Tränen die Wangen hinunterlaufen, ohne dass sie absichtlich angefangen hat zu weinen.

„Es tut mir so leid, Tali", fügt die Jägerin an und hält ihre neue Freundin nach wie vor ganz fest im Arm, „aber wann hast du deinen Bachelor gemacht?"

Tali versucht, sich zu beruhigen, was ihr kaum gelingt. Sie schluchzt und atmet hektisch ein und aus.

„Neun–"

Sie schluchzt abermals und schafft es nicht, einen Satz herauszubekommen.

„Neunzehn–"

Lissy und Ren stehen hilflos daneben. Sie wissen nicht, wie sie helfen können.

„Neunzehnhundertdreiundneunzig –" Tali schluchzt weiter und schnappt nach Luft.

Kiras Befürchtung hat sich bewahrheitet, die Jägerin ist seit mehreren Jahrzehnten in der Unterstadt gefangen. Daraus ergeben sich direkt hundert weitere Fragen, die aber erst mal warten müssen.

„Es tut mir so leid", wiederholt Kira und drückt die junge Frau noch fester an sich. Nichts, was sie sagt, könnte den Moment gerade verbessern.

„Bitte sag mir nicht, welches Jahr es ist."

„Werde ich nicht."

Eine Frage, die Kira brennend interessiert, ist, ob die Zeit in der Unterstadt – oder den Höllenringen – schlichtweg stehenbleibt. Oder ob Tali vielleicht zum Zeitpunkt ihres Eintritts zurückkommt?

„Dann wäre sie eine Zeitreisende", sagt Ren – aber natürlich nur so, dass Kira es hören kann.

Sie stimmt ihm zu. Aber sind sie dadurch auch Zeitreisende? Oder wenn das älteste Zimmer außerhalb von Raum und Zeit existiert, kann dann theoretisch nicht jeder eine zeitreisende Person sein? Aber wie bereits erwähnt, die Fragen hebt sie sich für einen anderen Tag auf.

RING RING

Die fünf schrecken zusammen.

„Wartet, nicht abnehmen", mahnt Renée und streckt die Hand aus, um zur Not einzugreifen, falls jemand instinktiv den Hörer abgenommen hätte. „Das könnte eine Falle sein."

„Wie das?", fragt Kira.

„Alles, was wir wissen, ist, dass die Gesetze hier nicht gelten. Wir wissen nicht, ob trotzdem irgendjemand – im schlimmsten Fall Schicksal – weiß, dass wir hier sind."

Kira spürt, wie es ihr in den Fingern kribbelt.

„Du hast doch gehört, was die Partypooperin gesagt hat", zischt Ren und grinst.

„Ich würde das hier alles ein wenig ernster nehmen, wenn ich du wäre." Renée stellt sich vor das Telefon und schaut beobachtend in die Runde, damit jeder weiß, sie ist bereit dazwischenzugehen.

RING RING

„Ist wahrscheinlich ein lustiger Gedanke", sagt Tali, die sich ironischerweise durch das Telefonklingeln wieder beruhigt hat. „Aber vielleicht will uns irgendwer helfen?"

„Bezweifle ich", widerspricht Renée. „Wenn am anderen Ende die Architekten warten, wirst du damit nicht nur unsere Position preisgeben, sondern uns auch in den sicheren Tod schicken."

„Ich möchte Tali zustimmen. Wir können nicht hundertprozentig davon ausgehen, dass – selbst wenn es die Architekten sind – sie uns direkt an den Kragen wollen. Schließlich sind sie und ich schon – etwas – länger hier", fügt Lissy hinzu.

„Ich denke auch", Kira trifft Renées Blick, „dass wir nicht unüberlegt rangehen sollten."

„Was soll denn passieren ...?" Ren rollt mit den Augen.

„Du warst schon immer ein Agent des Chaos, aber dass du das Leben deiner Schützlinge so leichtfertig aufs Spiel nimmst, wundert mich dann doch."

RING RING

„Ich denke nur, und hört mir erst zu, bevor ihr mich aufhängt, teert und federt ... Ich denke nur, dass wir nichts zu verlieren haben. Wir sind bereits in der Unterstadt angekommen. Kira und ich – wir sind ein Nephalem. Wir haben Billie besiegt. Wir haben Astaroth in die Flucht geschlagen.

Was kann schlimmer und stärker als das sein? Bestimmt kein rotes Telefon!"

„Das ergibt schon Sinn", stimmt Lissy zu.

Tali nickt ebenfalls.

Renée ist von der Idee immer noch kein bisschen begeistert.

RING RING

„Ich vertraue dir, Renée", erklärt Kira und legt ihre Hand auf die der Dimensionsreisenden. „Wenn du es für keine gute Idee hältst, lassen wir das Telefon einfach weiterklingeln."

Wenngleich Kiras Worte keine besondere Tiefe hatten, schwang ein Wort mit, das Renée zum Nachdenken angeregt hat. Vertrauen. Sie erwidert die Geste der Jägerin und legt ihre andere Hand über ihre.

„Wenn du denkst, dass es der richtige Weg ist, dann nimm den Hörer ab."

RING RING

Kira schluckt. Mit der Antwort hatte sie nicht gerechnet. Doch sie zögert nicht lange und nimmt den knallrot schimmernden Hörer in die Hand. Er fühlt sich schwer an. Aber nicht aufgrund seines Gewichts. Vorsichtig führt sie ihn zum Ohr, ohne etwas zu sagen. Der Rest des Zimmers verstummt ebenfalls. Außer Ren, der so was wie „Bestell Grüße" flüstert.

„…"

Kira nimmt nur Statik wahr. Niemand sagt etwas. Sie schaut hilfesuchend in den Raum, und zumindest Lissy und Tali nicken ihr verhalten zu.

„Hallo?"

„…"

„Ist da jemand?"

„…"

„Niemand antwortet, ich glaube –"

„*Myfrē¿*"

Erschrocken wirft Kira den Hörer hin.

„Da ist doch jemand. Und ich glaube, sie sprechen Enochian."

Tali nimmt den Hörer und drückt ihn Kira mit den Worten „Du kannst das" in die Hand. Sie nimmt das Telefonat wieder auf.

„*Nēω̊δī¿*"

„Kira."

Die anderen schauen sich verdutzt an. Versteht sie etwa, was die Person – das Wesen – am anderen Ende sagt?

„*Qhaľ aſtiṣ¿*"

„Nein."

„*Bīχm ÿœſn aſteṅ Qhaľ uêfık Ådņœ·*"

„Die unterste Sphäre? Wo finde ich sie?"

„*Ḍȧṣp̌ē ųn̊ω̊σ· Ęṅfia gœ́ſnī¿*"

„Um Astaroth zu töten. Und die Seelen meiner Freunde wiederzuholen."

„*Ƒn]p̌ſı ϕn̈þia¿*"

„Okay … Zu fünft."

Die anderen reißen die Augen auf. Renées besorgter Blick und eine Handbewegung, die aussieht, als würde sie selbst den Kopf abreißen wollen, soll Kira vermitteln, dass sie schleunigst auflegen muss.

„*Uχp̌ə·*"

„Danke schön."

Sie legt auf.

„Wieso hast du ihnen verraten, wie viele wir sind?", fragt Renée und hat den Drang, Kira zu schütteln.

„Und was wir vorhaben? Das war doch nicht der Plan", schimpft Ren, der die Hände über den Kopf zusammenschlägt.

„Lasst sie doch erst einmal zu Wort kommen", bittet Lissy.

„Die Architekten … Erst habe ich sie nicht verstanden. Doch plötzlich haben sie in meiner Sprache gesprochen. Oder kann ich auf einmal Enochian? Dann haben sie mir von Schicksal, diesem Raum und L– ihr erzählt. Mich vor ihr gewarnt. Gefragt, wie viele wir sind. Sie wollten Informationen als Gegenleistung für ihre Informationen haben. Was wir vorhaben. Im Gegenzug haben sie mir von der untersten Sphäre erzählt. Sie befindet sich hier in der Unterstadt. Dort würden wir finden, wonach wir suchen. Außerdem haben sie mich gefragt … glaube ich … ob ich die neue Imperatorin sein möchte? Oder sie haben mir sogar gesagt, dass ich es bin? Dass ich über alles wachen werde. Aber wie …?"

„Lass dich nicht verunsichern", sagt Renée. „Die Architekten haben stets einen Plan. Sie haben versucht, dir Informationen zu entlocken, und –"

„Aber es klang nicht danach. Es klang eher wie ein fairer Austausch. Ich wollte etwas von ihnen, sie wollten etwas von mir."

„Und jetzt suchen wir nach der Sphäre?", fragt Ren.

„Was ist denn diese Sphäre?", will Tali wissen.

Lissy seufzt. Sie geht zu ihrem Schützling hinüber. „Ich glaube zu wissen, was es ist. Dort sind die Architekten beheimatet. Ich weiß aber nicht, wo sie ist. Und selbst wenn ich es wüsste, würde ich es mir dreimal überlegen, ob ich es verrate, da der Ort lebensgefährlich ist."

Sehr ominös, denkt sich Kira, hakt aber nicht weiter nach. Gerade erscheint es ihr unwichtig zu wissen, was es ist.

Das können sie auch fragen, wenn sie davor stehen – falls sie es überhaupt finden.

„Also weiter geht's? Auf zur Sphäre?"

Die anderen stimmen ihr nickend zu. Widerworte gibt es keine, schließlich hat niemand einen besseren Plan.

VIII

SCHICKSALHAFTE PLÄNE

„Sie haben wirklich das Telefon benutzt", sagt Lilith, die entspannt zurückgelehnt im Sessel vor Schicksals Schreibtisch sitzt.

„Es ist zwar eine kleine Schande, dass ich nicht weiß, was im ältesten Zimmer vor sich geht, aber dass sie es mir einfach so bereitwillig erzählen, spricht nicht gerade für ihren Intellekt. Sie sind alle versammelt und haben nichts bemerkt."

„Ich frage mich", Lilith beugt sich nach vorne und legt die Ellbogen auf dem Schreibtisch ab, um den Kopf in die Hände zu stützen, „was sie sich erhoffen. Denken sie wirklich, unsere Architekten werden ihnen helfen?"

„Unsere Architekten?" Schicksal steht auf und zieht seine schwarze Brille etwas herunter, sodass man zumindest den Ansatz seiner Augen erkennen kann. Keine Pupillen, kein Weiß – nur unendliche Galaxien, die verspielt umherspringen. Er setzt sie wieder auf und wandert um Lilith herum, um seine Hände auf ihren Schultern abzulegen.

„Deine Architekten", korrigiert sie sich und seufzt.

„Nun komm schon, Lilith", erwidert er und schnalzt mit der Zunge. „Du bist meine linke Hand. Aber deswegen gehört dir nicht auch meine rechte."

Ihr Blick verändert sich zu einem missgünstigen Ausdruck.

„Ich muss nicht hinschauen, um zu wissen, wie du guckst, liebe Lili–"

„Wie lange lassen wir sie weiter zappeln?"

Er lässt von ihr ab und geht zurück hinter seinen Schreibtisch. Doch er setzt sich nicht hin, sondern schaut über ihren Kopf auf die rückseitige Zimmerwand. Diese verschwindet mit einem Mal und gibt die Sicht auf die Jägerinnen und Urgötter im ältesten Zimmer frei. Er kann nicht hören, was sie sagen, nur sehen, was sie unternehmen.

„Ich bin gespannt", er schnippt und die Zimmerwand verdeckt den Anblick, „was sie vorhaben."

„Du weißt doch, was passiert?", erwidert sie. „Du hast doch selbst gesagt, als Nächstes werden sie –"

„Ich muss zu meinem Leid trotzdem eingestehen, dass sie mich überrascht haben. Das älteste Zimmer? Die unterste Sphäre? Meine Erwartung war, dass sie das rote Telefon aufgrund der Gefahr und der Schicksalsges... – meiner Gesetze nicht nutzen würden. Sie haben mich überrascht. Von daher möchte ich wissen, wie sie das nächste Kapitel dieser kleinen, aber doch unterhaltenden Ablenkung abschließen werden. Lass sie also weitermachen. Glaubst du nicht auch, es wäre eher angebracht, sich um die Nachzügler zu kümmern?"

Lilith zuckt mit den Schultern und sinkt zurück in den bequemen Ledersessel.

„Ich sehe keine Gefahr von ihnen ausgehen. Keiner von ihnen scheint zu wissen, mit wem sie es wirklich zu tun haben."

„Der junge Jäger – Sam –, hast du nicht die Seele seines Bruders auf deiner persönlichen Spielwiese gefangen?"

Sie überlegt einen Augenblick und lacht laut auf. Ihr Lachen klingt wie das Schaben einer Gabel in einer antihaftbeschichteten Pfanne.

„Stimmt, der kleine James", sagt sie und pult sich mit der Zunge ein Stück Fleisch aus dem Zahn. „Der hat mittlerweile alles vergessen. Er kann nicht mal mehr sprechen."

„Glaubst du nicht", Schicksal setzt sich mit verschränkten Armen in seinen riesigen Chefsessel, „Sam könnte dir gefährlich werden? Schließlich ist nicht nur eine Zeichnung von dir im Notizbuch seines Bruders verewigt. Obendrein stehen einige Informationen drin, die eigentlich niemand außerhalb dieses kleinen Dunstkreises jemals hätte zu Gesicht bekommen dürfen."

Lilith sieht gänzlich unbeeindruckt aus. Sie überlegt, kommt aber zu keinem Entschluss, der in irgendeiner Form darauf Rückschlüsse ziehen lässt, dass sie besorgt sei.

„Selbst wenn irgendetwas drinsteht, das mir gefährlich werden könnte –"

„Ja?"

„Was ich stark bezweifle –"

„Mhmm."

„Dann schnippst du halt mit deinen Fingern und Abfahrt."

„Denk immer dran, Lilith. Die Arroganten sehen ihren Fall niemals kommen, weil sie sich für unantastbar halten."

„Ich wusste gar nicht", strahlt sie ihn an, „dass du mich für arrogant hältst", und wirft ihm einen Luftkuss zu.

Schicksals weiße Zähne blitzen hervor.

„Manchmal wünschte ich mir, du würdest mich ernster nehmen", sagt er und weist sie mit einer abweisenden

Handbewegung an, den Raum zu verlassen. Sie steht auf, zuckt mit den Schultern und schlendert gemütlich zur Tür.

„Moment." Er hält sie auf. „Du weißt aber schon, dass in deinem kleinen Aufenthaltsraum nicht nur James ist?"

Sie dreht sich zu ihm zurück und verschränkt die Arme. Augenscheinlich hat sie keine Ahnung, was er meint. „Ich weiß. Und nicht nur er. Neben einigen verirrten Seelen ist auch er da."

„Natürlich. Aber der kleine Peter hat sich im Zauberladen vergriffen und das falsche Portal geöffnet. Und die Seele von Kiras bester Freundin Jen hat sich ebenfalls in dein Purgatorium verirrt. Wie genau, das weiß ich nicht. Aber vielleicht könnten die beiden dir nützlich sein?"

In Liliths Gesicht breitet sich ein großes Grinsen aus. Spitze Zähne, ähnlich die eines Hais, kommen hervor, und für einen Augenblick ist ihre schlangenähnliche Zunge zu sehen, mit der sie sich über die Lippen leckt.

„Die passen perfekt in meine Pläne. Danke schön." Sie verbeugt sich vor Schicksal und verlässt den Raum.

„Du solltest aufpassen", flüstert er, „nicht an deinen Ambitionen zu ersticken."

IX

AUF DER SUCHE NACH DER SPHÄRE

ira, Ren, Tali, Lissy und Renée haben das älteste Zimmer verlassen und schlendern relativ unbekümmert durch die Unterstadt. Sie scheinen keinen Zeitdruck zu haben – zumindest nicht, dass sie wüssten. Kira hält an ihrer Theorie fest, dass die Zeit in der Hölle erheblich langsamer verläuft, sodass auf der Erde maximal ein paar Tage vergangen sind – genauso wie an der Theorie, dass Tali eine Zeitreisende sein muss. Ren und Renée sehen keinen Grund, ihr zu widersprechen.

Tali und Lissy schauen mit Vorsicht hinter jede Ecke, können aber niemanden ausfindig machen. Sie fühlen sich ebenso in ihrer Theorie bestärkt.

„Ich glaube wirklich", sagt Tali, „die Zerstörung des Höllenherzens hat dafür gesorgt, dass hier kaum mehr Dämonen sind. Irgendetwas habt ihr damit bewerkstelligt."

„Ich kann mir vorstellen", antwortet Renée, „dass sie sich bereitmachen und an irgendeinem Ort sammeln. Sie werden doch mit Sicherheit Außenposten haben, an denen sie trainieren."

„Soweit ich weiß, befinden wir uns hier auf einem der Trainingsgelände." Lissy rümpft die Nase und streckt sich. „Normalerweise hätten wir jetzt schon eine ganze Handvoll dämonischer Ausgeburten um die Ecke gebracht."

„Ich bin ja komplett dafür, dass hier keine Monster rumrennen", sagt Ren. „Aber mit oder ohne Höllenherz bin ich doch etwas skeptisch, warum hier niemand ist."

„Ja." Renée nickt ihm zu. „Selbst wenn sie sich irgendwo sammeln. Astaroth und Schicksal. Sie werden beide wissen, dass wir hier sind. Wahrscheinlich war das sogar ihr Plan. Worauf warten sie also?"

„Dass die Falle zuschnappt", antwortet Kira. „Aber das wird sie nicht, da wir mit der Sphäre ein Ass im Ärmel haben. Sie wissen nicht, dass wir mit den Architekten geredet haben. Und vor allen Dingen wissen sie nicht, dass die Architekten eigene Ziele verfolgen. Das wird unser Ticket zum Sieg sein."

„Pass nur auf, dass du dich nicht verrennst", warnt Renée. „Wir sollten uns nicht zu sehr in Sicherheit wiegen, nur weil du auf Enochian mit denen gesprochen hast."

„Hast du schon mal in Erwägung gezogen", Ren bleibt stehen und schaut nachdenklich in die Luft, „dass sie mit dir auf … Menschisch gesprochen haben?"

„Macht das einen Unterschied?", fragt Kira.

„Aber das ergibt doch gar keinen Sinn", erwidert Tali. „Sonst hätten wir sie doch auch verstanden?"

„Da hast du auch wieder recht", antwortet sie und verschränkt die Arme.

„So ungern ich dieses Kaffeekränzchen unterbrechen möchte – ziellos durch die Gegend zu laufen wird uns auch nicht weiterhelfen."

„Renée?" Ren schaut seine Kollegin bittend an. Er will nicht aussprechen, welche Macht ihr innewohnt.

„Habe ich schon", erwidert sie. „Nichts."

„Was war das gerade?", fragt Tali und schaut beide mit ihrem Hundewelpenblick an – den Kopf zur Seite gedreht, die Brille nach vorne gerutscht. „Ihr wisst doch was!"

„Ich kann mit mir selbst sprechen."

Kira zieht eine Augenbraue hoch. „Du meinst, mit anderen Versionen von dir selbst."

„Das meinte ich."

„Ich habe mich schon gefragt, ob deine einzige Kraft darin besteht, relativ klein zu sein", erwidert Lissy.

Renée geht auf ihren schlechten Scherz aber nicht ein. „In jedem Fall wissen sie nichts von einer Sphäre. Ehrlicherweise haben sich unsere Pfade nach dem Kampf gegen Astaroth aber auch in sehr viele verschiedene Richtungen entwickelt."

„Wieso das?", erkundigt sich Tali.

„Viele von ihnen haben nicht überlebt. Und in vielen hat auch ihre Version von unserer Kira nicht überlebt."

„Meine Version?"

„Das musst nicht zwingend du sein. In anderen Dimensionen haben andere Menschen – und andere Wesen – ein ähnliches Schicksal. Ist alles sehr kompliziert und würde wahrscheinlich mehrere Bücher füllen."

„Es gibt also ein Multiversum?", fragt Tali. „Wie bei Ma–"

„Ja und nein", erwidert Renée. „So einfach ist das nicht. Und es funktioniert auch nicht einfach so, dass überall alles gleich abläuft und wir Versionen von uns in den anderen Dimensionen rumlaufen haben. Ich habe in jeder Dimension eine Schwester."

„Wie viele Dimensionen gibt es?" Tali rückt ihre Brille zurecht und hört gebannt zu.

„Sehr viele –"

„Du meinst unendlich viele", unterbricht Ren. „Also gibt es auch eine Dimension, in der sie noch waschechten Frufo herstellen."

„Was ist denn Frufo?", fragt Kira.

„Der Joghurt mit den Außerirdischen", erklärt Tali und reißt die Augen auf. „Den gibt es nicht mehr?"

„Wurde eingestellt", erwidert Ren und zieht die Mundwinkel nach unten.

„Ist das gerade wirklich wichtig?", fragt Lissy. „Lasst die Dimensionshopserin doch mal ausreden."

Renée ignoriert den schnippischen Kommentar abermals.

„Mehr habe ich nicht zu berichten, außer dass sie uns nicht helfen können. Wir alle haben einen anderen Weg vor uns. Ab hier müssen wir entscheiden, ob wir den einfachen oder den richtigen Weg nehmen."

„Den einfachen natürlich", erwidert Ren.

„Den richtigen", sagt Kira. „Leider haben mir die Architekten keine Karte gegeben und auch keine Anweisungen, wie wir zu der Sphäre kommen. Vielleicht kann uns wer anders helfen?"

„Mir würde nur Lady ... Inari einfallen."

„Die ist zur Salzsäule erstarrt."

Lissy schaut verdächtig drein. Sie scheint etwas zu wissen, was sie mit den anderen nicht teilen möchte.

Ren setzt sein bestes Denkergesicht auf und hält inne. Er schaut stoisch auf den Boden, die rechte Hand unters Kinn gestützt, und wiederholt ein paar Mal „Hmm".

„Ja?" Kira ist sichtlich angenervt von der lauten Nachdenkerei.

„Eine Person – ein Wesen – würde mir einfallen. Aber ich sag's mal so, mindestens eine von uns hat zu ihr nicht die beste Connection. Das könnte für Reibereien sorgen – und nicht auf die gute Art."

„Spuck's schon aus", Renée weiß, dass sie gemeint ist, „wen du im Kopf hast. Und wenn es wirklich sie ist, dann werde ich mich nicht zurückhalten."

„Aber was willst du gegen sie ausrichten?" Ren versucht, ein Grinsen zu unterdrücken. Denn auch wenn er manchmal über die Stränge schlägt, reißt er ungern alte Wunden auf.

„Du meinst sie also wirklich?"

Kira glaubt, dass sie ebenfalls versteht, wer gemeint ist.

„Aber woher sollte sie das wissen?"

„Es ist nur eine Vermutung", erwidert Ren und schaut abermals nachdenklich auf den Boden.

„Könntet ihr uns vielleicht auch mal einweihen?", fragt Lissy. „Oder wollt ihr uns dumm sterben lassen?"

„Da wird die Info dir auch nicht helfen", antwortet Renée und schaut sie mit zusammengekniffenen Augen an.

„Willst du es drauf anlegen, Shorty?" Die Urgöttin greift demonstrativ nach dem Griff des Drachenzahns.

In Renées Hand erscheinen zwei lodernde Kugeln, bereit, abgefeuert zu werden.

„Trau dich", zischt sie.

Ein unfassbar lauter Knall, der die gesamte Ebene erfüllt und dafür sorgt, dass Renée und Lissy von einem Windstoß aus dem Gleichgewicht geraten. Sie lassen von ihren Waffen ab und schauen in ihre Mitte.

„WOLLT. IHR. MICH. VERARSCHEN!?", brüllt Kira. Sie hat Dante mit voller Wucht zwischen die beiden auf den Asphalt geschlagen und für ein riesiges Loch im Boden gesorgt.

Tali schaut sie mit riesigen Augen an. Diese Kraft kennt sie nicht. Schlummert in ihr dieselbe Macht, weil sie auch ein Nephalem ist?

Kira zieht Dante aus dem Boden heraus und schreitet hektisch zwischen den Urgöttinnen auf und ab. „Wir haben soooo viel Wichtigeres zu klären, als uns um fragile Egos zu kümmern. Du bist klein. Du bist ungehobelt. Haben wir verstanden. Hört auf, euch gegenseitig an die Kehle zu gehen. Ansonsten gibt es für euch beide ein Time-out."

Die beiden nicken nur, ohne noch ein weiteres Wort zu sagen. Bevor sie voneinander gänzlich ablassen, schießen sie sich noch einen erbosten Blick zu.

„Nachdem wir den Kindergarten hinter uns haben", sagt Ren, „würde ich vorschlagen, Renée, du öffnest ein Tor."

„Dir ist bewusst, dass das weder ein Spaziergang wird, noch, dass sie uns alles freiwillig übergibt? Und dir ist hoffentlich auch bewusst – in dem Augenblick, in dem sie uns den Rücken zukehrt, werde ich sie mir packen und Jen und Inuki rächen."

„Sorry, aber von wem redet ihr überhaupt?", fragt Tali, den Kopf zur Seite gedreht.

„Billie", antwortet Kira und seufzt.

„Aber gegen die habt ihr doch erst verloren. Wieso sollte sie uns helfen?"

Die Jägerin zuckt mit den Achseln. Sie hat leider keine bessere Erklärung parat.

„Und wie kommen wir zu ihr? Der Tod ist nicht gerade dafür bekannt, dass sie einen einfach in ihre Bibliothek einlädt", wirft Lissy ein.

„Keine Sorge", antwortet Renée. „Ich bin nicht ohne Grund die Dimensionsherrscherin."

X

SIND WIR SCHON DA?

am, Natascha, Ellie und die Urgötter schleichen mit gezückten Waffen durch die Unterstadt. Wie auch Kira vor ihnen vermuten sie hinter jeder Ecke eine Gefahr, die sie anspringen und ihnen das Licht ausknipsen könnte. Doch auch zu ihrer großen Überraschung scheint hier nichts zu sein, das ihnen an den Kragen möchte.

„Butter bei die Fische", verlangt Natascha. „Sind wir hier wirklich in der Unterstadt? Das hier kommt mir einfach vor wie eine Stadt. Also nicht mal zwingend wie eine echte Stadt. Sondern als hätte jemand ganz viele Fassaden gebaut und sich dann gedacht: ‚Fuck it'."

„Wir sind hier schon richtig", erwidert Kali. „Ich war vor vielen Äonen zuletzt hier. Aber ich muss dir zustimmen. Dass wir bisher nicht einmal einen mickrigen Dämon gesehen haben, spricht nicht gerade für diesen Hort des Bösen."

„Typischer Hort des Bösen, an dem die Sonne scheint, die Straßen sauber sind und alle Läden geschlossen haben, weil anscheinend auch in der Hölle Sonntag ist."

„Das hat nichts damit zu tun", antwortet Freya. „Du hast schon recht. Es sind nur Fassaden. Das hier ist das Trainingsgelände der Dämonen. Es ist euren Straßen nachempfunden, damit sie, sollten sie angreifen, sich umgehend zurechtfinden. Daher breitet sich in meiner Magengegend auch ein mulmiges Gefühl aus."

„Weil sie uns angreifen?", fragt Ellie. „Also die Erde?"

„Das vermag ich nicht zu sagen. Vielleicht hat es auch mit unserer Anwesenheit zu tun. Eventuell hat Astaroth sie vorgewarnt? Es könnte sein, dass er einen Hinterhalt vorbereitet. Nur darauf wartet, dass wir ihm in die Arme laufen."

Ellie wird blass. Sie schluckt schwer und versucht, sich ihre Sorge nicht anmerken zu lassen. Die Muttergöttin bemerkt selbstverständlich, was sie mit ihren Worten in ihrem Schützling ausgelöst hat.

„Keine Sorge, mein Kind. Wir sind noch auf der sicheren Seite."

Sam, der auf Fenrirs Rücken reitet, um in Ruhe in seinem viel zu dicken Tagebuch blättern zu können, stößt einen gedankenverlorenen Seufzer aus.

„Möchtest du etwas mit uns teilen, Sam?" Freya verschränkt die Arme, lächelt ihn jedoch an. Wie eine Mutter, die genau weiß, dass ihr Kind nur darauf wartet, gefragt zu werden, um etwas zu erzählen.

„Nicht wirklich", erwidert er zur Überraschung aller. „Die Informationen über die Unterstadt, die James einst hier eingetragen hat – oder vielleicht auch mein Vater –, lassen mehr als zu

wünschen übrig. Sie decken sich quasi kaum mit dem, was wir hier sehen. Selbst die Zeichnungen sehen anders aus. Sie mögen krude sein und relativ spartanisch, aber seht einfach selbst."

Er holt ein loses Blatt hervor und faltet es auf Postergröße auf. Die von ihm als simpel verkaufte Zeichnung entpuppt sich als hochdetaillierte Aufarbeitung einer lebendigen Szene mit mehreren Darstellern.

„Sag mal", Natascha schaut griesgrämig drein, „wann hatte dein Bruder, dein Vater oder auch du die Zeit, solche Kunstwerke zu zeichnen? Da wird ja jeder Kunststudent neidisch. Dazu schreibst du gefühlt in jeder Sekunde, in der wir nicht kämpfen, was da rein. Das Ding müsste doch mittlerweile tausende Seiten haben."

„Noch nicht ganz tausend", erwidert er, ohne auf den Rest ihres Satzes einzugehen. „Aber es ist viel zusammengekommen. Und ich schreibe einfach gerne."

Sie seufzt, zuckt mit den Schultern und schaut auf die Zeichnung.

„Seht ihr das? Das hier soll die Unterstadt sein. Aus einer Überlieferung. Die Fassaden sind ähnlich, aber auf dem Bild sind nicht nur Dämonen. Auch Menschen. Und andere Wesen. Was könnten sie sein?"

„Vielleicht Vampire?", überlegt Freya, ohne die Miene zu verziehen.

„Es gibt Vampire?" Ellie fällt aus allen Wolken.

„Natürlich", erwidert Kali. „Zombies auch. Woher, denkst du, hatten die ganzen Menschen die Ideen für ihre Filme und Bücher darüber? Sie sind diesen Monstern irgendwann mal über den Weg gelaufen."

„Heißt das, sie waren auch alle Jäger?"

„Das kann ich dir nicht mit Gewissheit sagen", antwortet die Urgöttin und schaut nachdenklich zur Seite. „Bram meinte damals, er würde unsere Geschichte aufschreiben, nachdem er von der Legende eines Vampirs gehört hatte und ich ihm dabei half, einen ausfindig zu machen. Aber wie hieß er gleich noch mal?"

„Dracula?", fragt Sam mit offenem Mund.

„Bingo!", sagt Kali und schaut unbeirrt weiterhin auf die Zeichnung.

„Du wusstest davon auch nichts?", fragt Ellie und schaut auf Sam.

„Doch, doch", erwidert er. „Es gab nur keinen Grund, euch davon zu erzählen. Aber meine Familie hat schon gegen diverse Vampire, Ghule und mehr gekämpft. Wir jagen aber ausschließlich nur Dämonen hinterher. Daher war es keine wichtige Info. Dachte ich zumindest." Sein Blick wandert unangenehm berührt herüber zu Freya, die ihm aber nur zustimmend zunickt.

Sam kritzelt schnell und unleserlich „Dracula = echt!" auf eine der Seiten und tippt danach auf der Zeichnung rum. „Die Wesen sehen leider nicht aus wie Vampire. Zumindest keine mir bekannten. Ich würde sie eher als eine Art Diener der Dämonen betrachten. Zumindest war so was auch vermerkt. Sie haben sehr menschliche Züge und könnten genutzt werden, um beispielsweise auf der Erde Orte auszukundschaften. Dadurch wären sie die perfekte kleine Waffe. Insgesamt wirft diese Zeichnung aber um einiges mehr Fragen auf, als dass sie Antworten bereithält."

„Kali", sagt Freya. „Du warst doch einst hier, meintest du? Sah es da auch schon so aus?"

„Als ich für einen kurzen Augenblick hier war – und das ist sehr lange her –, sah es nicht unwesentlich anders als jetzt aus. Nur mit erheblich mehr Dämonen."

„Aber was hat es dann mit dieser Zeichnung auf sich?", grübelt Sam.

WUFF

„Das glaube ich nicht", antwortet Freya und streichelt Fenrir über den Kopf. „Mein Wolfshund meint, dass es sich einfach nur um ein schönes Bild handeln könnte. Das bezweifle ich allerdings sehr."

„Da steckt definitiv mehr dahinter", stimmt Sam zu und faltet das große Blatt wieder zusammen, um es zurück ins dicke Buch zu stecken.

„Wir sollten weiterziehen", mahnt Kali. „Zu lange an einem Ort zu verweilen, auch wenn wir sonst niemanden sehen, kann nicht gut für uns sein."

Sie gehen weiter, zurück in den Aufpassermodus versetzt, die Waffen allzeit bereit.

„Ich sag's, wie es ist." Ellie klemmt sich ihren Bogen zurück auf den Rücken. „Hier ist niemand. Entweder haben wir uns verlaufen oder das hier ist schlicht und ergreifend nicht die Unter–"

Aus heiterem Himmel schießt eine lange Lanze in Richtung Ellie. In Windeseile stellt sich Freya vor ihren Schützling, fängt das Geschoss ab, dreht sich galant um die eigene Achse und wirft es mit viel Kraft zurück in Richtung Absender.

Ellie bleibt mit aufgerissenen Augen stehen.

„Nee", sagt Natascha, „sprich dich bitte aus."

„Ich kann niemanden entdecken", sagt Kali.

„Ich auch nicht", fügt Freya an. „Woher kam dann bitte –"

Unzählige weitere Lanzen fliegen in ihre Richtung, und während Freya schnurstracks eine Energiekugel um sie herum fabriziert, die sie vor den Angriffen schützt, halten Fenrir und Kali Ausschau. Ein Geschoss nach dem nächsten prallt laut von der Blase ab.

„Lange kann ich sie nicht aufrechterhalten. Die Pfeile werden mit ganz schöner Wucht auf uns abgeschossen."

„Da", ruft Kali und zeigt auf eines der Häuser in der Entfernung. „Von oben kommen sie."

Ellie spannt ihren Bogen, tauscht einen Blick mit der Muttergöttin und macht sich bereit. Sie warten einen Augenblick, bis keine Lanze mehr angeflogen kommt. Die Blase geht auf, Ellie springt in die Luft und schießt mit einem Affenzahn einen Pfeil nach dem nächsten los. Sie kann zwar nur raten, wo sich ihre Ziele aufhalten, aber mit ein bisschen Geschick – und einer Prise Glück – trifft sie genau ins Schwarze.

Sie landet auf dem Boden und schaut sich um.

„Keine Lanzen mehr", sagt Freya. „Gut gemacht."

Sie lösen die Verteidigungshaltung auf und entscheiden sich, weiter in die Richtung zu gehen, aus der die Geschosse flogen.

„ACHTUNG", brüllt Kali und wehrt im letzten Moment eine kleinere Lanze ab, die beinahe Natascha getroffen hätte.

„Du blutest", sagt die Jägerin.

„Ist nur mein Unterarm", erwidert die Urgöttin. „Ich bin gleich wieder da."

Mit gezückten Säbeln und immenser Wut prescht Kali nach vorne, setzt an und springt mit voller Wucht gegen die Hauswand, von der die Lanzen herunterkommen. Sie sticht mit den Säbeln durch das Gestein und klettert innerhalb

kürzester Zeit nach oben. Schreie sind zu hören – die nicht von der Urgöttin stammen –, und nach einigen Sekunden springt sie wieder hinab. Sie landet unmittelbar vor den anderen. Ihre Klingen sind blutgetränkt, und ihr Ausdruck der einer Jägerin, die ihre Beute erlegt hat.

„Hättest du das nicht gleich machen können?", fragt Natascha.

„Da war ich noch nicht wütend genug."

Kali wischt ihre Säbel zufrieden ab und steckt sie zurück in die Halterungen.

XI

VERGISS MEIN NICHT

ie Bedrohung, die sie spürten, hat sich manifestiert. Irgendwo vor ihnen, hinter einem der verteilten Steinbrocken, lauert ihnen jemand auf. Jen und Peter wissen zwar nicht, wer, aber sie sind überzeugt, dass ihr Bauchgefühl sie nicht trügt. Es wartet nichts Gutes auf sie.

„Wir sollten bluffen", flüstert Peter, gerade laut genug, dass Jen seine Worte verstehen kann.

„Wie denn?", fragt sie und versucht, den weinerlichen Unterton zu verstecken. „Ich weiß nicht mehr, wie meine Partnerin heißt."

„Ich weiß auch nicht mehr, wie deine Partnerin heißt. Aber meine heißt … meine heißt …"

Die beiden gucken sich irritiert an.

„Du bist Peter", sagt sie.

„Du bist Jen", sagt er.

„Wir sind Jäger", sagen sie beide. „Und wir sind hier, um eine Seele wiederzufinden. Jemanden zu retten. Eine Freundin –"

„Meine beste Freundin!", erwidert Jen und freut sich hörbar. „Ihr Name ist ... Kira!"

„Was macht diese –"

Ein lautes Rascheln ist hinter einem der Gesteinsbrocken zu hören, und eine Gestalt kommt langsam herausgeschlichen. Die beiden können nur eine schemenhafte Silhouette erkennen, aber nicht ausmachen, ob es Mensch, Tier oder Dämon ist. Abermals versuchen sie, sich an die Namen ihrer Urgötter zu erinnern, leider vergebens.

„Ich schreie!", ruft Jen – ganz zum Missfallen Peters, der am liebsten im Boden versinken würde. „Komm näher!"

Der Schatten wandert langsam – mit Vorsicht – hinüber. Jeder Schritt gibt ein wenig mehr von ihm preis. Kein Tier. Ein Dämon könnte es aber auch immer noch sein, denkt sich Peter und überlegt, in welche Richtung er am besten weglaufen sollte.

„Wer", der Schatten spricht, „seid", und ist kein Dämon, „ihr?", sondern ein Mensch!

Jen will ihren Augen nicht trauen. Ist das Ben? Haben sie es etwa vor allen anderen geschafft und ihn gerettet?

„BEN!"

Mit großen Freudensprüngen läuft sie zu Kiras Ex-Verlobtem hinüber. Peter, der ihn bisher gar nicht kannte, behält sein Misstrauen und trottet vorsichtig hinterher.

Jen fällt dem Mann um den Hals – scheinbar hat sie vergessen, wie viele schlechte Worte sie einst für ihn überhatte.

„Bist du es wirklich?" Jen reibt sich eine Träne aus dem Gesicht. „Kira wird Freudensprünge machen, wenn sie dich wiedersieht. Wegen dir sind wir hier!"

Der junge Mann löst ihren Griff und guckt die beiden mit einem großen Fragezeichen im Gesicht an. Er trägt eine

braune, abgewetzte Lederjacke, einen silbernen Anhänger um den Hals. Ein Dreitagebart ziert sein markantes, viel zu attraktives Gesicht, das ein wenig an moderne Hollywood-Schauspieler erinnert, die Superhelden verkörpern. Eine ausgeblichene Jeans, zusammen mit braunen Schuhen, komplettiert das Outfit. Seine Augen schimmern unter dem dunkelblauen Himmel. Die dunkelblonden Haare sind – trotz des Aufenthalts an diesem mysteriösen Ort [bei dem wir natürlich wissen, dass es das Purgatorium ist, die drei aber nicht] – überraschend gepflegt und zu einer anständigen Frisur gegelt, die eines Dämonenjägers würdig ist.

„Bist du es wirklich?" Jen wiederholt ihre Frage, denn mit dem aufschimmernden Firmament sieht sie den jungen Mann in einem anderen Licht. „Du bist doch Ben, oder?"

Ihr größtes Problem ist, dass sie sich nicht mehr erinnern kann, wie er aussieht. Nur Fitzelchen, bei denen sie sich aber sicher ist, dass sie auf den Mann vor ihr passen. Selbst seine Haltung – etwas arrogant, aber unbeholfen – erinnert sie an Ben. Er muss es einfach sein. Wenn er aber auch hier ist, wer war dann in Astaroths Gefäß?

„Ben?", erwidert der junge Kerl ihre Frage. „Das weiß ich leider nicht."

Er guckt nachdenklich auf den Boden, er hat die Hände in den Hosentaschen vergraben und den Mund zu einem Schmollen verzogen. Er sieht ein wenig wie ein viel zu groß geratenes Kleinkind aus, das mit der Frage „Was möchtest du essen?" komplett überfordert ist.

„Du", Peter atmet tief ein, „weißt es nicht?"

Jen bemerkt, wie er den Rücken streckt und sich in die Brust wirft. Ein richtig bedrohlicher Gockel, denkt sie sich und schmunzelt.

„Ich bin schon zu lange hier. Dieser Ort. Ich wusste einst, wie er heißt. Ich hatte es aufgeschrieben – irgendwo – er lässt einen vergessen. Je länger man sich hier aufhält –"

„DESTO MEHR VERGISST MAN", platzt es aus Jen heraus, die dem jungen Mann abermals um den Hals fällt. „DANKE!"

Leider ist er immer noch irritiert von ihrem emotionalen Ausbruch und löst sich fix aus der Klammeräffchenhaltung.

„Aber der Name Ben", fährt er fort und lässt die anderen beiden mit großen Ohren aufhorchen, „sagt mir etwas. Ihr könntet also recht haben."

Jen setzt zur nächsten Umarmung an, „Ben" beäugt sie jedoch mit kritischem Blick.

„Du weißt gar nicht, wie sehr Kira ausflippen wird, wenn sie sieht, dass wir dich gefunden haben!"

„Kira ..." Er schaut nach oben ans Firmament. Der Name hat etwas in ihm ausgelöst. Eine wohlige Erinnerung? Eine Warnung vor den Dingen, die noch kommen werden? „Der Name sagt mir ebenfalls etwas. Mir ist so, als hätte ich ihn einst aufgeschrieben und ausgesprochen. Als hätte man ihn mir als Zeichen der Hoffnung mitgegeben."

Jen nickt hektisch, und Peter fragt sich, warum der Typ vor ihm so geschwollen spricht.

„Na ja", meint er, „sie ist ja auch deine Verlobte, ne?"

„Meine ..." „Ben" schaut wieder kleinkindhaft auf den Boden. „Verlobte? Ich wusste gar nicht, dass ich eine habe. Aber ehrlicherweise lässt mich mein Kopf mittlerweile stark im Stich. Ich bin mir nicht einmal sicher, ob ich wirklich dieser Ben bin."

„Aber wer könntest du sonst sein?", fragt Jen.

„Auch das kann ich dir nicht beantworten –"

„SIEHST DU!"

Eine weitere Umarmung wird dem jungen Typen aufgezwungen. Dieses Mal lässt er sie zu. Er merkt, dass er schon lange keine menschliche Nähe mehr gespürt hat. Erst recht keine zu einer Person, die anscheinend etwas für ihn empfindet – auf einer rein platonischen Ebene.

„Du weißt also auch nicht", Peter drängt sich zwischen die beiden, „wie man hier rauskommt?"

„Ich wusste es mal", erwidert er. „Aber dieses Wissen hat mich in dem Moment verlassen, in dem ich an diesem Ort hier ankam."

„Du hast aber gesagt, dass du es aufgeschrieben hast. Wo denn?"

„Das wusste ich auch mal. Aber ich weiß, worauf du hinausmöchtest."

„Das weißt du?" Peter dreht den Kopf leicht zur Seite. Er weiß selbst nicht mal, worauf er hinauswill.

„Die logische Schlussfolgerung aus meinem Gesagten ist entsprechend, dass sich mein Geschreibsel irgendwo hier auf dieser gottverlassenen Ebene befinden muss, das uns aufzeigt, wo wir sind, aber noch viel wichtiger, wie wir hier rauskommen."

„Na klar", sagt Peter und klopft ihm auf die Schulter.

Jen rollt mit den Augen und weiß ganz genau, dass er keine Ahnung hat, was „Ben" da redet.

„Leider enthält deine Deduktion einen kleinen Fehler, den ich dir nur ungern aufzeige."

„Ach so?" Peter kratzt sich am Kopf.

„Ich bin seit langer Zeit hier. Es könnten Wochen, eher Monate, vielleicht sogar Jahre sein. In dieser Zeit habe ich immer wieder nach meinen Unterlagen gesucht. Ich habe

mir die Steine angeschaut, die vereinzelten Baumstämme – alles, was man zum Schreiben hätte nutzen können. Doch nichts. Mir ist, als hätte ich es verloren. Oder als hätte man es mir entwendet ..."

„Hast du es denn hier aufgeschrieben?", fragt Jen und schaut sich suchend um.

„Mit hier meinst du auf dieser Ebene?"

Sie nickt.

„Ich weiß es nicht. Wenn ich mit aller Kraft darüber nachdenke, kann ich mich erinnern, schon einmal jemanden getroffen zu haben. Einen Mann. Etwas jünger als ich. Größer gebaut. Längere Haare. Mit ihm habe ich das Wissen geteilt. Er war sehr dankbar dafür, aber auch traurig. Fast schon sentimental. Ich weiß aber nicht mehr, warum. Und ich habe ihn nicht noch mal wiedergesehen. Vielleicht ist er mit dem Wissen, das ich ihm geschenkt habe, entflohen?"

„Wieso bist du nicht mit ihm ... geflohen?"

„Eventuell", er geht einen Schritt nach vorne und legt die Hand nachdenklich unter sein Kinn, „war mir der Ausgang verwehrt?"

„Ich hab gehört, teurer Schmuck kann da helfen", erwidert Peter, der auf einmal seinen kruden Humor wiedergefunden hat. Die anderen ignorieren ihn.

„Nur, um das kurz für mich zusammenzufassen: Du wusstest mal, wo wir sind und wie man hier rauskommt, und noch eine Person hat sich hier aufgehalten."

„Das ist korrekt zusammengefasst."

„Aber all das ist nicht mehr in deinem Kopf? Einfach PUFF, weg?" Jen möchte eigentlich nett zu „Ben" bleiben, insbesondere da er schon länger hier ist und seine Amnesie

um einiges weitreichender zu sein scheint, doch Frustration breitet sich in ihr aus.

Er nickt und entschuldigt sich.

„Kannste nix für", gibt Peter zu – zum Glück, denn Jens Kopf ist rot angelaufen. „Du hast es ja eben selbst schon gesagt. Dieser Ort hier sorgt dafür, dass man vergisst. Ich hoffe nur, dass wir unsere Erinnerungen zurückbekommen, sobald wir hier raus sind."

„Das ist meine Theorie", sagt er und atmet lange aus. „Das ist meine Hoffnung. Ich weiß es aber nicht. Wenn es mit Magie zu tun hat, stehen die Chancen, dass wir es umkehren können, gut. Solange wir eine mächtige Zauberin oder einen mächtigen Hexer finden."

„Ich kenne da wen", sagt Peter schmunzelnd. „Gerade kann ich dir leider nicht sagen, wie sie heißt, aber ich weiß, dass sie uns helfen wird."

„Sobald wir hier raus sind –"

„Falls wir hier rauskommen", unterbricht „Ben" Jen und lässt sich auf den Boden fallen, die Arme reglos neben sich gelegt. „Auch wenn ich mich an wenig erinnern kann, weiß ich, dass ich es jeden Tag – was auch immer hier ein Tag ist – aufs Neue versuche, einen Ausgang, ein Portal oder so etwas in der Art zu finden. Bisher vergeblich. Und ich gehe stark davon aus, dass wir alle diesen Misserfolg teilen?"

„Das schon", gesteht Jen und setzt sich neben ihn. „Aber wir haben mächtige Freunde. Kira –"

„Meine Verlobte", meint er und lacht. Das erste Mal, dass die beiden ihn überhaupt die Mundwinkel nach oben ziehen sehen.

„Genau, deine Verlobte. Sie und unsere anderen Freunde, deren Namen uns bestimmt bald wieder einfallen, werden uns finden. Davon bin ich überzeugt."

„Haben sie Hilfe? Von ... Göttern?"

Peter reißt die Augen auf, eine Erinnerung drängelt sich nach vorne, vorbei an dummen Witzen, unnötigen Fakten und Momenten, an denen er festhält, um einen Namen rauszuposaunen: „MONA!"

Jen schaut zu ihm auf, und auch bei ihr hat sich etwas getan. Ein Name, den sie für längst vergessen hielt, sprudelt heraus: „WRAITH!"

...

„Sollte was passieren?" „Ben" schaut die beiden erwartungsvoll an, die mit voller Inbrunst die Namen geschrien haben und wie versteinert sind. „Ich glaube nicht -"

„Hatten wir das nicht schon versucht?", fragt sie und schüttelt den Kopf.

„Das kann sein", erwidert Peter und steckt die Hände in die Taschen.

„Habt ihr versucht", „Ben" springt auf, „sie zu rufen?"

Die beiden nicken.

„Das habe ich einst auch ... Jemanden – oder etwas – gerufen. Einen Urgott. Wie hieß er noch?"

Die beiden zucken mit den Schultern, denn sie sind froh, sich überhaupt an die Namen ihrer Partner erinnern zu können.

Er setzt sich wieder hin.

„Unsere Erinnerungen scheinen nicht gänzlich verloren zu sein ... Lasst uns einen Moment ausruhen und weitersuchen. Aber nicht nach einem Ausgang. Sondern nach einer Möglichkeit, eure Freunde – und vielleicht auch meine – zu kontaktieren. Wir sollten nur aufpassen."

Peter schluckt. „Vor was genau?"

„Es gibt hier Wesen … Ich weiß nicht, ob es Dämonen sind. Sie haben mir bisher nichts angetan. Doch jedes Mal, wenn sie auftauchen, kommen sie etwas näher. Als würden sie auf etwas warten …"

XII

BILLIE

etztes Mal brauchten wir eine Bibliothek, Renée. Wie machen wir es dieses Mal?"

„Das Portal meinst du?", fragt Lissy.

Kira nickt.

„Vieles kommt uns hier bekannt vor", erwidert Renée. „Da liegt der Gedanke nahe, dass auch eine Bibliothek auf irgendeine Art und Weise nachgebaut wurde. Das sollte schon reichen."

„Also irren wir jetzt so lange umher, bis wir eine gefunden haben?", will Tali wissen und rückt ihre Brille zurecht.

„So lautet ... der Plan." Kira seufzt, und sie schreiten voran. „Oder fällt hier wem was Besseres ein?"

„Also", Tali setzt ihren naiven Welpenblick auf, „wieso teleportieren wir uns nicht einfach nach Hause? Wenn Renée doch so Portale öffnen kann?"

„Das würde unser Problem nicht lösen", erklärt Kira. „Schicksal, L– Sie würden uns folgen."

Sie rückt ihre Brille zurecht und nickt der Jägerin zu.

„Und wieso", Talis Fragen erinnern ein wenig an die eines

Kindes, "brauchen wir eine Bibliothek? Können wir nicht einfach so ein Portal öffnen?"

"Kannst du gerne probieren", sagt Ren und zwinkert ihr zu.

"Nein." Sie schüttelt den Kopf. "Ich meinte natürlich Renée damit!"

"Ich brauche einen Ankerpunkt. Irgendetwas, das den Ort, an den wir wollen, widerspiegelt. Zumindest im Falle einer anderen Dimension. Hier über die Ebene kann ich uns relativ simpel durch die Gegend schicken."

"Dann müssten wir gar nicht so viel durch die Gegend latschen?", fragt Lissy. "Wieso hast du das nicht gleich gesagt?"

"Weil ich meine Kräfte nicht dafür nutzen möchte, nur weil du zu faul zum Laufen bist!" Ren lacht auf und stellt sich vorsichtshalber zwischen die beiden Urgöttinnen.

"Sagt mal", hakt Kira ein. "Habt ihr nicht gesagt, dass es sich hier hauptsächlich um Fassaden handelt? Wieso sollte sich dahinter auf einmal eine Bibliothek verstecken?"

"Können Dämonen überhaupt lesen?" Ren mimt eine Brille mit den Händen, was wie immer niemand lustig findet.

"Es reicht, wenn wir etwas haben, das einer nahekommt. Ich sag ja, es muss ein Ankerpunkt sein. Ich kann euch die Wissenschaft – die Magie – dahinter auch nicht vollends erklären. Keiner von uns wurde mit einer Anleitung seiner Kräfte geboren. Auch wir Urgötter mussten erst lernen, damit umzugehen. Und ich habe eben herausgefunden, dass große Sprünge um einiges leichter funktionieren, wenn ich etwas habe, das an den Ort, an den wir wollen, erinnert."

"Das ist eine erschreckende Mischung aus sinnergebend und sinnbefreit", erwidert Lissy und grinst. "Aber … mir erging es nicht anders. Die wenigsten von uns bekommen ihre Gabe in die Wiege gelegt und verstehen sofort, wie sie funktioniert."

„Es ist wirklich lachhaft", sagt Kira, und die Urgötter schauen sie mit scharfen Blicken an. „Nein! Nicht eure Kräfte oder dass ihr sie erst lernen müsst! Aber dass ein Wesen wie Billie so einen einfachen Job hat und es so schwer ist, an sie ranzukommen."

„Also, so schwer ist das nicht", erwidert Ren und hält sich Dante spielerisch an die Kehle.

„Du weißt, was ich meine. Sie hängt da wahrscheinlich den ganzen Tag in ihrer Bibliothek ab, schmökert in ihren Totenbüchern und stapft ansonsten durch die Gegend, schwingt ihre Sense ein wenig und ist fertig. Da hat doch niemand einen einfacheren Job als sie, oder?"

„Ich weiß nicht, ob ich ihren Job zwingend als einfach betrachten würde", antwortet Tali und tippt sich nachdenklich mit dem Zeigefinger auf dem Kinn herum. „Oder ist ihr das egal, wer draufgeht?"

Kira lacht auf. Aber nicht, weil sie Talis Aussage als lustig empfindet, sondern weil sie an den Tod von Jen erinnert.

„Oh ja", sagt die Jägerin. „Das ist ihr mehr als egal. Wenn es nach mir ginge, würde ich sie den willkürlichen Tod nennen!"

„Der Stachel scheint tief zu sitzen", erkennt Lissy.

„Sitzt er", erwidert Renée, und ein leises Knurren ist zu hören. „Sollte ich sie jemals wiedersehen, werden wir kurzen Prozess machen. Mit zwei Nephalem an der Seite wird das ein Kinderspiel."

„Ich will ja nicht die Spielverderberin sein ..." Tali geht nachdenklich auf und ab. „Aber wenn wir doch den Tod töten würden, gäbe es dann noch ... Tod? Oder würden wir einfach alle ewig leben?"

„Ausgezeichnete Frage von der jungen Dame in Lila", sagt Ren.

„Ich glaube", fügt Renée an, „für einen kurzen Zeitraum werden die irdischen Gesetze außer Kraft gesetzt."

„Was Schicksal so gar nicht gefallen würde", murmelt Kira.

„Damit könnten wir ihn vielleicht sogar anlocken?"

„Ich mag, wie ihr denkt", sagt Lissy.

„Aber erst mal müssten wir in diese Bibliothek. Einen Plan können wir auf dem Weg zu ihr schmieden. Solange wir die Überraschung auf unserer Seite –"

„BUUH!"

Kira, Tali, Ren, Renée und Lissy erschrecken. Aus heiterem Himmel steht eine übergroße Gestalt vor ihnen, die eine Kapuze tief ins Gesicht gezogen hat. Mit der linken Hand umklammert sie eine Sense.

Renée reißt die Augen auf und geht umgehend in den Kampfmodus über. Sie prescht nach vorne, wirft Donnerkugeln auf die vermummte Gestalt und wird problemlos abgewehrt. Ren zückt sein Schwert und schlägt zu. Sein Schlag wird ebenso leichtfertig mit der Sense abgeschmettert, ohne dass sich die Gestalt bewegt. Die restlichen drei bleiben zurück. Selbst Kira. Doch

die Jägerin beschleicht der Eindruck, dass keine Bedrohung vom Tod ausgeht.

„Hallo, Kira", grüßt Billie und zieht ihre Kapuze herunter. „Lange nicht gesehen."

„BILLIE", schreit Renée, die blind vor Wut ist. Sie geht erneut auf die Sensenfrau los, die sie mit einem einfachen Schlag abwehrt.

„Stopp!", ruft Kira und stellt sich vor die anderen. „Was willst du?"

„Ich kam nicht umhin, als mitzuhören, wie ihr über mich gesprochen habt. Ihr müsst wissen, ich habe ein sehr feines Gehör."

„Und jetzt willst du uns dafür um die Ecke bringen? Ein toller Tod bist du."

„Ganz und gar nicht", widerspricht sie. „Ich wollte nur mit ein paar Missverständnissen aufräumen!"

Sie schlägt die Unterseite ihre Sense auf den harten Asphalt, und ein lauter Knall ist über die gesamte Ebene zu hören. Die umliegenden Fassaden reißen auf und der Boden unter der Sense gibt ebenso nach.

„Tali", sagt Billie und dreht sich zu der neuen Jägerin hin. „Schön, auch dich wiederzusehen!"

„Mich?" Tali zeigt auf sich selbst, und ihre Kinnlade fällt herunter. „Wir kennen uns?"

„Erinnerst du dich nicht?" Billie lässt ihren großen, langen Mantel mit einer theatralischen Geste zu Boden fallen. Wie eine Balletttänzerin, die sich eindrucksvoll zur Musik bewegt. „Vielleicht ohne meine altmodische Kutte?"

Die große Frau, die einem Cowgirl gleicht, zwinkert Tali zu. Diese schüttelt jedoch weiterhin den Kopf.

„Bin ich …" Tali schluckt. „Bin ich etwa tot?"

„Nein." Kira seufzt. „Sonst wärst du gar nicht hier."

„Und wie bist du dir da so sicher, junge Dame?" Billie trottet – einen Fuß vor den anderen setzend, als würde sie eine Linie entlanglaufen – zu Kira hinüber und beugt sich herab. „Vielleicht seid ihr ja in der Zwischenwelt, in der die Seelen darauf warten, ins Jenseits begleitet zu werden?"

Kira geht so nah wie möglich an Billies Gesicht heran und faucht ihr zu: „Ich habe keine Angst vor dir."

„Musst du auch nicht", flüstert Billie zurück.

Renées Hände zucken. Sie muss sich zusammenreißen, nicht doch wieder anzugreifen.

„Aber Tali", Billie dreht sich zu der neuen Jägerin hin, „erinnerst du dich wirklich nicht?"

Tali schaut verlegen auf den Boden. Sie kennt Billie nicht und war beim ersten Kampf – in dem nicht nur Renées Hund Inuki, sondern auch Kiras beste Freundin Jen von Billie umgebracht wurde – nicht dabei. Denn so erweckt der Tod den Eindruck, dass sie eine sehr umgängliche Person ist.

„Ich hatte dich zur Höllenkirche geleitet. Du hattest Hilfe ersucht und mich gefunden. Lissy war verschwunden. Du warst allein in der Unterstadt gefangen und brauchtest jemanden, der dich rausholt. Da ich sowieso in der Gegend war – so wie jetzt –, half ich dir. Aber wieso erinnerst du dich nicht?"

„Tut mir leid", erwidert Tali und weiß nicht, was sie sonst sagen soll.

„So war das nicht gemeint." Billie winkt lachend ab.

Kira schaut verstohlen an den beiden vorbei. Sie war überzeugt, Tali hätte unabsichtlich gelogen. Die Geschichte stimmte aber. Woher kam dann ihr mulmiges Bauchgefühl? Hat sie es sich etwa eingeredet?

„Warum?", fragt Kira und starrt Billie an.

„Warum was?" Billie steht auf und dreht sich zu ihr hin. Kira muss so weit nach oben gucken, dass sie den Kopf in den Nacken liegt.

„Warum hast du ihr geholfen? Weil du so selbstlos bist?"

„Sie war eine verirrte Seele, die Unterstützung brauchte. Wieso sollte ich ihr nicht helfen?"

„Wieso hast du uns nicht geholfen? Gegen Astaroth? Das Portal zu öffnen? Wieso hast du meine beste Freundin umgebracht?"

„Das sind ganz schön viele Fragen auf einmal, ich –"

„Du machst es dir ganz schön einfach, nicht wahr? Ich wusste ja schon immer, dass der Tod verdammt uncool ist, aber dass er dabei auch noch so willkürlich ist …"

„Ich mache es mir einfach?"

„Natürlich. Dein ganzer Job besteht doch nur darin, irgendwelche Leute um die Ecke zu bringen, wie du gerade lustig bist, und sie dann ins Jenseits zu verabschieden. Klingt für mich wie der einfachste Job der Welt!"

Die anderen schauen gebannt zu, wie die beiden Frauen mit jedem Satz lauter werden. Renée und Ren sind zudem äußerst überrascht, dass Kiras Angst – und Respekt – vor Billie anscheinend gänzlich verschwunden ist.

„Du wolltest in meine Bibliothek?", fragt die Sensenfrau und holt ihr Tötungsinstrument hervor.

„Um dich zu finden. Damit du uns zur Abwechslung mal helfen kannst. Wir suchen die unterste Sphäre. Dort sollen die Architekten –"

Doch Kira kann ihren Satz nicht zu Ende sprechen. Billie schlägt ihre Sense auf den Boden, abermals bebt es und Risse sprengen den Asphalt und die Fassaden auf. Die Jägerin benötigt einen Augenblick, um zu verstehen, was passiert,

reißt die Augen auf und greift nach Dante. Die anderen gehen ebenso zum Angriff über. Leider viel zu spät. Billie holt mit ihrer Sense aus und lässt sie auf Kira hinabsausen.

XIII

DER IRRGARTEN

ch sag es nur ungerne." Natascha bleibt stehen und geht in die Hocke. Das lange Herumirren hinterlässt seine Spuren. „Aber wir bewegen uns entweder im Kreis ... oder hier gibt es nichts anderes als diesen Kreis."

„Hast du einen Vorschlag?", fragt Sam, der weiterhin auf Fenrir reitet, um jede einzelne Seite seines dicken Büchleins zu studieren. Das denken zumindest die anderen. In Wahrheit schreibt er ihr Abenteuer akribisch auf. Er weiß selbst noch nicht, ob er es für die Nachwelt festhält oder einfach ein Memento haben möchte. „Mir fällt nämlich nichts ein. Wir haben keinen Punkt, an dem wir uns orientieren können. Ein Kompass wäre hier ebenso nutzlos. Und wir haben keinerlei Ahnung, wie groß die Unterstadt in Wirklichkeit ist. Null. Nada. Die Zeichnung, die mein Vater angefertigt hat, hilft ebenso wenig, da sie etwas komplett anderes widerspiegelt."

„Willst du auf etwas hinaus?", fragt Ellie, der das Zittern ihrer Hände sichtlich unangenehm ist. Aber die Situation sorgt dafür, dass Panik in ihr aufsteigt. Freya merkt, wie sich ihr Schützling fühlt. Ohne ein großes Schauspiel draus zu

machen oder es vor allen anzusprechen, nimmt sie vorsichtig ihre Hände und drückt sie sanft.

„Ich weiß nicht, ob wir wirklich in DER Unterstadt sind", erwidert Sam. „Die Logik diktiert, dass wir es sind. Schließlich sind wir Kira hinterhergesprungen. Doch egal, wo wir uns hinbewegen, alles sieht gleich und zudem verlassen aus."

„Was war mit den Lanzenwerfern von gerade?", fragt Kali und verschränkt ihre sechs Arme.

„Die bilden leider die absolute Ausnahme. Wissen wir überhaupt, ob es sich um Dämonen handelte?"

Die Urgöttin schluckt und guckt verlegen in die Runde. „Ich hab ziemlich schnell Schaschlik aus ihnen gemacht und im Nachgang nicht erkennen können, was sie mal waren."

Sam nickt und zuckt mit den Schultern. „Von daher können wir gerade keine definitiven Aussagen treffen."

„Ich bin nach wie vor sicher, dass das hier die Unterstadt ist", fügt Kali an und lässt die Arme locker. „Auch, wenn es nicht wie damals aussieht und erheblich weniger Dämonen hier sind. Ich habe keinen Zweifel daran, wo wir sind."

„Dann trennen wir uns", sagt Ellie wie aus der Pistole geschossen. „Wenn hier sowieso wenig Gefahren umherschwirren, teilen wir uns in drei Gruppen auf. Jeder geht mit seinem Urgott in eine andere Richtung."

„Und wie kommunizieren wir miteinander? Also, mein Handy hat hier keinen Empfang", erwidert Natascha.

„Ihr könnt doch", Ellie schaut Freya an, „auf dieser kosmischen Ebene miteinander reden?"

„Ja und nein", antwortet die Muttergöttin. „Wir müssen eine bewusste telepathische Verbindung herstellen. Sonst hätte ich ja auch längst Renée wiederfinden können. Solange

wir nicht im selben Augenblick auf dieser Ebene sind und uns gegenseitig – ich nenne es einfachheitshalber mal – anrufen, wird das so leider nicht funktionieren."

Ellie, die von ihrer Idee fest überzeugt ist, lässt nicht locker. „Okay, kein Problem. Hier." Sie zaubert einen roten Edding hervor.

„Wo kommt der denn her?", fragt Natascha und kratzt sich am Kopf.

„Den trag ich immer mit mir rum."

Ellie wandert erst zur linken, dann zur rechten Häuserwand hinüber und markiert sie mit einem roten X.

„Hier treffen wir uns wieder. Sobald einer von uns Kira, Ren und Renée gefunden haben, geht es hierhin zurück. Und die anderen drehen irgendwann dann um, wenn sie das Gefühl haben, sie kommen nicht weiter."

Sam denkt nach, und Natascha zuckt mit den Schultern. Freya und Kali sind ebenso wenig überzeugt.

WUFF

„Das stimmt", sagt die Muttergöttin. „Sam und Fenrir können am schnellsten den weitesten Weg zurücklegen. Hast du noch mehr Stifte?"

Ellie schüttelt den Kopf und zieht die Mundwinkel nach unten.

„Gar kein Problem", sagt Sam. „Ich habe zwar nur meinen Kugelschreiber. Aber den werde ich nutzen und male einen Kreis an jede Ecke, an der wir vorbeikommen. Ellie, mach du dasselbe. Dann wissen wir zumindest von uns beiden, wenn schon mal wer da war."

„Und ich", Natascha zieht ihre Säbel, „werde mit meinen Waffen ein großes X in den Boden einritzen. Ebenfalls an jeder Ecke. Und sollten wir nur noch den Markierungen über

den Weg laufen, finden wir uns hier wieder ein. Da wo die zwei roten X direkt an den Häuserwänden stehen."

Die anderen nicken.

„Ihr geht da lang." Ellie schaut zu Natascha und Kali. „Und ihr", sie zeigt auf Sam und Fenrir, „geht in die Richtung, die scheint am weitläufigsten zu sein. Freya und ich, wir übernehmen diese Richtung."

„Auch wenn die Handys leer sind, wir allen haben ja eine innere Uhr."

Natascha zuckt mit den Schultern, was Sam einfach ignoriert.

„Wir sollten uns nach sechs Stunden wiedertreffen. Das müsste genug Zeit sein, um einiges an Strecke zurückzulegen."

„Und wenn ich mich verzähle?", fragt Natascha.

„Kennt ihr nicht diese Videos von diesem YouTuber, der anderen Geld schenkt, wenn sie genau 24 Stunden irgendwo bleiben und selbst Bescheid geben, sobald die Zeit abgelaufen ist? Die liegen manchmal sehr weit daneben."

„Wer kennt die nicht." Sam grinst. „Aber ich mache mir da keine Sorgen. Wir wissen, wie wichtig die Zeit ist. Das bekommen wir hin."

Sie alle nicken sich abermals zu. Mit mulmigem Bauchgefühl, aber den Kopf nach oben gerichtet ziehen sie los und haben nur ein Ziel vor Augen: Kira, Ren und Renée wiederfinden und endlich nach Hause zu kommen.

XIV

VERSUCHS-KANINCHEN

„usstest du", Lilith feilt sich die Nägel mit einer rostigen Nagelfeile, „dass Billie hier rumschwirrt?"

„Ist die Frage ernst gemeint?" Schicksal hat sich in seinem großen Sessel zurückgelehnt und starrt die Decke an. „Natürlich wusste ich das."

„Und es stört dich nicht, dass sie –"

„In ihre Bibliothek gegangen sind? Doch, doch, ein wenig. Ich kann nicht sehen, was sie dort machen."

„Wieso folgst du ihnen nicht einfach?" Lilith wirft die Nagelfeile weg und pustet sich über die scharlachroten Nägel. „Oder willst du dir die Blöße nicht geben?"

Er lässt den Kopf nach vorne fallen und schaut sie an. „Was genau würde das bringen? Die beiden dürfen gerne über Leben und Tod reden. Billie weiß, dass sie sich auf sehr dünnem Eis befindet. Und es ist ja nicht so, als könnte ich nicht einfach einen neuen Sensenschwinger auserwählen."

„Hätte ich die Zeit", sie lacht, „würde ich mich glatt bewerben."

„Ich bin um einiges überraschter", er steht auf, stützt sich am Schreibtisch ab und lehnt sich nach vorne, „dass die Urgötter noch nicht gemerkt haben, dass wir sie durch ein Labyrinth ohne Ziel schicken."

„Einmal habe ich sie sogar gespürt." Lilith lacht abermals auf und wandert um den Schreibtisch herum, um sich neben Schicksal zu stellen. Sie flüstert ihm ins Ohr: „So viel Spaß hatte ich schon lange nicht mehr."

Er drückt sich ab und geht ein paar Schritte von ihr weg. Dabei lässt er einen Finger über seinen Schreibtisch gleiten und begutachtet den Staub einen Augenblick lang.

„Sie sind nicht mehr als Staubkörner", erklärt er. „Aber schön, dass du so viel Amüsement in ihnen findest."

„Das klingt, als wäre ich einfach zu belustigen."

„Ist dem nicht so?" Er dreht sich zu ihr hin und zieht seine Sonnenbrille ein Stückchen hinab. Sie gibt kein Widerwort von sich.

„Wie lange möchtest du sie noch auf zwei verschiedenen Ebenen durch die Gegend laufen lassen?"

„So lange, bis meine Falle zuschnappt. Der Samen des Zweifels wurde gesät, ich warte nur noch darauf, ihn ernten zu können."

Lilith stolziert herüber zur großen Holztür.

„Was ist", sie bleibt stehen, „und nur ganz hypothetisch gefragt, was ist, wenn dein Plan nicht aufgeht? Sie die Falle doch kommen sehen?"

„Ich dachte, du wüsstest, dass ich für alles einen Plan B und Plan C habe."

„Und wie sehen die aus?"

„Wo wäre denn der Spaß, wenn ich dir alles verrate?"

„Lass mich raten." Sie wandert zurück zum kleinen Stuhl, der vorm Schreibtisch steht, und stützt sich auf der Rückenlehne ab. „Plan A ist, dass deine Falle zuschnappt, sie herausfinden, dass sie wie die Laborratten durch ein Labyrinth geschickt werden und dabei schon des Öfteren aneinander vorbeigelaufen sind und unüberlegt handeln werden. Plan B wiederum ist es, Plan A selbst in die Tat umzusetzen, wenn es den Ratten nicht gelingt. Und Plan C ist dasselbe wie Plan B, nur mit Gewalt, wenn nötig."

Er antwortet ihr nicht, was bedeutet, dass sie genau ins Schwarze getroffen hat. Sie zwinkert ihm zu und stellt sich gerade hin. Sie nimmt ihr Drachendiadem vom Kopf und schaut es an.

„Ich hoffe ja", sagt sie, „dass es Plan C sein wird. Wir freuen uns schon sehr darauf."

Sie setzt das Diadem wieder auf und schlendert zurück zur Tür. Er pfeift nach ihr.

„Denk aber dran, Plan C wird nicht ohne meine Zustimmung in die Tat umgesetzt." Sie verbeugt sich und streckt ihm beim Herausgehen in einem unbeobachteten Moment die Zunge heraus.

„Du weißt ganz genau, dass ich das mitbekommen habe." Er seufzt und vollführt mit der Hand eine Wischbewegung. Die Zimmerwände verwandeln sich in übergroße Fernseher, auf denen die drei Jägerinnen und Jäger zu sehen sind, die durch die Unterstadt irren, um Kira zu finden. Auf Wand Nummer vier sieht er zudem Renée, Ren, Lissy und Tali, die nicht wissen, was mit Kira und Billie passiert ist. Schicksal geht zur Wand hinüber und hört hin.

„Wir dürfen keine Zeit verlieren", sagt Renée. „Ohne Kira ist es aus."

„Was macht Kira so besonders?", fragt Tali.

Ren und Renée tauschen flüchtige Blicke.

Schicksal grinst und macht sich bereit, einen Warnblitz loszuschicken, sollten sie auch nur daran denken, Tali in Kenntnis zu setzen. Er kann nicht von der Hand weisen, dass über das Einhalten der eigenen Gesetze zu wachen eine seiner absoluten Lieblingsbeschäftigungen ist.

„Das erzählen wir ein andermal", erwidert die Dimensionsherrscherin und schaut auf – Schicksal direkt ins Gesicht. „Ich habe das Gefühl, dass wir beobachtet werden."

Schicksal vollführt eine erneute Wischbewegung und das Bild verschwindet. Er setzt sich in seinen übergroßen Stuhl und schnalzt mit der Zunge. Bald hat er sein Ziel erreicht.

XV

TOTE SPUREN

ie stehen in der Bibliothek. Es ist dieselbe Bücherei, in der sich Kira erst vor wenigen Tagen aufgehalten hat. Doch ihr kommt es wie eine Ewigkeit vor.

„WAS ZUR HÖLLE." Kira dreht sich panisch im Kreis und tastet sich ab. Gerade noch hat sie Billies Sense auf sich zufliegen sehen. „WAS SOLLTE DAS? HÄTTEST DU UNS NICHT EINFACH SO TELEPORTIEREN KÖNNEN?"

„Du denkst also, mein Job wäre einfach?" Billie schreitet mit großen Schritten auf Kira zu – jedes Mal ist das wuchtige Aufschlagen ihrer Sense auf dem Boden zu hören. Je näher der Tod an die Jägerin herantritt, desto lauter wird es.

„Du bist", Kira holt tief Luft, „DER TOD! Natürlich ist dein Job einfach!"

Billie bleibt vor ihr stehen und lässt kaum Raum zwischen den beiden. Ihre Sense wabert unheilvoll wie Damokles' Schwert über der Jägerin. Doch Kira bewegt sich nicht. Sie zuckt nicht einmal mit der Wimper.

„Ich habe keine Angst vor dir", sagt sie erneut und schließt das letzte bisschen Raum zwischen ihnen.

Billie lacht und legt ihre Sense ab. Kira schaut sie mit hochgezogenen Augenbrauen an.

„Das musst du auch nicht. Habe ich dir doch schon gesagt. Deine Zeit ist noch nicht gekommen, Mädchen."

Ihre Reaktion erbost die Jägerin.

„Und was ist mit Jen? Mit Inuki? War ihre Zeit abgelaufen?"

„Deine beste Freundin ist unglücklicherweise vor ihrem festgelegten Datum umgekommen. Der Hund - der direkt aus der Hölle kam - hatte ein unlängst abgelaufenes Haltbarkeitsdatum."

„Du hältst dich nicht mal an deine eigenen Gesetze …"

Kira seufzt und dreht sich auf der Stelle um. Sie weiß noch nicht, wie sie hier wieder rauskommt, hält aber den damaligen Ausgang für ihre beste Anlaufstelle.

„Du hast dich ebenso wenig dran gehalten."

„Und deswegen bringst du meine beste Freundin um?"

„Ich habe eine Warnung ausgesprochen, der sie nicht Folge geleistet hatte, und ich -"

„Du bist nicht besser als die Dämonen."

„Ihre Seele ist im Purgatorium. Du kannst sie dort rausholen."

Kira dreht sich erneut um und schaut die Sensenfrau an. Ist dort nicht auch die Freundin von Tali eingesperrt?

„Ich kann sie retten?"

„Sie ist dort zusammen mit Peter. Deinem anderen Kollegen. Er hat sich unabsichtlich ins Purgatorium teleportiert. Die beiden laufen vor einer Phantomgefahr davon. Dort ist nichts, was ihnen etwas anhaben kann, außer sie sich selbst."

„Was soll das heißen?"

„Die Strafe des Purgatoriums ist das Vergessen. Erinnerungen, die auf ewig von dannen fliegen und nie wiederkommen. Die Zeit läuft also – wie immer – gegen dich."

„Und dort", Kira hält sich zurück, „hast du sie eingesperrt? Warum?"

„Meine Intention war, ihre Seele in das Gefäß von Astaroth wandern zu lassen. Da ihr sowieso vorhattet, deinen Verlobten zurückzuholen. Ich konnte nicht ahnen, dass Lilith sich einmischen würde."

„Wieso erzählst du mir das alles?"

„Weil unsere erste Begegnung von Missverständnissen geprägt war. Du hältst mich für ein Monster. Dieses Monster existiert aber nur in deinem Kopf."

Kira schüttelt lachend den Kopf. Hat Billie das gerade wirklich behauptet?

„Du bist der Tod!" Sie zieht die linke Augenbraue hoch. „Natürlich bist du ein –"

„Wichtiger Bestandteil des Lebens." Billie setzt sich auf den Boden ihrer Bibliothek, und ihr Blick wandelt sich. „Dieser schreckliche Traum vom ewigen Leben … Hättest du all diese Herausforderungen angenommen, wenn es kein Ende gäbe?"

Kira schaut nicht mehr in die Augen einer Auftragskillerin – auch wenn das die Klamotte vermuten lässt –, sondern in die einer jungen Frau, die sich ernsthaft um die Jägerin sorgt.

„Ich glaube dir nicht", entgegnet Kira, obwohl sie einen Schritt auf sie zugeht. Sie kämpft mit ihren Gefühlen für Billie. Eigentlich müsste sie Rache nehmen. Doch vor ihr sitzt keine Mörderin. Die Jägerin bemerkt zudem, dass Billie genauso groß wie sie ist.

„Du hast ein Schicksalsgesetz gebrochen. Mein Eigentum gestohlen und wolltest es nicht hergeben. Ich brauchte es wieder, um Schlimmeres zu verhindern. Die Obergöttin ist zur Säule erstarrt, weil du dich in etwas eingemischt hast, das du nicht verstehst. Mir waren die Hände gebunden."

Kira spürt, dass der Tod die Wahrheit sagt. Sie hätte keinen Grund, sie anzulügen. Ihre Worte sind von Warmherzigkeit geprägt. Ein Fakt, der die Jägerin stark irritiert.

„Ihr Menschen seht mich als eure Erzfeindin an. Den finalen Boss, den es zu schlagen gilt. Doch ich bin das Yang zu eurem Yin. Ohne mich wäre das Leben nur halb so schön."

Kira versteht Billies Worte nicht.

„Wenn wir mal außer Acht lassen, dass du Jen umgebracht hast – wie viele unzählige andere Menschen sterben jeden Tag?"

Die Sensenfrau stützt sich ab und steht auf. Sie klemmt ihre Sense auf den Rücken und zieht ihren Holster fester.

„Darf ich dir etwas zeigen?", fragt sie Kira und streckt ihr die Hand hin.

Die Jägerin ist sichtlich überrascht von der Geste und zieht ihre Hand instinktiv weg. Sie überlegt einen Moment. Die Situation kann eigentlich nicht schlimmer werden. Sie nickt und gibt Billie die Hand. Sie fühlt sich wie ein Kleinkind, das sich an die Hand seiner Mutter klammert, um nicht in einer großen Menschenmasse verloren zu gehen.

Ohne Vorwarnung teleportieren sie aus der Bibliothek heraus, ein weißes Licht erfüllt das Nichts, und sie stehen in einem Krankenhauszimmer. In der Mitte des Raums liegt ein sehr alter Mann, umringt von seiner Familie, in einem Bett. Er ist an ein Beatmungsgerät angeschlossen, scheint aber bei vollem Bewusstsein zu sein.

„Oh Gott", rutscht es Kira heraus, „entschuldigen Sie bitte, wir –"

„Kira."

Billie legt die Hand auf ihre Schulter.

„Sie können uns nicht hören. Oder sehen. Du gehörst zu einem illustren Kreis von sehr wenigen Menschen, die nicht nur mich, sondern auch mein wahres Gesicht kennen."

„Sollte ich mich geehrt fühlen?"

„Das ist ganz dir überlassen, Kind."

„Ich möchte nicht, dass du stirbst, Opa", sagt ein kleiner Junge, vom Aussehen her nicht älter als acht Jahre. „Bitte bleib bei mir."

Kira, die sich als stille Beobachterin sieht, kann nicht anders, als zu denken, wie recht sie mit ihrer Annahme hatte.

„Tim", krächzt es aus dem Sterbebett. „Ich werde immer bei dir sein."

Der knochige Zeigefinger des alten Mannes zeigt auf ein Foto, das auf dem Nachttisch steht und auf dem er und der Junge abgebildet sind.

„Aber, Opa, ich –"

„Schau dir einfach das Bild an und denk an mich. Ein jeder wird im Herzen des anderen weiterleben."

Er tippt zweimal auf den Rahmen, und seine Hand sinkt langsam herab – als würde ihn die Kraft verlassen.

„OH GOTT", rutscht es Kira abermals heraus. „Sie sind doch – Sie waren doch – Sie –"

Billie lacht und gibt Kira ein Zeichen, einen Moment innezuhalten.

„Harald", sagt sie und beugt sich zu dem Herrn runter. „Schön, dich zu sehen."

Er räuspert sich und zieht seinen Krankenhauszwirn gerade.

„Ich dachte schon", er hustet erneut, „du kommst gar nicht mehr."

Kira bemerkt das sorglose Lächeln in seinem Gesicht.

„Ich bin nur etwas spät dran", erwidert sie und legt den Arm um den alten Mann. „Bist du bereit?"

„Sehe ich –", er schluckt. „Sehe ich Annelise wieder?"

Billie nickt. „Natürlich."

Ein weiteres Mal wird der Raum in weißes Licht gehüllt, und einen infinitesimalen Moment, den Kira nicht mitbekommen hätte, würde sie blinzeln, sind Billie und Harald verschwunden. Nur die Sensenfrau taucht wieder auf.

„Wo sind wir jetzt?", fragt Kira.

Der Tod zeigt lautlos auf Kinder, die zusammen Fußball auf einer Spielstraße spielen. Kiras Herz rutscht in die Hose, und sie läuft auf die jungen Menschen zu.

„Das kannst du nicht machen", ruft sie Billie zu und versucht, die Kinder dazu zu bewegen, woanders hinzugehen.

„Das ist auch nicht mein Wille", entgegnet der Tod. „Wir dürfen uns nicht einmischen."

„Wir?", ruft Kira. „Ich gehöre nicht zu dir. Ich bin keine Todesbringerin!"

„Gerade in diesem Augenblick sind wir eins."

„Ich weigere mich!"

Billie lächelt.

„Dann hast du es noch nicht verstanden."

Aus heiterem Himmel nimmt Kira heranpreschende Autos wahr. Laute Motorengeräusche, die bei jeder Gangschaltung aufheulen und wie Löwen klingen, die einer Gazelle hinterherjagen. Ihre Augen weiten sich, und ihre Pupillen werden groß. Sie ruft nach ihrem Partner, versucht, Dante zu sich zu holen, und stellt sich schützend vor die

Kinder. Das ohrenbetäubende Quietschen von Bremsen erfüllt die Straße, Kinder schreien auf, und einer der Schreie verstummt schlagartig. Kira traut sich nicht, sich umzudrehen. Schweiß läuft ihr die Stirn hinab, die Hände zittern. Sie riecht verbrannten Asphalt, brennendes Gummi und eine leichte Spur von Eisen.

„Kira", sagt Billie und legt ihr erneut sanft die Hand auf die Schulter.

Die Jägerin schüttelt den Kopf. Alles in ihr blockiert, sie weigert sich, sich umzudrehen.

„Darf ich dir Sabrina vorstellen?"

Kiras Augen füllen sich mit Tränen. Vor ihr steht ein junges Mädchen. Wahrscheinlich noch im Kindergarten. Sie zwingt sich ein Lächeln auf.

„Hallo", sagt die Kleine und winkt mit einem verschmitzten Grinsen. „Wie heißt du?"

„Ha-Hallo", erwidert sie und kniet sich auf den Boden vor das Mädchen. „Mein Name ist Kira. Und deiner?"

Sie streckt ihr die Hand hin, doch die Kleine ist abgelenkt.

„Was passiert da?", fragt sie und schaut Billie mit gerümpfter Nase an.

„Ach", erwidert die Sensenfrau, „nichts Wichtiges. Wir müssen leider gehen. Ich weiß, das war sehr kurz und du hattest noch viel vor dir. Aber du wirst noch ganz viel Zeit haben."

Sabrina schaut auf den Boden und schabt mit dem rechten Fuß.

„Kann ich dir helfen?", fragt Kira und versucht, nicht zu weinen.

„Darf Mama mit?"

Die Jägerin hält sich die Hand vor den Mund.

„Leider nicht", antwortet Billie und streichelt ihr über den Kopf. „Aber du wirst sie schon bald wiedersehen. Deiner Mama wird es leider wie eine Ewigkeit vorkommen, doch für dich wird es nur ein kleiner Augenblick sein, in dem ihr euch nicht seht. Ist das okay?"

Sabrina nickt und gibt Billie die Hand – als wäre sie eine alte Freundin der Familie, die sie schon jahrelang kennt.

„Ich bin gleich wieder da", sagt sie zu Kira und lässt sie für einen Moment zurück.

Die Jägerin sackt in sich zusammen und schreit mit voller Inbrunst auf. Sie schlägt die Fäuste auf den Boden, bis die Knöchel blutig werden, und kann nicht aufhören zu weinen.

Sie bemerkt nicht, dass Billie wieder hinter ihr steht. Der Tod kniet sich neben sie und legt einen Arm wie einen Schleier um die Jägerin.

„Wenn du mir zeigen willst", Kira schluchzt laut, „wie wichtig du bist", ein weiteres Schluchzen lässt sie innehalten, „hast du hiermit ganz offensichtlich versagt. Das kleine Mädchen –"

„War zur falschen Zeit am falschen Ort. Ich entscheide nicht über Leben und Tod, Kira. Ich bin nur hier, um die Seelen der Verstorbenen zu ihrer letzten Ruhestätte zu begleiten."

„Und wo gehen sie hin?" Kira stößt Billies Hand weg.

„Das darf ich dir nicht sagen."

„Ins Purgatorium?"

Der Tod schüttelt den Kopf.

„Da gehen nur die Seelen derer hin, die eine zweite Chance bekommen – sofern sie es schaffen, Liliths Fluch zu entgehen. Die Seelen der Verstorbenen haben einen anderen Ruheort."

„Du hast zu dem Mädchen gesagt –"
„Sabrina."
„Du hast zu Sabrina gesagt, dass sie ihre Mutter wiedersehen wird."
„Und?"
„Stimmt das?"
„Was würdest du bevorzugen? Eine wunderschöne Lüge oder die schmerzvolle Wahrheit?"
„Es ist immer nur eine Frage der Zeit, bevor die Wahrheit ans Licht kommt. Die Wahrheit, mit Vorsicht und Zuversicht überliefert, ist jedweder Lüge vorzuziehen – unwichtig, wie schmerzhaft sie ist."

Billie steht auf und schaut nachdenklich in die Luft.
„Mit so einer aufgeladenen Antwort hatte ich nicht gerechnet. Vielleicht verstehst du doch so langsam?" Der Tod streckt ihr abermals die Hand hin. „Wir haben noch einen weiteren Stopp."

„Ich möchte nicht mehr", fleht Kira fast unhörbar.
„Eine Pause ist leider nicht drin", erwidert Billie.

Die Jägerin atmet tief ein, wischt sich die Tränen aus dem Gesicht und gibt ihr die Hand. Weißes Licht erscheint, und sie stehen in einer kleinen Wohnung. Kaum größer als Kiras Wohnzimmer. Das Klirren eines Tellers ist zu hören, und aus der Küche kommt eine Frau herausgestürmt, die auf Spanisch Flüche von sich gibt, gefolgt von einem Mann, der sie augenscheinlich bittet, sich zu beruhigen.

„Billie …?" Kiras Frage klingt eindringlich. Sie weiß, Einmischen ist nicht erlaubt, aber so, wie die Frau schaut, wird sie dem armen Kerl gleich etwas antun.

Der Tod schüttelt sachte den Kopf.

Ein weiterer Teller fliegt und saust haarscharf an der Schläfe des Mannes vorbei. Urplötzlich zückt die Frau ein Messer und springt zu ihm hin. Er geht einen Schritt zur Seite – genau im richtigen Augenblick. Sie verfehlt ihn und stolpert unbeholfen nach hinten. Seine Augen weiten sich, er versucht noch, nach ihr zu greifen, doch die Glastischkante ist schneller. Ein lautes *KRACK*, das sich anhört, als hätte man ein Ei mit einem Hammer aufgeschlagen, ist zu hören und die Frau bleibt leblos am Boden liegen. Eine kleine Blutlache breitet sich langsam unter ihrem Kopf aus und sie zuckt leicht.

„Er hatte sie betrogen", sagt Billie. Aber nicht vorwurfsvoll, sondern erklärend. Als wäre sie eine neutrale Beobachterin, die das Geschehen für unfreiwillige Zuschauer zusammenfasst.

Kira riecht abermals eine Spur von Eisen und versucht, nicht an Sabrina zu denken.

„*Puta madre*", murmelt die junge Frau, die mit einem Mal zwischen Kira und Billie steht.

„*Ven con nosotros*", erwidert Billie und Kira versteht. Sie möchte, dass die Frau mit den beiden kommt.

Die Spanierin zögert einen Augenblick, schüttelt den Kopf und schlägt nach Billie. Es klingt wie ein Apfel, den man gegen eine Betonwand wirft. Sie schaut den Tod erschrocken an und sackt in sich zusammen. Dann flucht sie leise in sich hinein.

„Und jetzt?", fragt Kira, die ihr gesamtes Mitleid am vorherigen Ort des Geschehens gelassen hat. „Lässt du sie einfach hier?"

„Sie hat Angst", erwidert die Sensenfrau. „Hättest du keine Angst?"

„Ich habe keine Angst vor dir. Das habe ich doch eben –"

„Nicht vor mir. Vor dem, was dich erwartet, wenn es so weit ist. Niemand kann dir sagen, was nach deinem Ableben passiert –"

„Du kannst mir –"

„Niemand darf dir sagen, was danach passiert. Ich hoffe aber, dass jedwede Person – und jedes Wesen – findet, wonach sie oder es sucht."

Billie streckt ihren langen Arm aus und zieht die verängstigte Frau vorsichtig hoch. Sie geleitet die Dame ins helle Licht und Kira bleibt zurück. Es dauert nur einen Moment und sie steht wieder in der Bibliothek des Todes. Der Ort, an dem alles angefangen hat.

„Hast du es verstanden?", fragt Billie, die ohne Vorwarnung hinter ihr aufgetaucht ist und ihr einen Schrecken eingejagt hat.

„Wie wichtig du bist?" Kira hat kein Interesse, der Sensenfrau entgegenzukommen. „Trotz all dem, was du mir gezeigt hast, hast du am Ende des Tages Jen umgebracht und ihre Seele ins Purgatorium geschickt."

„Ansonsten", sagt sie und seufzt, „wäret ihr alle gestorben. Schicksal ist euch auf den Fersen. Allein, dass du und ich miteinander kommunizieren und ich dir so viel vom Innenleben dieser Maschinerie offenbare, ist höchst gefährlich. Doch hier in meine Bibliothek hat er keinen Zutritt. Er kann uns weder beobachten noch kann er hier eingreifen."

„Als wir uns das Totenbuch ge…liehen hatten, sagte einer der Urgötter aber, dass es sich anfühlte, als würde Schicksal uns eine Warnung schicken."

„Das kann gut sein", erwidert sie und dreht sich nachdenklich um. „Er hat trotzdem Möglichkeiten, dich oder

auch mich zu erreichen. Hier in diesem Raum sind wir aber vor seinem Einfluss geschützt. Zumindest solange er sich nicht entscheidet, hier einzudringen."

„Könnte er das so einfach?"

Billie antwortet ihr nicht. Sie schaut Kira an und lächelt. „Denkst du noch immer, dass mein Job einfach wäre?"

„Der Eindruck hat sich zumindest etwas gelockert."

„All das, was ich unternehme, dient dem Zweck des Gleichgewichts. Ich sorge dafür, dass die Waage von Leben und Tod stets ausbalanciert ist. Ohne zu richten. Ohne zu verurteilen. Ich darf keine Seite wählen und doch möchte ich natürlich eingreifen. Aber ich kann nicht."

„Kannst du mir wenigstens eins verraten?"

„Wenn ich dir erzähle, wie es zu Ende geht, würde es so niemals eintreffen. Deine Aufgabe – dein Paket – ist allein für dich bestimmt."

„Nein, das möchte ich gar nicht."

Kira stellt sich gerade hin, den Kopf zur Decke gerichtet, um sich die unendliche Galaxie, die oberhalb der Bücherei schwebt, anzugucken und darin Ruhe zu finden. „Kannst du mir sagen, ob Sabrina dort, wo sie jetzt ist, glücklich ist?"

Billies Augen werden glasig. Kira hätte sie alles fragen können. Wahrscheinlich hätte sie ihr sogar Antworten geben können, um ihr die Reise zu erleichtern. Und doch möchte sie nur wissen, wie es dem kleinen Mädchen ergangen ist, das viel zu früh aus dieser Welt gerissen wurde.

„Dort, wo sie jetzt ist, wird sie auf ewig glücklich sein. Das verspreche ich dir, Kind."

Kira nickt. Sie hat verstanden. Mehr wollte Billie nicht von ihr.

„Ich werde Schicksal finden."

„Ich weiß."

„Ich werde Schicksal umbringen."

„Vielleicht."

„Willst du dabei sein?"

„Ich muss mich um die Toten kümmern. Ihre Seelen begleiten. Ich werde keine Zeit haben, dir zu helfen. Außerdem würde Schicksal es nicht gutheißen."

„Aber du hattest Zeit, dir das Totenbuch wiederzuholen – und Jen umzubringen."

„Dazu hattest du mich gezwungen ... Aber ich kann dir auf eine andere Art und Weise helfen ... Deine Freunde, sie befinden sich ebenfalls in der Unterstadt und suchen nach euch."

Kiras Augenbrauen schießen hoch. „Auch Jen?"

„Noch nicht ... Das rote Telefon. Du hast es gefunden?"

Kira nickt.

„Kehre zurück zum ältesten Zimmer und nutze es. Sprich die folgenden Worte ..."

Billie beugt sich zu ihr herab und flüstert ihr etwas ins Ohr. Sie wiederholt den Satz einige Male, bis Kira ihn problemlos nachsprechen kann.

„Wenn du diese Worte sprichst, steht dir der Weg offen. Überlege nur gut, wann du sie sprechen möchtest. Danach gibt es kein Zurück mehr."

Kira bedankt sich bei der Sensenfrau und gibt ihr ein Zeichen, dass sie bereit ist zurückzukehren.

XVI

BEI ANRUF ARCHITEKT

ira ist zurück auf dem Schlachtfeld. Dante in ihrer rechten Hand, Tali zu ihrer Linken stehend und die drei Urgötter hinter ihnen, bereit, sich mit allem zu verteidigen, was sie haben.

„Wo ist sie hin?", fragt Tali und schaut erschrocken umher. „Vor einer Sekunde stand sie noch vor uns."

„Was für ein Feigling", spottet Ren, sichtlich erleichtert, dass der Tod verschwunden ist. „Sie hat wohl aus unserer letzten Auseinandersetzung gelernt."

„Das glaube ich nicht", erwidert Renée. „Irgendetwas steckt dahinter. Billie würde niemals –"

„Sie hat mir geholfen", unterbricht Kira und schaut stoisch in die Leere. „Der Tod hat mir geholfen."

Die Gesichter ihrer Gefährten ziert ein großes Fragezeichen.

„Geholfen?", wiederholt Tali. „So wie sie mir geholfen hat?"

„Nicht ganz", erwidert die Jägerin.

„Bist du einen Deal eingegangen?", fragt Ren und klopft Kira auf die Schulter. „Wie viele Erstgeborene musst du abgeben?"

„Sie hat mir die genauen Worte beigebracht, die wir in den Hörer sprechen müssen, um Schicksal zu uns zu rufen."

Der Rest – selbst Ren – verstummt.

„Aber das hieße ja ..." Tali begreift, welche Waffe – vielleicht auch welchen Vorteil? – sie von Billie in die Hand gedrückt bekommen haben.

„Könnte es eine Falle sein?", fragt Lissy und begegnet Kiras Blick.

Sie möchte antworten und erzählen, was sie erlebt hat, und doch wächst ein Gefühl in ihr heran, als würde ein Hund, der seinen besten Freund verteidigt, den Kamm aufstellen, sodass sie es für sich behält. Besondere Augenblicke werden schließlich nicht durchs Herumerzählen einzigartiger. Sie ist sich sicher, Billie würde ihr zustimmen.

„Nein", erwidert sie und setzt eine ernste Miene auf. „Sie hat mir zweifelsfrei klargemacht, dass sie uns helfen möchte."

„Und was ist mit Jen?", will Renée wissen, die von Kiras neugewonnenem Bündnis ganz und gar nicht überzeugt ist.

„Hast du sie gefragt, warum sie –"

„Habe ich", fällt sie ihr ins Wort und legt der Dimensionsherrscherin eine Hand auf die Schulter. „Billie musste das Gleichgewicht wiederherstellen. Wir haben das Totenbuch gestohlen und obendrein war uns Schicksal auf den Fersen."

„Klingt sie für euch auch ein bisschen so, als hätte man sie einer Gehirnwäsche unterzogen?", flüstert Ren Kira zu. „Ach, oh, du bist's!"

Kira seufzt laut.

„Billie hat mich KEINER Gehirnwäsche unterzogen. All das, was sie mir gesagt hat, macht ihre Taten nicht ungeschehen. Aber ich weiß nun, wo Jen und Peter sind. Im Purgatorium."

„Wie meine Freundin!", ruft Tali, und für einen kurzen Augenblick ist sie erleichtert. „Heißt das, die drei sind zusammen dort und kämpfen gemeinsam?"

„Ich hoffe es." Kira seufzt. „Im Purgatorium vergisst man nach und nach, wer man wirklich ist. Wo man herkommt. Warum man da ist. Ich hoffe, sie haben zueinander gefunden und helfen sich gegenseitig, nicht zu vergessen."

„Klingt wie ein sackschweres Unterfangen", sagt Lissy. „Kannst du uns da nicht einfach reinteleportieren, oder müssen wir da etwas finden, das wie das Purgatorium aussieht, weil deine Kräfte sonst nicht funktionieren?"

Renée schaut sie gereizt an.

„Selbes Problem. Zudem bin ich mir sicher, dass Lilith –"

„Aaah!" Tali durchzuckt ein starker Schmerz. Sie schlägt die Hände vor den Kopf. „Der Name. Bitte nicht."

„Hat dir Billie zufällig auch gesagt, warum sie so auf den Namen reagiert?", erkundigt sich Ren.

Kira schüttelt den Kopf.

„Ich weiß noch nicht", fügt sie an, „wie wir ins Purgatorium kommen. Und gerade ist es viel wichtiger, dass wir uns mit den anderen treffen."

„Den anderen?", wiederholt Tali. „Du meinst deine Kollegen, von denen du erzählt hast? Wo sind sie?"

„Genau da, wo wir auch sind. Sie irren hier umher. Schicksal hat anscheinend zwei Ebenen erschaffen, sodass wir immer wieder aneinander vorbeilaufen."

Lissy horcht auf und schaut sich um.

„Alles in Ordnung?", fragt Renée – mit Widerwillen in der Stimme.

„Nicht", sagt die Urgöttin, „dass Schicksal uns hören kann. Nicht auszudenken, was dann passieren würde."

„Salzsäule", sagt Ren. „Alles schon gemacht."

„Also neuer Plan", verkündet Kira. „Wir holen unsere Freunde auf unsere Ebene, rufen bei den Architekten an und treten Schicksal in den Arsch!"

Die anderen schauen sich etwas überfragt an, nicken ihr aber zu.

„Ich freue mich, dass wir weitergekommen sind", sagt Tali, „aber ich verstehe nicht, wie wir das bewerkstelligen wollen. Der Plan hat sich nicht großartig geändert, und noch können wir die neugewonnenen Informationen leider nicht umsetzen …"

Lissy stimmt ihrem Schützling zu. So gut es alles klingen mag, sie sind trotzdem noch nicht weiter als vorher.

„Doch", widerspricht Renée, „sind wir."

Ren spitzt die Lauscher. „Jetzt mach es doch nicht so spannend."

„Du weißt doch, worauf ich hinausmöchte."

„Na, klar", erwidert er. „Aber vielleicht ja der Rest der Klasse nicht?"

Renée tritt in die Mitte der Gruppe.

„Auch wenn Billies Bibliothek schwerer gewesen wäre und das Purgatorium mir fast schon wie ein Ding der Unmöglichkeit erscheint –"

„Oh." Tali seufzt laut und senkt den Kopf.

„– sollte es kein Problem sein, ein Portal zu einer Ebene zu öffnen, die mit unserer gleichauf ist."

„Und wie stellen wir das am besten an?", fragt Kira.

„Wir sollten zumindest sicherstellen, dass das Portal dann offen ist, wenn unsere Freunde wirklich auf der anderen Seite warten. Ansonsten würde ich wahllos eins öffnen, und lange kann ich es eh nicht offen halten."

„Deine Kraft klingt mit jedem Mal beeindruckender", scherzt Lissy und wird von den anderen – sogar Tali – ignoriert.

„Das heißt", Kira schaut nachdenklich auf den Boden, „wir müssen uns überlegen, wie wir mit den anderen kommunizieren können, um abzusprechen, wo wir uns treffen."

„Wie sollen wir das anstellen?", fragt Tali.

„Heißt andere Ebene denn nur, dass wir uns einfach nicht sehen können?", fragt Ren.

„Was soll es sonst heißen?", antwortet Renée.

„Aber können wir um uns herum denn trotzdem alles sehen?"

Die anderen schauen ihn an, und ihnen geht gleichzeitig ein Licht auf.

„Sehr gute Idee", sagt Kira. „Hat hier jemand einen Stift oder irgendetwas anderes?"

Sie schütteln gleichzeitig den Kopf.

„Was wäre ..." Tali hält kurz inne, da sie sich unsicher ist, ob ihre Idee nicht zu naiv klingt. „Was wäre, wenn wir einfach herumliegende Steine nutzen und eine Nachricht daraus basteln?"

„Es muss nicht mal eine Nachricht sein", erwidert Kira. „Es reicht, wenn wir so was wie ‚Stehen bleiben' formulieren!"

„Denkt aber dran", warnt Renée, „sie muss leicht erkennbar sein. Ich weiß nicht, ob sie auf so einer verlassenen Straße einfach sichtbar ist. Mit Sicherheit wäre es besser, wenn wir etwas an eine Wand schreiben könnten."

„Ich könnte es mit Blut versuchen?", scherzt Ren.

„Aber die Steine sind die nächstbeste Idee!"

Sie schwärmen aus und suchen große Steine zusammen, um damit hoffentlich eine Botschaft für ihre Kollegen hinterlassen zu können.

XVII

DAS MARKIERUNGS-PROBLEM

am hat sich zurück an die Ausgangsposition gestellt. Von den anderen keine Spur. Für ihn hat sich jedoch recht schnell ein Problem offenbart: Die Symbole, die er an die Wand gekritzelt hat, haben sich fix wiederholt.

„Wuff!"

„Gute Frage, Fenrir. Vielleicht sind wir irgendwo falsch abgebogen? Ich denke auch, wir hätten Ellie und Natascha über den Weg laufen müssen. Irgendetwas stimmt hier ganz und gar –"

„Jo", ruft Natascha, die unmittelbar hinter Sam angelaufen kommt. „Ich habe keines deiner aufgemalten Symbole gesehen."

„Ich deine auch nicht", erwidert er.

„Aber wir sind wieder hier. Zurück am Anfang. Wie kann das sein?"

„Dafür haben wir auch keine Erklärung", antwortet Freya, die urplötzlich zwischen den anderen steht. Ellie ist direkt hinter ihr. „Aber wir haben eine Theorie."

Die Jägerin nickt. „Ich glaube, wir werden absichtlich durch ein Labyrinth geschickt."

„So weit waren wir ja schon", sagt Natascha.

„Lass mich doch kurz ausreden", bittet Ellie und seufzt.

Natascha zuckt mit den Schultern und murmelt: „Mach doch."

„Und dieses Labyrinth funktioniert auf mehreren Ebenen. Sobald wir uns trennen, sind wir auf einer anderen."

„Wie das verrückte Labyrinth?", ruft Sam, der seinen Geistesblitz direkt verbalisieren wollte. „Nur, dass wir hier keine haptischen Plättchen haben, sondern Ebenen, die aufeinander aufbauen?"

„Das ist zwar eine sehr krude Beschreibung", antwortet Freya, „aber genau so."

„Das heißt aber doch auch, dass die anderen sich hier aufhalten könnten?", fragt Natascha.

Kali stimmt ihr zu.

„Können sie unsere Markierungen sehen?"

Sie schauen sich um und bemerken, dass keins ihrer Zeichen noch da ist, außer denen, die von Ellie an die Wände gepinselt wurden.

„Also, wenn ich das richtig verstehe", murmelt Sam. „Solange wir uns zusammen bewegen, bleiben wir auf derselben Ebene?"

„Das denke ich auch", erwidert Ellie.

„Dann ziehen wir zusammen los und sprayen einfach jede Wand an, an der wir vorbeikommen?", schlägt Natascha vor.

Die anderen nicken, und zusammen ziehen sie los und kreuzen die ersten Wände an.

„Wäre es nicht klüger", merkt Freya an und bleibt stehen, „wenn wir eine Botschaft hinterlassen? Die Markierungen sind zwar hilfreich, aber verwirren sie nicht eventuell? Woher sollen sie wissen, wo sie hinführen?"

„Oh", sagt Ellie und verschränkt die Arme.

„Oder", Sam hat einen erneuten Geistesblitz, „wir zeichnen Pfeile an den Ort, an dem sie uns treffen wollen?"

„Ich denke auch", findet Kali, „dass das am meisten Sinn ergibt. Am besten zu der Stelle, an der wir uns wiedergetroffen haben."

Sie nicken allesamt, und anstelle von Kreuzen oder Nachrichten zeichnen sie Pfeile, die zum verabredeten Treffpunkt zeigen.

„Ich glaube, das reicht", sagt Sam. „Wir haben jetzt zwei Blöcke mit Pfeilen vollgekritzelt. Und sie scheinen alle noch da zu sein."

„Zumindest, wenn wir uns zusammen bewegen", antwortet Ellie. „Wir sollten uns ein weiteres Mal trennen und schauen, ob wir sie dann immer noch sehen."

Niemand gibt ein Widerwort von sich, und sie trotten in drei verschiedene Richtungen los. Sie haben zwar keinen Treffpunkt ausgemacht, aber es liegt auf der Hand, wieder am Ursprungsort zusammenzukommen.

Natascha dreht extra eine zusätzliche Runde, um wirklich sicherzustellen, dass die Pfeile an Ort und Stelle bleiben und nicht verschwinden. Sam tut es ihr unabsichtlich gleich, und sie stellen mit Erstaunen fest, dass es funktioniert hat.

„Moment", sagt Natascha. „Wo ist denn Ellie, wenn ich dich sehen kann? Ich dachte, wir können nur zusammen auf einer Ebene sein –"

„Hat jemand meinen Namen gesagt?", ruft die Jägerin, die aber niemanden erblicken kann.

„Hast du das auch gehört?", fragt Sam.

Natascha schaut sich irritiert um.

„Habe ich. Ellie?"

„Ich bin hier!"

Sam springt von Fenrirs Rücken hinab und schaut sich begeistert um. Er zückt sein Notizbuch und kritzelt etwas herein.

„Ja?", fragt Natascha und schaut ihn fragend an.

„Faszinierend", erwidert er. „Ellie scheint gerade auf einer anderen Ebene zu sein. Wir können sie hören, aber nicht sehen. Ellie", ruft er. „Kannst du uns hören?"

Keine Antwort.

„Hast du das auch gehört, Freya?", fragt die Jägerin die Muttergöttin, die aber nur den Kopf schüttelt.

„Leider nicht, mein Kind. Hast du die anderen gehört?"

Ellie nickt und schaut sich ebenso fasziniert um.

„Hier." Sie nimmt die Hand der Muttergöttin, und sie stellen sich nebeneinander hin. „Schließ die Augen."

Freya leistet den Anweisungen ihres Schützlings Folge.

„Spürst du sie auch?"

Die Urgöttin hört genau hin, und nach einem kurzen Augenblick nimmt sie nicht nur die Stimmen, sondern auch die Präsenz von Natascha und Sam wahr. Zusammen mit Ellie öffnet sie die Augen.

„WAS ZUM?", brüllt Natascha und springt erschrocken zurück. „Wo kommt ihr denn her?"

Ellie und Freya schauen sich lächelnd an. Sie haben es eigenständig geschafft, von einer Ebene auf die andere zu springen. Ohne Renée, ohne ein Portal.

„Wir haben gewusst, dass ihr hier seid, unsere Augen ganz fest geschlossen, und als wir sie wieder geöffnet haben, standen wir hier!", erklärt Ellie und lacht.

„Faszinierend", wiederholt Sam und schreibt noch mehr in sein Notizbüchlein.

„Hör auf, faszinierend zu sagen", raunzt ihn Natascha an.

„Meint ihr", fragt er und ignoriert sie, „wir können so auch zu den anderen finden?"

„Wir können es versuchen!", sagt Ellie und schließt abermals die Augen. Die anderen ahmen es ihr nach.

Es dauert ein wenig, aber nichts passiert. Keiner sagt etwas, vielleicht braucht die Magie einen Moment, bis sie funktioniert.

„Das war ein Schuss in den Ofen", sagt Natascha und öffnet die Augen. „Aber, hey, guter Ver– Was zum – Wo sind wir?"

Die anderen öffnen ebenfalls die Augen und schauen sich verwirrt um. Die Unterstadt, sie sieht auf einmal anders aus. Die Fassaden haben weniger Risse, die Läden sind als solche erkennbar, und in der Entfernung sind Wesen zu sehen.

„Sam", schluckt Ellie, „das sieht wie auf deiner Zeichnung aus."

„Japp", erwidert er, mehr fällt ihm dazu nicht ein.

XVIII

IN STEIN GEMEISSELT

topp", sagt Kira und zieht eine Augenbraue hoch. „Das ist unsere große Botschaft? Stopp?"

„Fällt dir was Besseres ein?", fragt Renée, die die Kritik an ihrer Arbeit nicht nachvollziehen kann. „Kurz und genau auf den Punkt."

„Dann bleiben sie kurz stehen und gehen weiter?"

„Ich bin da auch bei Kira", sagt Tali und rückt ihre Brille zurecht. „Vielleicht denken sie dann auch, in diese Richtung dürfen sie nicht gehen?"

Ren lacht auf und setzt sich hin. „Sagt mir Bescheid, wenn euch eine bessere Botschaft einfällt."

„Viel mehr Steine stehen uns auch nicht zur Verfügung", ergänzt Lissy. „Oder kannst du mal kurz in eine andere Dimension hüpfen und mehr besorgen?"

Renée ignoriert – nach wie vor – die schnippischen Kommentare der Urgöttin. Eine Frage brennt ihr trotzdem auf der Seele. „Sag mal, Lissy. Wieso kennen wir uns nicht?"

„Weil wir nicht dieselben Urlaubsziele frequentieren?", antwortet Talis Partnerin, die unsicher ist, worauf die Dimensionsherrscherin hinausmöchte. „Ich kenne euch auch nicht. Ich kenne viele Urgötter nicht."

„Das mag sein", erwidert Renée. „Aber Inari hat auch nie von dir erzählt."

„Vielleicht hat es unsere Obergöttin nicht als wichtig genug erachtet?" Lissy geht ein paar Schritte auf die Dimensionsherrscherin zu und schaut ihr tief in die Augen. „Worauf willst du hinaus?"

„Worauf sollte ich hinauswollen?"

Die Nasenspitzen der beiden Urgöttinnen berühren sich.

„Schluss!" Tali drückt die beiden auseinander. Genau im richtigen Moment, da Kira erneut Dante zwischen die beiden herabregnen lassen wollte. „Hört auf!"

Lissy schaut ihren Schützling mit leichtem Unverständnis an. Wie eine Tochter, die Ärger dafür bekommt, dass ihr Geschwisterkind mit dem Streit angefangen hat.

„Es ist total egal", regt sich Tali auf, „wer mit was angefangen hat. Ihr hört beide auf! Lissy, wir haben endlich die Chance, aus dieser Hölle zu entkommen. Ohne Wenn und Aber. Kira, Ren und Renée können uns dabei helfen. Und ihr habt nichts Besseres zu tun, als euch an die Gurgel zu gehen? Hört bitte auf damit! Sonst wird Kira erneut von ihrem Schwert Gebrauch machen."

„Wenn wir hier eine funktionierende Treppe finden", grätscht Ren dazwischen, „können wir sie ja stilllegen und die beiden da drauf schicken?"

Tali versteht den Witz nicht. Kira rollt mit den Augen.

„Ich find mich lustig", murmelt Ren und kickt einen kleinen Stein weg.

Lissy schaut ihren Schützling einen Moment länger mit Argwohn ab, senkt dann aber den Kopf und stimmt ihr zu. „Du hast recht. Wir sollten zusammenarbeiten. Die junge Göttin hier hat mich nur mit ihrer Frage irritiert."

„Das habe ich bemerkt", zischt Renée.

Kira klopft ihr etwas fester auf die Schulter.

„Aber ich sehe ein", sie holt tief Luft, „dass Tali recht hat. Wenn wir uns gegenseitig misstrauen, werden wir hier nicht rausfinden."

„Na bitte", sagt Ren, „geht doch. Während ihr euch gestritten habt, hab ich kurz eine neue Nachricht gebastelt, die wirklich jeder verstehen sollte!"

Die Frauen schauen auf die Steine herab, die eben noch das Wort „Stopp" gebildet haben, jetzt aber ein anderes Wort formen.

„Wieso sollte das besser als Stopp sein?" Kira nimmt seufzend die Steine hoch. Tali grinst, hilft der Jägerin aber, ein neues Wort zu bilden.

Ren bemerkt ihr Schmunzeln und zwinkert ihr zu.

„Was wäre ein besseres Wort?", fragt Renée. „Wenn Stopp nicht zur gewünschten Lösung führt."

„Wartet", erwidert Kira.

„Worauf?", fragt Tali.

„Nein. Wartet!"

„Ja", Tali nickt, „aber worauf?"

„Das Wort: Wartet! Damit sie hier anhalten und nicht denken, sie müssen umkehren."

Lissy klopft ihrem peinlich berührten Schützling auf die Schulter.

„Passiert den Besten", sagt sie und lacht.

Sie formulieren das neue Wort und schauen es an.

„Groß genug ist es ja", sagt Ren.

„Ob das jetzt wirklich besser als Stopp ist?", sinniert Renée und verschränkt die Arme. „Soll mir recht sein, ich sehe nur keinen großen Unterschied."

„Und jetzt warten wir einfach?", fragt Tali.

„Was anderes bleibt uns nicht übrig", erwidert Lissy.

„Da niemand von uns weiß, wie viel Zeit hier vergeht, denke ich auch, dass wir keine Wahl haben", sagt Kira.

„Aber woher wissen wir, ob sie wirklich hier sind? Brauchen wir nicht irgendwie ein Zeichen?" Tali rückt ihre Brille zurecht.

„Ich werde es spüren", erklärt Renée. „Da bin ich mir sicher."

„Die anderen werden mit Sicherheit auch schon längst herausgefunden haben, was hier vor sich geht", sagt Ren.

„Ich geh mal eine Runde um Pudding", meint Tali und grinst.

„Eine was?", fragt Renée.

„Ist ein Sprichwort."

Ren schaut Kira an, die nur mit den Schultern zuckt.

„Sollten wir so lange über einen Plan B sprechen?", fragt Kira.

„Macht ihr das", sagt Lissy. „Ich begleite meinen Schützling."

Die beiden Neuzugänge spazieren gemächlich durch die vollends verlassene Unterstadt. Es scheint keine Gefahren mehr zu geben – abseits von Dämonen, die zurückgeblieben sind und nicht mitbekommen haben, dass hier nichts mehr passiert.

„Was hältst du von der DImenSIOnsHERRschERIN?", fragt Lissy und spricht den Namen absichtlich mit falscher Betonung aus.

„Ich mag sie alle sehr", erwidert Tali. „Ich hoffe nur, sie können uns wirklich helfen, hier herauszukommen."

„Ich hoffe", seufzt Lissy, „wir können ihnen wirklich trauen. Nicht, dass Renée oder Ren irgendetwas im Schilde führen."

„Wie kommst du darauf?"

„Renée hat es selbst gesagt." Lissy bleibt stehen und ahmt die Urgöttin nach. „Inari hat noch nie von dir erzählt!"

„Aber du kennst sie auch nicht?"

„Nope. Noch nie gesehen oder gehört. Mit Pech gehen wir hier einer Dämonin auf den Leim."

„Wie die eine? Deren Namen wir nicht hören können?"

„Vielleicht …"

„Lissy?" Tali schaut bedröppelt zu Boden.

„Ja?"

„Weißt du noch, wie unsere Freundin hieß? Wegen der wir überhaupt hier sind?"

Lissy beugt sich zu ihrem Schützling herab, legt ihr sanft eine Hand auf den Kopf und streicht ihr durchs Haar. „Ehrlicherweise leider nicht. Ich kann mich an nichts mehr erinnern, bevor du mich an der Kirche aufgesammelt hast. Nur dass wir zusammengehören und ich deine Partnerin bin. Aber mach dir keinen Kopf."

Die Urgöttin richtet sich wieder auf und schaut zielsicher in die Ferne. „Wir finden deine Freundin und kommen hier wieder raus. Und sei es mithilfe der drei Neuankömmlinge."

„Ich glaube", Tali atmet tief ein, „Kira ist eine sehr gute Seele. Ihr können wir auf jeden Fall vertrauen!"

„Weißt du was?" Lissy schaut ihren Schützling mit fröhlichen Augen an. „Das glaube ich auch!"

Einen Moment lang sagen sie nichts. Plötzlich rennt Tali wie von der Tarantel gestochen los und guckt auf eine Häuserwand. „Hier! Lissy! Schau!"

Die Urgöttin folgt den Rufen.

„Hä?!"

Die beiden schauen erst irritiert und dann erfreut!

„Das muss von den anderen sein? Ihren Freunden!"

Sie laufen schnurstracks zurück zu Kira, Ren und Renée, um von den Markierungen zu erzählen, die sie an einer Häuserwand gefunden haben.

XIX

DIE FALLE SCHNAPPT ZU

ilith hat die Füße demonstrativ auf Schicksals Schreibtisch gelegt. Die Augen hat sie geschlossen und die Arme verschränkt. Sie schläft nicht, ruht sich aber gemächlich aus. Er steht hinter seinem Schreibtisch und schaut verächtlich auf sie herab.

„Und wer macht meinen Schreibtisch sauber?"

Sie zuckt nur mit den Schultern und schnippt scherzhaft mit den Fingern der rechten Hand.

„Man könnte meinen, du hättest das mit dem Respekt so langsam verstanden. Aber wir haben ja noch ein paar Jahrtausende, in denen ich es dir beibringen kann."

Lilith grinst, regt sich sonst aber nicht.

„Der Plan scheint aufzugehen. Sie haben endlich verstanden, dass ich sie auf verschiedenen Ebenen im Kreis schicke, ohne dass sie je ihr Ziel erreichen. Ich bin gespannt, ob diese Tali meine Falle erkennt."

„Glaub ich nicht", raunzt Lilith. „Die scheint gar nichts zu bemerken."

„Unterschätze niemals deinen Feind", erwidert er und wandert zu ihr um den Schreibtisch herum. „Den größten Fehler, den du begehen kannst, ist, dich auszuruhen, bevor die Schlacht zu Ende ist."

Sie zuckt mit den Schultern.

„Ich weiß", sagt er, „für dich ist das alles nur ein Spiel. Für mich hängt hier aber sehr viel dran. Die Macht der Unsterblichen."

„Was genau", Lilith öffnet die Augen, „hast du damit vor?"

„Das fragst du mich zum ersten Mal", antwortet er und verschränkt die Arme.

„Hat auch jetzt erst meine Neugierde geweckt."

„Mit ihrer Macht kann mich niemand mehr aufhalten."

„Kann dich doch jetzt schon keiner?" Lilith nimmt die Füße vom Tisch und setzt sich gerade hin.

„Das mag sein. Aber ich war zu lange hier. In meinem Büro. Zu lange auf die Erde fokussiert. Das Universum ist unendlich und existiert zu allem Überfluss auch noch in verschiedenen Dimensionen. Das macht es nicht leichter, auf alles zu achten."

„Wie ist das eigentlich so", fragt sie und stellt sich hin, „das einzige Wesen zu sein, das gleichzeitig in allen Dimensionen existiert?"

„Ermüdend. Denn gefühlt habe ich in jeder Dimension immer wieder denselben Dialog mit dir."

Lilith lacht und klopft ihm auf den Oberarm.

„Du musst sicherstellen", sagt er und wischt ihre Hand weg, „dass die Falle zuschnappt. Sobald sie zusammengefunden

haben und auf einer Ebene sind, greifst du ein. Wenn du mir das Signal gibst, gebe ich mich zu erkennen."

„Oooookay", antwortet sie. „Du könntest auch einfach derjenige sein, der plötzlich auftaucht. Wieso brauchst du mich dafür?"

„Weil du meine Untergebene bist, der ich einen Befehl erteile?"

„Ich denk mir nur, die Theatralik wirkt doch viel krasser, wenn du plötzlich auftauchst und ich nicht erst die Aufmerksamkeit auf mich ziehe."

„Vielleicht", knurrt er, „steckt da ja ein Plan hinter?"

„Ach, Schicksalsbärchen." Sie schüttelt den Kopf und zuckt mit den Schultern. „Wie du meinst. War nur konstruktive Kritik. Schauen wir einfach, was der Moment hergibt. Vielleicht entscheidest du dich ja noch um."

„Lilith." Er legt die Hände unsanft auf ihre Schultern. „Ich weiß nicht, auf welchem Trip du bist. Aber er steht dir nicht gut. Tu, was ich dir sage. Warte aber nicht zu lange. Ich werde es gestatten, dass sie sich auf einer Ebene befinden, aber nicht mehr als das."

Lilith steht auf, und er lässt von ihr ab. Sie dreht sich zu ihm hin und schaut ihm tief in die Augen, ihr Blick ist unbeirrt. „Hast du etwa Angst vor der wahren Unsterblichen?"

„Sehe ich aus, als hätte ich Angst vor einem Mädchen?"

„Dieses Mädchen", sie tritt einen Schritt näher an ihn heran, „ist so weit gekommen wie noch niemand zuvor."

„Was ist mit Tali?"

Die Imperatorin lacht laut auf und winkt ab. Sie scheint keine Bedrohung in der Jägerin zu sehen.

„Du meinst, das junge Mädchen, das ständig ihre Brille zurechtrückt und glaubt, sie wäre ein Nephalem, weil Lissy

das gesagt hat? Sie ist ein Paradebeispiel dafür, dass auch ein blindes Huhn mal ein Korn findet."

„Sie wäre auch nie so weit gekommen, hätte ich es nicht gestattet ... wie sie alle."

Lilith zuckt mit den Schultern. Ihr Blick verrät, dass sie seiner Aussage keinen Glauben schenkt – was er weiß, aber ignoriert.

„Geh zu ihnen, Lilith, lenk sie in die richtige Richtung. Wenn du deinen Auftrag erfüllt hast, gebe ich dir, was du schon so lange von mir möchtest."

Sie nickt ihm zu und verlässt sein Büro.

„Oder ich gebe dir, was du wirklich verdienst", flüstert er, und seine weißen Zähne blitzen auf.

DAS WIEDERSEHEN

ier, schaut." Tali zeigt auf die Markierungen an der Wand. „Das wird doch von euren Freunden sein?"

„Dann hattet ihr recht", erwidert Kira. „Wir befinden uns tatsächlich alle in der Unterstadt."

„Nur auf anderen Ebenen", fügt Ren an.

„Heißt das", Kira dreht sich zu Renée um, „dass du sie zu uns holen kannst?"

„Wenn sie hier sind, ja." Die Dimensionsherrscherin dreht sich zum Rest der Gruppe um. „Aber wir haben nur einen Versuch."

Freya schaut sie stutzig an. „Weil du für mehr keine Energie hast?"

Die Urgöttin nickt.

„Die Kraft, die ich aufwende, ist ähnlich dem Höllenportal. Da hatte ich aber die Hilfe von Mona –"

„Wo auch immer sie hin ist", flüstert Kira.

„Und ohne Monas Hilfe wird es mich sehr viel Energie kosten."

„Aber es ist doch nur ein Portal?", fragt Tali und bekommt einen kleinen Schubser von Lissy, die ihre naive Frage nicht gutheißt. „Sorry ..."

„Das mag sein", erwidert Renée. „Aber es ist ein Portal zwischen den Ebenen. Wir wissen nicht, wie die andere Ebene aussieht."

„Oder was uns dort erwartet?"

„Ich glaube nicht, dass sie in Gefahr schweben. Wenn ich mich nur auf sie konzentriere, stehen die Chancen gut, dass ich ein Portal öffnen und sie zu uns holen kann."

Kira und Tali nicken. Lissy und Ren stehen neben Renée, bereit, sie mit ihrer Energie zu unterstützen – auch wenn sie unsicher sind, wie sie das bewerkstelligen würden.

„SAM!"

„FENRIR!"

„ELLIE!"

„FREYA!"

„NATASCHA!"

„Kali!"

„MONA!"

„Wenn ihr mich hören könnt, konzentriert euch auf mich!"

Kira hofft inständig, dass es klappt. Ohne ihre Freunde hätte sie sich niemals so waghalsig in die Unterstadt stürzen sollen. Den Gedanken behält sie natürlich für sich. Sie erinnert sich kaum an das, was in ihr vorging, als sie Kiren war. Sie weiß nur, dass sie froh ist, weil sie die Verbindung so schnell lösen konnten. Sie ist überzeugt, dass sie auch ohne die Fusion mit Ren die Macht des Nephalem in sich trägt. Denn das Gefühl dieser Macht, das sie das erste Mal spürte, als die beiden eine Einheit bildeten, ist nicht mehr von ihr gewichen.

„Habt ihr das gehört?", fragt Ellie, die auf einer anderen Ebene herumstromert.

„Ich glaube schon", erwidert Sam.

„Und seht ihr das auch?", fragt Natascha, die zum Horizont zeigt, aber etwas meint, das erheblich näher ist.

„Die Wesen", antwortet Freya. „Sie kommen auf uns zugestürmt."

„Sie wissen", fügt Kali an, „dass wir dabei sind, die Ebenen wieder zusammenzufügen."

Aufgrund der Entfernung kann keiner von ihnen erkennen, ob es sich um Dämonen oder eine andere Art von Gegnern handelt. Was sie aber wissen, ist, dass sie in jedem Fall feindlich gesinnt sind.

„Ich spüre sie", sagt Renée. „Sie sind direkt bei uns."

Ihre Stimme klingt angestrengt, als würde sie einen Marathon laufen. Kleine Schweißperlen bilden sich auf ihrer Stirn und rinnen langsam hinab. Sie schüttelt leicht den Kopf.

„Soll ich dir einen Tupfer bringen?", fragt Ren.

Renée nickt, und er schaut sie irritiert an.

„Das war ein Gag."

Sie mustert ihn mit durchdringendem Blick. Er seufzt und nutzt den Ärmel seines Anzugs, um ihr den Schweiß von der Stirn zu wischen.

„Wenn es einen Plan gibt", ruft Sam. „Dann besser jetzt als nie!"

„Ich habe keinen", erwidert Natascha.

„Ich meinte Renée."

Die Dimensionsherrscherin kann ihre Schützlinge hören. „Sie sind hier."

Sie breitet die Arme zu beiden Seiten aus, als würde sie mit der Länge ihres letzten Fischfangs angeben – und sieht

dabei aus, als sei dieser mehrere hundert Kilo schwer gewesen. Sie scheint unsichtbare Gewichte an den Händen zu tragen, die sie langsam von außen nach innen bewegt. Doch sie stecken in der Luft fest. Renée schreit laut auf, und aus heiterem Himmel erscheinen – mit einem donnernden Geräusch – zwei Portale, eins neben ihrer linken und eins neben ihrer rechten Hand.

Sie ist die Einzige, die beide Dimensionslöcher sehen kann. Auf der einen Ebene sehen die Jägerinnen das linke Portal, und auf der anderen wird nur das rechte wahrgenommen. Mit aller Kraft und unter lauten Schleifgeräuschen – wie Zementblöcke, die über den Asphalt geschoben werden – versucht sie, in die Hände zu klatschen. Doch ihre Arme wollen ihr nicht so recht gehorchen.

„Verdammt!", brüllt sie. Ihre Stimme klingt schmerzverzerrt. „Komm schon!"

Erneut versucht sie, in die Hände zu klatschen, doch ihre Arme werden wie von Geisterhand zurückgehalten. Lissy schaut Ren an, der ihr zunickt. Die beiden stellen sich an Renées Seite und umfassen den jeweiligen Arm. Die Dimensionsherrscherin reißt die Augen auf vor Schreck.

„Das schaffen wir", sagt Ren.

Renée nickt und versucht ein weiteres Mal, in die Hände zu klatschen. Mit voller Kraft drücken Lissy und Ren gegen ihre Arme. Als würden sie den eben genannten tonnenschweren Zementblock einen Hügel hochschieben. Renées Hände fangen an zu zittern, und der perlende Schweiß ist mittlerweile in einen kleinen Bach übergegangen. Ihre Muskeln versteifen sich, und ihre Kraft verlässt sie. Sie weiß aber, wenn sie jetzt aufhört, gibt es keine zweite Chance. Sie nimmt all ihre verbliebene Energie zusammen, und langsam

nähern sich ihre Hände an. Die Urgötter schieben, so sehr sie können. Ein kleines Stückchen noch und …

Ein lauter Knall, der die Erde vibrieren lässt, und beide Portale sind zu einem geworden. Doch es muss niemand hindurchsteigen. Renée hat mit ihrer Macht beide Ebenen vereint, und links von ihr stehen mit einem Mal Sam, Fenrir, Ellie, Freya, Natascha und Kali. Kira, Ren, Tali und Lissy schauen sie mit offenen Mündern an.

„Das hat wirklich geklappt", flüstert Lissy.

„Natürlich …", sagt Renée und bricht zusammen.

Ren fängt sie auf, bevor sie auf den Boden fallen kann.

„Gut, dass sie so klein und leicht ist", sagt er und schaukelt sie in seinen Armen demonstrativ von einer Seite zur anderen.

Kira zischt ihn an, und er bleibt stockstill stehen.

„Kira!" Die Jägerinnen und Jäger rufen gleichzeitig den Namen ihrer Anführerin und können ihr Glück kaum fassen. „Da bist du ja!"

Sie umarmen einander und freuen sich.

Tali steht unangenehm berührt daneben. Sie hat gar nicht darüber nachgedacht, wie es ist, wenn Kira ihre Freunde wiederfindet. Irrationale Angst breitet sich aus, dass sie jetzt nicht mehr gebraucht wird. Dabei hat Kira ja versprochen, dass sie ihr hilft!

„Ich bin Sam", sagt der Jäger und hält Tali die Hand hin. „Freut mich, dich kennenzulernen. Ich hatte schon das Gefühl, dass Kira nicht allein ist."

„Gut", ergänzt Ellie und reicht ihr ebenfalls die Hand, „dass sie dich hatte. Nicht auszudenken, wenn unsere Anführerin auf sich allein gestellt gewesen wäre."

„Der wäre schon nichts passiert", fügt Natascha an. „Aber gut, dass sie dich hatte." Sie streckt Tali nicht die Hand hin, nickt ihr aber wohlwollend zu.

Tali gibt ihr trotzdem die Hand und freut sich über so viele neue, nette Menschen.

„Das hier ist Lissy", erwidert sie und bittet ihre Partnerin, nach vorne zu treten. „Ohne sie hätte ich es gar nicht so weit geschafft."

Lissy sagt nichts, sie verbeugt sich nur scherzhaft.

„Wo sind die Wesen, die auf uns zugerannt sind?", fragt Freya.

„Ich würde davon ausgehen, dass sie auf einer anderen Ebene sind. Ich weiß nicht, wie die Unterstadt funktioniert oder was Schicksal für ein Spiel spielt, aber die Annahme liegt nahe, dass es n-te Ebenen gibt."

„Ente?"

„Unendlich viele."

„Sag das doch einfach." Natascha rollt mit den Augen.

Die Jägerinnen und Jäger erzählen sich gegenseitig, was sie bisher erlebt haben und wie weit sie gekommen sind. Es wird gelacht, geschockt geschaut und geseufzt. Bis Kira zum wichtigsten Teil kommt: „Das älteste Zimmer. In ihm steht ein rotes Telefon. Billie hat mir erzählt, was ich sagen muss, um Schicksal zu uns zu rufen."

„Ich dachte, das darfst du hier nicht sagen?", fragt Ellie.

„Wenn er einfach so auftaucht, sparen wir uns den Gang zum Zimmer."

„Nein!", hakt Sam etwas lauter als nötig ein. „Wenn wir ihn zu uns rufen, ist er gezwungen, deinen Worten Folge zu leisten. Und viel wichtiger noch, er muss darauf hören."

„Du hast gerade zweimal dasselbe gesagt", erwidert Tali und rückt ihre Brille zurecht.

„Ich meinte zwei verschiedene Dinge. Wenn du ihn rufst, Kira, erscheint er und macht sich angreifbar. Er ist unvorbereitet."

„Nur für mich", hakt Ellie abermals ein.„ Bekommt er das nicht alles gerade mit, was ihr sagt?"

„Und wieso taucht er dann nicht auf?", fragt Natascha. „Er hätte doch schon längst mehr als genug Gelegenheiten dazu gehabt? Er müsste doch wissen, dass wir wieder zusammengefunden haben!"

„Was Natascha sagt", denkt Freya laut, „wird schon stimmen. Er hätte unlängst eingreifen und uns herausfordern können. Stattdessen wird seine Aufmerksamkeit wem anders zugewandt sein. Den Moment sollten wir definitiv nutzen und ins älteste Zimmer gehen."

Die anderen stimmen nickend zu.

„Tali", sagt Kira. „Du kennst doch mit Sicherheit den schnellsten Weg dorthin?"

„Natürlich. Lissy und ich – wir zeigen euch den Weg!"

Sie ziehen los, dicht gefolgt von den anderen.

PLAN B

as ist aber ein verdammt kleiner Raum", sagt Ellie.

„Und es müffelt auch noch", fügt Natascha an.

„Steht hier auch so in meinem Notizbuch", kommentiert Sam und kritzelt noch mehr hinein.

„Könnten wir uns aufs Wesentliche konzentrieren?", fragt Lissy und lächelt.

„Wieso grinst du so?", will Ren wissen.

„Ich wollte Schicksal schon immer mal persönlich in den Arsch treten", sagt sie und reibt sich die Hände.

„Ergibt Sinn."

Freya stellt sich vor Kira hin und legt ihre Hände sanft auf ihre Schultern. „Bevor du den Anruf tätigst, denk dran, es wird kein Zurück geben. Astaroth läuft noch frei herum, und er ist nicht einmal im Ansatz so stark wie Schicksal."

„Kurzes Einhaken", sagt Natascha. „Wieso heißt er eigentlich Schicksal? Wer gibt sich so einen Namen?"

„Einfachster Name", antwortet Renée, die langsam aufwacht und von Ren auf eines der Betten gelegt wurde. „Einfachster Name in eurer Sprache."

Sie setzt sich auf und guckt sich zufrieden um. Der Plan ist aufgegangen.

„Er hat viele Namen", antwortet Freya. „Schicksal ist der passendste."

„Shukumei", sagt Ren. „Aber auch das wäre nur eine Übersetzung. Sein wahrer Name ... Wir sollten ihn nicht aussprechen."

„Und wenn selbst Ren das sagt", Renée atmet erschöpft aus, „heißt das was."

„Aber was Freya sagt, stimmt." Kali hat sich neben die Muttergöttin gestellt. „Wir wissen nicht, wer und was alles auf uns herabregnen wird. Einmal die Worte ausgesprochen, und es wird wahrhaftig kein Zurück geben. Vielleicht niemals."

„Keine Sorge", grätscht Tali dazwischen, „Kira hat mir versprochen, dass wir hier rauskommen. Wir schaffen das."

Sie hält Zeige- und Mittelfinger ihrer rechten Hand nach oben und formt das Peace-Zeichen.

Kira nickt und freut sich über die Zuversicht.

„Natürlich schaffen wir das", bestätigt Ellie. „Oder, Natascha?"

Die Jägerin nickt, und ihre Unterlippe kommt zum Vorschein. Sie ist überzeugt davon.

„Ich glaube daran, dass ihr das schafft", sagt Freya. „Ich wäre nur wehmütig, hätte ich meine Bedenken im Vorhinein nicht mit euch geteilt."

Kira nickt und schaut in die Runde. Sie sieht niemanden, der Einspruch erhebt. Alle – sogar Tali – haben diesen Blick. Sie wissen, was ihnen bevorsteht, und sie alle wollen dasselbe: die Tore der Hölle schließen und endlich heimkehren. Es führt kein Weg an Schicksal vorbei.

Kira nimmt das Telefon ab und drückt sich den Hörer fest ans Ohr. Am anderen Ende hört sie nur Statik, sie weiß

aber, dass die Architekten zuhören. Sie spricht den Satz, den Billie ihr aufgetragen hat, und mit einem Mal ist die Leitung tot. Keine Statik mehr. Erst recht keine Antwort. Die Jägerin legt auf und schaut verdutzt in die Runde.

„Was hast du gerade gesagt?", fragt Tali.

„Das weiß ich gar nicht", erwidert Kira und kratzt sich grinsend am Kopf.

„Nichts Gutes", erwidert Freya. „Sie hat Schicksal herausgefordert und den Architekten befohlen, ihn zu uns zu bringen."

„Moment", hakt Ellie ein. „Heißt das etwa, sie bringen ihn hierher?"

„Die Logistik dahinter ist mir unbekannt", gesteht die Muttergöttin. „Aber die Architekten sind nicht nur die Erschaffer der Unterstadt. Sie sind auch die Generäle Schicksals. Seine rechte Hand."

„Ich dachte, das wäre Lilith?", fragt Kira.

Tali möchte sich reflexartig an den Kopf packen, doch die Schmerzen bleiben aus. Sie sagt aber nichts. Auch Lissy hat auf den Namen nicht reagiert.

„Das wäre sie gerne", meint Kali lachend. „Sie ist die linke Hand. Bei ihrer gemeinsamen Vorgeschichte ist es schon lachhaft, wie –"

„Pass lieber auf", hakt Lissy ein, deren Miene dabei gar nicht freundlich aussieht. „Nicht, dass sie mithört."

„Die Generäle haben die Möglichkeit, jedes Wesen zu ihrem Meister zu bringen. Er muss sie nur darum bitten."

„Warum hat er sie dann noch nicht gebeten, uns zu ihm zu schaffen?", fragt Kira.

„Das kann ich dir nicht beantworten", erwidert Freya. „Vielleicht hat er einen anderen Plan?"

„Wenn Schicksal nicht einmal die Möglichkeit hat, hier einzudringen, wieso sollte –"

„Huiuiuiuiui, ist das hier staubig", sagt eine Stimme, die frisch dazugestoßen ist. „Hier wurde schon laaaaaaaange nicht mehr geputzt. Aber hier hat sich offen gesagt auch schon lange niemand mehr aufgehalten. Warum auch? Bis auf dieses nutzlose Telefon", er reißt es aus der Wand und wirft es auf den Boden, „ist hier eh nichts drin. Außerdem ist es mir hier auch etwas zu voll."

Er verlässt das älteste Zimmer, und die Jägerinnen, Jäger und Urgötter schauen ihm mit großen Augen hinterher.

„Das … das war …" Ellie bekommt keinen weiteren Ton heraus.

„Das habe ich nicht erwartet …" Sam schreibt hektisch in seinem Büchlein, muss aber aufpassen, nicht über den Rand zu gehen, da seine Augen auf dem Ausgang haften bleiben.

„Ich bin ja sonst eher der lustige Typ", sagt Ren. „Aber ich glaube, wir stecken sehr tief in der Scheiße."

XXII

VORBESTIMMT

„Ich gehe vor", sagt Kira. „Wartet einen Augenblick, bis ihr mir folgt."

„Warum?", fragt Natascha.

„Ich möchte wissen, was seine Absichten sind."

„Ergibt es dann nicht Sinn", denkt Ren laut, „NICHT die Nephalem vorzuschicken? Du bist schließlich die Auserwählte und so. Wenn du draufgehst, können wir direkt alles eintüten."

Kira schüttelt den Kopf und wartet keine weitere Diskussion ab. Sie tritt durch den Ausgang hindurch und steht erneut in der Unterstadt. Nur einen Steinwurf entfernt von ihr wartet Schicksal. Er grinst bis über beide Ohren, hat die Sonnenbrille fest auf der Nase sitzen und die Hände in den Taschen. Sein Sakko weht im Wind – obwohl keiner weht –, die frisch polierten Schuhe glänzen fröhlich. Seine wasserstoffblond gefärbten Haare sind nach oben gegelt. Er sieht frisch, ausgeschlafen und verdammt jung aus – denkt sich Kira. Die Jägerin hingegen fühlt sich recht ausgelaugt. Seit einigen Tagen konnte sie nicht mehr duschen, an Make-up war noch weniger zu denken, und insgesamt fühlt sie sich

wie durchgekaut und ausgespuckt. Sie ärgert sich, überhaupt einen Gedanken daran zu verschwenden. Vor ihr steht das – angeblich – mächtigste Wesen im Universum, und ihr erster Gedanke ist ein oberflächlicher.

„Kira", sagt er und wandert langsam auf sie zu. Sie bleibt stehen und schaut genau, was er vorhat. Er holt die rechte Hand langsam aus der Tasche hervor, und sie macht sich bereit. Mit einer blitzschnellen Bewegung hält er ihr seine Hand hin. Sie zuckt zusammen, und er lacht. „Ich habe nicht vor, dir wehzutun. Zumindest noch nicht."

Kira erwidert die Geste, und sie schütteln sich die Hand.

„Freut mich", sagt er, und mit der anderen Hand rückt er die Sonnenbrille ein kleines Stück nach vorne, „dich kennenzulernen."

Die Brille verdeckt erneut seine Augen. Doch Kira konnte einen Moment lang die unendlichen Galaxien in ihnen sehen. Ein schaurig-schöner Anblick.

„Was möchtest du von uns?"

„Ich?" Er beendet den Handschlag und fährt sich durch die Haare. „Von euch möchte ich gar nichts. Von dir, liebe Kira, möchte ich deine Macht."

Sie schluckt und geht instinktiv einen Schritt zurück.

„Was willst du mit meiner Macht?"

„Die Details würden dich nur langweilen, vertrau mir! Viel wichtiger ist doch, welchen Deal –"

„Da habt ihr einfach schon angefangen mit eurer Party", sagt Ren, der auf einmal hinter Kira erscheint, „und uns gar nicht Bescheid gesagt?"

„Meine Einladung schien auch verloren gegangen zu sein", fügt Renée an, die sich neben den Urgott stellt.

„Ich war schon lange nicht mehr auf angemessenen Festivitäten unterwegs", sagt Freya.

„Und ich habe richtig Lust, mal wieder die Sau rauszulassen", setzt Kali grinsend hinzu.

„Wuff wuff", fügt Fenrir an.

„Aber uns bitte nicht vergessen", sagt Sam. „Wir würden auch gerne den Ehrengast kennenlernen, den wir extra eingeladen haben."

„Danke an die Architekten an dieser Stelle", sagt Lissy, und ihre Zähne blitzen auf.

„Lissy", brummt Schicksal.

„Ihr kennt euch?", fragt Tali.

„Nur zu gut", knurrt er weiter.

„Also so bedrohlich sieht er aber nicht aus", findet Ellie und zückt vorsichtshalber ihren Bogen.

„Ersteindrücke können täuschen", erklärt Natascha. „Aber ich stimme dir zu."

Schicksal schaut die Meute mit einem breiten Lächeln an.

„Hochmut kommt ja bekanntlich VOR dem Fall", erklärt er. „Aber wisst ihr: Der Fall ist nicht das, was einen umbringt. Es ist der Aufprall. Und ihr alle, ihr befindet euch gerade im freien Fall."

„Das ist aber schon eine sehr maue Drohung", erwidert Ren. „Das hast du auch schon mal besser hinbekommen."

„Ren ..." Schicksal knurrt ein weiteres Mal. Ihn scheint mit Lissy und Ren eine Vergangenheit zu verbinden, die ihn unzufrieden zurückgelassen hat. „Der Pausenclown vom Dienst. Weißt du, was ich an dir nie leiden konnte?"

„Dass ich trotz meiner Narben ein viel schöneres Lächeln habe?"

„Dass du mich nie ernst genommen hast. Vor dir steht das allermächtigste Wesen im Universum." Natascha rollt die Augen. „Und doch nimmst du keines meiner Worte ernst. Dabei könnte ich dich PROBLEMLOS aus dieser Welt verbannen. Ich würde dich nicht einmal umbringen. Ich würde dich einfach in eine Blase sperren und von da dürftest du zuschauen, wie ich den Rest deiner Amigos hier nach und nach umbringe. Ihnen langsam die Haut abziehe und sie genüsslich verspeise."

„Warum sind die Hübschen eigentlich immer Psychopathen?", fragt Kira.

„Danke fürs Kompliment", erwidert er. „Aber das ist einfach nur eine Hülle, die ich mir ausgesucht habe. Mein wahres Antlitz könntet ihr niemals mit euren kleinen, beschränkten -"

„Die Story kennen wir schon", unterbricht ihn Natascha. „Ist bei den Urgöttern ja nichts anderes."

„Ich wusste nicht", er schnalzt mit der Zunge, „dass ich euch langweile."

„Langeweile wäre zu hart ausgedrückt. Du bist uns eher ... egal."

Schicksal schaut irritiert in die Runde. Es sträubt sich alles in ihm, die Meute vor ihm nicht einfach auszulöschen. Er weiß aber, dass er Kiras Macht braucht. Und er muss ein ernstes Wörtchen mit Lilith reden, die den Plan nicht befolgt hat. Was bisher nämlich keiner weiß, ist, dass er sich durch den Anruf verwundbar gemacht hat. Er wurde aus seinem Büro gerissen und befindet sich in einer Zwischenwelt. Seine gewählte Hülle kann nicht verändert werden – und viel wichtiger: Sie kann sterben. Doch das weiß nur er. Und die Architekten. Und vielleicht Lilith.

„Wie schon erwähnt, ich habe einen Deal –"

„Wir haben einen Deal für dich", grätscht Kira rein.

„Wieso ... WIESO ... lässt mich eigentlich niemand mehr ausreden? Ihr könnt euch gar nicht vorstellen, wie frustrierend es sich anfühlt, das mächtigste Wesen im Universum zu sein, dass niemand als genau das anerkennt."

„Das Problem kenn ich", sagt Natascha. „Hatte mein Ex-Freund auch. Aber keine Sorge, da gibt es heutzutage einige Mittelchen gegen. Blaue Pillen, Pumpen. Der ganze Kladderadatsch."

Er tritt einige Schritte nach vorne und führt Daumen und Mittelfinger an der rechten Hand zusammen. Doch bevor er schnippt, spricht Kira weiter: „Wir lassen dich am Leben. Dafür schließt du die Tore der Hölle und geleitest uns nach Hause."

Seine rechte Hand sinkt herunter, und er schaut sie amüsiert an. „Das ist dein Deal?"

Er lacht laut auf, und die Urgötter bereiten sich auf den bevorstehenden Kampf vor.

„Kira", sagt er, „darf ich dich so nennen?"

„Das ist mein Name."

„Das ist das Schöne dabei. Ich muss nur schnippen. Einfach so. Egal, mit welcher Hand. Und ich gebe dir einfach einen anderen Namen. Und alle Menschen in deinem Leben, egal wer, alt, jung, groß, klein. Sie werden denken, dass dein

Name schon immer Hildegard war. Du wirst die Einzige sein, die darauf besteht, sie hieße Kira. Aber der ganze Rest wird denken: Die hat einen Knall. Und jetzt denk mal weiter. Das kann ich mit allem machen. Wenn ich wollte, könnte ich dich sogar in eine andere Welt schicken. Die ich extra für dich erschaffe. Voller Dinge, die du liebst. Voller Dinge, die du hasst. Oder in ein Videospiel. Die spielst du doch so gerne?"

„Cool, du hast herausgefunden, wie man Instagram benutzt, Glückwunsch."

„Kira …" Er tritt ganz nah an sie heran, sodass sich ihre Nasenspitzen beinahe berühren. „Ich weiß alles über dich. Dafür benötige ich kein Social Media. Ich sehe alles. Ich höre alles."

„Und wieso hast du nicht kommen sehen, dass wir dich zu uns rufen?"

Er springt ein ganzes Stück zurück und fährt sich abermals durch die Haare. „Weißt du, auch ich habe ein paar tote Winkel. Und vertraue manchmal den falschen Dämonen. Aber keine Sorge, die werden entsprechend bestraft werden. Zur Not bis in alle Ewigkeit."

„Wo ist mein Bruder?", platzt es aus Sam heraus. Keiner hatte damit gerechnet. „Du weißt, wo er ist, oder?"

„Dein Bruder?" Schicksal rümpft die Nase. „Was macht dich so sicher, dass er noch lebt?"

„Tut er das nicht?"

„Ich sag's mal so, wenn ich es wollte, könnte ich ihn einfach zu uns holen, egal ob tot oder lebendig. Aber – Fun Fact – möchte ich nicht."

Sam zückt die Krallenhandschuhe und fährt sie aus.

„Wuff", bellt Fenrir leise. Er gibt seinem besten Freund zu verstehen, dass ein Kampf nicht provoziert werden sollte.

„Was ist mit unserem Deal?", hakt Kira ein. Sie hat Sorge, dass ihre Kollegen ansonsten dazu verleitet werden, etwas Dummes zu unternehmen. „Ja oder nein?"

Schicksal dreht sich einmal um seine eigene Achse.

„'tschuldige", sagt er, „ich dachte, du hast mit wem anders gesprochen, der dumm genug ist, auf deinen Trick reinzufallen. Lass mich dir einen Deal anbieten. Ich bekomme deine Macht und lass euch leben. Easy, peasy, lemonsqueezy."

Kira lacht. Sie schaut sich um und nickt den anderen zu.

„Weißt du", sagt sie und guckt ihn selbstsicher an. „Ich glaube nicht, dass du so mächtig bist, wie du vorgibst zu sein. Sonst müsstest du das nicht immer wiederholen, wie ach so toll du doch bist. Dieses Geschwafel von einer anderen Welt. Dass du einfach ein Videospiel bauen und mich reinschicken könntest, was ein absoluter Bull-"

Schicksal schnippt und Kira löst sich in Luft auf. An ihrer Stelle hängt eine Rauchwolke, wie bei einem billigen Zaubertrick.

Die Jägerinnen, Jäger und Urgötter, die hinter ihr standen, schauen gleichsam irritiert wie schockiert auf die verpuffende Wolke.

„Sonst noch wer?", fragt Schicksal und grinst.

XXIII

DIE ARENA

chicksal hatte nicht gelogen. Kira steht in einem kleinen, hölzernen Aufzug. *Steampunk-Look* würden die coolen Kids dazu sagen. Sie bemerkt, dass ihre Kleidung eine andere ist. Eine dicke, metallene Rüstung mit etlichen Verzierungen. Sie sieht ein wenig aus wie eine Ritterin, die etliche Beförderungen erhielt und als Belohnung mit einer gleißenden Rüstung beschenkt wurde. Ein kurzer roter Umhang weht an ihr herab, und einen Helm, der zum Rest des Outfits passt, trägt sie ebenfalls. Eine rote Feder steht von ihm ab.

Kira klappt den Sichtschutz des Helmes hoch und schaut sich verloren im Aufzug um. Irgendwo hier muss doch –

„Da!"

Sie zieht mühselig einen Hebel nach unten, der stark eingerostet ist. Der marode Fahrstuhl zischt mit einem Affenzahn los und schießt die Jägerin weit nach oben. Mit einer ruckartigen Bewegung und Geräuschen, die danach klingen, als würde er nicht mehr lange halten, kommt er zum Stehen. Eine klapprige Abgrenzung wird von Kira beiseitegeschoben, und sie tritt hinaus. Sie erkennt nur wenig. Im ersten Augen-

blick kommt es ihr hier vor wie in einer Tropfsteinhöhle. Sie tastet ihre Rüstung nach einer Lichtquelle ab, kann aber keine finden.

Ein heftiger Windstoß, der sie trotz sackschwerer Rüstung beinahe umwirft, weht von vorne. Ein rotes Tor ist aufgeschwungen und gibt die Sicht auf eine kleine Lichtquelle preis. Sie sieht beinahe so aus, als würde sie einfach so in der Luft schweben. Da sie keine andere Wahl hat und weiß, dass es sich um eine Illusion von Schicksal handelt, spaziert sie – vorsichtig – zum Leuchten. Das Tor wird aufgrund des Windes immer wieder auf- und zugeschlagen. Mit jedem lauten *TOCK* erschreckt sich Kira. Das Geräusch löst in ihr Unbehagen aus.

Dort angekommen, hält sie das Tor fest und schreitet hindurch. Und tatsächlich hatte sie recht. In der Mitte steht ein Tisch, auf dem eine kleine Flamme lodert. Sie sieht so aus, als bestünde sie aus Pixeln. Hat Schicksal sie allen Ernstes in ein Videospiel teleportiert? Das war also doch kein Bluff von ihm?

Kira kennt diese Art Spiel und greift daher instinktiv nach der Flamme. Über ihrem Kopf erscheinen ein schwarzer Balken sowie ein Bild von ihrem Schwert. Danach der Name „DANTE – DÄMONENKILLERSCHWERT".

„Das kann doch nicht sein Ernst sein …"

Ohne Vorwarnung wird Dante auf ihren Rücken geschnallt – eine zusätzliche Last, die sie umgehend bemerkt. Anscheinend hat sie in dieser Illusion nicht die Kraft oder die Magie von Ren. Daher muss sie mit ihren eigenen Muskeln zurechtkommen. Das Schwert zu tragen wird demzufolge ein Ding der Unmöglichkeit sein.

„Ist das ein Ring?"

Kira entdeckt einen weiteren Gegenstand auf dem Tisch und hebt ihn auf. In der Tat handelt es sich um einen kleinen Schmuckgegenstand, den man sich auf den Finger steckt. Beim Anstecken leuchtet erneut ein pixeliger Balken über ihr auf: „HERCULES-RING – STÄRKE +20".

Die Rüstung ist leichter, und auch Dante wird sie jetzt problemlos tragen können. Sie hat die Regeln dieser Welt verstanden. Sie befindet sich in einem waschechten Videospiel. Den bisherigen Erlebnissen nach zu urteilen, in einem Rollenspiel – Marke Draufhauen, Wegrollen und Beten.

„Habe ich irgendwo eine HP-Leiste?"

Die Frage stellt sie laut in den Raum, vielleicht antwortet ihr ja sogar –

„Mein Kind." Eine ältere Frau tritt aus dem Schatten hervor, und Kira zuckt zusammen. „Nimm dieses Gefäß mit. Es ist gefährlich, allein rauszugehen."

„Keine Sorge, gnädige Frau." Kira räuspert sich und streckt die Brust raus. Schließlich ist sie eine waschechte Ritterin. „Ich habe ein Schwert, das wird mir helfen, mich zu beschützen."

„Das tut mir leid."

Kira schaut die Dame nur verwundert an und mustert sie kurz. Es sieht danach aus, als würde sie einen großen Kartoffelsack tragen. Die Haare sind ungewaschen und verfilzt. Eine relativ dicke Knollennase zieren mehrere Blessuren. Die Augen sind weiß und verwaschen. Kann sie überhaupt etwas sehen?

„Warum tut es dir leid, holde Maid?" Die Jägerin weiß nicht, woher der Zusatz kommt.

„Ich bin keine holde Maid", erwidert die ältere Frau und hustet. „Ich bin Griselda. Einst war ich eine mächtige Hexe.

Doch als die Schatten des Puppenkaisers über unser Land hereinbrachen und der Baum der Minnen keine Blätter mehr abwarf, weil der Held der Zeit –"

„Ja, ja." Kira seufzt laut. „Ich will dich gar nicht unterbrechen, Griselda. Aber ich sag's mal so, die Zeit rennt ein wenig."

„Das tut mir leid."

„Sagtest du bereits."

„Ein Schwert ist niemals ein Segen. Es kann kein Leben schenken. Es kann nur Leben nehmen."

„Das habe ich schon mal irgendwo gehört."

„Daher nimm das hier."

Griselda hält Kira mit ausgestreckten Armen eine lodernde Flamme hin. Was genau drin ist, weiß sie erst, wenn sie es aufnimmt. Die alte Hexe bewegt sich keinen Zentimeter mehr, als sei sie eingefroren.

„Hinter dir, ein dreiköpfiger Affe!", ruft Kira, doch von der Frau kommt keine Reaktion. Anscheinend ist sie erst wieder ansprechbar, wenn die Jägerin ihr den Gegenstand abgenommen hat.

Kira seufzt und greift nach der Flamme. Abermals erscheint eine große Box: „Lebensflakon – 5 Aufladungen".

Griselda fängt fürchterlich an zu lachen. Wie eine Gabel, die man mit Gewalt über eine Kreidetafel zieht, während man dabei auf einem Waschbrett Countrymusik laufen lässt. Die Hexe löst sich in Luft auf und verpufft regelrecht. Die Wände des kleinen Raumes klappen zur Seite und geben eine riesige Arena mit gleißendem Licht preis, das Kira im ersten Moment blendet. Laute Fanfarenmusik ertönt, die von epischen Geigen unterlegt wird. In der Mitte der Arena fallen Buchstaben tosend auf den Boden: „Die Lügen Kiras – Rettung der Dunkelseele 2".

Über Kira erscheint eine Lebensleiste, gefüllt mit einem blutroten Balken. Sie deduziert relativ zügig, dass er anzeigt, wie oft sie getroffen werden darf, bevor es Game over heißt.

Sie fragt sich, warum sie sich großartigem Stress aussetzen soll, wenn es sich hierbei um eine Videospielillusion handelt. Dabei nicht mal eine, die sich anfühlt, als hätte man sich viel Mühe gegeben.

Aus heiterem Himmel stoppt die Musik und eine sehr bekannte Stimme ertönt – die von Ren: „RUNDE 1: Kira, die Lügenbaronin, GEGEN Tascha, die Zornige!"

Kira reißt die Augen auf. Schicksal sagte doch, er würde nur sie in diese Welt transportieren – niemand anderen. Hat er gelogen?

Sie ärgert sich. Natürlich hat er das. Wieso vertraut sie auch einer übergöttlichen Entität, die Millionen Jahre alt ist und einfach nur Langeweile verspürt?

Die Jägerin schaut sich um, kann ihre Gegnerin aber nirgendwo erblicken. Es dauert nicht lange, da schlägt neben Kira eine viel zu große Axt ein, die niemand ohne Götterkräfte tragen könnte. Über ihr steht eine schwarze Ritterin auf einem klapprigen Holzgerüst. Ähnlich gekleidet wie sie und doch um einiges eindrucksvoller und bedrohlicher angezogen. In einer Hand hält sie eine lodernde Flammenaxt. Kira bemerkt jetzt erst, dass das Tötungsinstrument, das neben ihr eingeschlagen ist, eine Eisfläche hinterlassen hat. Mit einem Ruck reißt es die Axt aus dem Boden, und sie fliegt zurück in die Hand der Gegnerin.

„Heute ist Tag der Abrechnung", sagt sie, und Kira erkennt umgehend, wer sie ist.

„Tascha ist Natascha!", spricht sie mit einem Fingerschnippen aus und bemerkt umgehend, wie naheliegend die Schlussfolgerung war.

„Ich bin Tascha", brüllt die schwarze Ritterin, „DIE ZORNIGE!"

Sie springt von oben herab und lässt ihre Äxte mit voller Wucht in Richtung Kira sausen. Diese reißt die Augen auf und macht einen großen Satz nach hinten. Mit einem Mal ploppt unter ihrer Lebensanzeige eine weitere auf: „STAMINA – 50+3".

„WAS SOLL DAS HEISSEN?", ruft die Jägerin und weicht den nicht enden wollenden Schlägen ihrer Jägerkollegin aus.

„Natascha!", ruft Kira. Anscheinend vergebens, da sich die schwarze Ritterin keinen Deut von ihrer Todeslieferung abbringen lässt.

„Ich bin Tascha", ruft sie erneut, „DIE ZORNIGE!"

„Ach, verdammte Sch–"

RUMMS

Beide Äxte sind haarscharf an Kira vorbeigeflogen und in einer Holzpalisade direkt hinter ihr eingeschlagen. Sie spürt gleichermaßen die brennende Hitze und eisige Kälte in ihrem Nacken. Tascha sprintet fluchend auf sie zu, während die Jägerin panisch versucht, sich eine der beiden Äxte zu stibitzen. Aber selbst mit aller Kraft schafft sie es nicht mal, die Tötungsinstrumente zu bewegen. Dazu kommt, dass es sich einerseits anfühlt, als würde sie in einer Gefriertruhe rumwühlen, und andererseits, als würde sie ein heißes Bügeleisen anfassen. Die Hoffnung, dass es Tascha genauso wenig gelingen würde, die verkeilten Waffen rauszuziehen, wird relativ schnell im Keim erstickt, als diese mit einem beherzten Sprung gegen die Palisade springt und sich zusammen mit ihren Äxten abdrückt.

Ohne Atempause springt sie abermals ihre Kollegin an und ruft erneut ihren Namen und Titel. Kira bleibt nichts anderes übrig, als auszuweichen und ihre Bewegungen genau zu studieren. Sie merkt relativ schnell, dass etwas nicht mit rechten Dingen vor sich geht – abgesehen davon, dass sie in einer Videospielwelt gefangen ist. Selbst wenn Natascha einer Gehirnwäsche unterzogen wurde, spricht und bewegt sie sich ganz bestimmt nicht so. Das Umherspringen, der Umgang mit den Waffen. Die brutale Grazie fehlt.

„Ich hoffe, ich behalte recht", sagt Kira, und kurz bevor Tascha sie erreicht, sticht sie mit Dante zu.

Ein lautes Zerbersten einer Rüstung und das unheilvolle Knacken, das sie in den letzten Tagen zu oft gehört hat, röhrt über die Ebene. Sie hat ihre Gegnerin aufgespießt. Die Äxte erlöschen und fallen mit einem lauten Knall auf den Boden. Der Körper ihrer angeblichen Kollegin bleibt leblos auf der Klinge hängen.

„Bitte nicht …", sagt Kira, den Mund leicht offen. „Ich dachte, du wärst …"

Ein lautes Zischen, und die angebliche Leiche löst sich in pixeliger Luft auf.

„1 ZU 0 FÜR DIE LÜGENBARONIN", verlautet der Ansager, und Kira atmet sehr lange erleichtert aus.

In der Mitte der Arena erscheint eine kleine Plattform – da wo der Tisch stand – und ein kleiner Kristall steht drauf. Kira guckt sich etwas verloren um, kann aber niemanden sehen. Sie zuckt mit den Schultern und geht zu dem kleinen Konstrukt herüber. Bevor sie überhaupt daran denkt, es anzufassen, schaut sie es sich genau an. Kleine Schädel sind in

dem Kristall eingesperrt und scheinen zu schreien. Sie berührt den Kristall, und ein roter Lichtstrahl schießt in den Himmel. Für einen Moment wird Kira geblendet. Erneut erscheint eine Textbox: „Leben wieder aufgefüllt! Die Gewinnerin darf sich einen Gegenstand aussuchen:"

Unter der Box erscheinen zwei Bilder. Auf dem einen ist Dante erkennbar, aber Flammen lodern vom Schwert auf. Auf dem anderen ist Kiras Waffe ebenso abgebildet, jedoch mit eisiger Kälte überzogen, sodass Rauch vom Schwert aufsteigt.

Eine Flamme ist nicht erkennbar, weswegen Kira einfach auf die Eisbox zeigt: „Das hier?!"

Ihr Schwert verpufft in der Luft und kommt genauso schnell – mitsamt Kälte-Upgrade – wieder. Sie hält es mit beiden Händen fest vor sich, um Dante genau zu untersuchen. Sie ist erleichtert, dass sie – anders als bei den Äxten – die Kälte selbst nicht spürt.

Es dauert einen Augenblick, aber dann ist die Stimme des Kommentators wieder zu hören „RUNDE 2: Kira, die Lügenbaronin, GEGEN Samuel, den Schlächter!"

Der Boden beginnt zu beben, und die Jägerin hat Mühe, ihr schweres Schwert festzuhalten. So kolossal hat sie Sam gar nicht in Erinnerung. Von irgendwo ertönen laute Posaunen, zusammen mit dramatischen Geigen und einer Trommel, die im Takt mitklopft. Irgendwo muss sich ein Orchester versteckt haben.

Ein lautes Krachen bescheinigt ihr zügig, dass die tosenden Schritte nicht von ihrem Jägerkollegen stammen. Hinter einer der Holzpalisaden ist ein zu großer Wolf hervorgesprungen. Zwar handelt es sich um Fenrir, allerdings eine noch größere Version. Und zu allem Überfluss trägt er ein eigenes Dämonenjägerschwert seitlich im Maul. Das wird eine Freude, der Waffe auszuweichen, denkt sich Kira.

Ein lautes, brutales Knurren schnellt über die Ebene. Beim zweiten Hinschauen sieht die Jägerin den besten Freund des Wolfes: Sam steht auf dem Rücken des Tiers. Mit einer Hand hält er sich am Nackenfell fest, und in der anderen hält er eine altmodische Armbrust. Er selbst trägt ein Bärenfell, das ihn beinahe komplett bedeckt. Seine Schultern sind breit und seine Muskeln aufgepumpt. Als Hose hat er ebenfalls etwas Felliges an.

„Was ist das für ein bescheuerter Look…?", denkt Kira laut.

„ANGRIFF", ruft die Sam-Kopie, und der Fenriswolf sprintet mit einem Affenzahn in Richtung Jägerin. Sein Kopf dreht sich zur Seite, um mit dem Schwert auszuholen. Sam zielt mit der Armbrust auf sie. Sie ist sich unsicher, wie sie dem Angriff standhalten soll, viel Zeit zum Nachdenken bleibt jedoch nicht. Mit einem brachialen WUSCH springt sie über das ausgestreckte Schwert weg, das kurzen Prozess mit dem Dekor um sie herum macht. Die Palisaden hinter ihr brechen weg, und der Rest des Raums in der Mitte hat sich in Wohlgefallen aufgelöst. Ein Schuss der Armbrust löst sich, und in Windeseile hält Kira Dante schützend vor sich, das den Pfeil abfängt. Mit einer Pirouette, die einem grimmigen Ballettstück entsprungen sein könnte, dreht sie sich in unmenschlicher Geschwindigkeit und nutzt Dante als Baseballschläger, um den Pfeil zurückzuschießen. Die Sam-Kopie reißt die Augen auf, zieht am Fell des Hundes, und er springt einige Meter nach hinten. Aber nicht, ohne sich selbst dabei zu drehen und mit seinem Schwert auszuholen. Die Jägerin duckt sich im richtigen Moment weg, nur die Feder ihres Helms muss dran glauben.

„Das ist doch nicht euer Ernst", flucht sie und überlegt sich eine Strategie. Den Kampf gewinnt sie nur, wenn sie so nah an den Wolfshund rankommt, dass sie unter ihm landet, die Kopie sie nicht sieht und sie von unten ... Eigentlich möchte sie gar nicht daran denken, wie sie dem Tier etwas antut. Selbst wenn es weder der echte Fenrir noch ein echtes Wesen ist.

Ein weiterer Pfeil schießt in ihre Richtung, den sie zwar abgewehrt bekommt, doch urplötzlich schwingt auch das kolossale Schwert nach ihr und trifft sie mit voller Wucht. Mit einem lauten Knall und Schmerzen im Oberkörper fliegt sie gegen eine der letzten Palisaden. Ihre HP-Leiste hat sich halbiert. Noch so ein Schlag und sie ist Geschichte – denkt sie aber nur im ersten Augenblick, denn ihr fällt der Lebensflakon ein. Sie trinkt einen beherzten Schluck, und nicht nur füllt sich die Leiste wieder auf, sie merkt auch, wie ungeahnte Kräfte in ihr sich freisetzen. Dante fühlt sich so leicht an wie noch nie, und auch die Rüstung hat etwas von einem Federgewand.

„Hätte ich das mal vorher gewusst", ruft sie und sprintet in Richtung der Gegner, Dante weit ausgeholt und bereit, verheerenden Schaden anzurichten. Sie schlägt zu und trifft das Vorderbein des Wolfes, der vor Schmerz aufheult. Instinktiv möchte sie sich entschuldigen, schüttelt aber den Kopf. Dabei fällt ihr zum ersten Mal auf, dass unter ihr die Lebensanzeige des Gegners in der Luft schwebt. Der Name prangt demonstrativ darüber. Und mit diesem Schlag hat sie gerade mal einen klitzekleinen Teil der Leiste wegradiert.

Sie versteht, dass zurückhaltende Schläge nicht die Antwort sind. Glücklicherweise ist sie weder aus der Puste noch sind die Schmerzen wiedergekommen – das magische

Elixier hat Wirkung gezeigt. Ihr Körper wird mit Sicherheit auf der EBENE liegen und das alles hier ist nur eine Illusion in ihrem Kopf.

Die Fenrir-Kopie knurrt unter tosendem Beben auf, sammelt Energie und sprintet erneut auf Kira zu, deren Augen unter dem Ritterhelm weit aufgerissen sind. Mit einem gekonnten Sprung rollt sie sich zur Seite ab und weicht so einem Schlag nach dem anderen aus. Doch mit jeder Rolle merkt sie, wie ihr Atem immer etwas weniger wird. Sie hat die STAMINA komplett vergessen. Bisher war sie anscheinend auch noch nicht nötig, aber dieselbe Aktion mehrfach hintereinander auszuführen scheint dafür zu sorgen, dass sie doch erst mal nach Luft schnappen muss. Lange hält es aber nicht an. Nur einen Moment still stehen bleiben, und wie von Zauberhand ist sie wieder topfit. Schade, dass es nicht immer so ist, denkt sie sich.

Ein Pfeilhagel schnellt in ihre Richtung, und sie kann allen ausweichen – außer dem allerletzten, der zeitversetzt kommt und mit dem sie nicht gerechnet hat. Er pikst ein wenig und zieht ihr ebenso wenig von der Lebensleiste ab, wie sie dem Götterwolf geklaut hat.

„Also muss ich mich eigentlich nur auf die Angriffe von Fenrir – oder diesem Abziehbild – konzentrieren. Das macht die Sache um einiges einfacher."

Der Hund kommt angesprungen, Kira weicht aus, und mit voller Wucht schlägt sie ihm abermals aufs rechte Vorderbein. Dieses Mal aber mit so viel Kraft, dass der fellige Gegner regelrecht aufheult und sich ruckartig wegrollt – wodurch der Jäger auf seinem Rücken abgeworfen wird.

„ANGRIFF", ruft dieser abermals und stürmt mit seiner Armbrust auf Kira zu. Pfeile schießen in ihre Richtung, pral-

len aber an ihrer Rüstung ab und haben keinen merkbaren Einfluss auf ihre Lebensleiste.

„Wenn du willst", erwidert sie mit einem schnippischen Grinsen und zieht Dante mit voller Wucht über den Boden, um von unten nach oben zu schlagen. Der Gegner kommt, möchte zuschlagen, wird aber innerhalb einer Bewegung zweigeteilt und verpufft in pixelige Luft. „Wie sieht's bei dir aus, Fiffi?"

Der Hund schaut sie verängstigt an. Sein bester Freund hat sich vor ihm in Luft aufgelöst. Doch die Angst hält nicht lange an. Er knurrt laut auf, bewegt seinen Kopf so weit zur Seite, wie er kann, und dreht sich schwindelerregend schnell im Kreis. Kira schluckt und läuft in die entgegengesetzte Richtung. Sie hat keine Ahnung, wie sie dem felligen Wirbelwind mit tödlichen Absichten ausweichen soll.

Fenrir kommt wieder zum Stehen und ist einen Moment lang orientierungslos – lange genug, dass Kira auf ihn draufspringt und ihm ihr Schwert in den Nacken rammt. Der Hund heult auf und kippt zur Seite. Ein schmerzverzerrtes Gesicht schaut sie an und winselt leise. Die Jägerin kann nicht anders, als Mitleid mit der Kopie zu haben.

„Es tut mir leid", sagt sie und legt ihm vorsichtig eine Hand auf den Kopf. Erst jetzt wird ihr klar, dass dieser Wolf mindestens vier echte Fenrirs groß sein muss. „Wieso verpuffst du nicht?"

Als hätte sie Zauberworte gesprochen, löst sich der Gegner in Pixelluft auf. Sie schaut auf und schreit in die Luft: „Was ist das hier für ein fieses Spiel? Willst du dabei zuschauen, wie ich nach und nach meine Freunde umbringe? Wozu? Geilt dich das auf?"

Wie zu erwarten, kommt keine Antwort.

„Ich habe keine Lust mehr auf dieses Spielchen. Du hast deinen Punkt deutlich gemacht." Die Stimme des Ansagers ertönt: „2 ZU 0 für die LÜGENBARONIN!"

Die kleine Flamme in der Mitte der Arena taucht wieder auf. Kira bleibt wie angewurzelt stehen und zuckt mit den Schultern. „Wie gesagt, ich spiele nicht mehr mit."

Sie setzt sich hin und legt Dante neben sich. Die Musik ist verklungen, aber sonst ändert sich nichts. Weder scheint das Wetter umzuschwenken noch ändern sich die Lichtverhältnisse. Kira lässt sich davon nicht beirren. Sie bleibt sitzen. Eine Uhr hat sie keine, und aufgrund der feststehenden Sonne kann sie auch sonst keine Zeit ablesen. Immerhin scheint sie weder Hunger noch Durst zu bekommen.

„Ernsthaft?", schreit sie in die Luft. „Soll ich jetzt wirklich einen nach den anderen bekämpfen, nur um hier wieder rauszukommen? Ist dir so langweilig? Was bist du denn für ein armseliges allmächtiges Wesen?"

Sie hadert, weiß aber, dass ihre echten Freunde draußen auf sie warten. Und wer weiß, was Schicksal in der Zeit mit ihnen anstellt.

XXIV

HERZSCHMERZ

„Was hast du mit Kira getan?", brüllt Natascha, und ihre Säbel erscheinen in ihren Händen. „Hol sie zurück!"

„Putzige Zahnstocher", sagt Schicksal. „Und Kira habe ich doch nur das gegeben, was sie wollte. Sie hat mir nicht abgekauft, dass ich problemlos neue Welten erschaffen und sie dorthin schicken kann. Also habe ich ihr genau das gegeben."

„Du dummes Schwein!" Natascha prescht nach vorne los und schlägt zu. Schicksal rührt sich kaum von der Stelle. Den Schlägen weicht er gelangweilt aus. Mal einen Schritt nach links. Mal den Kopf zur Seite gedreht. Kurz nach vorne gebeugt. Und drübergesprungen.

„Darf ich?", fragt er, hält Natascha blitzschnell am Kragen fest und wirft sie gegen Kali. Die Urgöttin fängt ihren Schützling mit Mühe und Not auf. „Noch mal: Ich bin nicht euer Feind. Ich bin hier, um einen Deal mit Kira einzugehen. Ihre Macht gegen euer Leben. Simpel, oder? Und weiterleben darf sie auch. Also ist doch alles Bingo Bongo."

„Und dann?", fragt die Muttergöttin. „Schickst du uns zurück auf die Erde? Müssen wir weiterhin den Dämonen Einhalt gebieten?"

„Uff", erwidert Schicksal. „Da bin ich ganz ehrlich. Das ist mir recht egal. Ich habe keinerlei Vertrag mit dem, was oder wie ihr es macht. ABER ... aber ihr seid doch bis hierhergekommen. Mittlerweile seid ihr zwar nicht mehr vollständig, aber ihr findet doch auch bestimmt hier wieder raus."

„Ziemlich beschissener Deal", findet Lissy, und Schicksals Blicke durchbohren sie förmlich.

„Lissy", knurrt er. „Von dir habe ich mehr erwartet."

„Wieso?", fragt Ren. „Hast du Lust auf einen Drachenzahn zwischen die Augen?"

„Ach, du ... Von dir habe ich weniger erwartet. Ihr beide zusammen, ihr seid mir ein sehr großer Dorn im Auge."

„Hat er Angst vor dir?", fragt Tali. Lissy grinst nur.

„Angst?", erwidert Schicksal, der die Worte klar und deutlich vernommen hat. „Vor den beiden Scherzkeksen? Nein, nein. Sie sind mir beide nur Rechenschaft schuldig. Wir kennen uns alle schon sehr, sehr lange. Nicht wahr?"

„Schätzchen", sagt Lissy, „da musst du mir auf die Sprünge helfen. Ich kenne viele hübsche Kerle, denen ich das Herz gebrochen habe."

Tali dreht den Kopf fragend zur Seite, sodass ihre Brille ein wenig nach vorne rutscht.

„Und ich auch!", fügt Ren an. „Aber ich erinnere mich … *Shukumei.*"

„Tust du das … *Lotus.*"

„Hä?" Natascha haut ihre Säbel in den Boden, sodass sie von selbst stehen, und verschränkt die Arme. „Kann mir mal wer erklären, was hier los ist?"

„Ren und Schicksal … Sie kennen sich. Sie sind schon einmal vor vielen Äonen aneinandergeraten", erklärt Renée. „Doch zu der Zeit brauchte Schicksal seine Hilfe. Die hat er auch dankend angenommen. Bis er ihn verraten hatte. Aber das ist eine Geschichte für einen komplett anderen Tag. Ren hatte nur schon immer vermutet, dass Schicksal eines Tages Langeweile bekommen und uns allen einen Dolch in den Rücken stoßen möchte."

„Langeweile ist aber ein sehr unschönes Wort." Schicksal spaziert langsam zu den anderen herüber, die vorsichtig einige Schritte zurücktreten. Er schüttelt den Kopf. „Ich bin nicht euer Feind."

„Und was ist mit dir, Lissy? Woher kennt ihr euch?", fragt Tali und rückt ihre Brille zurecht.

„Wenn ich das wüsste, würde ich es dir erzählen", antwortet die Urgöttin.

„Keine Sorge", sagt Schicksal. „Wenn ihr mir nicht gebt, was ich möchte, erzähl ich euch alles. Und jeder Einzelne von euch wird sich wünschen, niemals geboren zu sein …

Schon gut. Ich werde dafür sorgen, dass jeder Einzelne von euch niemals geboren werden wird!"

„JETZT!", brüllt Renée, und die Urgötter, Jägerinnen und Jäger schnellen gleichzeitig los, die Waffen im Anschlag, und greifen mit allem an, was sie haben. Doch wie schon bei Natascha weicht Schicksal jedem einzelnen Angriff mühelos aus. Er springt zur Seite, tritt zurück oder bewegt sich wie ein Schlangenmensch. Die Angreifer werden wütender und versuchen verzweifelt, ihn zu treffen.

„Ihr wisst hoffentlich", spottet er, „dass ich das den ganzen Tag machen kann. Und ein Tag hier in der Unterstadt ist eine ganze Lebzeit auf der Erde."

Aus heiterem Himmel trifft einer von Ellies Pfeilen ihn direkt ins Knie.

„Fuck!", brüllt er, schnippt und sie alle stehen ein halbes Fußballfeld voneinander entfernt. „Du hast mir einen Pfeil ins Knie geschossen!"

Ellie und Freya klopfen sich gegenseitig auf die Schulter. Blaues Blut tritt aus der Wunde aus und sorgt für überraschte Blicke unter den Menschen.

„Wieso ist sein Blut blau?", fragt Tali. „Das der Dämonen ist doch auch rot?"

„Er ist kein Dämon", antwortet Lissy. „Er ist auch kein Gott. Er ist etwas anderes. Etwas Schlimmeres."

„Willst du damit sagen, dass ich schlimm bin?", fragt Ren und zwinkert ihr zu.

„Du bist vor allem irritierend", erwidert sie.

Schicksal reißt sich den Pfeil raus, ruft ein weiteres Mal ein Schimpfwort und hält seine Hand über die Wunde. Einen Augenblick später ist sie verheilt und das Blut ver-

schwunden. Er stellt sich wieder gerade auf, richtet sein Sakko und steht unmittelbar vor seinen Gegnern.

Sie zögern erst gar nicht und wollen zuschlagen. Er setzt aber zum Schnippen mit der rechten Hand an und lässt den linken Zeigefinger wackeln – wie bei einem Kleinkind, dem man „Du du du" sagt.

„Glückwunsch", sagt er. „Ihr habt mir einen Pfeil ins Knie geschossen, ich habe ein bisschen geblutet, mich wieder geheilt und meine Kleidung aufgefrischt. Ich hoffe, das war es wert. Noch einmal werdet ihr es nicht so weit schaffen!"

„Du hast Angst", begreift Renée.

„Ich ... Komm schon ... Dimensionsherrscherin – was für ein bescheuerter Titel übrigens –, ich habe keine Angst. Die Welt hat keine Angst vor ihrem Sand. Das Universum hat keine Angst vor einzelnen Sternen. Ihr seid einfach nur ein Ärgernis. Nicht mehr. Nicht weniger. Wir hätten unlängst fertig sein können, wäre Kira den Deal eingegangen. Und hätte meine Untergebene", er schaut mit Argwohn in die Runde, „einfach mal das getan, was ich von ihr wollte."

„Deine Untergebene?", fragt Sam. „Meinst du etwa –"

„Gar nicht so wichtig, Samuel. Mach dir keinen Kopf. Das kläre ich später."

„Was möchtest du mit Kiras Macht?", fragt Ren.

„Oh oh oh, *Lotus*. Ich weiß, dass ihr wisst, was ich weiß."

„Ich hab Kopfschmerzen", grummelt Ellie.

„Sie ist die Auserwählte. Ich brauche nicht deine Macht. Ich brauche auch nicht die Macht des Nephalems. Ich brauche ihre Macht. Die mir dabei helfen wird ... coole Dinge zu tun."

„Dann bring sie zurück", knurrt Renée.

„Warum? Wir haben doch keine Eile?"

„Ich sag ja, du hast Angst. Angst vor ihr und dem, was sie tun kann."

„Ich soll Angst vor einem kleinen Mädchen haben, die nicht nur ihr eigenes Leben, sondern auch das eure aufs Spiel gesetzt hat, weil sie ein bisschen Herzschmerz verspürt?"

„Diese Frau", sagt Natascha und stampft auf dem Boden auf, „hat auch für uns alles aufs Spiel gesetzt. Ohne sie wären wir nicht hier."

„Das habe ich doch gerade gesagt?"

„Sie hat genug durchgemacht", fügt Ellie an. „Lass sie gehen."

„Wisst ihr", er lacht, „ich kann es dort drin für Kira noch richtig spannend und herzzerreißend gestalten."

„Was hast du vor?", fragt Ren und zückt erneut sein Schwert.

„War sie nicht auf der Suche nach jemandem?"

Schicksal schnippt, und für die Anwesenden passiert nichts. In der Arena sieht das Ganze aber anders aus.

„Was hast du getan?", fragt Freya.

„Ihr werdet davon nichts mitbekommen. Kira hingegen? Ihr Spaß wird verdoppelt und in einem wunderschönen Finale enden."

Ren hört dem Gebrabbel nicht weiter zu und lässt sein Schwert herabrauschen. Schicksal teleportiert sich weg und steht mit einem Mal auf einem der zusammengefallenen Häuser.

„Wir können gerne so weitermachen. Aber ich sag, wie es ist. Das wird euch nicht zum Ziel führen."

„Ich habe eine Idee", sagt Renée. „Mona. Peter. Jen. Wenn wir –"

„Gute Idee", erwidert Schicksal, der urplötzlich direkt neben der Dimensionsherrscherin steht. „Dass ich darauf nicht selbst gekommen bin."

Er schnippt abermals.

XXV

RUNDE 2

ira steht mühselig auf, das Geklapper der Rüstung ist deutlich zu hören. Schwer ist sie nicht, aber doch sehr umständlich. Sie wandert zu der Flamme hinüber, seufzt laut und legt ihre Hand drauf.

„LEBEN wieder aufgefüllt. Die GEWINNERIN darf sich EINEN GEGENSTAND AUSSUCHEN!"

Eine Textbox erscheint, und zwei Bilder sind zu sehen. Auf der linken Seite ganz offensichtlich die Armbrust, die der Jäger in der Hand hatte, auf der anderen aber keine Waffe, sondern ein Bild von Fenrir. Oder einem Fenrir. Um einiges kleiner als der Wolf, gegen den sie gerade gekämpft hat, kleiner auch als der Götterhund, der sie begleitet. Eher haushundgroß, dafür aber mit großen, glitzernden Augen.

„Was bist du denn?"

Von der Neugierde gepackt, fasst sie das Bild an, und – im wahrsten Sinne des Wortes – aus heiterem Himmel fällt von oben ein Hund herab, der neben ihr wie eine Katze auf allen vieren landet. Seine große Zunge ist rausgestreckt, und er schaut die Jägerin fröhlich an.

„Du siehst aus wie Fenrir. Nur kleiner. Und als hätte man einem Manga-Zeichner eine Beschreibung des Götterwolfes gegeben und du bist dabei rausgekommen – du bist ja süß!"

Mit dem eisernen Handschuh streichelt sie den kleinen Hund. Dieser wedelt im Gegenzug und gibt süße kleine Bellgeräusche von sich.

„Ich hoffe, du hilfst mir gleich und ich muss nicht noch einem virtuellen Fiffi beim Sterben zuschauen."

Die Boxen der Arena krächzen, und die Ansagerstimme schallt wieder über die Fläche: „RUNDE 3: Kira, die Lügenbaronin, GEGEN Ellie, die Aussätzige!"

„Die Namen sind echt nicht nett gewählt", brüllt Kira zurück.

Die Jägerin kann ihre Gegnerin noch nicht sehen, doch der Mini-Fenrir – gedanklich tauft Kira ihn Minirir – nimmt sie schon wahr. Er knurrt – und klingt dabei wie eine Nähmaschine – und schaut in die Mitte der Arena. Der Boden reißt auf, und eine Gestalt, komplett in weißes Licht gehüllt, prescht hervor. In beiden Händen hält sie weiße Energiekugeln – die eher an die Macht von Renée erinnern. Ihre Haare sind blond und schweben wild in der Luft umher. Ihre Augen leuchten ebenso weiß wie ihre Aura. Auf dem Kopf trägt sie eine Art Lorbeerkranz. Beim genaueren Hinschauen bemerkt Kira zudem, dass sie das Kleid von Freya anhat. Schuhe trägt sie keine.

„Die sieht nicht mal aus wie Ellie", ruft Kira. „Hat da wer seine Hausaufgaben nicht gemacht?"

Schlagartig verdunkelt sich der Himmel, Blitze schlagen mit Wucht neben der Gegnerin ein, und für einen unscheinbaren Moment verwandelt sich die Gestalt in eine junge

Frau mit dunkelbraunen Haaren und schwarz schimmernden Augen.

„HILF MIR!", brüllt sie, und Kira erkennt sofort, wer es ist.

Der Himmel hellt wieder auf, die Blitze verschwinden. Die Dämonenjägerin hofft, dass es sich hierbei auch nur um eine Illusion handelt. Sicher kann sie sich aber nicht sein.

„Ellie." Kira bleibt gefasst. „ELLIE!" Oder auch nicht. „BIST DU DAS?"

Keine Antwort.

„Die Hölle wird auf dich herabregnen", sagt die dunkle Version von Ellie, und schwarze Energiebälle schnellen in Kiras Richtung. Beinahe wird sie getroffen, weicht aber im letzten Moment aus. Eine heftige Explosion lässt die Arena beben, und ein Teil des Dekors geht in Flammen auf.

„Ellie", ruft Kira. „Wenn du es wirklich bist, sag mir etwas, das nur du –"

Eine weitere Energiekugel fliegt in Kiras Richtung. Sie springt zur Seite, setzt an und prescht zu Dunkel-Ellie nach vorne. Sie weicht gekonnt den anfliegenden Schüssen aus und holt mit ihrem Schwert aus. Dann schlägt sie zu, und kurz bevor sie trifft, schlagen abermals Blitze ein und der Himmel verdunkelt sich erneut.

„HILF MIR!", brüllt Ellie – die echte Ellie? –, und die Jägerin erschreckt. Sie hält inne.

„Wie kann ich dir helfen?", fragt Kira und versucht, ihre Freundin festzuhalten. Doch ehe sie sichs versieht, verwandelt sie sich zurück in die dunkle Variante – die ironischerweise um einiges freundlicher aussieht.

Kira macht einen großen Schritt zurück und hält Dante verteidigend vor sich. Ihre Gegnerin hält eine riesige Ener-

giekugel über ihrem Kopf und lädt diese auf. Sie wird größer und größer – genauso wie Kiras Augen, da sie nicht weiß, wie sie sich dagegen wehren soll.

„Wiff", ist von Minirir zu hören, der Dunkel-Ellie leise anknurrt.

„Aber wenn ich das mache", sagt Kira und grübelt einen Augenblick, „bringe ich beide um."

„Wiff wiff", erwidert der kleine Kläffer. Warum sie ihn verstehen kann, hinterfragt sie gerade nicht. In dieser Welt scheint alles möglich zu sein.

„ABER DU BIST DOCH AUCH EINE ILLUSION."

„WIFF WIFF!"

„ENTSCHULDIGE, DAS SIND DIE NERVEN."

Kira nimmt Anlauf und wirft ihr Schwert mit voller Kraft in Richtung Dunkel-Ellie, die ausweicht, dabei löst sich ihre aufgeladene Kugel jedoch in Luft auf.

„Die Hölle wird auf dich herabregnen", wiederholt sie und schießt abermals eine Salve an Energiekugeln in Richtung Kira.

„Das sind doch immer", sie rollt sich von einer Ecke der Arena in die andere, „dieselben Angriffe."

„WIFF!!!"

„JA, DAS IST MIR JETZT ERST AUFGEFALLEN!"

Mit einem galanten Sprung, der einer Gazelle, die übers Wasser springt, gleichkommt, setzt sie an und holt aus. Nur haarscharf verfehlt sie die Gegnerin, säbelt aber ein Stück ihres weißen Kleids ab, das durch die Luft weht, um sich im nächsten Moment in Pixelbrei aufzulösen. Kira grinst. Das hier ist nicht Ellie. Schicksal versucht nur, ein immer perfider werdendes Spiel mit ihr zu spielen.

„Das wird dir nicht gelingen", sie grinst, „Schicksal!"

Sie prescht nach vorne und schlägt in Windeseile zu. Dunkel-Ellie hat Schwierigkeiten auszuweichen. Doch noch hat sie ein Ass im Ärmel. Ein weiteres Mal schlagen Blitze ein, und die Person, die vorgibt, die wahre Ellie zu sein, steht vor den beiden.

„Hilf -", ein lautes Flatschgeräusch ist zu hören, „- mir", gefolgt vom sogenannten Sterberöcheln. Die Fake-Ellie löst sich in Pixelluft auf, und die Runde geht abermals an Kira.

WIFF

Und an Minirir.

„3 ZU 0 FÜR DIE LÜGENBARONIN", ist Rens unverkennbare Stimme zu hören. Hält er sich auch hier auf? Bisher hat sich Kira keine Gedanken darüber gemacht – oder eher machen können. Sie ist zu sehr mit dem Überleben beschäftigt. „LEBEN wieder aufgefüllt. Die SIEGERIN darf sich einen Gegenstand aussuchen!"

Erneut erscheinen zwei Flammen in der Mitte der Arena. Sie schweben unvermittelt in der Luft, da, wo mal der Tisch stand, der aber mittlerweile komplett zerstört wurde.

Sie stellt sich vor die Flammen, und die Textbox erscheint: „Dante +5 ODER Rüstung des Töpfers!"

Kira überlegt und kann sich weder einen Reim darauf machen, was die Zahl hinter dem Namen ihres Schwerts bedeutet, noch was die Rüstung des Töpfers sein soll. Was ist überhaupt ein Töpfer? Jemand, der aus Ton Vasen zusammenbastelt?

Sie dreht sich zum kleinen Kläffer um. „Was meinst du, Fenrir?"

„Wiff wiff", erwidert er und wedelt mit seinem kleinen Schwänzchen – freudig, in die Entscheidung einbezogen worden zu sein.

„Wenn du das sagst. Ich glaube auch, dass ich in einer neuen Rüstung noch cooler aussehen könnte."

Kira berührt die rechte Flamme, beide erlöschen, und wie von Zauberhand löst sich ihre Ritterrüstung in Luft auf. Sie reißt kurz die Augen auf, doch der Moment, vor dem sie kurz Sorge hatte – auch wenn sonst niemand hier ist –, zieht unmittelbar vorbei. Sie ist in ein grelles Licht gehüllt.

Wie ein manischer Drucker, der so viel Tinte zur Verfügung hat, wie er möchte, erscheint ihre neue Ausrüstung. Zuerst die dunkelblauen Stiefel, die auf beiden Seiten mit einer roten Schleife verziert sind, die wild umherflattert. Gefolgt von weißen langen Handschuhen, die ihr bis zu den Ellbogen gehen und mit glitzernden Dornen überzogen sind. Ebenso weiße Leggings erscheinen, die ihre Beine komplett bedecken und just im Moment der Fertigstellung aushärten. Sie sehen aus wie die Schuppen eines Drachen, durch die keine Waffe, geschweige denn Dante durchkommt. Ein dunkelblauer Brustpanzer manifestiert sich und rundet das Outfit ab. Dieser ist nicht nur ebenfalls mit Drachenschuppen überzogen, sondern außerdem mit einer kleinen Geschichte verziert, die Kira nicht fremd vorkommt. Auf der rechten Seite des Panzers ist sie selbst zu sehen, Dante hoch in die Luft haltend, in Flammen getaucht. Auf der linken Seite sieht man Dämonenkönig Astaroth, wie er bedrohlich über ihr aufragt und sich ihren Verlobten einverleibt. Anstatt eines neuen Helms hat sie eine Tiara auf dem Kopf. Verziert mit allerhand funkelnden Edelsteinen und einer Schnörkelei, die genauso gut fremder Text sein könnte, den sie nicht entziffern kann. Ein unscheinbarer lila Schleier sinkt von der Krone hinab und hüllt die Jägerin in eine schimmernde Aura derselben Farbe.

Sie schaut an sich hinunter und ist nicht wirklich begeistert von ihrem neuen Look.

„Ich sehe aus wie –"

„Wiff."

„Ganz so hart wollte ich das nicht ausdrücken, aber das kommt dem schon nahe! Und was ist das für ein Schleier?"

„Wiff wiff!"

„Woher weißt du das eigentlich?"

„Grrr Wiff!"

„Verstehe. Aber das ist ja gut, wenn er mir eine magische Verteidigung gibt – was auch immer das sein mag."

„Verehrtes Publikum, wir nähern uns so langsam dem Ende!" Die Stimme des Ansagers erklingt aus dem Nichts. „Das heißt, viele Gegnerinnen und Gegner bleiben nicht mehr über. Gegen wen hat die Lügenbaronin noch nicht gekämpft? Riiiichtig! Die Person, für die sie eigentlich erst hierhergekommen ist!"

Kiras Augenbrauen schnellen in die Höhe, und Gänsehaut breitet sich aus. Meint er etwa Ben?

XXVI

EIN AUSWEG

en, Peter und „Ben" haben sich nach langer Erkundungstour zusammen auf einen großen Stein gehockt, auf dem sie zumindest ihre Umgebung durchweg im Auge behalten können.

„Ich habe Angst", sagt Jen etwas leise, aber laut genug, dass die anderen beiden es mitbekommen.

„Vor den Dämonen, die Ben angesprochen hat?", fragt Peter, der wie immer die Stimmung nicht deuten kann.

„Nein." Sie seufzt und schaut vor sich auf den Boden. „Davor, dass ich alles vergessen werde. Ich weiß nicht einmal mehr, wie ich hierhingekommen bin. Oder warum ich hier bin."

„Wir wollten ihn retten", erwidert Peter und zeigt auf den jungen Mann neben sich, der nur mit den Schultern zuckt.

„Ich meinte diesen Ort. Irgendetwas muss schiefgelaufen sein. Aber ich weiß nicht mehr, was. Ich kann mich an Kira erinnern", sie schaut auf, „an das Versprechen, das wir uns gegenseitig gegeben haben. Und dass wir Ben retten wollten."

„Aber der ganze Rest", hakt Peter ein. „Der ist verschwunden."

„Ich", „Ben" steht auf, „weiß leider gar nichts mehr. Das einzige Positive – und das hatte ich hier irgendwo aufgeschrieben – ist zumindest, dass wir noch alles können. Unsere Fähigkeiten haben uns nicht verlassen."

„Also, ich kann meine Zauber nicht mehr einsetzen …", sagt Peter und zieht die Mundwinkel nach unten.

„Das meine ich nicht." „Ben" steht auf und schüttelt den Kopf. „Wir können aber alle noch gehen, uns normal verständigen und eloquenter ausdrücken. Das lässt mich vermuten, dass wir gezielt Erinnerungen vergessen sollen. Die Menschen, die uns wichtig sind. Damit wir verzweifeln. Dass es magischer Natur ist. Und deswegen werden unsere Erinnerungen auch wiederkommen. Da bin ich mir sicher …"

Wie vom Blitz getroffen schnippt er mit den Fingern, als hätte er einen genialen Einfall.

„Ich habe einen Stift", ruft er und zeigt ihn den beiden.

„Sicher", murmelt Jen geknickt, „dass wir unsere geistigen Fähigkeiten nicht doch verlieren, wenn wir zu lange hierbleiben?"

„Dein Name", sagt er, „schreib mir deinen Namen auf! Und ich und du", er schaut Peter an, „wir machen das genauso. Dann können wir das zumindest nicht mehr vergessen!"

Jen schaut zu ihm auf und lächelt. Auch wenn sie sich an nichts erinnern kann, ist sie überzeugt, Ben noch nie so erlebt zu haben. Sonst war er doch eher der pessimistische Typ?

„Danke!" Er schaut fröhlich auf die Namen, die auf seinem Arm prangen. „Und jetzt brauchen wir nur noch einen Moment, einen Augenblick, und sei es nur ein kurzes Blinzeln, das es uns ermöglicht, das zurückzuholen, was wir verloren glaubten. Sei es am Rande unseres Gedächtnisses gefangen

oder etwas, das wir durch Zufall wiedererlangen werden. Ihr habt neue Hoffnung in mir geweckt. Wenn ihr hier reingekommen seid, du ja sogar", er zeigt auf Peter, „durch einen Zauberspruch, den du unabsichtlich ausgesprochen hast – dann wird es auch ein Zurück geben!"

Unbehagen breitet sich in Jens Magengrube aus. Wegen des Gesagten – aber nicht, weil sie ihm nicht zustimmt, sondern weil es dafür gesorgt hat, dass sie sich erinnern kann. Nicht an alles – bei Weitem nicht. Aber an eine ganze wichtige Information: „Du bist nicht Ben."

Peter steht ein Fragezeichen im Gesicht. „Ist er nicht? Wer ist er dann? Oh Gott, dürfen wir überhaupt mit ihm reden?"

Jens Kopf knickt demonstrativ zur Seite. „Bist du zwölf Jahre alt? Natürlich dürfen wir das."

„Aber", „Ben" hält inne, „wer bin ich dann? Das klang alles so schlüssig, was ihr erzählt habt. Außer der Part mit der Verlobten. Aber ich bin schon so lange hier ... Daher kann es doch sein, dass –"

„Nein." Jen schüttelt mit dem Kopf, ist überzeugt davon, dass er nicht derjenige ist, den sie suchen. „Wer auch immer du bist, du bist nicht Ben. Auch wenn ich mich kaum an ihn erinnern kann, er war nie so ... wortgewandt und positiv. Davon bin ich überzeugt."

„Aber vielleicht habe ich meine Zeit clever genutzt und –"

„Hast ein Wörterbuch auswendig gelernt?"

„Ben" schluchzt. Sein Optimismus scheint gewichen zu sein.

„Ich möchte nicht wieder bei null anfangen", erwidert er. „Ihr habt dafür gesorgt, dass ich zu wissen glaubte, wer ich wirklich bin. Warum ich hier bin. Ihr habt den Sinn wiedergeholt, ich –"

Urplötzlich erscheint ein grelles weißes Licht, das Jen und „Ben" blendet. Peter wird von ihm umhüllt und reißt die Augen auf. Er versucht instinktiv wegzulaufen, doch so schnell es erschienen ist, so zügig ist es wieder verschwunden – und hat den ängstlichen Jäger mitgenommen.

„Was zum Teufel!" Jen springt entsetzt auf und sucht die Ebene nach ihrem Kollegen ab. Keinerlei Spur. „Wo ist er hin? Was? Wie konnte das –"

„Ich ... weiß es nicht. Vielleicht hat der Zauber, den er gesprochen hat, aufgehört zu wirken?"

„Das heißt, er ist dahin zurück, wo er hergekommen ist?"

„Das wäre meine erste Vermutung, die mir am logischsten erscheint. Wo soll er sonst hin?"

Die beiden gucken sich einen Augenblick lang an. Sie merken beide, dass etwas ganz und gar schiefläuft. Jen merkt, wie Panik in ihr aufsteigt. Als stünde sie in einem versiegelten Raum, der ganz langsam mit Wasser gefüllt wird. Am Anfang stand es ihr bis zu den Knöcheln, mittlerweile ist es aber beim Hals angekommen. Es engt sie ein, schnürt ihr die Brust zu und fühlt sich einfach nur nass und matschig an. Sie muss aufpassen, nicht zu ertrinken.

„Ben." Sie stockt, denn der Name ist hinfällig. „Oder wer auch immer du bist. Du musst mir einen Gefallen tun. Es wird komisch klingen, aber –"

Der fremde Freund bemerkt ihre schnelle Atmung, das hektische Flackern der Augen und den Schweiß, der ihr von der Stirn tropft.

„Alles gut", erwidert er sanft und ruhig, als wüsste er genau, was vor sich geht. „Du hast eine Panikattacke."

Ohne zu überlegen, fasst er ihre Hände vorsichtig an und streichelt mit seinen Daumen über ihre Handrücken.

„Wir sind in einer beschissenen Situation, aber ich passe auf dich auf. Ich habe all die Zeit überlebt, und wir werden es hier rausschaffen. Ich bin mir sicher, deinem Kollegen geht es gut. Schau mich an. Oder fixiere dich auf einen Punkt hinter mir. Atme ganz tief ein."

Jen ist von der Situation überfordert und weiß nicht, ob sie die Hände wegziehen soll. Was ihr im ersten Moment übergriffig erscheint, fühlt sich im zweiten Moment wie die Geste eines guten Freundes an, dessen einziges Interesse das Wohlbefinden seiner Freundin ist. Sie hört auf seine Anweisung und atmet so tief ein, wie sie kann.

„Zähl laut und langsam bis vier."

„Eins … Zwei … Drei … Vier …"

„Atme lange aus. Stell dir vor, deine Lunge ist eine Papiertüte und du musst sie komplett mit Luft füllen und dann wieder entleeren."

Sie atmet aus und merkt, wie der Wasserpegel ganz langsam sinkt.

„Zähl bis vier."

„Eins … Zwei … Drei … Vier …"

„Und atme wieder langsam ein."

Sie hört auf seine Anweisungen und atmet einige Male ein und aus. Sie konzentriert sich ausschließlich auf ihre Atmung, den fixierten Punkt – einen der etlichen Steine, die hier rumliegen – und zählt jedes Mal bis vier.

„Ben" merkt, wie sich ihr Griff entspannt und ihre Körperhaltung gelassener wird.

„Danke", sagt sie und zieht die Hände langsam zurück. Sie schaut ihm tief in die kristallblauen Augen. Aber nicht, weil sie weiche Knie hat, sondern weil sie dieser Augenblick vollends überzeugt hat.

„Du bist definitiv nicht Ben", sagt sie. „Aber wer bist du wirklich?"

„Das wüsste ich genauso gerne, ich –"

Das Licht erscheint ein weiteres Mal – grell, blendend und ist ebenso schnell wieder verschwunden.

„Ben", oder wer auch immer er ist, schaut verloren zu dem Punkt, an dem gerade noch seine neueste Verbündete saß.

„Wieder allein", denkt er laut und lässt sich müde auf die Knie fallen. Er sieht einen Augenblick nach oben. „Ich werde dich nicht vergessen", sagt er und schlägt mit der flachen Hand auf den Boden. „Ich werde dich nicht vergessen … Auch wenn mir dein Name –"

Er zieht den linken Ärmel hoch, und ein breites Grinsen ziert sein Gesicht.

„Ich werde dich nicht vergessen, Jen. Wo auch immer du und Peter gerade sind. Ich werde euch wiederfinden."

Fest entschlossen steht er auf, klopft sich den Sand von der Kleidung und stapft los. In welche Richtung, weiß er nicht, aber er weiß, er wird hier rauskommen – eines Tages!

XXVII

DIE LETZTE RUNDE?

UNDE 4!" Der Ansager brüllt, und die komplette Ebene wird von seiner Stimme erfüllt.

„Mach es nicht so spannend!", verlangt Kira und hält Dante fest entschlossen in der Hand. Egal, wer jetzt um die Ecke kommt, sie weiß schließlich, dass es sich hierbei um eine Illusion handelt.

„Wiff!", bestätigt es Minirir auch noch einmal.

„KIRA, die LÜGENBARONIN, GEGEN …"

Ein helles weißes Licht erscheint in der Mitte der Arena. Mit donnerndem Getöse schießt es von oben herab, und sie kann zwei menschliche Silhouetten darin ausmachen.

„Was zum –"

„… GEGEN JEN, die HOFFNUNGSVOLLE, und PETER, den ANGSTHASEN!"

Die Jägerin traut ihren Augen nicht. Genauso scheint es ihren Gegenübern zu gehen. Sie tragen keine Waffen. Keine Rüstung. Nichts. Sind sie es wirklich? Oder ist das erneut ein perfides Spiel eines gelangweilten Gotts?

„Wer seid ihr?"

„Gute Frage", ruft Peter zurück. „Wer bist du?"

„Wiff", macht Minirir.

„Ich glaube auch", sagt Kira. „Das ist doch wieder nur ein Trick!"

„Pssst", flüstert Jen, „der kleine Hund, der sieht doch aus wie Fenrir, oder?"

Er nickt.

„Aber der Gegner – die Gegnerin? –, die sieht aus wie ein Boss aus irgendeinem dieser Spiele, die Kira immer gespielt hat."

Peter nickt abermals, auch wenn er gar nicht weiß, welche Videospiele die Jägerin überhaupt spielt.

Kira versteht das Schauspiel nicht.

„Dass die beiden mich nicht erkennen, kann nur bedeuten, dass sie nicht echt sind."

„Wiff." Der kleine Fenrir bestätigt ihre Annahme –, aber aus niederen Absichten heraus oder weil er es wirklich nicht besser weiß?

Die Jägerin zückt ihr Schwert – mit einem Schulterzucken –, denn das Spiel langweilt sie. Wenn sie wirklich jeden ihrer Verbündeten bekämpfen muss, weiß sie, wer noch fehlt. Doch eines weiß sie nicht: Wie sieht es in der Unterstadt aus? Kämpfen ihre echten Freunde weiterhin gegen Schicksal? Haben sie im schlimmsten Fall schon verloren? Oder ist der Best Case eingetreten und sie haben den Gott mit Midlife-Crisis besiegt? Wobei sie dann wahrscheinlich –

„Hey", ruft Jen ihr zu. „Kämpfen wir, oder was passiert hier?"

Peter reißt die Augen auf und schaut sie an, als hätte sie seine Mutter beleidigt.

„Was soll das denn?", wimmert er. „Vielleicht müssen wir ja gar nicht kämpfen."

„Wie war ihr Name?", grübelt Jen und schnippt dabei mit den Fingern der rechten Hand. „Re–"

„Das ist doch gerade ganz egal", jammert er weiter. „Wir haben hier keinen Schneid. Lass uns lieber schauen, wie wir hier wegkommen."

Kira beobachtet das Schauspiel einen Augenblick lang weiter. Die Szene kommt ihr maximal befremdlich vor. Als würde sie ihren Eltern beim Streiten zugucken, nur dass sie sich nicht wie sonst immer übers Geld streiten, sondern darüber, wer Kira am Wochenende nehmen muss. Wobei auch das des Öfteren passiert ist, denkt sie sie sich und hält ihr Schwert im Anschlag.

„Ich glaube", sie guckt auf den wedelnden Minihund, „das ist wieder eine Ablenkung. Genau wie die Ellie-Doppelgängerin. Schicksal möchte mich herausfordern. Schauen, wie weit er gehen kann. Ob ich meine beste Freundin und … Peter umbringe."

Sie prescht nach vorne, Dante hinter sich herziehend, sodass das Schwert den Staub auf dem Boden hoch in die Luft wirbelt und eine tiefe Furche hinterlässt – ähnlich einem Traktor, der hinter sich einen übergroßen Pflug über den Acker zieht.

Ihre Gegner reißen die Augen und Münder auf – ein ungebremster LKW mit Schwerlast kommt mit Pumageschwindigkeit auf sie zugerast, während sie darüber debattieren, was sie als Nächstes unternehmen sollen.

Wie eine Mutter, die ihr Kind vor einem herannahenden Auto beschützen möchte, schubst Jen Peter mit voller Kraft beiseite, wird dafür aber schonungslos von Dante getroffen. Glücklicherweise hackt er ihr nichts ab, sondern streift sie nur an der Schulter, die jetzt aber eine tiefe Fleischwunde ziert.

„Fuuuuuck", schreit Jen. „Brennt das!"

Sie weicht den nächsten Schlägen aus und sucht mit den Blicken das Schlachtfeld ab, um Peter ausfindig zu machen. Der scheint sich hinter einer der Holzpalisaden versteckt zu haben. Sie wartet den nächsten Schlag ab, weicht aus, gibt ihrer Gegnerin mit vollem Körpereinsatz den alten Rugby-Schubser und wirft sie zu Boden.

Kira schaut erschrocken auf, damit rechnend, dass ihr ein Gnadenstoß versetzt wird, doch zu ihrer Überraschung rennt Jen nach hinten weg, augenscheinlich um nach ihrem Verbündeten zu suchen.

„Irgendetwas stimmt hier ganz und gar nicht, Minihund", sagt sie und drückt sich am Kopf des kleinen Wolfes ab, der sich mit seinem ganzen Körpergewicht dagegenstemmt, um ihr hochzuhelfen.

„Es wäre unfassbar hilfreich", meckert Jen, „wenn meine Erinnerungen nicht so unfassbar trüb wären. Ich kenn die Frau doch."

„Hier drüben", sagt Peter mit gedämpfter Stimme, aber laut genug, dass Jen es hört. „Ich bin hier."

Sie springt zu ihm herüber – wie vermutet, wartet er hinter einer der unzähligen Palisaden auf sie. Eine der wenigen, die noch nicht zerstört wurde.

„Danke für die Hilfe!"

„Du hast mich doch weggeschubst!"

„Damit du nicht in Gefahr bist!"

„Pssssst!"

Beide schauen vorsichtig aus der Deckung heraus, um zu gucken, ob sie ihre Gegnerin ausfindig machen, können sie jedoch nicht sehen.

„Mich beschleicht das Gefühl", flüstert Jen, „dass wir die Person kennen."

„Ich dachte", Peter schluckt, „es ist ein Dämon!"

„Wenn, dann eine Dämonin!"

„Oder das!"

„Ich kann mich aber nicht daran erinnern, jemanden zu kennen, der so eine Rüstung trägt. Aber ihr Gesicht. Irgendetwas kommt mir da sehr bekannt vor. Fast schon, als sei sie mit mir verwandt..."

„Abseits davon, dass sie versucht, uns umzubringen?"

„Vielleicht handelt es sich um ein Missverständnis?"

Jen steht auf. Ihr ist das Katz- und Maus-Spiel zuwider. Insbesondere, da sie ein Gefühl beschleicht, dass ihr die schwertschwingende Frau nichts anhaben wird.

„Stopp!" Sie stellt sich selbstbewusst vor die Gegnerin, die auf sie zurennt, und hält die ausgestreckte Hand nach vorne. „Wir sind keine Feinde."

„Ich bin Kira, Klinge von Faerûn!"

Doch was Jen nicht weiß, ist, dass ihre beste Freundin etwas komplett anderes gesagt hat. Für die Jägerin klang

der Satz nach: „Keinen Schritt weiter, sonst spürst du meine Macht!"

Daher hält sie zwar einen Moment inne, aber nur, um das Schlachtfeld nach der anderen Person – dem „falschen" Peter – abzusuchen. Sie hat keine Lust auf einen erneuten Angriff aus dem Hinterhalt.

„Was zur Hölle ist Färuhn?", fragt Jen und schaut ihren Kollegen irritiert an, der weiterhin hinter der Holzpalisade kauert.

„Keine Ahnung", flüstert er. „Ich will es aber auch nicht herausfinden."

„Warte –"

Jen fällt aus allen Wolken. Ihre Pupillen weiten sich, und wie auf einem Surfbrett kommt eine Erinnerung angeschossen, begleitet von einer Welle warmer und liebevoller Momente. Sie sieht Kira und sich, wie sie das erste Mal im Kindergarten zusammen spielen. Wie sie dasselbe Gymnasium besuchen und sich zerstreiten, weil sie dieselbe Person ansprechend finden. Und sich auch wieder zusammenraufen, nachdem Kira das Herz gebrochen wurde. Die vielen Stunden, die sie durchlebt haben und immer füreinander da waren. Besonders an einen Augenblick kann sie sich gut erinnern, obwohl sie bei diesem gar nicht dabei war: wie Kira ihre vollständige Macht entfaltete, nachdem Billie sie umbrachte. Wie ihre Urgöttin sie betrauert und den anderen einen Namen nennt. Renée? Den hat sie noch nie gehört. Wie Kira alles daransetzt, um ihre beste Freundin zurückzuholen. Doch jetzt steht sie vor ihr und möchte sie umbringen? Kann es sich dabei überhaupt um die echte Kira handeln?

„Wer bist du?", fragt Jen, nicht wissend, dass sie stets dieselbe Antwort zu hören bekommen wird.

„Ich bin Kira, Klinge von Faerûn!"

Die Frage ihrer besten Freundin hat Kira verstanden als „Keinen Schritt weiter, sonst spürst du meine Macht".

Sie hätte unlängst mit Dante zugeschlagen, wäre da nicht dieser Restzweifel. Obwohl die Worte nicht passen, sagen die Taten etwas anderes aus. Was auch immer die Worte sein mögen, Taten sind das, was uns wirklich ausmacht. Sei es das vergessene Geburtstagsgeschenk, bei dem immer wieder rückversichert wird, es würde nachgereicht werden – was aber nie passiert. Das Versprechen, sich mehr für seinen Partner (oder seine Partnerin) aufzuopfern, um doch kurze Zeit danach wieder in alte Muster zu verfallen. Oder sei es eine Drohung, die mitsamt Waffe in der Hand ausgesprochen wird, obwohl es den Anschein hat, als wäre man freundlich gesinnt.

Genau dieser Zweifel breitet sich immer weiter in ihr aus. Sie schaut Minirir an, der ihren Blick nicht deuten kann und daher seinen kleinen Kopf um neunzig Grad zur Seite dreht. Sie atmet so tief ein, wie sie kann, und legt ihr Schwert vor sich auf den Boden.

„Ich bin nicht eure Gegnerin", sagt sie und streckt die Hände nach vorne aus. „Schade um die schöne Rüstung ..."

Peter und Jen blicken mit großen Fragezeichen im Gesicht auf das Schauspiel. Die Gegnerin, die denselben Satz stets wiederholt, legt ihre Waffe nieder. Das passt doch nicht zusammen.

„Ob das eine Falle ist?", flüstert Jen. Doch Peters Antwort hätte sie sich denken können.

„Natürlich ist das eine Falle!", zischt er. „Was soll das sonst sein? Ich schwöre dir, wir gehen einen kleinen Schritt zu ihr hin und zack, Kopf ab. Ohne unsere Kräfte können wir da doch gar nichts ausrichten!"

„Unsere Kräfte …" Jen wiederholt Peters Satz gebetsmühlenartig. „Unsere Kräfte … Sie könnte uns helfen."

„Wer? Deine Partnerin? Weißt du denn, wie sie heißt?"

Jen schaut zu Kira hinüber. Wenn sie es wirklich ist und den beiden nur vorgegaukelt wird, sie sagt etwas anderes, kann sie ihnen vielleicht helfen?

„Ich werde was versuchen", sagt sie und Peter schüttelt nur vehement mit dem Kopf.

„Das ist keine gute Idee." Er seufzt laut. „Jen, denk dran. Ich glaube, wir leben sowieso nicht mehr. Was passiert, wenn wir in diesem Zustand auch noch sterben?"

Sie hält einen Moment inne, verwirft aber den Gedanken ihres Kollegen und wandert vorsichtig und ebenso mit ausgestreckten Armen auf Kira zu.

Diese versteht – oder glaubt zu verstehen – und ahmt es ihrem Gegenüber nach.

„Mini-Fenrir", flüstert sie dem kleinen Wolfshund zu, „ich glaube, das ist wirklich Jen."

Für ihre beste Freundin sieht es so aus, als würde sie zu dem Dämonenhund leise „Ich bin Kira, Klinge von Faerûn" sagen, wodurch sich ihr Eindruck, dass es nicht den Tatsachen entspricht, bestätigt.

Einen Schritt noch und – ihre Hände berühren sich. Ihre Körper zittern leicht, und die Pupillen schnellen auf und ab. Es besteht kein Zweifel.

„KIRA!", brüllt Jen und umarmt sie.

„JEN!", brüllt sie mindestens genauso laut zurück und fällt ihrer Freundin in die Arme.

Sie hören zwar nur denselben Satz, aber das ist egal. Sie wissen, dass sie echt sind.

Peter lugt vorsichtig aus der Deckung hervor und beobachtet das Bühnenstück, das sich vor ihm abspielt. Zwei Frauen, bei der die eine stets wiederholt, sie sei eine Klinge, und die andere ihren Namen mehrfach sagt. Wurde Jen in eine Falle gelockt und wird gleich gefressen? Der kleine Hund, der so dämonisch dreinschaut, ist doch mit Sicherheit ein riesiges Monster, das sich verwandelt!

„Peter", ruft Jen, ohne den Blick von ihrer besten Freundin abzuwenden. „Es ist Kira!"

„Ich wusste es", sagt er, erscheint hinter der Palisade und stolziert selbstbewusst auf die beiden zu.

„Du wusstest es?", fragt Jen und rollt mit den Augen. „Und wieso hast du dich dann die ganze Zeit versteckt?"

„Das nennt sich taktisches Warten! Wer weiß, was sonst noch passiert wäre. Ich hätte aber zu jeder Zeit einfach rauskommen und zu dir rennen können!"

„Rennen ... Da war eben ein Name, Kira, sagt dir der Name Renée –"

Der Himmel verdunkelt sich, Blitze schlagen um die Jägerin herum ein, und Peters erster Gedanke ist, dass er doch recht hatte.

Kira stutzt. Gerade noch stand sie auf dem Schlachtfeld und hat mit ihren Kameraden gegen eine Übermacht gekämpft, von der sie nicht erwartete, sie jemals besiegen zu können.

Doch jetzt steht da die Frau, mit der sie einen Seelenvertrag eingegangen ist. Die sie hätte beschützen müssen und es doch nicht geschafft hat. Wieso hat sie eine zweite Chance erhalten? Ganz egal, denkt sie sich und nimmt ihren Schützling so fest in den Arm, wie es nur geht. Tränen laufen ihr

die Wangen hinab. Und was ihr vor Kurzem noch unangenehm wäre, begrüßt sie nun.

„Jen", schluchzt sie, „du lebst!"

Die Jägerin ist einen Augenblick lang irritiert – bis ihre Erinnerungen wiederkommen. Wie ein Haus, das mit Wut und Hass zerstört wurde, dessen Mauerwerk aber nur verstreut herumlag und darauf wartete, von einer findigen Trockenbauerin wieder zusammengebaut zu werden. Jeder Stein wird behutsam und feinfühlig aufeinandergesetzt. Auf jedem einzelnen stehen die Namen von engen Freunden, der Familie und geliebten Menschen – sowie von Weggefährten, die nicht mehr an ihrer Seite sind, und solchen, die sie schon längst vergessen glaubte. Auf den Türen stehen die Augenblicke, die in Jens Leben dafür gesorgt haben, dass sich neue Möglichkeiten eröffneten. Das Dach wird von ihr selbst, ihrem Glauben, ihrem Selbstbewusstsein und ihrer Stärke zusammengehalten. Die Zimmer, die ebenfalls allesamt leergefegt wurden, sind wieder rundum beleuchtet, voller Leben, mit bunter Dekoration, geschmückt von Jens Lieblingsbüchern und einem prunkvollen Festmahl, das im Esszimmer auf dem Tisch steht und darauf wartet, gegessen zu werden.

„Ich lebe …", wimmert Jen, und schluchzend liegen sich die beiden Frauen in den Armen. „Ich lebe!"

Mit einem Mal versteht Kira, was ihre beste Freundin von sich gibt. Keine verfälschten Sätze mehr, keine Illusion, die sie davon abhält, die Wahrheit zu hören.

„Jen!", ruft Kira voller Freude und möchte sie gar nicht mehr loslassen.

Doch dann.

Stille.

Nichts.

Kira steht allein in der Arena.

War das alles wieder ein Trick? Ein Schauspiel, damit sie unachtsam wird? Zum ersten Mal nach dieser ganzen langen Chose fühlt sie nur eins: Einsamkeit.

XXVIII

CHAOSMAGIE

urück in der Unterstadt traut Jen ihren Augen nicht. Vor einer Sekunde stand sie noch vor Renée und Kira. Jetzt sieht sie einen jungen Typen vor sich stehen. Sonnenbrille, adrett gekleidet, T-Shirt mit einer Band drauf, von der sie noch nie gehört hat.

„Wer bist du?", fragt sie und rümpft die Nase.

„Das", hört sie eine Stimme hinter sich sagen, die sie auf jeden Fall kennt, „ist Schicksal."

Sie dreht sich langsam um, unsicher, ob sie richtig gehört hat: „Ellie?"

Einen Moment, der so schnell vorübergezogen ist, wie er da war, gucken sich die beiden Frauen tief in die Augen und sagen mit ihren Blicken alles, was nötig ist – Worte müssen sie keine tauschen. Tränen, die nur der Vorboten für viele weitere ist, die noch kommen werden, laufen simultan an beiden Wangen herab. Wie ein Eisbecher, den man nur mit einem Menschen teilt, der einem wirklich wichtig ist.

„Jen", sagt Ellie und umarmt sie.

„Schön", hört sie hinter ihrer Freundin, „dass du wieder da bist. Wir hatten kurz gedacht, du bist für immer im Purgatorium gefangen."

Jen schaut auf und sieht Sam, der sie freudig anlächelt. Ein wohliges Gefühl breitet sich in ihrer Magengegend aus, als würde sie ihre Familie nach zu langer Abwesenheit wiedersehen. Und umgekehrt geht es den anderen haargenau so. Ein Mensch, der ihnen genommen wurde, steht aus heiterem Himmel wieder vor ihnen.

„Sie ist es!", sagt Renée, nicht mehr aufs Kämpfen fokussiert, und stellt sich neben ihren Schützling. „Ich dachte, wir hätten dich verloren."

Natascha und Kali nicken Jen respektvoll zu, zeigen sonst aber keine Regung. Freya umarmt sie zur Begrüßung herzlich. Ren klopft ihr etwas zu fest auf die Schulter, und Tali weiß gar nicht, was sie sagen soll. Bis sie sich umschaut und noch jemanden bemerkt. „Wer ist das denn?"

Sie zeigt auf Peter, der etwas abseits von den anderen steht und schmollt.

„ES IST NIEMANDEM", er holt tief Luft, „AUFGEFALLEN, DASS ICH WIEDER DA BIN. NICHT EINMAL –"

„Peter!", wird er unterbrochen, und die Gruppe rennt den kurzen Weg zu ihm hin. Sam drückt ihn fest an sich und hebt ihn etwas hoch.

Der ist aber stark, denkt sich Peter und freut sich insgeheim sehr über diese ausufernde Begrüßung.

„Habt ihr meine Freundin auch im Purgatorium gesehen?", fragt Tali, bekommt aber nur ein Kopfschütteln entgegengebracht. Traurig schaut sie auf den Boden. Bisher hat niemand mehr gefragt, wer ihre Freundin überhaupt ist oder

wie sie heißt. Doch ehrlicherweise ist die neue Jägerin darüber ein wenig erleichtert, da sie sich selbst nicht so richtig daran erinnert.

„Aber wo ist Mona?", fragt Sam.

Peter überlegt kurz, den Namen kennt er doch. „Mona?", wiederholt er, und ohne Vorwarnung reißt vor ihnen ein Riss in Raum und Zeit auf und die Magierin steigt hindurch. Riesige Kulleraugen schauen ihren Schützling an, und große Tränen laufen ihr wie in einem Comic die Wange herab.

„PETEEEEEEEEER", schreit sie und umarmt ihn mit aller Kraft. Er bekommt keine Luft mehr und versucht, sich vehement aus ihren Armen zu lösen, doch Mona denkt nicht einmal dran, ihren Partner gehen zu lassen. „DU LEEEEBST!"

Doch die Erstickungsgefahr verschwindet ganz von selbst, als sie hinter ihm eine Person – ein Wesen – sieht, bei dem sie gehofft hat, es niemals zu treffen.

„Schicksal", zischt sie und geht mit langsamen, übervorsichtigen Schritten auf ihn zu. Sie öffnet ihr Zauberbuch und liest etwas vor, das keiner der Anwesenden versteht.

„NEIN!", ruft Renée und stellt sich vor Mona hin. „Damit wirst du nicht weit kommen –"

„So, so", sagt Schicksal und applaudiert auf ironische Weise. „Mona Heiligblatt. Eine der treuesten Schülerinnen von Khaos. Denkst du wirklich, dein Meister könnte etwas gegen mich ausrichten?"

Mona hält inne. Sie weiß, wie mächtig ihr Gegenüber ist. Nur Jen und Peter wissen es noch nicht.

„Ist das nicht der Typ mit den Gesetzen?", ruft Jen herüber. Die anderen schauen sie mit großen Augen an.

„Genau der", antwortet Mona. „Der denkt, er könnte über alles und jeden hier herrschen und bestimmen."

Schicksal lacht und fährt sich mit der linken Hand durch die wasserstoffblonden Haare. Seine reinweißen Zähne blitzen auf, und er grinst sie an.

„Das kleine Zauberermädchen ganz groß", spottet er. „Ruf ihn gerne, ich habe keine Einwände."

„Aber wenn du ihn rufst", hakt Freya ein, „ist er dann nicht eine Gefahr für uns alle?"

„Der Feind meines Feindes", flüstert Mona, „ist mein Verbündeter. Mein Meister weiß, wenn es angemessen ist, sich auf das große Ganze zu konzentrieren."

Die anderen Urgötter geben keine Widerworte. Nicht einmal Ren, der genau weiß, was passieren könnte, wenn Khaos hier aufschlägt. Der Name ist Programm, denkt er sich und bereitet sich auf einen noch größeren Kampf vor. Zwar mag Monas Meister nicht stärker oder mächtiger als Schicksal sein, aber er ist mindestens genauso zerstörerisch.

„Bist du sicher?", fragt Peter und schaut die Urgöttin mit besorgten Augen an. „Ich erinnere mich an unsere Konversationen unter vier Augen. Du hast gesagt, er ist dir nicht mehr wohlgesonnen."

Sie nickt. „Trotzdem sollten wir alles probieren, was wir können. Wir haben ansonsten keine Chance gegen Schicksal."

„Ich vertraue dir."

Er reicht ihr die Hand, die sie dankend annimmt. Sie kann kein Zittern in seiner Stimme wahrnehmen. Nicht einmal der charakteristische Angstschweiß steht ihm auf der Stirn. Die beiden bilden eine Einheit, die überzeugt vom nächsten Schritt ist.

Mona wiederholt abermals den ausgesprochenen Zauberspruch, den die anderen – außer Peter – allesamt nicht verstehen. Sie wissen nur eins: Der Name Khaos kommt drin vor, und bei jeder Wiederholung läuft es ihnen eiskalt den Rücken herab.

Renée schaut Jen an und gibt ihr zu verstehen, dass, egal was als Nächstes passiert, sie ihren Schützling mit allem, was sie hat, vor Schaden bewahren wird. Die anderen kreuzen ebenso ihre Blicke. Nur Ren, der an Kira denkt und weiß, dass Schicksal sie in eine Illusion geschickt hat, guckt weiterhin auf seinen Todfeind. Ein Plan formt sich in seinem Kopf. Etwas, woran er längst hätte denken können, bisher aber nicht drauf kam. Dabei ist es so einfach –

Ein lautes Donnern rumort über die Ebene. Der Boden bebt, die Hauswände bröckeln, und eine große Kugel, die aus Blitzen besteht, erscheint aus heiterem Himmel direkt zwischen Mona und Schicksal. Der Erschaffer blickt selbstgefällig auf das Schauspiel. Als hätte er es darauf ankommen lassen.

Die Kugel löst sich in Wohlgefallen auf, und eine Gestalt, größer als Freya, bleibt zurück. Mit einem wuchtigen Rumms schmettert sie am Boden auf und hinterlässt eine Kluft. Sie ist in eine schwarze Kutte gehüllt. Dunkelrote Stiefel blitzen darunter hervor, und in der Kapuze ist ein altes, müdes Gesicht zu erkennen – das zur Überraschung Sams keinen Bart trägt. In seinem Notizbuch war Khaos als ein Erbe Merlins vermerkt, der ebenfalls einen weißen langen Rauschebart hat.

„Mona", grummelt er und dreht sich langsam zu ihr hin. Ein Riese, dessen Bewegungen schwerfällig daherkommen, als hätte er Ketten umgelegt, die ihn am Boden halten sollen. „Wieso hast du mich gerufen?"

„Meister", sagt sie und schaut nach oben, den Kopf in den Nacken gelegt. „Wir brauchen Ihre Hilfe! Schicksal –"

Er grummelt abermals und unterbricht damit ihren Satz. Ein weiteres Mal dreht er sich schwerfällig um.

„Das dauert aber", flüstert Peter, und Mona schüttelt hektisch den Kopf, um ihm klarzumachen, dass er nichts Despektierliches in die Richtung ihres alten Meisters sagen darf.

„Schicksal …" Die Worte Khaos' sind von Abscheu geprägt. Sie gehen langsam über seine Lippen, als würde eine Schnecke zu sprechen versuchen. „Du bekommst meine Macht nicht."

„Seine Macht?" Mona reißt die Kulleraugen auf und rennt zu ihrem Meister herüber. „Wie soll er –"

„Schweig …", brummt er und knurrt leise. „Ich bin deinem Ruf gefolgt, Mona. Erst kümmern wir uns um unseren gemeinsamen Gegner. Dann kümmere ich mich um dich."

Sie schluckt. „Ja, Meister."

„Wir müssen ihr helfen", flüstert Renée Ren zu und bemerkt, dass der Urgott gar nicht mehr da ist. „Was zum …"

„Können wir jetzt wieder angreifen?", fragt Natascha und klimpert ungehalten mit ihren Säbeln. „Jetzt haben wir doch unsere Geheimwaffe!"

„Hmm …" Khaos grummelt nachdenklich, und die anderen verstummen wieder. „Was möchtet ihr gegen die Vorsehung anrichten? Fatum ist nicht euer Gegner –"

„Danke, Khaos", erwidert Schicksal und klatscht in die Hände. Seine silbernen Armbänder rutschen auf und ab und klimpern leise vor sich hin. „Das habe ich diesen aufmüpfigen Kindern jetzt schon ein paar Mal –"

„Er ist euer Ende", unterbricht der äonenalte Hexenmeister ihn. „Was willst du?"

Schicksal hört auf zu klatschen und geht in eine Denkerpose über. Den Kopf etwas nach oben gewinkelt, die Arme verschränkt, eine Hand unters Kinn gelegt und die Beine verschränkt.

„Ich versteh die Frage nicht", sagt er und streicht sich erneut durch das wasserstoffblonde Haar. „Das weißt du doch schon. Deine Macht. Daher noch mal ganz lieben Dank an deine Schülerin, die dich einfach hierhin gerufen hat. Ausgerechnet in die Unterstadt. Den einzigen Ort, an dem du nicht sonderlich mächtiger als das Zauberermädchen bist."

Mona reißt abermals die Kulleraugen auf und möchte etwas sagen. Das Grummeln ihres Meisters lässt sie augenblicklich verstummen.

„Schicksal", brummt Khaos. „Deine Überheblichkeit – ich mochte sie nie. Eines Tages wirst auch du deinem Meister –"

„Oder deiner Meisterin", ruft Jen dazwischen und erntet einen gemischten Blick von Renée – der einerseits fragt: „Wieso?" und andrerseits sagt „Nice!"

„– treffen."

„Aber glaubst du wirklich", Schicksal lacht, so laut er kann, „das seid ihr? Eure Anführerin ist nicht mal mehr hier, weil sie dachte, sie könnte Mindgames mit mir spielen."

„Das ist schon echt cringe, wenn so alte Knacker wie du versuchen, auf jung zu machen", ruft Natascha und schlägt die Fäuste gegen Kalis.

„Hat dir dein Vater etwa keine Manieren beigebracht?", fragt Schicksal und grinst sie an.

„Eine von euch", brummt Khaos, „ist nicht die Person, die sie vorgibt zu sein."

Schicksal schaut ihn durchdringend an. „Willst du mir etwa die Überraschung verderben?"

Er drückt sich vom Boden ab, springt in die Höhe, holt aus, und mit nur einem Schlag fliegt Khaos gegen die nächste Wand. Das Haus über ihm bricht lautstark zusammen und begräbt ihn.

Die anderen staunen – hat er sich bisher zurückgehalten?

„Meister", ruft Mona und rennt zum Haus. Hektisch betet sie einen Zauber herunter, und ein Stein nach dem anderen schwebt in die Luft. „Schneller", bittet sie und wedelt unbeholfen mit den Händen durch die Luft.

Peter ballt die Fäuste und läuft der Gefahr mit unvergleichlicher Geschwindigkeit entgegen. So schnell, dass Freya es nicht schafft, ihn aufzuhalten.

„Ich weiß nicht, was dein Scheißproblem ist", brüllt er, „aber das ist mir auch egal." Mit Wut im Bauch, Verzweiflung in den Armen und fester Entschlossenheit im Kopf prügelt er auf das übermächtige Wesen ein. Das Adrenalin pumpt, und daher dauert es einen Augenblick, bis Peter bemerkt, wie blutig seine Knöchel sind und wie weh seine Hände tun. Er hat ununterbrochen auf eine Granitwand eingeschlagen, die sich über sein Verhalten nur amüsiert.

„Du bist ja ein richtiger Hitzkopf", stellt Schicksal fest. „Eine Lektion in Bescheidenheit täte dir mit Sicherheit gut."

Abermals setzt er an und holt aus. Die Jägerinnen, Jäger und Urgötter beobachten das Schauspiel in Zeitlupe. Renée, Freya und Kali stürmen auf Peter zu, Ellie spannt ihren Bogen, Jen benötigt einen Augenblick, erschafft dann aber Energiekugeln in ihren Händen, die lichterloh Blitze schießen. Sam springt auf Fenrirs Rücken und befiehlt ihm anzugreifen. Tali und Lissy laufen ebenfalls auf die beiden zu.

Doch bevor irgendwer eingreifen kann, hat Schicksal schon zugeschlagen.

Peter schließt die Augen, hofft auf ein schnelles, gütiges Ende und ärgert sich über sein übereiltes Handeln, das niemandem geholfen –

Kurz bevor er trifft, hält die Faust von Schicksal an.

„Buuuh", zischt er in Peters Ohr, der die Augen vor Schreck öffnet und einen viel zu kurzen Augenblick in die Glubscher des übermächtigen Wesens schielt. Er verliert sich in den unendlichen Galaxien, dem Himmelsspiel und der unbändigen Schwärze. So schnell er sich in den Augen verlor, so rasant wird er rausgerissen. Schicksal schnippt mit dem kleinen Finger, und Peter schießt nach hinten weg. Fenrir springt in die Luft und fängt ihn mit seinem Körper und dem weichen Fell auf.

Der Jäger fällt auf den Boden und windet sich vor Schmerz.

„AHHH", schreit er und verkrampft. Die Jägerinnen und Jäger schauen hilflos zu. Freya wirft sich neben ihn auf den Boden und drückt ihre heilenden Hände auf Peters Brustkorb. Ein weiß-grünes Licht erscheint, und der einstige Angsthase hört auf, sich vor Schmerz zu winden, und fällt in eine tiefe Bewusstlosigkeit.

„Peter", wimmert Ellie und kniet sich zu ihm hin, um seine Hand festzuhalten.

„Du dumme Sau", ruft Natascha und läuft mit gezückten Säbeln auf Schicksal zu.

Mona bekommt von alldem nichts mit, sie ist immer noch damit beschäftigt, ihren Meister aus dem zusammengestürzten Hochhaus zu befreien. Da der Zauber ihr alles zu langsam freiräumt, buddelt sie eigenständig mit.

„Natascha", ruft Tali und wirft ihren Drachenzahn mit einem gekonnten Wurf direkt in den Weg ihrer neuen Freundin. „STOPP!"

Die Jägerin bleibt wie angewurzelt stehen und dreht sich mit bitterbösem Blick zu ihr um. „WAS SOLL DAS?"

„Wir müssen zusammenarbeiten. Sonst werden wir ihn nicht besiegen!"

Ein lauter Knall ist zu hören, und ein kräftiger Windstoß peitscht über die Ebene. Khaos ist aus dem Haus herausgebrochen und schwebt in der Mitte der Anwesenden.

„Ich besitze meine Macht nicht mehr", grummelt er. „Aber ich kann euch trotzdem helfen."

Schicksal fletscht die reinweißen Zähne und hat zum ersten Mal kein Lächeln auf den Lippen.

XXIX

IMMER WEITER

ira sitzt noch immer auf dem Boden der Arena. Die neue einzelne Flamme, die in der Mitte erschienen ist, ignoriert sie. Sie hofft insgeheim, dass die Zeit außerhalb nicht weitergegangen ist. Doch ihre größte Sorge ist, dass Jen und Peter echt waren. Das alle vorherigen Gegnerinnen und Gegner ebenfalls ihre Verbündeten waren und sie ihnen im schlimmsten Fall fatale Wunden zugefügt hat.

„Wiff", erklingt es von Minirir, der seine kleine Schnute nutzt, um Kira zum Aufstehen zu bewegen. „Wiff Wiff."

„Du bist doch nicht mal echt", sagt sie und schubst ihn von sich weg.

Der kleine Dämonenhund lässt den Kopf hängen und zieht den Schwanz ein. Er versteht die Geste nicht, denn entgegen ihrer Vermutung ist er überzeugt davon, ein echter kleiner Hund zu sein.

„Wir müssen hier raus", fährt sie fort, ihre Worte klingen jedoch ganz und gar nicht fest entschlossen. „Ich muss wissen, ob es den anderen gutgeht. Und ob Ben noch lebt."

„Wiff?"

„Ben ist – war mein Verlobter. Er ist dem Dämonenkönig Astaroth anheimgefallen. Ich bin ihm hinterhergejagt und in die Unterstadt gekommen. Zusammen mit Renée. Tali haben wir erst danach getroffen. Und als wir Astaroth und Ben endlich gefunden und gegen sie gekämpft haben, kam Schicksal auf einmal um die Ecke. Und er hat die beiden einfach in Luft aufgelöst. Ich hoffe, auf eine andere Art als dich und mich. Aber ich weiß es nicht, und es macht mich wahnsinnig. Es gibt nichts, was ich so sehr hasse wie die Hilflosigkeit in mir drin."

„Wiff wiff?"

„Auch Durchfall ist nicht so schlimm ..."

Kira weiß nicht, wie viel Zeit vergangen ist, doch als die nächste Durchsage kommt, theoretisiert sie zumindest, dass es relativ viel sein muss. „Wenn die LÜGENBARONIN weiterhin sitzen bleibt, wird sie automatisch disqualifiziert! Dann wird sie den DÄMONEN zum Fraß vorgeworfen."

Eine unsichtbare Menge beginnt zu toben. Erschrocken steht die Jägerin auf und schaut sich gebannt um, doch sie kann niemanden sehen, von dem das Applaudieren und die Pfiffe kommen könnten.

„DIE LÜGENBARONIN STEHT!"

Sie stapft wütend auf.

„WENN SIE DIE HILFE IHRES URGOTTES NICHT MÖCHTE, BEGINNT DAS FINALE OHNE IHN!"

Sie überlegt einen Moment, was die Stimme meinen könnte, benötigt aber nicht lange, um zu verstehen, dass die Flamme in der Mitte gemeint ist. Mit einem Affenzahn sprintet sie hin, weil sie bemerkt, dass das kleine Feuerchen so langsam in den Boden hinabsinkt.

Sie greift nach ihr und … hat sie gefangen. Eine Textbox erscheint: „URGÖTTLICHES HILFSMITTEL x1".

„Und jetzt", überlegt sie und schaut sich verwirrt um.

„Wiff!", sagt Minirir.

„Ein Inventar, wo hab ich denn –"

Kira schaut an sich herab und bemerkt eine kleine Tasche, die ihr über der rechten Pobacke hängt. Sie versucht reinzugreifen, doch schon eine Berührung hat gereicht und vor ihr in der Luft schwebt ihr transparentes Inventar. Dort drin ist nicht nur ihr Heiltrank zu finden, sondern auch weitere Hilfsmittel, darunter unter anderem eine „Stinkbombe", die sie eigentlich nicht einsetzen möchte, und auch das „urgöttliche Hilfsmittel".

„Wiff wiff!", befiehlt der kleine Wolfshund.

„Ich vertraue dir", sagt Kira und greift nach dem Hilfsmittel. Sie hat einen durchsichtigen Gegenstand in der Hand, den sie als ehesten als einen winzigen Geist beschreiben würde.

„Wiff!"

Kira zerdrückt den Geist in der Hand, und wie aus einer Wunderlampe kommt etwas herausgeschossen, das einen Moment lang in einer Nebelwolke vor ihr steht und heraustritt. „Ich bin so klug!"

Ren steht vor ihr und grinst sie selbstzufrieden an.

„Bist du es wirklich?", fragt Kira, die Augen glasig und die Zweifel bohrend.

„Woher hast du denn so eine geile Rüstung?", will er wissen und begutachtet sie von oben bis unten. „Krieg ich auch so eine?"

„Ren", sagt sie und drückt ihren Urgott fest an sich.

Mit ihren Emotionen überfordert, schaut er herab und schluckt einen Anflug von Tränen herunter.

„Ich bin es wirklich, Kira", flüstert er.

„Wie hast du das geschafft?", fragt sie, die Augen geschlossen und ihn weiterhin fest an sich drückend.

„Weil ich so klug bin", erwidert er. „Ich wusste, dass du nicht weit weg sein konntest. Schicksal kann zwar neue Räume erschaffen, aber irgendwo müssen die ja hin. Ich habe mich an das älteste Zimmer erinnert. Hab da den Hörer vom Boden auf- und in die Hand genommen und so laut ich konnte deinen Namen geschrien. Und der Telefonhörer hat auf einmal so getan, als sei er der Staubsauger eines französischen Fünf-Sterne-Hotels, und hat mich durchgesogen. Plötzlich war ich in diesem kleinen Flammending drin und sah dir dabei zu, wie du versucht hast, mich zu zerquetschen."

„Der kleine Fenrir meinte, dass ich dich so da rausholen kann."

„Der kleine Wasrir?"

Sie lösen die Umarmung, und Ren schaut auf das putzige Abziehbild des furchteinflößenden Götterhundes, den er kennen und lieben gelernt hat.

„Das ist ja ulkig", sagt er und versucht, Minirir zu streicheln. Der dankt es ihm mit einem Knurren. „Na, dann halt nicht."

„Ich weiß aber nicht", gesteht Kira mit nachdenklicher Miene, „ob er echt ist oder nicht."

„Natürlich ist er das", antwortet Ren und setzt ein weiteres Mal zum Streicheln an. Minirir schnappt nach ihm und bekommt trotzdem ein Lachen zurück. „Schicksal erschafft alles, was du siehst. Die Wesen, der Raum – alles ist echt. Es mag vor ein paar Stunden noch nicht existiert haben, aber es ist echt."

Kira beschleicht ein schreckliches Gefühl. „Ich habe gegen unsere Verbündeten gekämpft. Versionen von ihnen, ich –"

„Ja", sagt er uncharakteristisch ernst. „Auch das waren echte Wesen. Zum Glück nicht unsere, denn die hab ich gerade noch gesehen. Wahrscheinlich aus Parallelwelten, die –"

„Nicht das schon wieder."

„Renée kann mit ihren Schwestern –"

„Schwestern? Ich dachte, das sind Versionen von ihr selbst."

„Und daher ja irgendwo auch ihre Schwestern! Auf jeden Fall kann sie mit ihnen kommunizieren. Wenn du also wissen möchtest, ob –"

„Nein", unterbricht sie ihn, „möchte ich nicht."

„Na gut", antwortet er, stellt sich gerade hin und klopft ihr auf die Schulter. „Wie kommen wir jetzt hier raus?"

„Das wüsste ich auch zu gern –"

„WIR sind im FINALE!", röhrt es auf einmal aus den nicht vorhandenen Boxen.

„Das ist ja meine Stimme?!", staunt Ren und guckt sich verwirrt um.

„KIRA, die LÜGENBARONIN –"

„Das ist sie." Ren muss lachen.

„– GEGEN BEN, den BETROGENEN!"

Beide schlucken gleichzeitig.

„Sei auf alles gefasst", sagt Ren, und in seiner Hand erscheint sein Schwert. Die beiden stellen sich nebeneinander und gehen in Angriffsposition. „Ich glaube nicht, dass das der echte kopflose Kämpfer ist."

„Ich weiß", erwidert Kira. „Meine Gegner scheinen von Schicksal absichtlich so gewählt zu sein, um mich aus der

Fassung zu bringen. Damit ich mir Fehler erlaube. Es sind nur Illusionen, die –"

RAAAAAAAAAAH!

Ein düsteres, unerbittliches Brüllen schallt über die gesamte Ebene, und Kira muss aufpassen, nicht hinzufallen. Bebende Schritte stürmen auf sie zu, und doch kann sie noch niemanden erkennen. Sie ahnt nichts Gutes.

„KIRA", brüllt die dämonische Stimme, und das Zerbrechen mehrerer Palisaden ist zu hören. „KIIIRA!"

Ren sagt nichts. Die Jägerin weiß somit, die nahende Bedrohung ist ernst zu nehmen.

„Das ist keine Illusion, oder?", flüstert sie ihrem Urgott zu.

Ren schüttelt den Kopf.

Einen Augenblick lang verstummen die Schritte. Ein lautes Geräusch – ähnlich dem Zuschlagen einer Stahltür – ist zu hören, und von oben schnellt eine Gestalt herab, die sich vom Boden abgedrückt hat. Das Wesen landet und schaut Kira tief in die Augen.

„Kira", wiederholt es, und die Jägerin bleibt stockstarr stehen. „Keine Tricks mehr. Hier gibt es keinen Nephalem!" Vor ihr steht der Dämonenkönig. In seiner Brust hat er ihren Verlobten gefangen, von dem kleine Bewegungen ausgehen, die aussehen, als würde er nach Luft schnappen.

„Ben", flüstert sie, lässt den Gedanken aber fallen und erwidert den Todesblick des uralten Übels. „Astaroth …"

Sie hofft, dass der Hohn und Spott in ihrer Stimme merklich hörbar ist.

„Schicksal", grunzt der König, und sein Kopf wandert bedrohlich näher, „hat mich hier eingesperrt. Absichtlich. Er wollte uns hierhaben. Zeit für dich zu sterben, du Hu–"

„Aber ist der Feind meines Feindes nicht mein Freund?", fragt sie. Ren schnalzt mit der Zunge und holt mit seinem Schwert aus.

Astaroth weicht zurück und fährt seine scharfen Krallen aus. Er stürmt nach vorne und macht sich ebenfalls zum Zuschlagen bereit. Um Haaresbreite verfehlt er Kira, die im richtigen Moment zur Seite springt. Dabei schnellt Dante nach vorne und hinterlässt einen kleinen Kratzer auf dem Arm des Dämons.

Er schaut drauf und setzt sein breites Fratzengrinsen auf.

„Mehr wirst du nicht erreichen", sagt er und springt sie an.

Kira reißt die Augen auf, denn sie weiß, es bleibt keine Zeit zum Ausweichen. Der Dämonenkönig attackiert sie. Der erste Schlag geht ins Gesicht – ein Hoch auf ihren lila Schutzschild, der das Schlimmste verhindert.

Ren greift ein und schlägt ihm mit dem Schwert den Arm ab.

Astaroth brüllt auf. Er setzt erneut dazu an, Kira ins Gesicht zu schlagen, doch mit einem beherzten Ruck reißt Ren ihn von ihr runter und hat die Situation umgedreht. Er schaut nun auf Astaroth herab. Kein Lächeln, kein Grinsen, kein Witz. Nur Abscheu. Er zögert einen Augenblick zu lange, und der Dämonenkönig befreit sich.

Doch alle drei wissen, dass der Kampf nicht so einseitig ist, wie es das Urböse gehofft hat.

„Ich werde euch umbringen. Euren Leichen die Haut abziehen und sie tragen, um euer Erbe zu entehren –"

„Ja, ja", sagt Kira, die aufgestanden ist. Sie wischt sich Blut aus dem Gesicht. „Wir haben verstanden. Du bist das Übelste der Üblen. Aber verrat mir mal eins, DÄMONENKÖNIG. Wenn du so übel bist, wieso bist du dann hier mit uns eingesperrt? Schicksal könnte dich zum Frühstück verspeisen, wenn er möchte. Du bist genau wie wir nur ein kleines Staubkorn im Kosmos der Unendlichkeit."

Die Worte scheinen dem König nicht zu gefallen. Er fletscht die Zähne und schabt mit den Füßen.

„Sieh es ein", ergänzt Kira, „deine Regentschaft ist abgelaufen. Und Schicksal wird sich auch noch umschauen."

Kira macht einen gewaltigen Satz nach vorne und holt aus. Sie verfehlt den Dämon nur knapp, der jedoch nicht zum Gegenangriff ansetzt.

„Ben", knurrt er. „Ben lebt."

Kira hält inne. Was hat er vor?

„Möchtest du ihn wiedersehen? Oder ist er in Ungnade gefallen?"

Ein bitterböses Gelächter schallt über die gesamte Ebene. Der Jägerin läuft es eiskalt den Rücken herunter.

„Habe ich ihn nur verführt, und alles, was er gesagt hat, gehörte zu meinem Plan? Oder hat er dich wirklich ausgenutzt?"

„Kira", flüstert Ren. Sie gibt ihm aber mit einem Handzeichen zu verstehen, dass er Astaroth ausreden lassen soll.

„Wie wäre es mit einem Tauschgeschäft?"

„Ich höre …", sagt sie und hofft, nicht an ihren Worten zu ersticken.

„Seine Seele gegen die des Urgottes."

Kiras Kopf ist weiterhin nach vorne ausgerichtet. Sie schaut Ren vorsichtig von der Seite an. Der Urgott bekommt es trotzdem mit und bleibt stumm.

„Und dann?", fragt sie.

„Keine Kräfte mehr. Kein Nephalem mehr. Aber Ben und du. Ihr seid wieder vereint. Klingt das nicht toll? Wie ein Träumchen für so eine unabhängige und starke Frau wie dich?"

„Woher will ich wissen, dass du mich nicht anlügst? Du bist schließlich der Lügenbaron!"

„Ich hätte dich in der Luft zerreißen können. Dich und deinen Urgott. Glaubst du wirklich, ihr habt eine Chance gegen mich?"

„Wieso bietest du mir dann diesen Deal an?"

„Ich will seine Macht. Die Macht eines Nephalem."

„Ich bin der Nephalem."

Astaroth lacht laut auf und schaut Ren mit Abscheu an.

„So funktioniert das nicht." Er stolziert zum Urgott herüber, der sich nicht regt. „Es ist seine Macht – seine ganz allein. Du leihst sie dir nur. Erinnere dich an euren Vertrag."

„Ich bin einen neuen Vertrag mit ihm eingegangen."

„Und welche Macht teilst du mit ihm? Dein Menschsein?"

Die Jägerin schaut den Dämonenkönig stoisch an. Er hat seine Bedrohlichkeit verloren. Zwar mag er ein über ihr aufragendes Monster sein, das einen großen Teil der Hölle befehligt, doch mit seiner Verhandlungsmethode, die der eines Teppichhändlers auf einem Basar gleichkommt, nimmt er sich seinen Schockwert.

„Meine Empathie", erwidert sie und schreitet einen Schritt vor. „Meinen Mut", führt sie fort und macht abermals einen Schritt.

„Meine Entschlossenheit."
„Mein Durchhaltevermögen."
„Meinen Willen."
„Meine Menschlichkeit."

Sie steht Astaroth direkt gegenüber und schaut ihm tief in die Augen. Der Dämonenkönig kann keine Furcht, keine Zweifel, keine Zurückhaltung in ihrem Blick erkennen. Das Mädchen, das er einst kannte und dessen Verlobten er vor ihren Augen umgebracht hat, existiert nicht mehr. An ihrer Stelle steht eine fest entschlossene Frau, die sich von den Dämonen in ihrem Leben nicht mehr einschüchtern lässt.

„Glaubst du wirklich", sie spuckt vor ihm auf den Boden, „dass ich jemals einen Handel mit dir eingegangen wäre?"

Ein lautes Knurren schwappt ihr entgegen.

„Für meinen besten Freund? Da irrst du dich aber gewaltig!"

Ren lacht. Laut und voller Inbrunst.

„Dämonenkönig", sagt er, „heute stoßen wir dich vom Thron."

Ein lautes Fauchen entweicht dem König. Er holt aus und schlägt nach den beiden. Kira duckt sich in Sekundenschnelle weg, und Ren springt nach hinten. Die beiden tauschen einen entschlossenen Blick und holen simultan mit ihren Schwertern aus. Sie treffen Astaroth genau am Oberkörper und schneiden ein anständiges Stück aus ihm raus. Der Dämon brüllt laut auf, gefolgt von einem leisen, verschluckten Hilfeschrei.

Kira schaut Ren an, der ihr nur zunickt.

Sie springen auf den König zu, verfehlen absichtlich, sodass er einen Schritt nach hinten macht, stechen mit voller Kraft in beide Schultern und rammen ihn gegen eine der

Holzpalisaden. Er schreit vor Schmerz auf und schlägt um sich. Mit aller Kraft stoßen sie die Schwerter weiter rein – so tief sie können. Ein weiterer Schmerzschrei entweicht dem ältesten Bösen.

Kira atmet tief ein und schließt für einen Augenblick die Augen. Sie tritt einen Schritt an den Dämonenkönig ran, in dessen Antlitz nach Äonen wieder Furcht zu sehen ist. Mit voller Wucht greift sie mit beiden Händen in den Bauch des Gegners, und mit noch viel mehr Kraft zieht sie ihren Verlobten aus dem Wulst heraus. Begleitet von einem unbeschreiblich ekelhaften Geräusch, einem Gestank, der verfaulten Miesmuscheln am nächsten kommt, und viel zu vielen Organen, die definitiv nicht menschlich sind. Astaroths Schreie verstummen, und sein Kopf sinkt langsam zu Boden. Er sagt etwas – wahrscheinlich auf Enochian – und bleibt regungslos hängen.

Ben sackt in sich zusammen. Er atmet. Kira schaut Ren an, der erst mal nur mit den Schultern zuckt.

DIE RETTUNG

„Es fehlt jemand", brummt Khaos. Er schwebt zurück auf den Boden und kniet sich hin. „Ich rufe sie zu euch."

„Kira", sagt Jen, und ihre Augen weiten sich.

Schicksal beäugt das Schauspiel mit Argwohn. Etwas passt ihm nicht. Aber kann er sie nicht einfach wieder wegschicken?

„Sobald ich sie gerufen habe", Khaos atmet tief aus, „werden mich auch meine restlichen Kräfte verlassen und ich kehre zurück in meine Herberge."

Mona nickt.

„Mona", sagt er, ohne den Blick von Schicksal abzuwenden. „Solltest du überleben, wirst du auf ewig in den Verliesen von Melorus eingesperrt."

Sie nickt abermals und bemerkt Peters besorgten Blick.

„Also dann", führt er fort und setzt sich auf. Die alten Knochen unterstützen ihn dabei kaum, und er ächzt. Wie ein Baum, der versucht, seine Wurzeln der Erde zu entreißen, um sich fortzubewegen. „Raa gah io es! Vin nonca aaspt poamal de z!"

Von Khaos geht ein weißes blendendes Licht aus, und alle – bis auf Schicksal – müssen die Augen schließen. Er rümpft die Nase und reibt die Lippen aneinander.

Der uralte Hexenmagier ist verschwunden, und an seine Stelle ist eine Person getreten.

„Kira?", fragt Jen und schaut irritiert auf den Menschen, der auf dem Boden liegt. „Ben!"

Sie rennt zu ihm herüber, hilft ihm auf und schaut ihn lächelnd an. „Du bist gar nicht Ben. Ich wusste es. Aber wer bist du?"

Schicksal beißt sich auf die Zunge und wandert langsam zu den Jägerinnen und Jägern hinüber.

„Leute", sagt Natascha und streckt ihre Säbel zu ihm hin. „Der Penner kommt."

Ben, der nicht Ben ist, steht auf und schaut sich um. Sein Gedächtnis scheint noch nicht wiederhergestellt zu sein.

„Ich weiß zwar nicht, wer das ist, aber er wollte uns helfen. Und Monas Meister wird uns ja nicht hoffentlich noch –", setzt Jen an, wird aber unterbrochen.

Ein leises Schluchzen ist zu vernehmen und ein ebenso leises Fiepen von Fenrir, der den Kopf gesenkt hat. Freya und Ellie haben es sofort bemerkt und streicheln ihn. Nur dass Sam leise weint, ist ihnen erst jetzt aufgefallen.

„Sam?", fragt Ellie. „Was ist –"

„James …", murmelt Sam und kann den Tränenbach nicht mehr zurückhalten. „James!"

Die anderen schauen ihn ungläubig an. Bis auf Freya, die anscheinend ein wenig mehr als alle anderen wusste. Ellie bemerkt den Blick der Muttergöttin und flüstert ihr leise „So, so!" zu.

„James." Jen umarmt ihn lachend. „Kein Wunder, dass wir uns sofort verstanden haben."

„James?", fragt er und guckt sich um. „Das ist die Unterstadt."

Er steht gedankenverloren herum.

„James", sagt Schicksal und setzt zu einer Verbeugung an, gefolgt von einer Grimasse, die man nur als sarkastisch deuten kann. „Wie schöööön, dass du wieder da bist. Und, wie sieht dein Masterplan aus? Wie war es im Purgatorium?"

Er schreitet weiterhin auf den von Amnesie geplagten Jäger zu. Sam läuft zwischen die beiden und stellt sich direkt vor den Erschaffer allen Seins, die Schlaghandschuhe zu ihm ausgestreckt.

„Keinen Schritt weiter", droht Sam und unterdrückt sein Schluchzen. „Was hast du meinem Bruder angetan?"

„Ich?", fragt Schicksal lachend und geht unbekümmert weiter. „Gar nichts. Da darfst du dich bei meiner linken Hand bedanken. Lilith war diejenige, die ihn unbedingt als Spielgefährte nutzen wollte."

„Ich habe gesagt, keinen Schritt weit–"

Schicksal schnippt und Sam wird wie von Geisterhand in die Luft gehoben und kann sich nicht bewegen.

„Lass mich", ächzt er, „gehen, du Dreck–"

„Heyho, James", sagt Schicksal und bleibt vor dem neu dazugekommenen Jäger stehen. Jen stellt sich schützend vor ihn hin. Das bringt leider herzlich wenig.

„Ach, kommt." Der personifizierte Anfang aller Dinge seufzt. „Habt ihr es immer noch nicht gerafft?"

Er schnippt abermals, und ohne Vorwarnung hängen alle Menschen und Urgötter in der Luft fest. Keiner von ihnen

kann sich regen. Bis auf James, der verbissen auf den Boden schaut und die Fäuste krampfhaft ballt.

„Lass mich raten", sagt Schicksal, „du weißt gar nicht, wer du bist? Oder wer ich bin oder warum wir –"

„James haben mich die anderen genannt. Das hier ist die Unterstadt. Und du bist –"

„Deine Manieren hast du anscheinend auch vergessen. Ziemlich frech, mich einfach zu unterbrechen. Ich glaube, die Zeit im Purgatorium hat dir nicht gutgetan. Vielleicht sollte ich dich einfach wieder hinschicken?"

„Wenn", Sam kämpft mit aller Macht gegen die telekinetische Starre an, „du ihm etwas", er ächzt laut, „antust", schreit vor Schmerz, „BEKOMMST DU ES MIT MIR ZU TUN!"

Ihr Gegner lacht laut und schüttelt den Kopf. Er zuckt mit den Schultern und hält sich einen Zeigefinger vor den Mund, um James zu signalisieren, dass er gleich wiederkommt. Dann dreht er sich um und stapft demonstrativ zu Sam hinüber. Er schnippt. Der Jäger fällt vor ihn auf den Boden, hustet und reibt sich die Brust vor Schmerz. Es hat sich angefühlt, als wäre ein LKW auf seinem Brustkorb zum Stehen gekommen und hätte ihm keinen Platz zum Atmen – oder Leben – gelassen.

„Und jetzt?", fragt Schicksal und steckt die Hände in die Taschen. Er beugt sich zu Sam hinab und flüstert ihm ins Ohr: „Ich dachte, ich bekomme es mit dir zu tun?"

Der Jäger hustet erneut, und ohne Vorwarnung schnellt er vor, hat die Krallen seines Handschuhs ausgefahren und durchbohrt den Brustkorb seines Gegenübers.

Ein lautes Knackgeräusch, wie das Beißen auf einen frischen, saftigen Apfel, ist zu hören, und eine blaue Blutfontäne schießt aus Schicksals Rücken heraus. Die anderen fallen

mit einem schmerzhaften Klatscher auf den Boden. Fenrir fiept kurz, sprintet jedoch unmittelbar danach zu Sam hinüber und knurrt Schicksal an. Die anderen – bis auf James – ahmen es dem Wolfshund nach und stellen sich mit gezückten Waffen vor ihren Feind. Tali hält ihr Großschwert hoch, Lissy imitiert sie. Freya und Ellie haben ihre Bögen auf ihn gerichtet und Natascha sowie Kali ihre Säbel. Jen und Renée stehen Schulter an Schulter nebeneinander, und in ihren Händen wachsen Energiebälle in rasanter Geschwindigkeit. Peter und Mona haben ihr Zauberbuch aufgeschlagen und sind bereit, eine der vernichtendsten Magien aufzusagen, die es gibt.

„Wie", wimmert Schicksal, „hast du", er spuckt blaues Blut, „das", er sackt zusammen, „geschafft?"

„Wir haben dich gerufen. Deine Hülle. Sie war sterblich."

Ein letzter Atemzug, und er sackt leblos zusammen. Die Ebene beginnt zu beben, und die Häuserwände fangen an zu bröckeln.

„Schnell", ruft Freya, „wir müssen hier weg."

„Hier stürzt gleich alles ein", brüllt Kali.

„Aber wo sollen wir hin?", fragt Peter.

„Ich weiß, wohin", antwortet Tali, und Lissy nickt ihr zu. „Das älteste Zimmer. Es besteht zwischen Zeit und Raum und –"

„Keine Zeit für Erklärungen", hakt Renée ein. „Auch wenn ich es für keine gute Idee halte. Eine bessere haben wir nicht. Los!"

„James!" Sam ist zu seinem Bruder herübergelaufen, der wie angewurzelt dasteht. „Wir müssen hier weg."

Er zieht ihn an der Hand mit sich und hat Mühe, sich fortzubewegen. Ohne Vorwarnung kommt Fenrir angeschossen

und schwuppt mit seiner großen Schnute unter James, um ihn auf seinen Rücken zu verfrachten. Der Jäger weiß gar nicht, wie ihm geschieht, hält sich aber instinktiv am Fell des Riesenhundes fest. Es kommt ihm sehr vertraut vor.

„Hier lang", ruft Renée und lotst die anderen zusammen mit Tali zum ältesten Zimmer. „Weit sollte es nicht sein."

„Woher", ruft Jen außer Puste, „kennt ihr", abermals holt sie Luft, „dieses Zimmer?"

„Lange Geschichte!"

„Und", einatmen, „was", ausatmen, „istmitKira?"

Freya lacht. „Die kann auf sich selbst aufpassen. Keine Sorge. Sie und Ren werden bald zu uns stoßen, da bin ich mir sicher!"

„Die wahre Unsterbliche", flüstert James, und nur Fenrir hört es. Der Wolfshund spitzt die Ohren und schaut seitlich zu ihm hoch. „Hast du mich verstanden?"

Fenrir gibt ein zufriedenes Brummen von sich, das James korrekt deutet.

„Wir kennen uns …"

Der Götterhund brummt abermals und wedelt zufrieden mit seiner Rute.

„Du hast mir schon einmal das Leben gerettet …"

Es passiert nicht schnell und es ist keine Welle, aber ähnlich der Straßenlaternen, die bei Einbruch der Dämmerung nacheinander angeschaltet werden, geht James ein kleines Licht nach dem anderen auf. Die Wärme des Hundes, das flauschige Fell, das Wegreiten aus einer Gefahrensituation. All das kommt ihm sehr bekannt vor.

„Fenrir …", flüstert er und schließt einen Moment lang die Augen. „Ich dachte, wir würden uns niemals wiedersehen."

Der Wolfshund fiept leise, und eine Träne läuft langsam James' Wange hinab. Diese eine Sekunde kommt ihm wie eine kleine Ewigkeit vor – wofür er sehr dankbar ist.

„Hier lang", ruft Tali und winkt alle in eine Seitengasse. „Nur noch ein Stück."

Die Straße bekommt Risse, und um sie herum fangen die Häuser an einzustürzen. Hing die Unterstadt wirklich von Schicksals Existenz ab? Oder fallen gerade alle Höllenringe in sich zusammen?

„Schnell", ruft Renée. „Hier geht es rein!"

Ohne sich erneut bitten zu lassen, laufen sie nacheinander durch die kleine rote Tür, die sie in ein viel zu kleines Zimmer transportiert. Fenrir, Sam und James springen als Letztes hindurch und rasseln mit voller Wucht in die anderen.

Köpfe knallen schmerzhaft gegeneinander, und ungewollt haben sich alle auf dem Boden verteilt.

„Verdammte Scheiße", flucht Natascha und reibt sich die Rübe. „Könnt ihr nicht aufpassen?"

„Hier ist doch überhaupt kein Platz", wimmert Ellie.

„Sorry", sagt Sam, „das war keine Absicht."

„Was ist das für ein Telefon?", fragt Peter, und ohne auf eine Antwort zu warten, nimmt er den Hörer in die Hand.

„NEIN!", brüllen Lissy und Renée gleichzeitig und springen zu ihm herüber.

Zu spät. Seine Augen sind vom weißen Licht erfüllt, und er wird von einer energetischen Welle durchdrungen.

„NICHT!", ruft Mona den beiden zu und stellt sich vor ihn. „Ihr dürft ihn nicht rausreißen. Er hat den Anruf getätigt und muss ihn zu Ende bringen!"

XXXI

PETER AM APPARAT

as passiert denn jetzt?", fragt Kira und traut ihren Augen kaum. Die Arena fängt nicht nur an einzustürzen, sondern löst sich – wie vorher auch ihre Gegner – in Pixelstaub auf. Als würde jemand das Spiel, in dem sie sich befinden, löschen. Es beginnt bei der Spitze der Arena und bewegt sich langsam weiter, wie eine Herde Piranhas, die einen toten Dino gefunden haben und ihr Festmahl beim Kopf anfangen.

„Irgendwas muss geschehen sein", sagt Ren. „Hoffentlich was Gutes."

Er signalisiert der Jägerin mit einer Kopfbewegung, dass sie aufbrechen sollten – in welche Richtung, ist erst mal egal, Hauptsache raus.

„Was machen wir –"

Ein lauter Knall. Eine Säule, die das Halbdach gehalten hat, ist in sich zusammengekracht.

Ren seufzt, rollt die Augen und grinst aufgesetzt. Er nimmt Ben und wirft ihn sich über die Schulter.

„Ich hoffe, du weißt", er zeigt auf den Verräter, „dass das sehr nach hinten losgehen könnte."

Kira antwortet ihm nicht, sie schaut sich nur hektisch um, denn irgendwo muss ein Ausgang sein. Sie läuft instinktiv zu der Stelle zurück, wo sie aufgewacht ist, endet aber schnell in einer Sackgasse.

„Wo ist der kleine Fenrir?", fragt sie mit Panik in der Stimme.

„Keine Ahnung!", antwortet Ren, dem es schwerfällt, ihr zu folgen. „Viel wichtiger ist doch: Wie bist du noch mal hier reingekommen?"

„Durch das rote Telefon, ich –"

„Kira", ertönt es laut um sie herum. Sie weiß, wer es ist. „Folge meiner Stimme."

„Wie denn? Ich hör dich überall!"

„Konzentrier dich!"

Sie schließt die Augen und hört ganz genau hin. Die Worte, die erst wahllos durch die Gegend geflogen sind und keinen festen Ankerpunkt hatten, resonieren in ihr. Kein Nachdenken, kein Überlegen, kein genaues Hinhören – sie weiß ganz genau, wo sie herkommen!

„Links", sagt sie, und Ren folgt ihr ohne Widerspruch.

Die Augen bleiben geschlossen, sie verlässt sich komplett auf ihre Instinkte, ohne auch nur mit der Wimper zu zucken.

Wie durch ein unsichtbares Labyrinth führt sie den Urgott durch die Ebene.

Dieser erkennt kein Muster, und es kommt ihm vor, als würden sie sinnbefreite Abzweige nehmen, die gar nicht vorhanden sind.

„Sieh mit deinem Herzen", sagt Kira, die die Zweifel ihres Partners spürt.

„Mit meinem Herzen, was für ein Bull–"

Mit einem Mal stehen sie vor einer riesigen Lichtsäule, die aus dem Nichts erschienen ist.

„Hier durch", verlangt Kira, und ohne auf Ren zu warten, springt sie rein.

Der Urgott schüttelt den Kopf und hofft, dass seine Partnerin nicht soeben Suizid begangen hat. Er springt ihr hinterher, und sie sind zurück im ältesten Zimmer.

XXXII

KEIN HEIMWEG?

ira", auch diese Stimme kommt ihr sehr bekannt vor. „Kira ..."

Jen und ihre beste Freundin umarmen sich innig und wollen gar nicht mehr voneinander lassen. Tränen fallen keine, dafür lachen die beiden und können ihr Glück gar nicht fassen.

„Jen", sagt die Jägerin, „du bist wieder da. Ich habe gesehen –"

„Es ist alles gut", erwidert sie. „Wir haben es geschafft! Wir sind alle wieder da. Und wir haben ihn besiegt, Kira. Wir haben Schicksal geschlagen!"

„Ihr habt was?" Die Umarmung wird gelöst, und Kira reißt die Augen so weit auf, wie sie nur kann. Die heruntergefallene Kinnlade hebt sie direkt wieder auf, denn Zweifel machen sich breit.

„Aber wie können wir dann in diesem Zimmer sein?"

„Das wissen wir noch nicht", hakt Sam ein. „Aber mein Bruder und ich –"

„DEIN BRUDER?"

Kira dreht sich zu den beiden um und sieht die Geschwister nebeneinanderstehen, wie sie gleichzeitig versuchen, etwas in das Notizbuch zu kritzeln. Schließlich muss alles für die Nachwelt festgehalten werden!

„Ich dachte, Lilith hätte –"

„Sie hatte mich im Purgatorium gefangen", erwidert James, und Fenrir stupst ihn mit dem kleinen Wolfskopf an. „Meine Erinnerungen sind noch immer stark verschwommen. Verzeih mir also, ich kann mich nicht entsinnen, wer –"

„Wir haben uns ja auch noch nie getroffen", antwortet sie und umarmt ihn fest. Er weiß im ersten Moment nicht, wie ihm geschieht, erwidert ihre Geste aber. Wie lieb alle sind, denkt er und bemerkt, dass von Kira ein dezenter Liliengeruch ausgeht. Vielleicht ein Parfum? Eigentlich auch unwichtig.

„Verzeiht mir meine nächste Frage, aber wer ist der bewusstlose Typ auf dem Boden?"

Jen zieht demonstrativ die Nase hoch und fletscht die Zähne. Sie knackst mit den Handknöcheln und ballt die Fäuste.

„Jen?", fragt Renée und legt ihrem Schützling eine Hand auf die Schulter. „Wir haben genug gekämpft."

Die Jägerin nickt. „Ich weiß. Ich werde ihm jedoch nie verzeihen, was er uns allen angetan hat."

„Vielleicht", sagt Kira und schluckt, „stand er unter Astaroths Hypnose? Oder so ähnlich?"

„Ich denke", fügt James an, „dass wir durch den Einfluss von Dämonen zu vielem imstande sind. Daher wäre meine Vorgehensweise, ebenfalls abzuwarten und zu schauen, was er plant."

„Dafür muss der Spas-"

Kali hustet laut, um das unflätige Wort ihrer Jägerin zu überspielen.

„Dafür muss er erst mal aufwachen." Natascha seufzt. „Ich weiß nicht, ob das eine so kluge Idee ist, um ehrlich zu sein. Nicht, dass er uns ein weiteres Mal hintergeht."

„Außerdem", sagt Ellie und verzieht die Mundwinkel, „ist hier drin echt wenig Platz."

„Ich habe eine Idee", fügt Mona an.

„Wir haben dasselbe gedacht", sagt Freya. „Einer von uns muss scouten und schauen, wie es draußen aussieht. Wenn es sicher ist, können wir versuchen, endlich heimzugehen."

Renée nickt und schaut zu Ren hinüber, der mit den Schultern zuckt und ein „Na schön ..." haucht.

„Wir schauen nach und sehen uns die Ebene genau an."

„Sagt mal", fragt Peter, „kommt euch das nicht auch alles ein bisschen zu einfach vor? Dem Typen sind nicht mal irgendwelche Dämonen zu Hilfe geeilt. Sam konnte ihn einfach so durchbohren. Nicht –"

„Mach dir da mal keine Sorgen", antwortet Lissy. „Tali und ich sind schon so lange hier. Wir haben da eine Theorie."

Tali nickt und fährt fort: „Aufgrund der Zeit ... der Jahre ..."

Sie schaut zu Kira herüber, die ihr einen verständnisvollen Blick zuwirft und eine ermutigende Geste mit nach oben gerichteten Daumen macht. „Wir haben selten bis nie Dämonen angetroffen. Diese Unterstadt war vor langer Zeit mal ein Vorbereitungsort, wie Sam schon passend sagte, und –"

„Eher fürs Training gedacht. Die Architekten können diesen Ort nach Lust und Laune anpassen und ihn so wie die Areale aussehen lassen, in denen die Dämonen einfallen

möchten", unterbricht James und merkt, wie Lissy ihn missbilligend anschaut. „Entschuldige, ich wollte nicht unhöflich sein und reingrätschen."

„Mansplaining nennt man das!", sagt Jen mit einem Augenzwinkern. „Aber erzähl weiter, Tali!"

„Oki", flüstert sie und nickt. „Also ... Wo war ich ... Lissy und ich glauben, dass die Unterstadt schon lange nicht mehr fürs Training genutzt wird, sondern viel eher ein vergessenes Relikt ist. Anders konnten wir uns die Abwesenheit der Dämonen nicht erklären."

„Mal schauen, was uns erwartet. Wir sind gleich wieder da", meint Renée.

„Sollten wir nicht wiederkommen, trauert nicht zu lange um uns", fügt Ren an. „Höchstens so 25 Jahre. Ich glaube, das ist ein guter Schnitt. Und wenn ihr mir eine Kerze anzündet, bitte eine mit Käsekuchenduft!"

Die Dimensionswächterin zieht ihren Kollegen am Kragen heraus.

„Was machen wir so lange?", fragt Natascha.

„Peter und ich schauen weiter nach einem Zauber, der uns hier herausteleportiert!", antwortet Mona.

„Ich hoffe", sagt Freya, „keiner hier hat Inari –" Sie stockt und lächelt. „Ich hoffe, keiner von euch hat Lady Anne vergessen."

„Heißt das", Ellie durchzuckt ein Gedankenblitz, „dass wir uns nicht mehr an die Schicksalsgesetze halten müssen?"

Freya nickt und grinst über beide Ohren. Die anderen freuen sich mit. Jeder auf seine Art. Natascha und Kali nicken sich zu. Jen, Kira und Tali tauschen lachend Blicke. Mona und Peter sind weiterhin in ihr Zauberbuch vertieft. Nur Sam und James schauen besorgt drein. Hoffentlich unbegründet.

Mit lautem Getöse fallen Renée und Ren plötzlich ein und stolpern übereinander.

„Wieso passiert das jedes Mal?", flucht sie und springt galant auf. Sie wischt sich den Staub von den Klamotten und hat ebenfalls ein Lächeln auf den Lippen. „Die Unterstadt ist in sich zusammengestürzt, aber der Weg scheint frei zu sein. Wir konnten niemanden erblicken."

Es dauert nicht lange und die erste Person läuft los. Jen, dicht gefolgt von Kira, Peter und dem Rest.

„Wir haben es wirklich geschafft", sagt Jen, die sich umschaut und sich spielerisch wie ein Bodybuilder hinstellt, der seine Muskeln zur Schau stellt. „Wir haben –"

„– was vergessen", unterbricht sie Renée. „Den kleinen Verräter. Oder hat irgendwer –"

Aus heiterem Himmel taumelt Ben aus dem ältesten Zimmer hinaus und schaut mit glasigen Augen in die Runde. „Wer", er schluckt, „seid ihr?"

„Das wird dir niemand abkaufen." Jen verschränkt die Arme. Ellie ahmt es ihr nach, und der Rest der Jägerinnen zieht ebenso mit. „Du hast uns verraten und verkauft. Dafür gesorgt, dass wir unser Leben aufs Spiel gesetzt haben."

Der Verräter sackt erneut in sich zusammen.

„Hä?", fragt Jen laut und guckt in die Runde. „Das glauben wir ihm jetzt aber auch nicht, oder?"

„Er scheint noch stark angeschlagen zu sein", sagt Freya. „Ren, kannst du ihn dir über die Schulter werfen und –"

„Wieso denn IMMER ich? Was ist denn mit unserem rasenden Flohtransporter? Der hat doch mehr als genug Platz ..."

Fenrir knurrt Ren an und fletscht die Zähne.

„Trau dich, Fiffi. Ich wollte schon immer mal einen Pelzmantel aus –"

Wiff Wiff

Die Menge schreckt auf. Woher kam dieses superputzige Bellgeräusch?

„Minirir?", fragt Kira und schaut sich fragend um. „Wo bist du hin?"

Hinter Ben springt auf einmal der Miniatur-Dämonenhund hervor und schaut Kira mit seinen kleinen Knopfaugen traurig an.

Wiffrrrr

„ICH HABE DICH NICHT ZURÜCKGELASSEN", widerspricht sie und wirft sich vor ihm auf die Knie. „Ich dachte, du hättest dich auch in Luft aufgelöst! Du warst auf einmal weg!"

„Du kannst das kleine Wollknäuel verstehen?", fragt Natascha.

„Du nicht?", erwidert Kira und zieht eine Augenbraue hoch.

„Ich auch", gesteht Freya und beugt sich nach unten, um der kleinen Version ihres Hundes den Kopf zu streicheln. „Hat Schicksal dich erschaffen?"

Ohne Vorwarnung springt Fenrir vor die Minivariante und schnüffelt sie gründlich von oben bis unten ab. Er inhaliert den kleinen Hund förmlich, der sich nicht anders zu helfen weiß, als seine Rute einzuziehen und zu zittern.

„Keine Angst", sagt Sam. „Er wird dir nichts tun."

Der Wolfshund hält einen Moment inne, schaut die kleine Version durchdringend an und bestätigt mit einem lauten Bellen, dass er sich über den Neuzugang freut. Er wedelt los und wirft Minirir mit einem Ruck seiner gewaltigen Schnauze auf seinen Rücken.

Der kleine Dämonenhund weiß erst nicht, wie ihm geschieht, freut sich aber über die herzliche Begrüßung

und setzt sich zufrieden auf den Rücken seines großen Bruders.

„Jetzt habt ihr zwei davon", meint Ren lachend und schaut zu Sam und James hinüber, dessen Blick er bemerkt. „Was stimmt nicht? Hat einer den anderen aus Versehen nackt gesehen?"

„Zwei Dinge gehen mir nicht aus dem Kopf", sagt Sam.

„Das kann passieren, wenn man jemanden nackt sieht", erwidert Ren und versucht, ein „High five" zu bekommen, doch keiner ist bereit, ihm eins zu geben – erst Peter erlöst ihn, als niemand mehr guckt.

„Khaos –"

„Uah", erwidert Mona, der ein eiskalter Schauer über den Rücken läuft. „Sorry, wollte nicht unterbrechen."

„Khaos hat gesagt, unter uns befindet sich ein Verräter –"

„Ergibt doch Sinn", wird er erneut unterbrochen, dieses Mal von Natascha. „Ben, aber der hängt jetzt ausgeknockt über der Schulter von Freddy Krügers Cousin."

Ren lacht.

„Da war Ben aber noch nicht hier", wirft James ein. „Was mein Bruder sagen möchte – und lasst mich kurz ausreden, Khaos hat gesagt, jemand unter uns wird uns betrügen. Und noch etwas stört mich ..."

Die anderen schauen ihn gebannt an.

„Genau wie sein Bruder", sagt Freya und lächelt. „Teil es bitte mit dem Rest der Klasse."

„Ich habe kurz überlegt, ob ich eine Antwort habe. Mir fällt aber keine plausible ein. Wo ist Lilith in alldem? Sie hat Peter, Jen und mich im Purgatorium eingesperrt. Wir sind frei, und doch ist die Imperatorin der Hölle nirgendwo zu sehen. Meine größte Sorge ist, dass –"

„Beide Fragen zusammenhängen und uns zum Verhängnis werden", schließt Kira und schluckt laut. Sie überlegt nicht lange und kann es nicht schöner ausdrücken. „Peter … Tali … und … und … Jen …" Sie stockt, doch die Worte haben ihre Lippen verlassen und das Misstrauen in die Welt geschickt. Eine Idee, egal, wie klein und unscheinbar, kann sich in den falschen Köpfen einnisten und tief genug bohren, um für immer dortzubleiben. „Einer von euch drei–"

„Moment mal", schaltet sich Natascha ein. „Was ist mit James? Und wieso schenken wir den Worten irgendeines alten Magiers Glauben, der aussah wie Captain Zauselbart von der Bananenweide?"

„Hey!", protestiert Mona, verstummt aber aufgrund von Kalis eindringlichem Blick.

„Beruhigt euch", sagt Renée. „Das können wir leicht erklären. Ihr drei", sie zeigt auf die Genannten, „und James. Kommt zu mir. Freya", sie schaut zur Muttergöttin, „wird einen nach dem anderen durch Handauflegen durchleuchten. Sie wird alles von euch erfahren, jedes einzelne Detail, und damit herausfinden, wer von euch ein Verräter – oder eine Verräterin – sein könnte."

„Das halte ich für keine weise Vorgehensweise", verkündet die Muttergöttin, stellt sich jedoch schon einmal bereit hin. „Das Vertrauen haben wir uns erkämpft. Es sinnlos wegzuwerfen, weil jemand Zwietracht sehen wollte –"

„Khaos würde niemals lügen", sagt Mona leise. „Eher würde er seine Macht aufgeben."

„Dann haben wir Gewissheit", meint Kira.

Jen schüttelt den Kopf und hat zum ersten Mal das Gefühl, ihre beste Freundin nicht wiederzuerkennen.

„Was ist passiert, als ich nicht da war?", fragt Jen und verschränkt die Arme.

„Viel zu viel", erwidert Kira und schaut reumütig zu Ben hinüber.

„Ich wusste", Jens Blick verfinstert sich, „dass dieser Typ nichts Gutes verheißen würde."

„Seid ihr alle einverstanden?", fragt Freya.

Die vier nicken. Die Muttergöttin erwidert die Geste. Doch bevor sie die Hand auf Jens Kopf legen kann, grätscht Natascha dazwischen.

„Wenn, dann wir alle", fordert sie.

Es gibt weder Einwände noch Proteste.

„Freya", sagt Renée. „Egal, was du siehst. Behalte es für dich."

Die Obergöttin lächelt. „In mir schlummern jahrtausendalte Geheimnisse. Ich habe nicht vor, meinen Schwur je zu brechen."

Sie legt die Hand auf Jens Kopf, und die beiden bilden mit einem Mal eine Einheit. Ihre Seelen vereinen sich im Meer der Ewigkeit, und nicht nur sieht die Muttergöttin die Geburt der Jägerin, sondern alles, was ihr bis hierhin passiert ist. Sie fühlt die tiefe Verbundenheit zu Kira und versteht ihren Hass auf Ben. Doch ihre Macht ist keine Einbahnstraße. Jen sieht Freyas Familie. Wie glücklich sie einst war. Wie sie ihre Söhne über alles geliebt hat und wie ihr Herz entzweigebrochen ist, als der eine den anderen nicht nur verraten, sondern hinterhältig umgebracht hatte. Und sie sieht, wie die Göttin keine andere Möglichkeit sah und ihr eigenes Fleisch und Blut dafür mit dem Tod bestrafte. Sie spürt tiefe Trauer, Verlustschmerz – aber vor allem Reue.

Als die Göttin von ihr ablässt, kann sie nicht anders, als sie fest zu umarmen. Sie hat Tränen in den Augen und flüstert, wie sehr es ihr leidtut. Freya behält ihr Lächeln bei und nickt nur. „Das war vor vielen Lebzeiten, mein Kind."

„Aber dein Schmerz ..."

„Sorgt dafür, dass ich sie niemals vergessen werde."

Die Muttergöttin löst die Umarmung und stellt sich vor die nächste Jägerin. Natascha popelt sich scheinbar etwas aus dem Zahn und zuckt mit den Schultern. „Na komm, Abfahrt."

Freya legt erneut die Hand auf, und das gleiche Schauspiel geht vonstatten. Einzig die Tränen und die Umarmung bleiben aus.

„Da haben wir ja beide echt ein beschissenes Los gezogen", sagt Natascha und wischt sich unauffällig mit der linken Hand durchs Gesicht.

„Ich hoffe, du wirst deinen Vater eines Tages wiedersehen", erwidert Freya und stellt sich vor Sam.

„Samuel", sagt sie und legt den Kopf leicht zur Seite. „James und du – eure Familie – ihr wisst gar nicht, wie viel ihr für uns getan habt. Durch eure Recherche und eure unermüdliche Jagd. Es fühlt sich wie eine Herabwürdigung an, dass ich dir meine Hand auflege und dich dazu zwinge, alles offenzulegen. Besonders, weil du auf meinen kleinen Fenrir –"

WIFF

„Nein, den großen, nicht du ..." Sie beugt sich hinunter und streichelt der kleinen Version über den Kopf. Dabei schaut sie zum echten Fenrir herüber. „Dass ihr auf meinen Wolfshund aufpasst. Er hätte sich keine besseren Freunde auswählen können."

Sam hat das Gefühl, dass ihm gleich eine Medaille überreicht wird. Er nickt leicht und wartet auf die Hand der Muttergöttin. Doch sie zögert.

„Bist du sicher? Ich weiß, dass du nicht der Verräter bist –"

Er nimmt vorsichtig ihre Hand und legt sie auf seinen Kopf. Sie sieht das Leid, den Verlust – all das, was sie selbst durchgemacht hat, nur dass Sam ein gewöhnlicher Mensch ist. Er war fortwährend dabei, als einer nach dem anderen, den er liebte und beschützen wollte, starb. Er wurde gefoltert, gejagt und musste sein Leben aufgeben. Freya dachte, sie kennt die Geschichte der zwei Brüder, doch mit einem Mal sieht sie etwas, von dem sie vorher nichts wusste. Sam sitzt an einem großen Tisch, der Platz genug für eine Familie bietet. Vor ihm sitzt eine junge Frau. Schwarzes Haar, hochgewachsen, eine kleine Stupsnase, die Augen einer Mutter. Sie hat ein Baby auf dem Arm. Die Muttergöttin lässt vom Jäger ab. Sie möchte den Rest nicht sehen – und sie will ihm den Schmerz ersparen, auch wenn er unlängst angerichtet wurde.

Sie möchte etwas sagen, doch Sams Blick verrät ihr alles, was sie wissen muss.

„All das", sagt sie, „und trotzdem stehst du hier."

All das, denkt sie, und am Ende hat es ihn nur lieb und hilfsbereit werden lassen.

Er kramt sein Notizbuch hervor. Doch er schreibt nichts hinein. Er sucht nach einer Seite, die er immer aufschlägt, wenn ihn die Gefühle übermannen. Eine Seite, die weder er noch sein Bruder geschrieben haben. Sondern jemand, den er hofft, eines Tages wiederzusehen.

„James." Freya hat sich vor den älteren der beiden Brüder gestellt. „Für dich bürge ich genauso."

„Also ehrlicherweise", erwidert er, „weiß ich gar nicht, was du findest. Wenn überhaupt was da ist. Durch Liliths Purgatorium habe ich mehr vergessen, als ich je wusste."

Ihr Lächeln wandelt sich zu einem Lachen.

„James", sagt sie. „Ich habe eine Überraschung für dich."

Sie legt die Hand auf, und tausende Raketen fliegen los und zerplatzen in den schönsten Farben und Mustern. Jede einzelne davon eine Erinnerung, die James mit neuronalen Explosionen durchzuckt. Als würden mikroskopisch kleine Helferlein in seinem Gehirn durch die Gegend fliegen, auf den Raketen blitzschnell von A nach B rasen und die ganzen Verbindungen wiederherstellen, die durch Liliths Purgatorium getrennt worden sind.

„Die Überraschung", murmelt er und atmet lange aus, „ist dir gelungen, Muttergöttin. Ich hätte nicht erwartet, dass sich unsere Wege eines Tages erneut kreuzen würden."

„James", erwidert sie. „Schön, dich wiederzusehen."

„James?" Sam schaut seinen Bruder von der Seite an, seine Augen werden glasig. „Erinnerst du dich wieder?"

„Erinnern, mein guter Samuel", er lacht laut los, „das wäre eine Untertreibung. Ich habe all das, was mir die Dämonin geraubt hat, zurückerlangt. Und das nur dank unserer gemeinsamen Obergöttin. Trotzdem benötige ich einen kurzen Augenblick, um mich zu sortieren. Ich habe eine wichtige Botschaft dabei."

Die anderen gucken unglaubwürdig in die Runde.

„Kira", sagt er. „Tritt zu mir. Ich habe dir doch recht frohe Kunde weiterzugeben. Schicksal ist nicht mehr. Mein Bruder –"

„James", unterbricht sie. „Es freut mich sehr, dich ein zweites Mal kennenzulernen, aber das weiß ich schon."

„Nun", er lächelt, „wenn du mir den Moment erlaubst und ich weitersprechen kann, verrate ich dir, worauf ich hinausmöchte."

„Oh", erwidert sie und nickt verhalten.

„Mein Bruder konnte dir bis hierhin leider auch gar nicht sagen, warum du so ein pivotaler Teil warst. Piff paff, Schicksalsgesetze. Aber erlaube es mir. Du bist –" Er räuspert sich und legt Kira eine Hand auf die Schulter. Als wäre es eine Zeremonie, bei der sie zu einer Ritterin geschlagen wird. Die anderen reißen die Augen weit auf. „Du bist die wahre Unsterbliche!"

XXXIII

DIE WAHRE UNSTERBLICHE

„Das ist ja jetzt keine News", sagt Natascha. „Viel wichtiger wäre zu wissen, was heißt das denn überhaupt?"

„Nun", setzt James an, hält aber inne und nimmt sein Notizbuch an sich. „Ich habe damals ein paar wenige Einträge dazu verfasst, weil ich selbst nicht ganz sicher war. Wenn ich aber recht habe – und Sam kann bestätigen, dass das meistens der Fall ist – bedeutet das, dass die Schicksalsgesetze für Kira nie galten –"

„Was hat das denn mit der Unsterblichkeit zu tun?", hakt Jen nach und kratzt sich am Kopf.

„Ihr scheint alle die Angewohnheit zu haben, andere nicht ausreden zu lassen", erwidert er, lächelt aber dabei. „Kira gehört einer uralten Blutlinie an. Es war also gar kein Zufall, dass Joker – Ren – auf sie getroffen ist. Zwar vermag sein Auftrag gewesen zu sein, sich mit ihm hier", er zeigt auf den ohnmächtigen Ben, ohne ihn eines Blickes zu würdigen, „zu verbünden, aber Lady Anne wird mit Sicherheit gewusst

haben, zu wem ihr bester Krieger entsandt wurde."

„Habt ihr das gehört?", ruft Ren. „Ich bin der beste Krieger!"

„Und diese uralte Blutlinie wird durch einen ganz wichtigen Faktor, der unter keinen Umständen außer Acht gelassen werden darf, beeinflusst. Kira kann nicht sterben."

Die Jägerinnen und Jäger schrecken alle zusammen auf. Die Urgötter bleiben verständlicherweise ruhig. Die Informationen sind allesamt nicht Neues für sie – und doch durften sie nichts davon teilen.

„Du kannst nicht sterben?", fragt Jen und schaut ihre beste Freundin mit glasigen Augen an. „Wieso hast du mir das nie erzählt? Bist du schon tausende Jahre alt?"

„Was? Nein, ich –"

„Ich korrigiere mich", grätscht James dazwischen. „Sie kann durchaus auf natürliche und unnatürliche Weise zu Tode kommen. Doch sie bleibt niemals tot. Sie wird stets wiedergeboren, um ihren Auftrag zu erfüllen."

„Was ist mein Auftrag?", verlangt Kira zu erfahren und schaut den Jäger mit bitterernster Miene an.

„Die Tore der Hölle ein für alle Mal zu schließen."

„Das klingt ja alles sehr hochgestochen und fantasievoll", findet Jen, „aber das ist ja nur eine Theorie, die du –"

„Er hat recht", erwidert Renée. „All das, was James gerade sagte, ist wahr. Aufgrund der Schicksalsgesetze durften wir diese Information aber nicht mit euch teilen."

„Das hat Lissy auch schon vermutet", erwähnt Tali. „Dass es eine Auserwählte gibt, die gegen die Dämonen und die Mächte der Finsternis kämpft. In jeder Generation soll es eine geben, doch –"

„Dann gibt es aber immer dieselbe in jeder Generation?", fragt Natascha. „Habe ich das richtig verstanden?"

Mona schaut hinter ihrem Zauberbuch hervor. „Japp, genau."

„Habt ihr schon was gefunden?", erkundigt sich Ellie, die keine Sekunde länger hierbleiben möchte. Sie beschleicht ein ungutes Gefühl, teilt diesen Gedanken aber nicht, weil sie nicht paranoid wirken oder den Moment kaputt machen möchte.

„Wir sind dran", antwortet Peter. „Ist aber alles schwerer als gedacht. Selbst dieses gigantische Zauberbuch hat keinen Notfallspruch, wenn man in der Unterstadt gefangen ist."

„Komischerweise nur einen, wenn man auf Plorgaton V feststeckt", flüstert Mona und zuckt mit den Schultern.

„Was ist mit meinen Eltern?", fragt Kira aus heiterem Himmel und schaut Renée mit glasigen Augen an. „Ist das alles eine Lüge?"

Die Dimensionsherrscherin weiß nicht, wie sie die Frage beantworten soll.

„Mein Kind." Freya legt die Hände sanft auf Kiras Schultern. „All das, was du erlebst und erfährst, ist keine Lüge. Es ist die Summe dessen, was dich zu dem hat werden lassen, was du hier und jetzt bist. Du magst zwar die wahre Unsterbliche sein, aber deswegen bist du nicht weniger ein Mensch. Du sammelst deine Erfahrungen, findest deine Freunde, verliebst dich und erlebst die Welt so individuell wie alle anderen auch. Du hast nur das Glück – oder eben das Pech –, dass du ewig wiedergeboren wirst. Wenn du stirbst, wechselt deine Seele in den nächsten Körper. Aber weißt du, was das Schöne daran ist?"

Kira guckt die Muttergöttin grimmig an – sie hasst rhetorische Fragen.

„Das Schöne ist, dass eure Seelen niemals verloren gehen. Ihr kommt alle an Orte, die ihr einst in euren Träumen gesehen habt. Bei dir, Kira, ist dieser Ort nur eben stets deine Welt, damit du sie vor den Mächten der Finsternis beschützen kannst. Zumindest solange die Tore der Hölle geöffnet sind."

„Wie lange existiere ich schon?"

„Die Frage übernehme ich", sagt Ren. „Das weiß niemand!"

Renée rollt mit den Augen und schubst ihn zur Seite. „Wir können nur mutmaßen. In dieser Iteration bist du Kira. Vorher hießt du anders. Sahst anders aus. Warst eventuell nicht mal in einem Frauenkörper. Somit hattest du auch einen anderen Urgott – oder eine Urgöttin – an deiner Seite. Wir suchen dich stets, wenn du ... nicht mehr da bist. Es dauert ein paar Menschenjahre. Doch da wir – wie schon tausendmal erwähnt – den Schicksalsgesetzen unterliegen, dürfen wir es dir weder erzählen noch dürfen dein vorheriger Partner oder deine Partnerin darüber reden. Im Regelfall sorgt Lady Anne dafür, dass wir damit auch nicht in Berührung kommen. Keiner von uns war bisher Teil einer Mission mit dir!"

„Was war mit Ben?" Kira spult eine Frage nach der anderen ab. Sie steht unter Schock, möchte aber so viele Antworten wie möglich bekommen.

„Lady Anne war die Einzige, die wusste, wer du wirklich bist. Ben war die Ablenkung, die Ren benötigte, um die Sieben zusammenzurufen."

„Als bester Krieger war ich natürlich eingeweiht." Ren hält sich stolz den Kragen mit beiden Händen fest.

„War er nicht." Freya seufzt.

„Ist er nie", ruft Mona von hinten rein. „Weil er zu viel Mumpitz im Kopf hat."

Ren ruft laut „Pah!" und setzt sich auf den ohnmächtigen Ben, was niemanden zu interessieren scheint.

„Was jedoch niemand ahnen konnte", fährt Freya fort, „ist, dass Ben mit dem Dämonenkönig unter der sprichwörtlichen Decke steckte. Schicksal setzt stets einiges daran, dass du nicht von uns wiedergefunden wirst. Er profitiert am meisten davon, dass die Hölle offen bleibt. Wird sie geschlossen, hätte er keinen Einfluss mehr auf eure Welt."

„Es ist also zu deinem eigenen Schutz", fügt James an, „dass dir niemand etwas von deiner wahren Bestimmung erzählt. Zumindest nicht, solange du nicht vorbereitet bist auf das, was passieren könnte."

„Aber wir haben es geschafft? Ist Schicksal nicht tot? Können wir die Tore der Hölle nicht schließen?" Kira fühlt sich wie eine Fragenmaschine. Immer mehr schwirren ihr im Kopf rum, doch sie versucht, beim Wesentlichen zu bleiben.

„Erst einmal müssen wir hier wieder rauskommen", antwortet Peter, der sich zur Gruppe gesellt hat. „Aber Mona und ich haben etwas gefunden."

„Spuckt es schon aus", verlangt Natascha, die ungeduldig wird. Sie reibt ihre Säbel mit einem metallenen Klang aneinander.

„Dass die Tore der Hölle keine physischen Objekte sind."

Freya wandert ein paar Schritte nach vorne, den Kopf in den Nacken geworfen, stoisch ans Firmament schauend.

„Das dachte ich mir auch schon", sagt sie. „Sind sie viel eher die Kulmination aus allem, was die Hölle ausmacht?"

„Ja und nein", erwidert Mona. „So genau können wir das nicht beantworten. Aber die Tore könnt ihr euch eher wie

eine Passage vorstellen. Etwas, durch das die Dämonen und Seelen durchwandern müssen."

„Also wie ein Portal?", fragt Renée.

„Auch negativ", entgegnet die Zauberin. „Aber ich glaube, wir sind der Lösung so nahe wie noch nie. Und viel mehr glaube ich, dass unser schlafender Antiheld", sie zeigt auf Ben, „die Antwort wissen könnte."

„Wieso denn gerade er?" Ellie versucht, den Abscheu in ihrer Stimme zu verbergen.

„Er war mit Astaroth verbunden", erklärt Peter. „Dadurch kann es sein, dass er das eine oder andere mitbekommen hat."

„Ren", zischt Renée, die erst jetzt bemerkt, dass sich der Urgott auf den Verräter gesetzt hat. Mit einer hektischen Handbewegung bittet sie ihn aufzustehen.

„Ich dachte", Ren verschränkt die Arme, „wir brauchen ihn nicht mehr."

Die anderen seufzen und ignorieren seine Aussage.

„Wie bekommen wir ihn wach?", fragt Natascha und lässt die angeraute Handfläche aufblitzen.

„Nicht mit Gewalt", erwidert Kira.

„Uns bleibt nichts anderes übrig", Freya seufzt, „als zu warten."

„Wartet", sagt Ren und beugt sich auf Bens Ohrhöhe herab. Da das nicht funktioniert, legt er sich einfach neben ihn hin.

„FEUER", brüllt er mit voller Lautstärke in Bens Ohr, doch dieser regt sich nicht.

„GRATIS ESSEN!" Wieder nichts.

„DU HAST IM LOTTO GEWONNEN!" Auch keine Antwort.

„Was ist Lotto?", fragt Mona und schaut hinter ihrem Zauberbuch hervor.

„Da kann man Geld gewinnen", antwortet Peter und blättert ebenso weiter.

„Was ist Geld?" Sie kratzt sich am Kopf.

Peter lacht nur und stößt mit der Schulter sanft gegen ihre.

„DICKE TI-"

„REN!", grätscht Renée dazwischen. „Ganz offensichtlich funktioniert deine Idee nicht."

Ren steht auf, wischt sich den Staub von den Klamotten und nimmt Ben wie ein Baby hoch.

„Tu es nicht", sagt Renée, bereit, ihm eine zu scheuern. „Ich warne dich!"

Ren schaut zu ihr wie ein Kind, das seine Mutter herausfordert. Er grinst und schüttelt den ohnmächtigen Verräter. Wie eine Piñata, aus der hoffentlich ganz viele Süßigkeiten rauspurzeln.

Kira zieht eine Augenbraue hoch, Tali dreht den Kopf fragend zur Seite, sodass ihre Brille nach vorne rutscht, und Jen und der Rest rollen mit den Augen.

„Schluss damit!", schimpft Freya und entreißt ihm Ben – wie eine Puppe. Sie legt ihn vorsichtig zurück auf den Boden.

„Wie schon erwähnt, müssen wir warten, bis er aufwacht. Er hat eine schreckliche Tortur hinter sich. Gefangen im Körper des Dämonenkönigs, mit dem er sich allem Anschein nach sogar ein Gedächtnis geteilt hat. Wenn wir Antworten haben möchten, müssen wir abwarten und Ruhe bewahren."

„Ich weiß nicht", wirft Lissy ein, „wie viel Zeit wir haben."

„Zeit ist das Einzige", antwortet Renée, „von dem wir nichts mehr übrighaben."

„Dann macht es doch auch keinen Unterschied mehr?", erwidert Tali und rückt ihre Brille zurecht. „Wenn die Deadline eh abgelaufen ist."

Die anderen können ihrer *Logik* nicht widersprechen.

„Was ist eigentlich mit Astaroth passiert?", fragt Jen. „Irgendwie musst du Ben doch wiederbekommen haben?"

„Der Kampf gegen ihn war überraschend einfach. Ich war erst unsicher, ob er es überhaupt war. Aber Ben ist der Beweis." Kira schaut nachdenklich zu Boden. Irgendwas fühlt sich komisch an. „Ob ich ihn damit wirklich umgebracht habe, weiß ich aber nicht. Er hat sich schon einmal regeneriert."

„Ob du es glaubst oder nicht", antwortet Ren. „Er ist mittlerweile unsere kleinste Sorge."

Sie stimmt nickend zu.

„Ich befürchte nur", sagt Jen, „dass das Schließen der Höllentore bedeutet, alles und jeden hier um die Ecke zu bringen. Das wäre sehr viel Arbeit."

XXXIV

DIE TORE DER HÖLLE

s dauert eine ganze Zeit, bis Ben wieder zu sich kam. Die Jägerinnen und Jäger nutzten die Gelegenheit allesamt unterschiedlich. Natascha zog sich zurück und legte sich in einer der Ruinen hin, um sich auszuruhen. Kira und Jen quatschten über all das, was sie machen möchten, sobald sie diesen höllischen Ort endlich verlassen hatten. Sam und James kontrollierten ihr Büchlein. Mittlerweile war es dick und schwer geworden.

„Bemerkenswert", sagt James. „Du hast ja mehr als das Doppelte an Seiten dazu geschrieben."

„Allen voran wollte ich festhalten", Sam schaut sich unauffällig um, „was uns allen passiert ist."

„Das wird eines Tages jemandem sehr helfen", erwidert er und lacht. „Oder sehr glücklich machen."

„Was flüstert ihr da?", fragt Ellie.

„Nichts, was deine Aufmerksamkeit benötigen würde", erwidert James. „Wir reden über unser Notizbuch und wie viel mittlerweile drinsteht."

„Ah", erwidert Ellie und merkt, wie recht er hat. Das klingt doch eher langweilig.

„Was ist ..." Tali springt auf. „Was ist, wenn er gar nicht mehr aufwacht? Haben wir einen Plan B?"

„Er wird aufwachen", erklärt Renée. „Er atmet noch. Er muss stark geschwächt sein."

„Muss er denn überhaupt wieder aufwachen?", fragt Lissy und grinst.

„Das ist aber schon sehr düster", findet Ren. „Also, klar, er hat uns alle verraten, Kira beinahe das Leben gekostet und mich auch einmal umgebracht", er stockt und schaut ihn mit Abscheu an. „Muss er überhaupt wieder aufwachen?"

Renée rollt mit den Augen. „Wir haben keinen Plan B. Wir müssen darauf vertrauen, dass Astaroth mehr mit ihm geteilt hat als nötig. Ich –"

„Wo bin ich?" Eine leise Stimme ist zu hören. Ben hat sich mit angewinkelten Beinen hingesetzt, stützt die Arme auf die Knie und lässt den Kopf hängen.

„In der Unterstadt", antwortet Kira ohne Emotionen in der Stimme. „Wir brauchen deine Hilfe."

Weder antwortet er, noch schaut er auf.

„Was sind die Tore der Hölle?"

Er zeigt nach oben.

„Über uns?", fragt Tali und schaut verdutzt hoch.

„Das alles hier", flüstert er. „Die Unterstadt. Durch sie kommen die Dämonen auf die Erde."

„Hat Astaroth dir das verraten?", fragt Jen.

„Ich konnte ihn spüren. Seine Gedanken. Sein Wissen. Ich wusste alles von ihm. Und er von mir."

Ben schluchzt leise.

„Sorry", führt Jen fort, „mein Mitleid hält sich doch sehr stark in Grenzen."

Aus heiterem Himmel bricht eine Lavafontäne aus dem Boden hervor. Unweit vor ihnen.

„Ich glaube", sagt Freya, „irgendwem gefällt nicht, dass Ben die Geheimnisse ausplaudert. Der Dämonenkönig lebt noch."

„Astaroth hat mich belogen und manipuliert." Ben schluchzt lauter. „Ich wollte das alles nicht. Und natürlich habe ich etwas für dich empfunden. Aber ich hatte Angst und ich wollte … ich wollte …"

Eine ganze Armee an Dämonen steigt nach und nach aus der Fontäne heraus.

„Macht", erwidert Jen und schnalzt mit der Zunge. „Du wolltest sie ausnutzen, um Macht zu erlangen. Du wusstest, wer sie wirklich ist, und hast alles darangesetzt, sie in diese Falle zu locken. In den Unfall zu verwickeln. Ohne mit der Wimper zu zucken."

Mit gezückten Waffen kommen die dämonischen Gegner langsam näher.

„Zu diesem Zeitpunkt hat Astaroth mir täglich ins Ohr geflüstert. Er war in meinem Kopf. Hat mir gesagt, wenn ich ihm nicht helfe, wird er die Hölle auf Erden ausbrechen lassen. Was hätte ich tun sollen? ICH HATTE KEINE WAHL!"

„Man hat immer eine Wahl", widerspricht Ellie und stellt sich neben Jen. „Du hast die Wahl getroffen, ein Feigling zu sein und dich falschen Versprechen hinzugeben, nur um einen angeblichen Kreislauf zu brechen, von dem du nicht mal ein Teil warst. Du warst nie der Unsterbliche, du warst nur ein Laufbursche. Du bist ja nicht mal ein Auserwählter."

Jen schaut ihre Freundin mit großen Augen von der Seite an. So krasse und einschneidende Worte kennt sie von Ellie gar nicht. Aber wer weiß, was während ihrer Abwesenheit alles passiert ist.

Die Jägerinnen und Jäger scheinen vollständig unbeeindruckt von der nahenden Dämonenarmee zu sein.

„Es tut mir so leid." Ben weint und schlägt wiederholt die Fäuste auf den Boden, bis er vor Schmerz nicht mehr kann. „Es tut mir so leid, Kira ..."

Die Dämonen lecken sich die spitzen Zähne. Sie riechen die Verzweiflung. Das Blut. Sie sind gekommen, um ihren Tribut zu holen. Den Verräter, der das ihrem Meister gegebene Wort gebrochen hat. Mehr möchten sie nicht.

„Flieht", sagt Ben und versucht zu schreien, doch die Worte bleiben ihm im Hals stecken. „Sie sind nur wegen mir hier. FLIEHT!"

Kira schaut ihn weiterhin emotionslos an. Sie empfindet keine Liebe mehr. Keine Anziehung. Nicht einmal Mitleid. Aber sie spürt etwas anderes.

„Ich hab das verdient", schluchzt er und kratzt mit den Fingernägeln über den Boden, bis sie blutig werden. „All das, was jetzt passiert, habe ich verdient."

Die anderen schauen weg, wissen nicht, wie sie reagieren sollen. Sie werden auf Kira hören – ganz egal, wie sie sich entscheidet.

„Sollten wir nicht lieber eingreifen?", flüstert Ellie der Muttergöttin zu.

„Manche Herausforderungen müssen wir ganz für uns allein meistern. Und am Ende mit unserer Entscheidung leben."

„Holt mich", brüllt Ben den Dämonen entgegen, die langsamen Schrittes auf den Verräter zugehen.

„Willst du dir das Schauspiel geben?", fragt Natascha. Doch Kira antwortet nicht. Sie steht weiterhin ein paar Meter vor Ben entfernt – den Blick stur auf ihn gerichtet. Sie

umklammert Dante mit der rechten Hand. „Willst du es selbst zu Ende bringen?"

„Kira", flüstert Ren, „das ist nicht deine Bürde. Lass die Dämonen –"

„Bitte", schluchzt Ben mit einem Mal. „Bitte hilf mir, Kira."

Ihr Blick wandert langsam zu ihm und begegnet dem seinen.

„Bitte, Kira. Ich will noch nicht sterben. Ich möchte all das wiedergutmachen, was ich getan habe."

Jen möchte am liebsten Einspruch erheben. Schließlich hat er dafür gesorgt, dass Kira ihr gesamtes Leben weggeworfen hat und beinahe draufgegangen wäre. *Außerdem ist da noch der ganze Schmerz, den er allen zugefügt hat,* denkt sie.

Doch die Jägerin sagt nichts. Es ist Kiras Entscheidung. Und damit hat Ben seine Antwort.

Die Dämonen kommen näher und näher. Sie fletschen die Zähne, schwingen die Waffen.

Mit zielgerichtetem Blick setzt Kira langsam einen Schritt vor den nächsten und tritt näher an Ben heran. Ihr Ausdruck ändert sich nicht, ihre Mundwinkel bleiben starr. Ren überlegt einzugreifen, er würde nicht mit ansehen wollen, wie sein Schützling zu einer Mörderin wird. Egal, was Ben ihr angetan hat.

Sie kommt vor ihm zu stehen und rümpft die Nase. Die beiden schauen sich an. Ben mit verheulten, knallroten Augen, Kira ohne irgendeine Regung. Sie holt tief Luft und setzt mit Dante an. Langsam wandert das Schwert hinter ihren Rücken, bereit, mit voller Wucht und ohne Reue zuzuschlagen. Die Jägerinnen und Jäger atmen tief ein, und die Urgötter sind bereit, das Schauspiel zu unterbrechen. Doch Freya gibt ihnen zu verstehen innezuhalten – sie müssen ihrer Anführerin vertrauen.

„Kira …", wimmert Ben und schaut hilflos auf den Boden.

Die Jägerin holt aus, der Wind wird von der Klinge des Schwertes durchschnitten, und es fliegt los. Wie in Zeitlupe folgen die Augen aller Anwesenden der lospreschenden Klinge. Mit voller Wucht fliegt sie in den größten Dämonen, der an vorderster Front steht. Es durchbohrt ihn problemlos, und eine riesige Blutfontäne spritzt über seine teuflischen Kollegen.

„Natürlich", flüstert Kira und holt tief Luft, um zu brüllen: „NATÜRLICH HELFE ICH DIR!"

Ben heult los und wimmert wiederholt „danke". Ren fängt laut an zu lachen. Renée schüttelt den Kopf und seufzt tief – wie konnte sie nur an Kira zweifeln? Der Rest befreit sich aus der Schockstarre, und binnen kürzester Zeit reihen sie sich neben ihrer Anführerin auf. Die Waffen im Anschlag, die Entschlossenheit so hoch wie noch nie.

„Was meint ihr?", fragt Kira. „Ein letztes Mal?"

„Schließen wir endlich diese verdammten Tore", erwidert Natascha. „Ich habe die Schnauze voll von der Hölle, Dämonen und nicht zu duschen."

„Riecht man." Ren klopft ihr auf die Schulter.

Zum ersten Mal zischt sie ihn nicht an oder schaut böse. Sondern lächelt.

„Lächelst du etwa?", fragt Peter.

„Steht dir gut", erwidert Sam. „Und das meine ich ganz unsexistisch!"

Natascha nickt nur und zwinkert ihm comichaft zu.

„Was machst du danach?", fragt Ellie und schaut Jen an.

„Ich hoffe, wir können endlich unseren Kaffee trinken gehen und uns näher kennenlernen?"

„Das hoffe ich auch!"

„Es kommt mir vor, als wäre es erst gestern gewesen, als du mich aus Asgard zurück ins Land der Lebenden geholt hast, Renée."

„Weißt du, Freya." Sie legt der Muttergöttin eine Hand auf die Schulter und bemerkt, wie viel größer sie ist. „Ich wusste immer, dass du uns helfen würdest."

„Wuff wuff."

„Wiff wiff."

Die beiden Fenrirs haben sich zu ihren Jägern gestellt. Seite an Seite.

„Jetzt haben wir zwei davon", sagt James.

„Ich bin froh", erwidert Sam, und seine Augen werden glasig, „dass unsere Familie wieder wächst."

„Darf ich …" Tali hält inne. „Darf ich auch mit zurückkommen?"

„Du bist jetzt ein Teil von uns", antwortet Kira. „Eine Jägerin. Und egal, was passiert – und ich hoffe, wir schließen diese verdammten Tore –, wir werden immer Jägerinnen bleiben."

„Ich weiß nicht, was mich erwartet, wenn ich heimkehre", fügt sie an.

„Keine Sorge", sagt die Anführerin und stellt sich gerade hin. „Du hast immer einen Platz bei mir."

Tali nickt und wischt sich unbemerkt eine Träne aus dem Gesicht.

Sie zücken ihre Waffen, holen mit aller Kraft aus und laufen los. Sieben Jägerinnen und Jäger preschen in Richtung ihrer dämonischen Gegner, die nicht anders können, als ein Gefühl zu verspüren, das sie bisher nicht kannten: blanke Angst.

Kira springt auf den eben getöteten Dämon, zieht mit einem gewaltigen Ruck ihr Schwert aus dem Widersacher heraus und schwingt um sich. Jen lässt sich nicht lange bitten und schießt mit Feuerkugeln in alle Richtungen. Tali nutzt ihren Drachenzahn und haut einen Dämon nach dem anderen platt. Sam und James teilen sich jeweils die Krallen Fenrirs und schlagen mit aller Macht zu – ein Boxkampf, wie es ihn kein zweites Mal geben wird. Natascha rasselt mit den Säbeln, und ein Gegner nach dem anderen verliert den Kopf. Ellie sucht sich hochgelegene Punkte und lässt Pfeile von oben herabsausen – in einer Geschwindigkeit, bei der das bloße Auge nicht mitkommt. Peter murmelt in Windeseile Zauber, und ein teuflischer Gegner nach dem anderen zerfällt zu Staub.

Und die Urgötter? Die stehen hinten und schauen ihren Schützlingen mit stolzer Miene zu. Natürlich könnten sie mitkämpfen und eingreifen. Aber das müssen sie nicht.

„Ist das ihr Ernst?", fragt Ren. „Die können auf einmal so kämpfen, nur weil sie nach Hause wollen?"

„Es ist viel mehr als das", erwidert Renée. „Sie haben etwas zu beschützen."

„Ihre Welt", sagt Kali.

„Sie beschützen ihre Familien", fügt Freya an. „Ihre Freunde. Sich selbst. Und vor allen Dingen beschützen sie einander."

„Und uns", ergänzt Mona, die sich auf einen kleinen Vorsprung gesetzt hat und die Füße baumeln lässt. „Sie beschützen uns. Auch wenn das eigentlich gar nicht nötig wäre, aber wir sind Teil ihrer Familie geworden."

„Sag mal, Mona." Ren wandert zu ihr herüber. „Woher kommt auf einmal diese geistige Reife?"

„Nur weil ich süß bin, heißt das nicht, dass ich nicht auch clever sein kann!" Sie streckt ihm spielerisch die Zunge heraus.

„Ich weiß ja nicht", fügt Lissy an und brummt. „Es sind am Ende immer noch Menschen. Noch haben sie nicht gewonnen."

„Glaubst du nicht an Tali?", fragt Freya.

Sie guckt die anderen nicht an.

„Schauen wir mal."

Die Dämonen fallen wie Dominosteine um, und nach kurzer Zeit ist klar, dass Kira, Jen, Ellie, Natascha, Sam, James, Peter und Tali deutlich überlegene Gegner sind, gegen die sie keine Chance haben.

„Ernsthaft?", fragt Ren und spaziert zusammen mit den anderen Urgöttern langsam zu ihren Schützlingen. „Fliehen die dämonischen Lackaffen gerade?"

Tatsächlich tun sie genau das. Sie haben die Beine in die Hand genommen und reißen in alle Himmelsrichtungen aus, denn sie wissen, diesen Kampf werden sie nicht gewinnen. Vor ihnen stehen die Schlächter Schicksals, die allesamt keine Probleme mit seinen Untertanen haben.

„Das war einfach", sagt Natascha und spuckt demonstrativ auf den Boden. „Dämonischer Abschaum."

„Sexy", murmelt Peter und dreht sich weg.

„Was jetzt?", fragt Kira und schaut Ren an.

„Woher soll ich das wissen?"

„Die Tore der Hölle sind, wie Peter und Mona schon sagten, keine echten, physischen Tore", antwortet Freya. „Ben sagte, wir stehen mitten in ihnen drin. Vielleicht ist die Unterstadt –"

„Die doch schon zerfallen ist?", hakt Ellie ein.

„Aber sie existiert noch. Nach dem, was Ben sagte, gehe ich davon aus, dass wir nicht aufhören dürfen, bis sie komplett ausradiert ist. Dass sie nicht wieder aufgebaut werden kann."

„Klingt erst mal relativ einfach", findet James. „Doch dafür müssen wir die Architekten ausfindig machen und um die Ecke bringen. Sie halten diese Unterstadt am Laufen. Ihren General haben wir schon ins Jenseits befördert, jetzt sind seine rechten Hände dran."

„Aber wie stellen wir das an?", fragt Sam. „Das älteste Zimmer liegt irgendwo weit hinter uns. Das rote Telefon ist womöglich zerstört."

„Ich weiß es." Kira klatscht einmal in die Hände und zeigt auf Lissy. „Als ich mit den Architekten geredet habe, sprachen sie von der untersten Sphäre. Die sind wir suchen gegangen, und dann kam natürlich alles wie immer anders. Und du, Lissy", sie schaut die Urgöttin an, „wusstest doch, was sie meinten?"

„Ich hatte gehofft – um euretwillen –, dass es nicht noch einmal zur Sprache kommt. Ich bezweifle, dass ihr dort findet, was ihr sucht. Aber sie liegt unter uns."

„Unter uns?", wiederholt Renée.

„Ja", bestätigt sie. „Einfach direkt unter uns. Physisch."

Kira versteht. Sie zögert nicht, sondern hält Dante in die Luft. Das Schwert lädt sich mit einer unsagbaren Energie auf. Es glüht rot und sieht aus, als wäre es von einem kleinen Tornado umhüllt.

„Wiff."

„Keine Sorge, Minirir. Wir schaffen das."

Kira geht in die Knie, setzt an, springt einige Meter in die Lüfte und richtet Dante nach unten. Mit einem Affenzahn

fliegt sie zusammen mit ihrem Schwert los und durchbricht die Asphaltschicht, die Erde darunter und kommt kurze Zeit später mit einem lauten Knall auf dem Boden auf.

„Kommt", ruft sie voller Inbrunst nach oben. „Wir sind da."

Die anderen Jägerinnen und Jäger schauen verdutzt hinterher. Kira hat ein riesiges Loch in den Asphalt gesprengt und ist mit Sicherheit eine Berliner Hochhaushöhe nach unten gesprungen.

„Na gut." Natascha zuckt mit den Schultern und springt. Kali ahmt es ihr nach. Der Rest zögert einen Augenblick – insbesondere Peter –, aber dann springen sie doch rein und achten darauf, nicht aufeinander zu landen.

„Vergiss den ohnmächtigen Verräter nicht", sagt Renée zu Ren und springt. Der zuckt nur mit den Schultern und kann es nicht fassen, dass Ben abermals das Bewusstsein verloren hat. Er wirft ihn sich über die Schulter und springt hinterher.

Jen ist die Erste, die aufschaut und das riesige Konstrukt bemerkt, das etwas weiter vor ihnen liegt.

„Das ist die Sphäre?"

„Davon gehe ich aus", sagt Kira.

„Das ist die Sphäre!", antwortet Lissy. „Sie enthält nichts außer den drei Architekten. Ich hoffe, du behältst recht, Kira."

„Warum?"

„Solltest du unrecht haben, werden wir in eine Falle laufen. Und es wäre schade, wenn du dein Versprechen Tali gegenüber brichst."

„Sam hat allein Schicksal kaltgemacht. Wieso sollten die Architekten ein Problem darstellen?"

Die anderen hören gebannt zu. Ellie erinnert die Konversation an eine mit ihrer Mutter, die stets etwas im Schilde

führte und nicht einmal davor Halt machte, ihre Kinder zu manipulieren.

„Die Architekten sind unfassbar mächtig und könnten die Unterstadt in Windeseile wiederaufbauen."

„Sie haben mir gesagt, dass sie mich zur Imperatorin machen werden. Genauso kann ich meine Macht nutzen und die Tore schließen."

„Wenn sie nur einen Hauch deiner Absicht mitbekommen, dass du sie umbringen willst, ist es vorbei."

Kira nickt Lissy zu. Sie versteht ihren Einwand, mag ihre passiv-aggressive Art jedoch nicht.

„Kira schafft das." Tali legt einen Arm um ihre neugewonnene Freundin. „Da bin ich mir ganz sicher."

Die anderen Jägerinnen und Jäger stimmen nickend zu. Sie ziehen los, denn auch wenn sie die Sphäre bereits sehen – ein kugelrundes Objekt, das viel zu grell leuchtet und einer Murmel gleichkommt –, scheint es einen erheblichen Fußmarsch zu bedeuten. Freya bleibt einen Moment zurück. Sie hat die Bauchschmerzen ihres Schützlings bemerkt und teilt ihre Sorge.

XXXV

DIE UNTERSTE SPHÄRE UND DER HÖCHSTE VERRAT

er Weg zur untersten Sphäre gestaltet sich ereignislos. Keine Dämonen, keine Hindernisse, nur schweigende Jägerinnen und Jäger, die vor sich hintrotten. Auch wenn sie in der Unterstadt keinerlei ihrer irdischen Bedürfnisse verspüren, hätten sie alle gerne ein leckeres Essen und ein warmes Bettchen. Die letzten Tage sitzen sehr tief in den Knochen. Und bis auf die beiden Jägerbrüder ist sich niemand sicher, ob sie für dieses Leben gemacht sind. Besonders Jen wünscht sich insgeheim ihr altes Leben zurück. Selbst wenn das hieße, dass Renée nicht mehr da wäre. Ellie kann diesen Gedanken nicht teilen. Sie weiß, dass sie Teil von etwas Besonderem ist. Und ohne die Muttergöttin möchte sie nie wieder sein. Im selben Atemzug denkt sie, dass sie nie wieder ohne Jen sein möchte. Aber den Gedanken behält sie noch für sich. Sollten sie hier aber alle lebend rauskommen, wird es das Erste sein, was sie

ihr sagt – zumindest in abgeschwächter Variante, denn sie hat Sorge, dass Jen sie für verrückt erklärt.

„Was ist eigentlich der Plan?", fragt Sam. „Also, die Architekten töten – check. Aber wie kommen wir überhaupt an sie ran? Nur weil du mit ihnen telefoniert hast, seid ihr ja jetzt nicht beste Freunde, oder?"

Doch bevor Kira überhaupt antworten kann, grätscht James dazwischen. „Die Architekten verfolgen eigene Ziele. Mit hoher Wahrscheinlichkeit haben sie Kira etwas versprochen, oder?"

Sie nickt, ist aber zu überrascht, um etwas zu sagen.

„Dachte ich mir. Ihr Name ist irreführend. Sie sind Agenten des Chaos. Es würde mich nicht wundern, wenn sie problemlos ihren eigenen Meister hintergehen, weil sie eine eigene Vorstellung von dem haben, was passieren soll. Nimm dich in Acht, Kira."

Er schaut sie durchdringend an. Sie nickt abermals.

„Jedes ihrer Worte bringt Gewichtigkeit mit sich. Sie führen etwas im Schilde, und wir sollten aufpassen, dass wir unsere Eier nicht in den falschen Korb legen."

„Das ist ja jetzt keine News", erwidert Natascha. „Drei Dödel, die die Hölle erschaffen haben, verfolgen nicht gerade die besten Absichten. Ich bin schockiert!"

„So meine ich das nicht", entgegnet der Jäger. „Es geht mir vielmehr darum, dass sie problemlos Kiras Wunsch erfüllen werden, dafür aber ihren Tribut verlangen. Und was dieser Tribut ist, davor müssen wir uns alle in Acht nehmen."

„Was ist, wenn sie uns im Gegenzug alle umbringen möchten?", fragt Tali und schaut auf den Boden. Ihre Brille gleitet auf ihrer Nase sanft nach vorne. „Wäre es uns das wert?"

„Ich würde ja sagen, wir stimmen ab", antwortet Kira.

Jens Hand schnellt in die Höhe.

„Aber das hier ist keine Demokratie."

Jen nimmt die Hand wieder runter und schaut ihre beste Freundin mit Argwohn an. Sie weiß, dass irgendetwas in ihr kaputtgegangen ist, das nur mit sehr viel Zeit und Verständnis wieder repariert werden kann.

„Die ist ja viel kleiner, als ich dachte!", ruft Ellie. Sie sind an der untersten Sphäre angekommen. Von Weitem sah sie wie ein riesiges, kugelrundes Gebäude aus. Aus der Nähe wirkt sie wie ein kleiner Wohnkomplex.

„Das Problem kenne ich", sagt Peter und versucht, sich ein High five einzuholen. Als keiner hinschaut, wird er von Ren erlöst.

„Treten wir einfach ein?", fragt Mona, die auf dem Weg hierhin nach Zaubern gesucht hat, die sie zur Not aus der Gefahrenzone teleportieren.

„Wir haben keine andere Wahl", erklärt Lissy und gibt Kira einen leichten Schubs. Die Jägerin nimmt die unfreundliche Geste durchaus wahr, ignoriert sie aber. Sie tritt als Erste ein, und die anderen folgen ihr mit gemischten Gefühlen. Selbst die Urgötter sind sich uneinig, wie clever es ist, vor die Wesen zu treten, die mit wenigen Handgriffen die Hölle neu aufbauen oder für immer schließen können.

„Es gibt keine andere Wahl", wiederholt Freya Lissys Worte, und die anderen Götter stimmen ihr zu. „Dieser Moment war vorherbestimmt."

Sie stehen zusammen in einem großen Raum, der einem OP-Saal gleicht. Es sieht steril, desinfiziert und grellweiß aus. In der Mitte thront ein Altar. Vier exorbitant große, weiße Säulen stemmen die Sphäre. Den Boden zieren schwarze Schlängelmuster.

„Irgendwo habe ich die schon mal gesehen", denkt James laut. Er kommt nicht drauf. Erst später wird ihm bewusst werden, dass sie denen in Liliths Gesicht nicht unähnlich sehen.

„ℵΨłὠℨⱳ¡"

Drei Stimmen, die wie im Chor sprechen, ertönen und lassen die Anwesenden zusammenzucken. Drei Türen öffnen sich direkt auf der anderen Seite des Raumes hinter dem Altar. Braune, uralte Holztüren, die mit einem lauten Knarzen aufgehen.

Drei Wesen, kleiner als die Jägerinnen und Jäger, schleichen hindurch. Sie haben schwarze Roben an, die sie vollends verdecken. Rein äußerlich lässt sich nicht erahnen, ob es sich bei ihnen sich um Dämonen, Götter oder vielleicht nur Menschen handelt. Sie gleiten förmlich zum Altar in der Mitte. Ihre rechten Arme strecken sie komplett synchron nach vorne und zeigen anscheinend auf Kira – eine Hand oder auch nur ein Finger ist unter den Roben allerdings nicht zu sehen.

Sie versteht und nickt.

„Ich hoffe", Ren hält sie sanft an der Schulter fest, „du weißt, was du tust. Es gibt kein Zurück mehr."

„Vertrau mir", erwidert sie, und ihr Urgott nickt.

Sie tritt an den Altar heran, die anderen schauen gebannt zu. Ihre Gesichtsausdrücke könnten dabei unterschiedlicher nicht sein. Jen steht die Sorge einer Mutter ins Gesicht geschrieben. Tali ist kurz davor, sich auf die Fingernägel zu beißen. Sam und James gucken, als würden sie auf einen Unfall starren – und kritzeln dabei abwechselnd in ihrem Büchlein herum. Peter sagt leise immer wieder auf Rettung hoffend Zaubersprüche auf. Ellie hält die Hand der Muttergöttin fest, bereit einzugreifen, falls der Plan nach hinten

losgeht. Die Urgötter scheinen Kira zu vertrauen – bis auf Lissy, die ebenfalls wie Ellie so aussieht, als wäre sie jederzeit bereit einzugreifen.

„Ꜳnfœ Ƙȳηᴀ · Bηûӽ Ȿᶾlȳñœ ẃɑʃѵ · Ɛfιηĩɑ sᶈɬœ ·"

Kira nickt. Keiner der Anwesenden versteht, was vor sich geht. Bis auf Freya und Mona, die mit ihren Enochian-Kenntnissen halbwegs folgen können. Sie flüstern leise mit, um es den Jägerinnen und Jägern zu übersetzen. „Willkommen, Kira. Tochter von Bruce und Selina. Die wahre Unsterbliche. Reinkarniert zum … Zahlen verstehe ich leider nicht … Bist du bereit, deine Bestimmung anzunehmen? Bist du bereit, zur Imperatorin der Hölle zu werden? Was?"

Jen prescht vor und zieht Kira zu sich, die aus ihrem ständigen Nicken rausgerissen wird.

„Bist du bescheuert?", fragt Jen – natürlich rhetorisch.

„Was soll das?" Kira stößt ihre beste Freundin von sich weg, die sie mit glasigen Augen anschaut. „Wir hatten eine Abmachung. Du weißt, was passiert."

„Und dann bleibst du für immer in der Hölle? Was soll ich dann machen? Und die anderen?"

„Ihr werdet schon ohne mich überleben. Vertrau mir, das ist der beste Weg."

Jen dreht sich zu den anderen um und bittet sie mit ihrem Blick um Hilfe. Doch zu ihrer Überraschung scheinen die anderen okay damit zu sein.

Sie fühlt sich verloren und trottet zurück an ihren Platz.

Ren beugt sich zu ihr herunter und sagt, so leise er kann: „Sie weiß, was sie tut."

„Das sieht nicht so aus", zischt Jen zurück.

„Kira soll sich", übersetzt Freya weiter, „vor sie hinknien, damit sie ihr die Macht der Imperatorin übertragen können."

Jen schüttelt nur den Kopf, denn hier stimmt etwas ganz und gar nicht. Sie dachte, der Plan war es, die drei Dudes umzubringen und dadurch die Tore zu schließen. Wie sollen sie das bewerkstelligen, wenn Kira eine von ihnen wird?

„Und ich dachte", Lissy stellt sich aus heiterem Himmel vor Kira hin und setzt ein breites Lächeln auf, „du wolltest dein Versprechen meinem Schützling gegenüber einhalten."

„Das wollte ich doch gerade?"

Kira versteht nicht, was die Urgöttin möchte, und schiebt sie aus dem Weg. Sie kniet sich vor die Architekten hin und stimmt überein, zur neuen Imperatorin gewählt zu werden. Sie legen die Hände auf Kiras Kopf auf und beginnen, einen Schwur in Enochian aufzusagen. Ihre eigentliche Absicht scheinen sie immer noch nicht zu kennen.

Oder doch?

Es geht zu schnell. Wie der Unfall, den sie damals mit Ben hatte und der ihr Leben für immer verändern sollte. Sie hört einen lauten Schrei und das Zerbrechen einer Brille, die jemandem brutal vom Kopf gerissen wurde. Sie springt auf und dreht sich instinktiv um. Dante erscheint in ihrer rechten Hand. Sie sieht ihre Freunde, wie sie gleichzeitig zu ihren Waffen greifen und auf Tali zulaufen. Die Auserwählte versteht den Anblick im ersten Moment nicht. Etwas stimmt an diesem Bild nicht. Erst, als Tali Blut aushustet und ein weiteres Mal schreit, erkennt sie den Fehler, den ihr Gehirn erst nicht zusammengepuzzelt hat: Talis Drachenzahn ragt aus ihrem Bauch hervor. Ihre Eingeweide verteilen sich vor ihr auf dem Boden, und es dauert einen kurzen Augenblick, bis die Jägerin zusammenbricht. Sie gibt den Blick auf Lissy frei, die laut lacht. Jen wirft feurige Energiekugeln in ihre Richtung, und selbst Freyas Gesicht hat sich zu einem rachsüchtigen Ausdruck gewandelt. Mit dem Bogen bewaffnet sprintet sie auf Lissy zu. Doch für Kira läuft alles in Zeitlupe ab. Wie erstarrt blickt sie auf den Horrorfilm, der vor ihr abläuft und aus dem es kein Entkommen gibt. Sie blinzelt hektisch und hofft aufzuwachen. Haben die Architekten Lizzy einer Gehirnwäsche unterzogen? Vielleicht ist das alles nur eine Illusion – wie so oft schon. Lissy wird immer weiter bombardiert und von den Waffen der anderen regelrecht durchbohrt. Immer mehr Staub wirbelt auf, und bald kann Kira das Geschehen nicht länger beobachten.

Als sich die Wolke auflöst, sieht sie Lissys Leiche – oder das, was von ihr übrig geblieben ist. Ein Grinsen deutet sich in den Überresten an. James hat sich vor Tali hingekniet und ihren Kopf auf seine Beine gelegt. Auch wenn er sie eben erst kennengelernt hat, schaut er sie mit glasigen Augen an und kann nicht anders, als Tränen um sie zu vergießen.

„Warum?", fragt er leise und drückt sie fest an sich. „Wir waren unserem Ziel doch so nahe."

„Meine Freundin ..." Tali hustet Blut, und ihre letzten Gedanken sind bei der Frau, wegen der sie überhaupt in die Hölle hinabgestiegen ist. „Rettet sie!"

Kira dreht sich um und schaut zu den Architekten – doch die sind nirgendwo mehr zu sehen.

„Wie konnte ... Was ist ..." Sie schafft es nicht, einen klaren Gedanken zu fassen. Als würde sie wieder in dem Auto sitzen und in Ohnmacht fallen. Sie war zu selbstsicher. Sie ist ihrer Hybris zum Opfer gefallen, und erneut hat jemand anderes dafür mit dem Leben bezahlen müssen.

„Wieso hat sie das getan?", fragt Renée und schaut irritiert auf die Leiche der Urgöttin herab. „Wieso hat Lissy ihren Schützling hintergangen?"

„Zurück!" Freya zückt ihren Bogen erneut und richtet ihn auf den toten Körper. „Sie ist keine Urgöttin."

Sam erschreckt und schaut auf. Er weiß genau, was als Nächstes passiert. James spürt ihre Aura ebenfalls.

„Gut erkannt", sagt die „Leiche" und steht vor den Augen der Anwesenden auf. Keiner rührt sich. Lissy stellt sich hin und renkt erst ihren Kopf und dann ihren verschobenen Kiefer wieder ein. Die Schnittwunden, aufgerissene Hautfetzen und der gesamte Rest, der aus ihr rausquoll, heilt selbstständig und rückt zurück an Ort und Stelle.

„Endlich", sagt sie und streicht sich durch die Haare, die nach und nach rote Farbe annehmen. „Ich dachte schon, ich müsste noch viel länger in diesem komischen Körper ausharren. Urgöttin – dass ich nicht lache!"

Ein Drachendiadem erscheint auf ihrem Kopf. Hängende Totenkopfohrringe tauchen an ihren Ohrläppchen auf, und ihre Haut wandelt sich in ein dunkles Grau. Tiefe Furchen zeichnen sich auf ihrem Gesicht ab, und aus ihrer Rüstung entspringt ein langes schwarzes Kleid – welches mit Schuppen überzogen ist und ihre zweite Haut sein könnte. Sie wandert graziös in Kiras Richtung und dreht den Kopf leicht zur Seite.

„Na, Kira, überrascht?" Sie lacht laut auf.

Niemand – nicht einmal die Urgötter – bewegen sich. James findet als Erstes die Worte wieder, und mehr als ein Wort sagt er nicht. Einen Namen, den er nie wieder aussprechen wollte.

„Lilith."

XXXVI

DIE IMPERATORIN DER HÖLLE

as war ein wilder Ritt", sagt die Imperatorin der Hölle und stellt sich unbekümmert hinter den Altar, an dem vorher die Architekten standen. „Aber dachtest du wirklich, du könntest einfach so meine Krone klauen?"

Lilith nimmt ihr Diadem vom Kopf, und ihre langen Haare fallen ihr ins Gesicht, die sie mit einer grazilen Bewegung aus dem Weg wischt. Sie hält die kleine Krone hoch, die aussieht wie ein Drachenkopf und deren Augen düsterrot aufflammen.

„Ansurs Diadem", sagt sie. „Ich bezweifle, dass ein Mensch – und dann auch noch einer wie du – es tragen könnte. Es birgt viel zu viel Macht."

Kira hat es die Sprache verschlagen. Der ganze Raum ist wie versteinert. Sie schaffen es einzig, den Blick auf Lilith ruhen zu lassen. Etwas ist anders an ihr. Anders als an Schicksal. Er war ein übermächtiger Gegner, der ihnen Furcht eingeflößt hat, aber Lilith – sie ist das personifizierte Böse. Sie hat alle unfassbar lange hinters Licht geführt und ohne Vorwarnung Tali auf bestialische Art umgebracht. Ihre Augen, in denen Seen aus Lava beheimatet sind, spiegeln das pechschwarze Unheil wider. Ihre spitzen Zähne blitzen beim Sprechen blutlüstern hervor, und sie fühlt sich unantastbar. Es besteht in den Köpfen der Anwesenden kein Zweifel – eine falsche Bewegung, und sie sind alle mausetot. Das ist so sicher wie das Amen in der Kirche.

„Aber probier es doch gerne aus." Lachend hält Lilith Kira ihr Krönchen hin. Diese regt sich jedoch nicht. Sie schaut die Imperatorin weiterhin bitterböse an. Am liebsten würde sie eine Drohung aussprechen, spürt aber den Blick ihres Partners im Nacken. Und wenn selbst Ren nicht zu Scherzen aufgelegt ist, darf sie nicht unüberlegt handeln.

„Dann nicht." Lilith setzt sich Ansurs Diadem wieder auf, und die hellroten Augen erlöschen. Eine kleine schwarze Wolke entweicht aus dem Mund der Krone – als wäre sie enttäuscht, niemanden einäschern zu dürfen.

„Aber, Kira ..." Lilith wandert langsam und mit ausschweifenden Schritten auf sie zu. Wie ein Model, das ein prachtvolles Kleid auf einer Modenschau präsentiert. „Das war mein Ernst. Du hättest es gerne ausprobieren können. Ich bin nicht hier, um dir ein Leid zuzufügen. Schließlich bist du die Einzige, die sich noch rühren kann."

Kira dreht sich zu ihren Kollegen um, und ihre Annahme, alle wären wie versteinert, stellt sich als wahrer heraus, als sie vorher glaubte. Sie sind zu Salzsäulen erstarrt – genau wie Inari ... Lady Anne.

„Wie hast du ..."

„Schätzchen", sie steht genau vor der Jägerin und summt eine Melodie, „ich bin Lilith, furchtbar hübsch und überraschend höllisch."

Einen Moment sagt sie nichts, und Kira hat Sorge, dass sie weitersingen wird.

„Ich mag, wie du denkst", gesteht die Dämonin, und Kira zieht die linke Augenbraue hoch. Kann sie Kiras Gedanken etwa lesen?

„Natürlich kann ich das. Ich bin schließlich – LILITH."

Hat sie gerade wirklich ihren eigenen Namen gesung–

„Ich bin Lilith, furchtbar hübsch und überraschend höllisch,
ohne mich gäbe es deine Qualen nicht, doch glaube mir,
ich bin kein Bösewicht.
Du magst denken, ich belüge dich, doch dafür bin ich zu
wenig bösartig,
Das Einzige, was ich will, ist der Thron der Hölle, und
dafür zahle ich alle nötigen Zölle.
Ich bin Lilith, furchtbar hübsch und überraschend höllisch,
einst verstoßen aus dem Garten Eden, danach gehasst von
einfach jedem,
in die Arme meiner wahren Liebe Luzifer gefallen, doch er
wurde hingerichtet durch Astaroths Krallen.
Ich konnte keine Rache nehmen, doch ich kämpfte mit
noch mehr Problemen.
Schicksal war mir auf den Fersen, ich wusste jedoch nichts
von seinen Plänen für unsere Universen.
Ich bin Lilith, furchtbar hübsch und überraschend höllisch,
Als er mich fand, sah ich meine Tage als gezählt, doch er
hatte mich zu mehr als das auserwählt.
Er krönte mich zur Imperatorin der Hölle und macht mich
zu seiner rechten Hand

Und befahl mir, dass die wahre Unsterbliche alsbald verschwand.

Viele Jahre hat es gedauert, aber nun bin ich endlich hier, und werde dafür sorgen, dass es niemanden gibt, der um dich trauert.

Doch keine Sorge, dir krümme ich kein Haar, schließlich brauche ich jemanden, der von alldem Zeuge war.

Mein Name ist Lilith. Ich bin ein echter Hingucker, überraschend höllisch und aus deinen Freunden mache ich jetzt Fischfutter!"

Irgendwo aus dem Nichts ertönt lauter Applaus. Kira schaut sich erschrocken um und hofft insgeheim – auch wenn es komisch wäre –, dass es ihre Freunde sind, die sich befreien konnten.

„Danke schön, danke schön", sagt Lilith und verbeugt sich unter einem tosenden Beben, das immer lauter wird. Blumen fliegen aus dem Nichts vor ihre Füße, und sogar diverse Unterwäsche verirrt sich zwischen die bunten Rosensträuße.

„Was wäre ich nur ohne meine Fans?", schluchzt sie exaltiert und dreht Kiras Kopf mit einer unsanften Bewegung in ihre Blickrichtung. „Wie fandest DU meine Einlage? Du hast sie dir schließlich gewünscht!"

Kira wägt ab. Egal, was sie sagt, Lilith scheint um einiges mächtiger als sie zu sein. Nicht so mächtig wie Schicksal, aber kompromissloser. Also müsste sie eine Chance gegen sie haben. Schließlich ist sie die wahre Unsterbliche.

„Das heißt aber nicht viel", erwidert Lilith, die nach wie vor Gedanken lesen kann. „Mit Sicherheit haben dich deine Freunde mittlerweile darüber aufgeklärt, was das bedeutet. Ich könnte dich hier und jetzt umbringen. Und in ein paar

Jahren wirst du wieder vor mir stehen. Doch ich bin ebenso unsterblich. Jetzt, wo die Urgötter erstarrt sind. Und wo es Schicksal", sie hält inne und lacht auf, "wo es Schicksal *nicht mehr gibt*, bin ich frei zu tun, was ich möchte. Und die Erde gehörte schon immer zu den Planeten, die ich gerne unter meine Fittiche nehmen wollte. Ihr Menschen werdet sehr schöne Sklaven abgeben."

Kira versucht, den Kopf zu leeren und ihre Gedanken freizumachen. Die Meditation, die sie im Yogakurs gelernt hat, muss sich doch endlich mal bezahlt machen.

"Sorry, Schätzchen", meint Lilith lachend. "Du bist leider viel zu clever, als dass du dich frei von Gedanken machen könntest. Der Fluch des Wissens, sagt ihr doch dazu."

"Hab ich noch nie gehört ..."

"Während meiner Einlage sind dir doch einige Fragen im Kopf rumgeschwirrt, oder irre ich mich? Ich musste mich schließlich auf meinen Debut-Song konzentrieren!"

Kira stockt. Alle Fragen, die sie hatte, waren in dieser Situation komplett irrelevant. Vor der Gesangseinlage wusste sie jedoch rein gar nichts über Lilith. Nicht mal, dass sie im Garten Eden –

"Laaaange Geschichte, Puppe. Am Anfang eurer Historie gab es halt diesen Garten. Zusammen mit Adam bin ich da nackig rumgetingelt und war die erste –" Lilith hält inne. Kira bemerkt ihr Stocken – wenngleich es nur für einen sehr kurzen Augenblick ist – und den verlorenen Ausdruck in ihren Augen.

"Sorry, musste kurz überlegen, wie das genau war. Lange her, weißt du – und mir schrecklich egal. Ich war auf jeden Fall der Prototyp Frau. Sieh mich an. Groß gebaut, üppige

Oberweite, lange, seidige Haare und absolut mordlüstern. Jede wollte wie ich sein. Das hat aber Adam nicht so gepasst. Also ist er zu seinem Papa gerannt und hat geweint, weil seine Frau sich nichts hat befehlen lassen. Weil ich meine eigenen Ideen hatte und nicht nur dem Mikropimmel das Sagen überlassen wollte. Aber die beiden haben sich natürlich zusammengetan und mich für meinen Ungehorsam verbannt. Ich wanderte umher und fand einen wunderschönen Baum, an dem blutrote Äpfel wuchsen. Und meine wahre Liebe – apropos wahre Liebe, ich hab an dich gleich auch eine Frage – Luzifer wartete schon auf mich. Ich sollte einen der Äpfel essen, und er würde mich mit in sein Höllenreich nehmen. Lange vor mir wurde er ebenso verbannt, weil für ihn Spaß und Freiheit wichtiger waren, als sich einem selbstverliebten Egomanen hinzugeben und ihn anzubeten. Das hat mir gut gefallen, und ich habe mir direkt genug Äpfel für ein ganzes Kompott eingepackt. Die Äpfel schenkten mir meine Kräfte, und Luzifer hat sie geschärft. Er hat mir dabei geholfen, zu der Frau zu werden, die ich heutzutage bin. Aber vertu dich nicht. Auch ohne ihn wäre ich die Wuchtbrumme, die vor dir steht. Vielleicht nur nicht ganz so mächtig. Na ja … Dann kam Astaroth und hat mit ihm um den Thron gekämpft und gewonnen. Lange her das alles. Und damals war ich noch zu schwach. Heutzutage hat Astaroth Angst vor mir, da er weiß, ich könnte ihn mit einem aufreizenden Zwinkern in die Knie zwingen. Doch Schicksal hatte andere Pläne …"

Erneut schaut sie einen Moment lang verloren in der Gegend herum.

„Aber das ist ein anderes Thema, Schätzchen. Deine wahre Liebe Ben –"

Kira lacht und rümpft die Nase.

„Na, na, also, wer in die Hölle hinabsteigt, wird schon ein extra nasses Höschen für den Kerl mitbringen, den sie retten will. Sonst hättest du doch dieses dämliche Unterfangen niemals angetreten. Und dann verrät er dich auch noch, noch dazu aus demselben Grund, aus dem ich verraten wurde. Weil Astaroth Macht wollte. Daher schlagen wir jetzt zwei Fliegen mit einer Klappe."

Kira versteht nicht direkt, doch schnell wird ihr klar, was Lilith meint. Sie schaut herüber zum erstarrten Ben, und bevor sie reagieren kann, frieren ihre Füße am Boden fest.

„Tzz tzz", macht Lilith, „ich möchte dir doch einen Gefallen tun."

Die Imperatorin streckt die Hand aus, und Ben, der kaum bei Bewusstsein ist, wird von ihr am Hals in die Luft gehoben.

„Bitte …", fleht Kira, obwohl sie einen kurzen Moment unsicher ist.

„Ich spüre deinen Zweifel, Kind."

„Er ist nicht böse", erwidert sie. „Er wurde nur angelogen. Genau wie du. Ich möchte mich nicht an ihm rächen."

„Glaub mir", sagt die Dämonin, „das wird dir guttun."

Lilith pfeift, und ein gruseliger Schmerzensschrei ist zu hören.

„Astaroth", flüstert Kira. „Ich dachte -"

„So leicht lässt sich ein Dämonenkönig nicht töten", erklärt Lilith lachend. „Aber das ändert sich gleich."

Ein Schlurfen ist zu hören, gefolgt von lautem Brüllen und Flüchen in einer Sprache, die Kira nicht versteht – wahrscheinlich Enochian.

Die drei Architekten kommen um die Ecke gewandert und ziehen einen riesigen Käfig hinter sich her. Darin steckt

Astaroth, der mit aller Kraft versucht, sich aus dem trotzdem noch viel zu kleinen Gefängnis zu befreien. Sie fahren den Wagen neben Lilith, verbeugen sich vor ihr und machen sich wieder von dannen.

„Schau an", Lilith fährt sich lustvoll mit der Zunge über die spitzen Zähne, „zwei kleine Wichte, die gerne zu ihrer Mami möchten."

Mit der Hand vollführt sie eine Wischbewegung, die dafür sorgt, dass der Käfig für eine Millisekunde aufspringt – nicht ansatzweise lange genug für Astaroth, um zu entfliehen. Sie wirft Ben hinein und verriegelt den Käfig erneut.

„Keine Sorge, Kleines", sagt sie zu Kira und zwinkert ihr zu. „Ist eine magische Barriere. Da kommt keiner raus. Und die kann noch was ganz Besonders."

Kira versteht nicht, weiß aber, dass das nichts Gutes bedeutet.

„Ich zeig dir, was ich meine", sagt Lilith und grinst über beide Ohren. Sie wischt abermals mit der rechten Hand in der Luft – stemmt die linke Hand dabei in die Hüfte –, und sehr, sehr langsam verkleinert sich der Käfig. Zuerst ist es kaum wahrnehmbar, erst als der übergroße Dämonenkönig anfängt aufzuschreien und seine Haut an den kleinen Käfiglöchern herausquillt, reißt Kira vor Schreck die Augen auf.

„Stopp", ruft sie. „Das hat Ben nicht verdient."

„Schätzchen." Lilith seufzt. „Kein Wunder, dass ihr Frauen auf der Erde so behandelt werdet, wenn Männer euch sogar hintergehen und umbringen können und ihr trotzdem wie kleine Köter hinter ihnen herrennt."

Der Käfig wird kleiner und kleiner, und Kira kann nur schockiert zuschauen. Astaroths Schmerzensschreie versucht sie auszublenden. Ben, der durch den unsanften Wurf

in den Käfig erneut in Ohnmacht gefallen ist, liegt eingekugelt an der Vorderseite der Gitterstäbe. Der Schrumpfmechanismus beeinträchtigt ihn aufgrund der brachialen Größe des Dämonenkönigs bislang fast gar nicht.

Kira ist verzweifelt. Sosehr ihre Gefühle für Ben gespalten sind, sie möchte ihn keinen qualvollen Tod erleiden lassen. Sie muss pokern und aufpassen, dass Lilith nicht ihre wahren Absichten in ihren Gedanken liest.

„Meine Macht", sagt sie. „Ich gebe dir meine Macht!"

Lilith wischt abermals mit der Hand durch die Luft. Der Käfig hört auf zu schrumpfen. Der blutüberströmte Astaroth schreit nicht länger, flucht aber weiter. Er versucht, sich abzudrücken und den Käfig dadurch aufzusprengen – was ihm nicht gelingen wird.

„Deine Macht?", fragt Lilith. „Was soll die mir bringen? Ich bin unsterblich. Ich brauche keinen Urgott. Ich bin stärker als alle Urgötter zusammen."

„Wir haben Schicksal umgebracht."

Lilith lacht laut auf. „Da komm ich gleich drauf zurück, Maus. Verrat mir lieber mal, wieso du deine Macht für diesen Kerl aufgeben würdest? Was hat er dir –"

„Darum geht es nicht", ruft sie und versucht aufzustampfen, was ihr nicht gelingt. „Es geht darum, dass ich ein Menschenleben retten will. Das ist meine Bestimmung. Diese Macht, die ich habe. Wenn ich sie nur einsetze, wenn es mir passt, oder nur, wenn ich jemanden wirklich mag, habe ich sie nicht verdient. Wenn man das tun kann, was ich zu tun vermag, es aber nicht macht und dann etwas Schlimmes passiert? Dann ist es meine Schuld!"

Lilith lacht abermals auf. „Wer auch immer dir erzählt hat, dass du deswegen große Verantwortung hast, hat zu viele Comics gelesen. Du kannst mit deiner Macht umgehen, wie du möchtest. Nichts hier ist Schwarz und Weiß. Aber ich sag, wie es ist, Schätzchen. Ich bin nicht Schicksal. Ich ziehe keinen Nutzen aus deiner Macht."

Kira horcht beim letzten Satz auf. Was wollte Schicksal mit ihrer Kraft?

„Von daher –"

„Nein!"

Kira versucht, sich nach vorne zu bewegen, scheitert aber. Dante gehorcht ihr ebenfalls nicht. Und so muss sie zusehen, wie Lilith abermals lachend die rechte Hand durch die Luft fahren lässt und der Käfig, der vorher schmerzhaft langsam schrumpfte, sich innerhalb eines Moments in einen Würfel verwandelt. Eine riesige, matschige Blutfontäne spritzt beiden Frauen mit voller Wucht ins Gesicht. Sie sind getränkt mit einem Gemisch aus menschlichem und dämonischem Blut. Der Geruch ist unbeschreiblich, und Kira muss sich zusammenreißen, um sich nicht zu übergeben.

Lilith stolziert zu ihr herüber und streicht mit ihrem Zeigefinger über Kiras Gesicht. Sie begutachtet ihren Finger eingängig und lutscht ihn dann lasziv ab.

„Guter Jahrgang", stellt sie lachend fest. „Willst du auch mal?"

Kira schließt die Augen und hält sich Mund und Nase zu. Wenn sie nicht aufpasst, fällt sie auch noch in Ohn–

„Wirklich? Einfach so? Und du willst Dämonenjägerin sein?" Lilith befreit sie aus der Salzsäule und trägt sie wie ein Baby auf dem Arm. Sie schaut auf die anderen hinab und überlegt einen Moment.

„Auch wenn ihr mir rein gar nichts könnt", sagt sie, „habe ich gerade keine Lust auf euch. Besonders nicht bei dem, was als Nächstes passiert."

XXXVII

NIEMAND ENTKOMMT SEINEM SCHICKSAL

ira wacht in einem steril eingerichteten Zimmer auf. Sie liegt in der Mitte des Raums, der vollständig in Weiß gehalten ist und keinerlei besondere Merkmale aufweist. Nach kurzer Benommenheit reibt sie sich die Augen und steht auf. Sie erschreckt und erinnert sich umgehend an die Auseinandersetzung mit Lilith. Als sie an sich herabschaut, stellt sie erschrocken fest, dass sie andere Klamotten als vorher anhat – wenn man es denn Klamotten nennen kann. Es ist eine lange schwarze Robe, zusammen mit schwarzen glatten Lederstiefeln. Drunter scheint sie nichts zu tragen.

„Was zur Hölle?"

Immerhin sind sie nicht mehr blutgetränkt, denkt sie sich.

„Wo bin ich?"

Sie geht einen Schritt auf und einen ab.

„REN!"

Nichts passiert – was sie sich bereits dachte.

Hinter ihr knarzt die Tür. Sie dreht sich langsam um und bleibt wie erstarrt stehen.

„Du bist ja endlich wach, Schlafmütze."

Ihre Augen werden groß, die Augenbrauen schnellen in die Höhe. Ihre Atmung beschleunigt sich, ihre Sicht verwischt. Schweißperlen bilden sich auf ihrer Stirn, und sie ringt nach Luft.

„Beruhige dich."

Urplötzlich ist sie komplett ruhig. Als würde er sie dazu zwingen.

„Setz dich."

Ohne der Bitte nachkommen zu wollen, setzt sie sich in die Mitte des Raums.

„Überrascht?"

Sie nickt.

„Du und ich. Wir teilen uns etwas. Du weißt bestimmt, was."

Natürlich weiß sie das, sonst würde er nicht vor ihr stehen.

„Genau. Nur, dass ich das große Glück habe und es bei mir nur kurz dauert, bis ich wieder zurück zu meiner alten Form finde. Da habt ihr mich aber ordentlich überrascht."

Vor ihr ragt Schicksal auf. Er sieht aus wie vorher. Unberührt und vor allem unbeschadet durch den Kampf.

„Es ist schon lustig", sagt er. „Ihr denkt, ihr könntet denjenigen, der all das hier erschaffen hat und mit einem Schnippen das komplette Universum neu kreieren könnte, auslöschen."

Hinter ihm schlendert Lilith herein. Ihr Diadem schimmert hell und erleuchtet den gesamten Raum. Kira wird geblendet und kneift die Augen zu. Sie realisiert, dass alles für die Katz war. Nichts, was sie unternommen hat, hat irgendetwas bewirkt. Rein gar nichts. Ben ist tot. Tali ebenso. Ihre anderen Freunde sind zu Säulen erstarrt. Lilith hat Astaroth umgebracht und –

„Ist damit zur Dämonenkönigin aufgestiegen. Da hast du vollkommen recht, Puppe. Ach, und Tali hatte nie eine Freundin im Purgatorium. Sie war die Freundin im Purgatorium. Sie war zu lange da eingesperrt. Die echte Lissy hatte ich einfach um die Ecke gebracht, Tali ein paar Jahrzehnte dort eingebuchtet, gewartet, dass ihr Gehirn Mus ist, und sie mit neuen Erinnerungen gefüttert. Aber irgendwie schien sie gedacht zu haben, dass eine Freundin auf sie warten würde. Vielleicht hat sie sich ein wenig zu sehr an ihr altes Ich geklammert. Unter uns drei Pastorentöchtern: Sie hieß nicht mal Tali. Den Namen hatte ich irgendwann mal aufgeschnappt", erzählt die neue Dämonenkönigin und drückt ihr Gesicht gefährlich nahe an Kiras.

Kira schaut Lilith mit glasigen Augen an. Sie würde ihr am liebsten höllische Qualen zuführen.

„Ich hoffe, dir gefällt deine Kleidung. Die andere musste ich verbrennen. Aber keine Sorge, hab nix gesehen. Das ging alles mit einem Fingerschnippen."

Lilith hat sich hinter Schicksal gestellt. Die linke Hand wie immer in die Hüfte gestützt, die Rechte auf Schicksals Schulter. Die Imperatorin hat ihren Auftrag erfüllt und die wahre Unsterbliche ihrem schlimmsten Feind ausgeliefert.

„Aber –"

„Ist nur ein Titel. Zerbrich dir nicht den Kopf. Imperatorin mag ein höherer Rang sein, aber jetzt bin ich alles und herrsche über die gesamte Hölle. Den Dämonen habe ich auch schon Bescheid gegeben."

Schicksal seufzt. Mit dem Zeigefinger und Daumen hebt er ihre rechte Hand an und wischt sie von seiner Schulter.

„Du willst also wirklich die Erde zerstören? Wozu? Ich kann sie einfach neu errichten."

„Na, Schicksal, Baby. Das war doch meine Belohnung dafür, dass ich dir die wahre Unsterbliche bringe?"

Er nickt und schickt sie mit einer abfälligen Handbewegung aus dem Raum. Lilith verbeugt sich und streckt ihm ihre Schlangenzunge beim Herausgehen heimlich heraus.

„Weißt du, was das größte Problem mit ihr ist?", fragt er und schaut Kira tief in die Augen. „Ihre Respektlosigkeit. Sie weiß ganz genau, dass ich gesehen habe, wie sie mich beleidigt hat. Es gibt wenig, was ich mehr verabscheue, als respektlos gegenüber denjenigen zu sein, die mehr Macht als man selbst haben. Ich hoffe, du verstehst das, Kira. Daher frage ich dich auch nur ein einziges Mal: Was hat dir James erzählt?"

Kira senkt den Blick, als sei sie aus einer Trance erwacht. Ihre Augen wandern umher, als könnte sie sich nicht mehr daran erinnern, worüber er spricht.

„Ich habe alle Zeit der Welt. Du hingegen hast sehr, sehr wenig. Du hast bald nicht mal mehr eine Welt."

Sie atmet einmal tief durch und blendet die Störgeräusche – namentlich Schicksal – aus. Es dauert nur einen kurzen Moment und sie erinnert sich. Sie steht auf und tritt ihm gegenüber.

„James hat mir gesagt, dass deine dummen Gesetze nicht für mich gelten."

Schicksal erwidert ihre Aufdringlichkeit und nähert sich ihrem Gesicht, bis sich ihre Nasen fast berühren.

„Das heißt aber nicht, dass ich dich nicht auch problemlos einfach so für immer hier versauern lassen könnte."

Kira guckt einen Moment zur Seite und schaut ihn dann wieder direkt an. Sie bemerkt die Galaxien in seinen Augen. Ein schaurig-schöner Anblick. Doch sie zögert nicht, holt mit der rechten Hand aus, ohne zu überlegen, und zimmert ihm volle Breitseite eine ins Gesicht. Schicksal weiß nicht, wie ihm geschieht, und er taumelt einen großen Schritt nach hinten. Als er seine Sinne wieder beisammenhat, bemerkt er, dass die Jägerin bereits abgehauen ist.

„Was für ein beschissener Zwirn", murmelt Kira und rennt die Flure der untersten Sphäre entlang. Unzählige Räume ziehen an ihr vorüber. Sie geht tief in sich und versucht, die Präsenz ihres Urgottes zu spüren. Lange dauert es nicht und sie weiß genau, wo sie hinmuss.

Sie betritt eine große Halle, in deren Mitte eine hellgelbe Kugel schwebt und das gesamte Gebäude mit Licht versorgt. Lange türkise Säulen stehen um sie herum und stützen das Dach der Sphäre. Der Boden ist spiegelweiß, sodass Kira sich in der Spiegelung sehen kann und erleichtert ihren Irrtum zur Kenntnis nimmt. Sie trägt doch Unterwäsche und seufzt leise.

In der Mitte der Halle stehen ihre Freunde. Sie überlegt nicht lange, sondern nimmt James' Worte für bare Münze. Sie stapft zu Ren hinüber, legt ihm die Hand auf und brüllt seinen Namen. Die Säule bekommt Risse, leuchtet auf und zerbirst laut in ihre Einzelteile. Kira schaut sich ihr Werk beeindruckt an. Neben ihr steht ihr Partner. Die beiden haben wieder ihre Schwerter in der Hand, und sie trägt ihre ganz eigene Rüstung – was wahrscheinlich die größte Erleichterung ist.

„Das war einfach", sagt sie.

Ren schaut sie mit glasigen Augen an. „Du hast es durchschaut. Ganz allein. Ich bin so stolz, ich könnte vor Freude eine Wassermelone schälen!"

„Niemand sagt so was", erwidert sie, lacht aber und umarmt ihn.

„Und der Rest?", fragt er.

„Keine Sorge", sagt sie.

Sie legt nach und nach die Hände auf die Salzsäulen und ruft die Namen der Gefangenen. Ob das Namenrufen wirklich vonnöten ist, weiß sie nicht, aber doppelt hält schließlich besser.

„Kira", sagt Freya, „du bist wahrhaftig die Auserwählte."

„Unglaublich", fügt Renée an. „Das ist seit Jahrtausenden das erste Mal, dass du genau weißt, was zu tun ist. Wir konnten dir leider nie sagen, was Sache ist, wegen dieser saublöden Schicksalsgesetze, aber –"

„Jetzt wäre ich auch vorsichtig", sagt Schicksal, der mit einem ironischen Händeklatschen die große Halle betritt. „Schließlich bin ich auch noch hier."

„Ach, komm schon." Sam seufzt. Er begreift den Ernst der Lage, holt trotzdem heimlich sein Notizbuch hervor und kritzelt schnell drin herum. James nickt ihm fix zu und klopft ihm auf die Schulter. „Hätten wir uns denken können, dass er unsterblich ist."

„Dann töten wir ihn eben so oft", Natascha zückt ihre Säbel, „bis er keine Lust mehr hat wiederzukommen."

„Ich war aber doch dabei." Ellie schaut die Muttergöttin mit großen Augen an. „Ich war dabei, wie er ihn umgebracht hat. Alles um uns herum ist eingestürzt und –"

„Er mochte schon immer die Theatralik", erwidert Freya und legt die linke Hand auf die Schulter ihres Schützlings. „Ich hatte nur gehofft, dass es etwas länger dauern würde, bis er wiederkommt."

„Ich sag's mal so", Schicksal grinst, „alles, was ihr gesehen habt, wollte ich euch sehen lassen. Mit der großartigen

Hilfe meiner Assistenz Lilith und meiner Architekten, die die Unterstadt in nur wenigen Sekunden umformen können, wie sie möchten."

„Haben wir ihn wenigstens ein bisschen geschwächt?", flüstert Peter Mona zu, die nur mit einem Schulterzucken reagiert.

„So funktioniert es leider nicht", antwortet Renée, die seine Frage mitbekommen hat. „Uralte Wesen wie er befolgen nicht die klassischen Regeln von Leben und Tod. Theoretisch kann er nicht sterben, weil er nie lebte. Er existiert einfach."

„Aber ..." Jen kratzt sich am Kopf. „Wer hat ihn geschaffen?"

„Da tippe ich auf dieselben Deppen, die uns alle kreiert haben. Bei ihm haben sie nur eine Extraportion crazy dazugepackt." Natascha spricht absichtlich so laut, dass es alle mitbekommen.

„Ihr unterliegt einem Irrtum. Ich bin nicht hier, um euer Leben zu erschweren. Oder um euch den Heimweg zu verwehren. Ihr seid in mein Reich eingedrungen und habt die Ordnung durcheinandergebracht. Obendrein habt ihr meine Gesetze gebrochen und versucht, einen Krieg anzuzetteln, der –"

„Was ist mit Lilith?", grätscht Kira rein.

„Und ihr habt keinen Respekt vor mir, obwohl ich ganz klar die mit Abstand überlegene Existenz bin."

„Wieso fragst du nach der Imperatorin?", möchte Freya wissen.

„Sie ist die neue Dämonenkönigin", erwidert Kira. „Damit herrscht sie über die Dämonen der Hölle und möchte mit ihnen auf der Erde einfallen."

„Korrektur", antwortet Schicksal und lehnt sich mit verschränkten Armen gegen eine der großen türkisfarbenen Säulen. „Sie ist unlängst auf der Erde eingefallen und hat alles zerstört, was euch lieb und teuer ist."

Die Jägerinnen und Jäger gucken sich irritiert an. Die Urgötter bereiten sich auf einen Kampf vor. Leider weiß niemand von ihnen, ob Schicksal nur blufft.

„Sie hat was?", brüllt Natascha.

„Ich wiederhole mich leider nicht, liebe Natascha. Aber sieh es doch mal so. Dein Vater ist doch eh schon lange bei den Maden. Jetzt ist deine alkoholsüchtige Mutter ihm nur gefolgt. So viel hattest du doch gar nicht zu verlieren."

WUFF

WIFF

Natascha möchte lossprinten, doch beide Dämonenhunde versperren ihr den Weg, um sie vor einem tödlichen Fehler zu bewahren. Sie will Einspruch einlegen, doch an Fenrirs entschlossenem Blick sieht sie, dass er sie vor einem raschen Ende beschützt. Sie atmet tief ein und streichelt den beiden sanft über die Köpfe. Sie flüstert ein Danke, und Minirir wedelt aufgeregt. Die Originalversion senkt leicht den Kopf und lässt sich streicheln.

Schicksal grinst und – was die anderen nicht mitbekommen – entspannt seine linke Hand, die hinter seinem Rücken verschwunden und daher nicht sichtbar ist. Er war bereit, die Jägerin aus dem Leben zu schnippen.

„Eure Erde – oder zumindest das Leben auf selbiger – ist nicht mehr. Euer Kampf ist vorbei. Die Tore der Hölle sind sperrangelweit offen – die wahre Unsterbliche hat versagt, und ihr seid auf mein kleines, theatralisches Schauspiel –

das Einstürzen einer jämmerlichen Stadt, die seit Äonen leer ist – reingefallen. Am Ende wartet kein Preis auf euch. Keine Erlösung. Nicht einmal ein Trostpflaster."

„Was ist mit Kiras Macht?", ruft ihm Sam entgegen. „Du wolltest sie doch für dich haben. Wieso hast du sie dir nicht genommen?"

„Sie muss aus freien Stücken gegeben werden …", erwidert James. Er schaut stoisch auf den Boden, hat die Fäuste geballt. „Kira muss ihm ihre Macht freiwillig übergeben. Als wäre es ein Geschenk, das sie ihm aus voller Überzeugung überreicht. Alles andere wird nicht funktionieren. Das weiß er. Und deswegen hat er Lilith auf die Erde geschickt."

„James." Schicksals weiße Zähne blitzen wieder auf. Wie bei einem Hund, der nicht zubeißen, aber kurz warnen möchte, dass er bereit ist, jeden Augenblick zuzuschlagen. „Du warst mir schon immer ein Dorn im Auge. Ich dachte wirklich, das Purgatorium würde dir guttun. Dafür sorgen, dass du deine Nase nicht mehr in meine Angelegenheiten – oder in die meiner Untergebenen – steckst. Wie sehr man sich doch irren kann. Aber ich bin ehrlich. Meine Zeit ist mir zu kostbar. Ich muss die Erde neu ausrichten. Ihr ein neues – verzeiht mir den Wortwitz – Schicksal verpassen. Jetzt, wo sie von Grund auf neu erschaffen wird. Außer natürlich …"

„Niemals", faucht Ren. „Bevor dir Kira ihre Macht gibt, zieht sie lieber mit dem Typen zusammen, der ihr beim ersten Date das Portemonnaie geklaut hat und den sie trotzdem noch mal angerufen und um ein zweites Date gebeten hat, weil er so süß war!"

Jen lacht, denn sie erinnert sich an die Geschichte. Ellie und Natascha schauen Kira mit aufgerissenen Augen an, die ihren Urgott zornig anstarrt.

„War das ein Geheimnis?", fragt Ren und scharrt mit dem Fuß.

„Alles, was ich bis hierhin in deiner Gegenwart nicht öffentlich erzählt habe, wird mit Sicherheit etwas sein, das ich für mich behalten möchte."

„Auch die Geschichte damals im Ferienlager, als du –"

„BESONDERS die Geschichte."

„Ich finde es bemerkenswert", hakt Schicksal ein. „Vor euch steht das mächtigste Wesen im Universum –"

„Das wahrscheinlich einen sehr kleinen Pimmel hat, wenn es das immer wieder betonen muss", merkt Natascha an.

Schicksal hält inne, seufzt laut und schaut an die Decke. Er stemmt die Hände in die Hüften, und sein Kopf wackelt – wie bei einem Gockel – von einer Richtung in die andere. Er setzt zum Schnippen an, senkt die Hand aber wieder. Das wiederholt er einige Male und sorgt immer wieder aufs Neue für ein angespanntes Schlucken bei den Anwesenden.

„Okay, okay." Er streckt die Hände aus und zeigt die Handflächen, als gäbe er das Zeichen für „Stopp". „Lasst mich kurz erklären. Dann sagt ihr, was ihr sagen möchtet, und unsere Wege trennen sich – hoffentlich für immer. Es ist bemerkenswert, wie wenig Respekt ihr mir erweist. Und wie sehr euch das Schicksal egal ist – was ein wenig ironisch ist." Er zwinkert unter seiner Sonnenbrille hervor. „Ich gebe euch eine Chance. Eine Möglichkeit. Keine Wiederholungen. Keine Diskussion. Keine Deals. Kira, du schenkst mir deine Macht. Ich stelle den Status quo eurer Welt wieder her und ihr kehrt zurück in das Leben, das ihr hattet, bevor ihr diese tragischen Gestalten kennengelernt habt." Sein Zeigefinger wandert über die anwesenden Urgötter, die seinen Blick allesamt erwidern – außer Freya. Die schaut sich grübelnd um.

Sie weiß, es gibt einen Ausweg, eine Option, die noch keiner bedacht hat. Schicksal lenkt sie durch sein Schauspiel alle ab, da ihm das ebenfalls bewusst ist. Wie der Plan B lautet, eröffnet sich ihr zwar noch nicht, aber es wird bald geschehen.

„Und was passiert danach?", fragt Kira, und Dante erscheint in ihrer rechten Hand. „Wir vergessen alles, ich bin nicht mehr die wahre Unsterbliche, und du regierst auf ewig über den Kosmos? Das habe ich doch richtig verstanden, oder, James?"

Der Jäger ist überrascht, dass sie ihn anspricht, ohne den Blick von Schicksal abzuwenden. Er nimmt Sam das Notizbuch aus der Hand, blättert, findet ehrlicherweise nichts, nickt aber hektisch.

„Genau, genau. Und so ... So würde nur unsere Erde zerstört werden. Die ganzen anderen Welten bleiben unberührt."

„Also." Peter zeigt auf, als wäre er in der Schule, und tritt einen Schritt nach vorne. „Also, ich hab schon ein bisschen zu verlieren, um ehrlich zu sein."

„Na und", zischt Natascha. „Besser so, als dass dieser Größenwahnsinnige über alles im Universum herrscht."

„Ich würde auch gerne zurück", erklärt Ellie. „Aber nicht so, wie es vorher war. Sondern mit euch allen. Mit Freya. Mit Jen."

Jen stellt sich neben ihre Freundin und reicht ihr die Hand. Diese greift fest, aber liebevoll zu.

„Ich bin an deiner Seite", sagt sie. „Aber wenn wir die Wahl haben, dass er das gesamte Universum unterwirft oder nur uns, fällt mir die Entscheidung leider auch sehr leicht."

Freya schaut sich die Sieben mit glasigen Augen an. Sie erinnert sich an vergangene Jägerinnen und Jäger und weiß, so eine Einheit hat es vorher nie gegeben. Renée bemerkt ihren Blick und nickt ihr zu.

„Dann weißt du ja jetzt", Ren stellt sich – mit gezücktem Schwert – neben Kira, „was Phase ist, Schicksi... Schicksalarino... Schickimickisal..."

„Keine Sorge, Lotus, ich wusste schon immer – und werde auch ewig wissen –, was Phase ist."

Er schnippt, und ein gleißendes Licht erfüllt den Raum. Alle schauen sich alarmiert um, doch niemand scheint zu Schaden gekommen zu sein.

Aus heiterem Himmel sind schwere Ketten zu hören, die über den Boden gezogen werden. Ein furchteinflößendes Klirren.

„Wieso", verlangt eine vertraute Stimme zu erfahren, „hast du mich gerufen?"

Hinter Schicksal ragt mit einem Mal Billie auf. Sie trägt ihre schwere schwarze Kutte, und nur der untere Teil ihres Gesichts blitzt heraus.

„Mach kurzen Prozess mit ihnen; ich muss mich um etwas anderes kümmern."

„Ich bin nicht dein Laufmädchen. Du kannst mich nicht herumkommandieren wie –"

Er schnippt abermals und Billie steht inmitten der Jägerinnen und Jäger. Ihre Kutte ist verschwunden. In der rechten Hand trägt sie ihre Sense, in der linken Hand den Revolver, der einst Inuki das Leben nahm.

„Zeit für Rache", sagt Renée und sieht rot.

„Warte", erwidert Ren. „Sie ist nicht unsere Gegnerin."

Die Dimensionsherrscherin schaut ihn voller Argwohn an.

„Billie", warnt Schicksal, „ich kann dich problemlos deines Amtes entheben und einen neuen Tod ausrufen."

„Damit würdest du Gesetze brechen, die selbst dir schaden könnten", entgegnet sie und schlägt die Unterseite ihrer

Sense demonstrativ auf den Boden. Ein lautes metallenes Klirren durchzieht den riesigen Saal.

„Was ist denn heute los mit euch allen", schimpft Schicksal und rauft sich die Haare. „Wo ist euer Respekt hin? Ich bin –"

„Kira", flüstert Billie, während Schicksal seine Kleinkindtirade vom Zaun lässt. „Erinnerst du dich, was ich dir gesagt habe?"

Kira hält kurz inne und schließt die Augen. Sie öffnet sie wieder und hat einen Geistesblitz. „Du bist nicht meine Gegnerin … Ohne dich gäbe es den Tod nicht?"

Billie nickt, und mit einem lauten Knall fallen ihre Waffen zu Boden. Sie wirft sich auf die Knie, knüpft ihr Hemd halb auf und legt einen Teil ihres Brustkorbs frei. Ein hellrotes Leuchten ist zu erkennen und das Schlagen eines Herzens, das langsam, gleichmäßig und müde vor sich hin pocht.

Schicksals Augen weiten sich, er versucht einzugreifen, doch es ist zu spät, Kira hat sich erst gar nicht lange bitten lassen, und Dantes Spitze ist in Billies Brust versunken.

XXXVIII

DON'T FEAR THE REAPER

hr laufen kleine Kullertränen die schwarzen Wangen hinab. Sie lächelt und schaut voller Vorfreude nach oben.

„So fühlt sich das also an", sagt Billie, und ihr Körper zerfällt langsam zu Staub.

Alle Anwesenden – außer Schicksal – schauen Kira so irritiert an wie Rehe, die kurz davor sind, von einem Auto angefahren zu werden.

„Was hast du getan?", knurrt Schicksal. „WAS HAST DU GETAN?!"

Er schwebt in Lichtgeschwindigkeit zu Kira, bleibt vor ihr mit einem tosenden Knall – der wie das Zerbersten der Schallmauer klingt – stehen und reißt ihr das Herz aus der Brust.

Dann hält er es vor sich, schaut es mit hasserfüllten Augen an und zerquetscht es mit einem lauten Matschgeräusch, das wie das Zusammendrücken einer geschälten Orange klingt. Schicksal sollte vom Ergebnis eigentlich nicht überrascht sein, doch Kira schaut unbeeindruckt auf ihre Fingernägel, pustet demonstrativ darauf, zieht die Nase hoch und erwidert seinen Blick. „Was denn …? Hast du das etwa nicht kommen sehen?"

Schicksal brüllt los und holt abermals aus. Sie weicht jedem seiner Schläge aus, während ihre zugefügte Torsowunde langsam zuwächst und ihr Herz zurück an seinen Platz findet.

„Kneift mich mal wer", murmelt Peter. „Hat Kira gerade wirklich den Tod getötet?"

Mona nickt nur verstohlen.

„Ja, sie hat gerade die Sensenfrau getötet", erwidert James, der eifrig in seinem Notizbuch herumkritzelt. „Und ich kann dir nicht sagen, was das für uns oder unsere Welt bedeutet. Billie war das personifizierte Portal ins Jenseits. Ihre einzige Aufgabe bestand darin, das Gleichgewicht zu bewahren. Für jedes Leben musste es einen Tod geben. Für jedes Yin ein Yang. Das hat sie mir vor langer Zeit selbst erzählt."

„Du hast mit Billie abgehangen?", fragt Sam und staunt.

„Abgehangen ist das falsche Wort. Sie hat mich ins nächste Leben begleitet – Lilith hatte uns abgefangen und mich in ihr Purgatorium geschickt."

„Abgefangen?", fragt Renée und horcht auf. „Heißt das, Lilith konnte einfach so in die Schicksalsgesetze eingreifen?"

„Anders kann ich mir das auch nicht erklären", fügt Freya an. „Das hieße aber, dass Schicksal selbst sich schon lange nicht mehr an die kosmischen Gesetze hält. Irgendetwas wird ihn beunruhigt haben. Irgendetwas, das passieren wird. Aber was?"

„Ist doch klar", erwidert Ren. „Kira. Schaut sie euch an. In der kurzen Zeit, seitdem ich das kleine Mädchen gefunden und aus ihr diesen Wirbelwind an Frau gemacht habe,

ist sie zu einer Naturgewalt geworden, mit der sich nicht einmal das Schicksal anlegen sollte."

„Sie ist schon was ganz Besonderes", stimmt Kali zu. „All die Jägerinnen und Jäger hier. Wir haben viele von euch begleitet, und die meisten sind im Kampf gefallen. Sei es aus fehlendem Willen oder mangelndem Überlebenssinn."

„Und wir", Freya schaut sich mit einem breiten Lächeln um, „waren schon Jahrtausende nicht mehr in dieser Konstellation unterwegs."

„Aber was macht uns so besonders?", fragt Ellie. „Selbst wenn wir diesen Kampf gewinnen, werdet ihr weiterziehen und –"

„Wenn wir diesen Kampf gewinnen, haben wir den Kampf aller Kämpfe gewonnen", erwidert Renée. „Dann haben wir alle unsere Aufträge erfüllt. Und Freya, Ren, Kali, Mona und ich –"

WUFF

„Und Fenrir natürlich auch. Wir können uns alle zur Ruhe setzen."

Während sie sich in aller Ruhe unterhalten, liefert sich Kira weiterhin einen Schlagabtausch mit Schicksal, der zunehmend aus der Fassung gerät.

„Steht dir gar nicht gut", verspottet ihn Kira. „Für ein omnipotentes Wesen bist du ganz schön aggro."

Er stoppt, schnippt mit den Fingern, und Kiras Kollegen stehen im Kreis um sie herum – unfähig, sich zu bewegen.

„Die Nummer schon wieder?"

Sie schlendert gemächlich zu Ren hinüber und fasst ihn an, doch nichts passiert. Sie ruft seinen Namen, und abermals sorgt es nicht dafür, dass er sich bewegt.

„Hochmut kommt bekanntlich vor dem Fall."

Er schnippt erneut, und ohne Vorwarnung stehen sich nur noch Kira und Schicksal in der riesigen Halle gegenüber. Keine Spur von den Urgöttern und den anderen Jägerinnen und Jägern.

„Was hast du getan?"

„Ihr seid doch so gerne in der Hölle unterwegs. Jeden Einzelnen von euch Idioten habe ich in irgendeine Ecke geschickt. Viel Spaß beim Suchen. Wie eben schon erwähnt, habe ich Wichtigeres zu tun."

Schon ist er verschwunden.

Kira schaut sich um und kann keine Spur ihrer Freunde entdecken. Wenn er sie nicht belogen hat, ist es an der Zeit zurückzukehren. Und dabei jeden Winkel der Höllenringe zu durchsuchen, um alle wiederzufinden und einen Plan auszuarbeiten. Um dem machthungrigen Monster ein für alle Mal ein Ende zu bereiten.

XXXIX

EIN HEIMWEG

hren anfänglichen Enthusiasmus hat Kira gegen Erschöpfung eingetauscht. Ihr Adrenalinpegel ist gesunken, und seit Ewigkeiten wandert sie durch die zerstörte Unterstadt – zumindest kommt es ihr so vor. Sie konzentriert sich auf die Mission, auf die Menschen – und Götter –, die sie noch retten kann. Doch jetzt, wo niemand mehr da und sie allein ist, wird sie an Tali und Ben erinnert. Zwei Menschen, die unterschiedlicher nicht sein könnten und die beide ein schreckliches Los gezogen haben. Sie wurden von Dämonen hinters Licht geführt und wegen ihrer Gutmütigkeit ausgenutzt – da ist sich Kira zumindest sicher, wenngleich ihre Teamkollegen argumentieren würden, dass Ben von vornherein wusste, auf was er sich eingelassen hatte.

Sie lächelt bei der Vorstellung, mit den anderen zu diskutieren. Sie kann nicht anders, als abermals zu denken, dass all das eine Ewigkeit her sein muss. Dabei fühlt es sich an, als sei es erst vor Kurzem passiert, wie im vorherigen Kapitel eines Buchs. Das Problem in der Unterstadt ist jedoch, niemand kann einschätzen, wie langsam die Zeit vergeht.

Schicksal meinte, Lilith sei schon lange auf der Erde und hätte alles zerstört. Dabei hat sie die Dämonenkönigin doch erst kurz vorher gesehen. Stecken sie so sehr in einer Zeitblase fest?

Kira versucht, den Gedanken fallen zu lassen. Es wird ihr nichts bringen, sich darüber den Kopf zu zerbrechen. Viel eher möchte sie daran festhalten, Tali und Ben irgendwie zurückzuholen. Sie ist überzeugt, dass Schicksal die Macht dazu hat. Und wenn er ihre Kraft haben möchte, weiß sie, gegen was sie sie eintauschen wird. Falls sie sich dazu bereit erklärt. Wird sie es tun? Sie ist sich unsicher. Zu viele Gedanken rasen ihr auf einmal durch den Kopf.

Sie denkt an die Begegnung mit Tali zurück und fragt sich, ob sie zu blind war, um Lissy zu durchschauen. Oder ob Lissy nicht schon immer die verwandelte Lilith war. Schließlich ist sie mit Tali in die Hölle hinabgestiegen und wollte ebenso jemanden retten. Vielleicht gibt es die echte Lissy sogar noch? Blöd, dass ihr niemand diese Frage beantworten kann. Und sie keinerlei Anhaltspunkt hat, wo die anderen sein –

„Lady Anne!", ruft Kira laut.

Der Geistesblitz durchzuckt ihren ganzen Körper und sie empfindet Freude. Dafür muss sie nicht einmal in einen anderen Höllenring sprinten, sondern einfach nur die Fassade der Unterstadt hochkraxeln, bis sie wieder in der Krone angekommen ist. Und von da zurück zur Salzsäule finden, in die Inari – Pardon, Lady Anne – eingeschlossen ist.

Doch wie stellt sie das an? Schließlich hat sie ihren Höllenkompass daheim vergessen. Renée wüsste mit Sicherheit, wo es langgeht. Aber Kira ist immerhin die wahre Unsterbliche. Das muss doch für etwas gut sein und nicht nur dazu

taugen, dass sie jedes Mal wiedergeboren wird, wenn sie vor einen Bus läuft. Wenn sie in sich hineinhorcht, vielleicht klappt es dann wieder, wie in der Sphäre. Ren konnte sie spüren – was sie natürlich ebenso bereits probiert hat, aber nicht mehr der Fall war, weswegen er in einem der anderen Höllenringe sein muss. Vielleicht spürt sie aber Lady Anne?

Kira stellt sich gerade hin, atmet tief ein, schließt fest die Augen und stellt sich vor ihrem inneren Auge die Obergöttin vor, die sie einst so unsanft in ihre Welt geholt und die ihr in einer absoluten Kurzfassung erklärt hat, warum sie an Rens Seite kämpfen muss. Und dabei einfach eiskalt gelogen hat, nur um nicht irgendwelche Gesetze zu brechen. Dabei hätte es Kira immens geholfen, wenn – Sie atmet tief aus und versucht, sich zu besinnen. Es bringt nichts, wenn sie wütend wird. Sie blendet ihre Emotionen aus und konzentriert sich voll und ganz auf das, was sie gespürt hat, als sie Lady Anne das erste Mal traf. Die Wärme, die von ihr ausging – ähnlich wie bei der Muttergöttin. Kiras Augen zucken unter ihren Lidern wild hin und her. Vor ihrem inneren Auge klappert sie die Unterstadt in Windeseile ab und folgt einer unsichtbaren Spur, die sie zu dem Haus führt, auf dem die Salzsäule

nach wie vor steht – da die anderen ihr ja direkt gefolgt sind, anstatt mal zu schauen, ob sie die Obergöttin befreien – keine Wut, keine negativen Emotionen, einfach weitersuchen.

Und voilà. Sie hat Lady Anne gefunden. Sie sieht unversehrt aus und ist glücklicherweise nicht so weit entfernt, wie Kira erst annahm.

Sie öffnet die Augen. Dank ihres neugewonnenen Optimismus sprintet sie los. Kira ist überzeugt, dass sie es schafft, die stärkste der Göttinnen aus ihrem Gefängnis zu befreien und mit ihrer Hilfe die anderen zu finden.

Es dauert nicht lange und sie steht vor einem zerstörten Hochhaus, das jedoch nicht vollständig in sich zusammengebrochen ist. Die Fassade hat tiefe Risse und Furchen, viel Gestein liegt vor ihr herum, und insgesamt sieht es nach einem unmöglichen Unterfangen aus. Aber es gibt nur noch den Weg nach vorn. Wenn sie Lady Anne und die anderen befreien möchte, muss sie diesen Aufstieg wagen. Sie spricht sich Mut zu, atmet erneut tief ein, und mit äußerster Vorsicht, aber einem stählernen Willen klettert sie hoch. Ein Stein nach dem anderen wird erklommen und jeder noch so kleine Riss in der Fassade als Vorsprung genutzt. Sie darf nicht herunterschauen und möchte auch nicht wissen, wie hoch sie bereits geklettert ist. Könnte mir überhaupt was passieren?, denkt sie sich. Schließlich hat sie Schicksals dramatisches Herzherausreißen überlebt und keinerlei Schmerzen verspürt. Ein Sturz wäre daher ebenso wenig fatal. Ausprobieren möchte sie es trotzdem nicht.

Sie klettert weiter und merkt, wie ihre Kräfte schwinden. Ohne Ren ist sie zwar nicht machtlos, aber sie weiß, dass er einen nicht unwesentlichen Teil ihrer Stärke ausmacht. Sie schaut auf und wird von einem hellen Licht geblendet. Sie

kneift die Augen zusammen, damit sie trotzdem etwas erkennen kann. Das Ende scheint in Sicht. Doch ein Problem hat sich offenbart: Es gibt keine Möglichkeit weiterzuklettern. Ein kiragroßes Loch klafft vor ihr in der Wand, und erst etwas höher findet sich der nächste Haltepunkt.

„Kann nicht mal eine einzige Sache gut laufen?", brüllt sie und begeht den Anfängerfehler, nach unten zu gucken.

„Verdammte Scheiße", flucht sie und schließt die Augen. Sie schnappt nach Luft und redet sich gut zu, um keine kleine Panikattacke zu bekommen. Sie ist so weit gekommen, und das jetzt zunichtezumachen, nur weil sie ein wenig Angst hat, wäre schon verdammt hirnrissig – denkt sie sich zumindest.

„Hilft ja nichts", sagt sie und spannt die gesamte Körpermuskulatur an. Sie erinnert sich an eines ihrer absoluten Lieblingsvideospiele, das sie schon mehrfach durchgespielt hat und dessen Titelmelodie mietfrei in ihrem Kopf wohnt. Das Lied hat ihr schon beim Sport immer geholfen, länger laufen zu können und öfter durchzuhalten. Der letzte Push sozusagen.

„Das sieht bei dir immer so easy aus, Nathan Drake. Ich hoffe, das ist es auch."

Den Soundtrack im Kopf voll aufgedreht, öffnet sie die Augen und schaut fest entschlossen auf ihr Ziel. Ein Vorsprung, der zum Greifen nah ist und ihr doch unfassbar weit weg erscheint. Sie holt so tief Luft, wie sie nur kann, zieht die Beine nach oben auf den nächstmöglichen Punkt und katapultiert sich mit voller Kraft nach vorne.

„KOMM SCHON!"

Ihre Hände fassen verzweifelt in die Luft, und nach einer kleinen Ewigkeit, die keine Sekunde andauert, ergreift sie mit ihrer Rechten den angepeilten Vorsprung. Die Melodie wird lauter, und Kira brüllt vor Freude los. Mit der linken Hand ertastet sie ein kleines Loch und zieht sich hoch. Wie beim Bouldern erklimmt sie nach und nach den Rest der Wand, und ehe sie sichs versieht, steht sie wieder auf dem Dach der Unterstadt.

Vor ihr steht in ihrer vollen Pracht die Salzsäule der Lady Anne. Kira hält einen Moment inne und freut sich nicht nur, die eingefrorene Göttin zu sehen, sondern bemerkt zum ersten Mal ihren durchdringenden Blick. Keinerlei Angst oder Zögern in ihrem Gesicht. Nur eine fest entschlossene Miene, die weiß, dass sie schnell ihrem Schicksal entkommen wird.

Kira verschnauft nicht weiter, sondern stellt sich neben die Obergöttin, legt die Hand auf die Säule und brüllt inbrünstig ihren Namen. Ein helles, warmes Licht erscheint, die in Rot gekleidete Göttin steht vor ihr und schaut sie mit einem verschmitzten Lächeln an.

„Ich wusste es", sagt Lady Anne. „Du bist die wahre Unsterbliche. Und du hast es alles selbst herausgefunden, nicht wahr?"

Kira lächelt und nickt. Sie weiß nicht, was sie erwidern soll.

„Woher kanntest du meinen wahren Namen?"

„Wir haben auf die Schicksalsgesetze gepfiffen."

Die beiden lachen einen Moment lang auf.

„Die anderen", führt die Obergöttin fort. „Sie sind in ihren Seelengefängnissen gefangen."

„Wie Natascha damals ...", überlegt Kira laut.

„Wenn sie in ihrer eigenen Traumwelt eingeschlossen war, ja. Doch sie sind alle an einem Ort, und du kannst sie befreien. Ich kann dir beim ersten Schritt helfen, den zweiten

musst du leider komplett allein vollführen. Ich werde jede Sekunde an deiner Seite sein, doch deine Freunde kannst nur du zurück in diese Welt holen. Damit wir eure Welt retten und Schicksal ein für alle Mal wegsperren können. Viel Zeit bleibt uns nicht, denn Lilith ist unlängst mit den Dämonen eingefallen –"

„Woher weißt du das alles?"

„Ich bin die Obergöttin. Es ist mein Job, alles zu wissen."

Kira zieht die linke Augenbraue hoch.

„Du glaubst mir nicht?"

„Viele Worte haben wir bisher nicht miteinander gewechselt. Und als wir uns das erste Mal sahen –"

„Warst du noch ein Welpe. Eine junge Frau, die den einfachen Pfad im Leben verfolgte. Du hattest Ziele, hast diese aber nie umgesetzt – oder erst, als dir die Entscheidung abgenommen wurde und du gezwungen warst zu handeln. Sieh dich jetzt an. Du bist zu einer Kämpferin herangewachsen, die das nobelste Ziel von allen verfolgt: sich für ihre Freunde in die Gefahr stürzen. Es mag viele Versionen von dir geben, doch es gab noch nie so eine wie die, die vor mir steht. Fest entschlossen, voller Tatendrang und unbeirrt von dem, was andere denken oder sagen."

Kira lächelt und bedankt sich für die schmeichelnden Worte. Sie möchte Lady Anne umarmen, traut sich aber nicht. Umarmt man eine Obergöttin einfach so?

„Es tut mir leid, dass du so lange in dieser Salzsäule eingesperrt warst."

„Keine Sorge", sie klopft Kira auf die Schulter, „das kam mir wie ein kurzes Mittagsschläfchen vor. Aber genug Geplänkel."

Kira nickt und schaut sich suchend um.

„Hast du einen Plan?"

„Einen Plan?" Lady Anne lacht laut auf. „Aber natürlich."

Sie hält die Hände tänzerisch in die Luft und klatscht dreimal. Ohne Vorwarnung wird es stockduster, und im nächsten Moment befinden sich die beiden inmitten eines riesigen Gefängnisses. Unmittelbar vor Kira steht ein pompöser Schreibtisch, über den roter Filz gelegt ist. Sie schaudert bei dem Gedanken, ihn anzufassen. Sie weiß nicht, warum, aber diese samtigen Oberflächen haben ihr schon immer eine Gänsehaut bereitet.

Ein kleiner Füllfederhalter mitsamt Tintenfass ist ebenso drauf zu finden. Ein Pergament, auf dem „Seelenvertrag" steht, ruht in der Mitte des Tisches – als würde es nur darauf warten, dass jemand seinen Namen druntersetzt.

Kira schaut auf ihre Füße und bemerkt einen riesigen lila Teppich, der sich über den gesamten Raum erstreckt. Was sie nicht versteht: warum dieser herrenlose Schreibtisch in einem Gefängnis steht.

„Wo sind wir hier?"

„Im Seelenraum."

„Fängt bei euch alles mit Seele an?"

„Das ist zumindest die Übersetzung. Ich glaube, niemand hat sich sonderlich viele Gedanken gemacht, wie es in eurer Sprache klingt."

Kira schleicht zum roten Ledersessel hinüber, der hinter dem Schreibtisch aufragt. Eine tiefe Sitzfalte ist zu sehen. Anscheinend nimmt hier jemand regelmäßig Platz und setzt diese Verträge auf?

„Er ist gerade nicht da."

„Er?"

„Das Wesen, das für uns die Verträge anfertigt."

„Auch ein Gott?"

Lady Anne schüttelt den Kopf.

Was ein sonderbarer Ort, denkt sich Kira und wandert vorsichtig weiter. Sie sieht kleine Gefängniszellen, die gerade groß genug für eine Person sind, um sich hinzulegen. Keinerlei Waschutensilien oder überhaupt irgendetwas, das dabei helfen würde, sich nicht so eingesperrt zu fühlen. Sie horcht auf. Irgendwoher dringt klassische Musik herüber. Ein Klavier, das sanft, aber leidenschaftlich gespielt wird. Ein Chor, der das Gespielte leise begleitet.

„Hörst du das auch?"

„Hast du es jetzt erst bemerkt? Der Wärter hört es auf Dauerschleife. Nicht einmal ich weiß, wo er es herhat. Es gibt keinerlei Hinweise auf seinen Ursprung. Aber ich mag die Melodie."

Kira nickt. Das Lied hat etwas Beruhigendes. Mit so einer Melodie würde sie morgens am liebsten sanft aus dem Schlaf geweckt werden.

„Ich sehe meine Freunde nirgendwo."

„Das ist nur das Vorzimmer. Den Gang hinter dem Schreibtisch entlang findest du die anderen Zellen. Aber denk dran, nur deine … unsere Freunde. Die anderen solltest du in Ruhe lassen. Ich weiß nicht, wie lange oder auch nur warum sie hier sind."

„Hat Schicksal sie hier eingesperrt?"

„Schicksal, Lilith, der Wärter … Das kann ich dir nicht sagen. Ich kann dir aber sagen, dass es selten grundlos passiert."

Kira nickt und betritt den schmalen Gang hinter dem Schreibtisch. Sie öffnet eine schmale Gefängnistür und geht hindurch.

XL

DAS SEELEN-GEFÄNGNIS

ira traut ihren Augen nicht. Sie steht in einem riesigen Turm, der von Anfang bis Ende aus Gefängniszellen besteht, die kaum größer als die Türen sind, die ihre Gefangenen von der Außenwelt trennen.

Der Turm erscheint ihr größer als alles, was sie bisher in ihrer – der echten? – Welt gesehen hat. Wobei ihr Erfahrungsschatz in der Hinsicht auch ordentlich zu wünschen über lässt.

„Wie soll ich –" Sie dreht sich um, doch weder sieht sie einen Ausgang noch eine Spur von Lady Anne. „Na, klasse."

Sie wandert in die Mitte des Raumes und dreht sich dabei langsam mehrfach um die eigene Achse. Sie sieht unzählige Menschen und andere Gestalten – unter ihnen vielleicht sogar Götter –, die hier ihr Dasein fristen. Warum sie hier sind, vermag sie nicht zu sagen. So neugierig sie auch ist, so sehr muss sie sich auf das Befreien ihrer eigenen Gefähr-

ten konzentrieren. Sie überlegt einen Moment, und da hier wirklich rein gar nichts außer den viel zu kleinen Zellen ist, hat sie nur eine Idee.

„REN!"

Keine Antwort.

„JEN!"

Keine Antwort.

„PETER!"

Keine Antwort.

„SAM?"

Sie zieht eine Augenbraue hoch. Vielleicht ist das bloße Herumschreien der Namen nicht die Antwort, die –

„Kira?"

Eine leise Stimme irgendwo im Erdgeschoss sagt ihren Namen. Sie schaut sich hektisch um.

„Sam? Bist du das? SAM!"

„Ich bin hier ... Kira ..."

Er klingt geschwächt und niedergeschlagen.

Sie sucht weiter, und mit einem Mal erblickt sie ihn. In einer der Zellen, die aussieht wie jede andere hier. Sie rennt zu ihm herüber und versucht instinktiv, die Gefängnistür aufzubrechen. Doch ihr fehlt die Kraft.

„Ein Zauber", sagt er und ringt nach Luft, „ein uralter Zauber. Nicht einmal die Götter können ihn brechen. Sie haben hier nicht mal Zutritt ... Wollte ich in mein Notizbuch schreiben, doch es ist weg. Alles für die Katz. Alles dahin. Wer bin ich ohne mein Notizbuch? Und ohne meinen Bruder ... Lass mich einfach hier, Kira."

Sie ist im ersten Moment irritiert. So klingt Sam sonst nicht. Hat ihm die kurze Gefangenschaft –

„Wie viele Jahre sind es jetzt?"

„Jahre?" Sie zieht abermals die linke Augenbraue hoch. „Mit etwas Pech bist du seit einem Tag hier. Hab die Zeitrechnung ein bisschen aus den Augen verloren."

„Das kann nicht stimmen." Er versucht aufzustehen, doch er ist zu kraftlos und fällt zurück auf den Boden. „Wir haben uns Jahre nicht gesehen. Die anderen ..."

Ohne Vorwarnung fällt er nach hinten und haut sich den Kopf an. Kira zuckt zusammen, den Schmerz hat sie gespürt.

„Sam?"

Er atmet noch. Sie ist erleichtert. Doch wie bekommt sie ihn heraus?

Lady Anne hat von einem Seelengefängnis gesprochen. Vielleicht muss Kira das, was sie vor sich sieht, ausblenden?

Sie schaut sich ein weiteres Mal um, sieht jedoch nach wie vor keine Möglichkeit, zu ihm zu kommen.

„Sam?", fragt sie und hält sich aufgrund des nächsten Satzes selbst für bescheuert. „Darf ich reinkommen? Du musst dein Leid nicht alleine durchstehen. Ich bin da für dich. Und werde es immer sein, ich –"

Die Zelle wird in ein lila Licht gehüllt, und die Tür verschwindet.

„Das war ja einfach", denkt Kira und tritt ein. Sie überlegt nicht lange und legt ihm die Hand auf. Das Ergebnis überrascht sie daher umso mehr.

„Was zur Hölle ..."

Kira steht in einem kleinen, beschaulichen Landhaus. Alles besteht aus Holz, selbst die Wandvertäfelung. An der Wand hängen unzählige Fotos einer Familie, die sie nicht erkennt. Der Boden besteht aus dunklem Parkett, das den

Geruch von frischem Holz verbreitet. Neben ihr eine Treppe, die nach oben führt. Sie geht näher an eines der Bilder heran und begutachtet es. Die zwei Kinder und die Frau erkennt sie nicht. Doch der Hund – der eine normale Hundegröße besitzt – sieht aus wie Fenrir.

„Wie ein Husky", denkt sie laut.

Und den Mann, den erkennt sie ebenfalls wieder. Es ist Sam. Aber ohne Lederjacke. Ohne Kette. Ohne Notizbuch. Mit kurzen Haaren und Brille.

„Wollte er Bankangestellter werden?"

Sie spaziert langsam durch das Haus, der Boden unter ihren Füßen knarzt mit jedem Schritt leise vor sich hin.

„Ziemlich altes Haus", denkt sie sich.

Sie steht im Wohnzimmer, das neben einem alten roten Sofa, einem Röhrenfernseher und viel zu altem Mobiliar nichts zu bieten hat. Der Anblick erinnert sie ein wenig an das Wohnzimmer ihrer Großeltern, das seit den Achtzigern nicht mehr erneuert wurde.

Aus heiterem Himmel hört sie das Klirren von Besteck einen Raum weiter. Der verführerische Duft eines Rostbratens lockt sie ins nächste Zimmer. Vorsichtig öffnet sie die Tür und schaut hinein. Die Familie, die sie eben auf dem Bild gesehen hat, sitzt beisammen am Tisch. Sie essen, schmatzen und lachen miteinander.

„Oh Sam …", sagt Kira und hört, wie ihr Herz ein kleines bisschen bricht. „Es tut mir so leid …"

Sie betritt den Raum, und erst jetzt wird die Familie auf sie aufmerksam.

„Wer sind Sie?", fragt die Frau und steht schnurstracks auf. Ihre Hand wandert instinktiv zum Messerblock.

„Keine Sorge", erwidert Kira, „Ich –"

„Bin eine alte Freundin", führt Sam fort. „So wäre der Satz bestimmt weitergegangen, oder, Kira?"

Sie nickt. Und ist heilfroh, dass Sam sie erkennt. Ihre Gesichtszüge beruhigen sich wieder. Die Frau, immer noch misstrauisch, nimmt die Hand vom Messerblock, aber bleibt stehen.

„Und wie sind Sie hier reingekommen?"

„Lange Geschichte, aber ich habe nichts aufgebrochen, das schwöre ich." Kira beißt sich auf die Unterlippe, sie weiß, das alles hier ist eine Illusion, aber es fällt ihr trotzdem unfassbar schwer. „Sam, wir müssen gehen."

„Samuel", sagt die Frau und stellt sich hinter ihre Kinder. „Was meint sie damit?"

„Das weiß ich nicht, mein Schatz", erwidert er. „Kira und ich, wir haben vor langer Zeit zusammengearbeitet, müsst ihr wissen. Als ich noch … Das hab ich euch ja mal erklärt … für den Geheimdienst gearbeitet habe. Da haben wir einen sehr bösen Kerl gefangen, der viel zu viel Einfluss hatte, und eingesperrt. Aber das ist viele Jahre her. Daher weiß ich gerade auch noch nicht, warum meine alte Freundin Kira hier ist. Aber wir wollen nicht unhöflich sein, oder?"

„Nein", antworten die beiden Jungen im Chor.

„Also setz dich doch."

Sams Frau schaut ihn erzürnt an.

Kira schüttelt den Kopf.

„Ich möchte auch nicht unhöflich sein", sagt sie und umklammert ihren linken Arm. „Aber wir müssen gehen."

„Keine Sorge." Sam steht gemächlich auf und tätschelt seinen Söhnen den Kopf. „Ich bin gleich wieder da. Niemand wird gehen. Versprochen!"

Kira seufzt.

Sam drückt ihr sanft die Hand in den Rücken und führt sie ins Wohnzimmer. Er schließt die Tür hinter sich und bittet sie, sich hinzusetzen.

„Ich verstehe leider nicht ganz", sagt er. „Ist Schicksal wieder da? Oder Lilith?"

Kira versteht es ebenso wenig.

„Was glaubst du, was passiert ist?", fragt sie.

Sam schaut zur Tür. Er möchte nicht, dass seine Kinder auch nur ein Wort von dem aufschnappen, was er sagt.

„Du hast mich damals aus diesem schrecklichen Seelengefängnis befreit", flüstert er. „Die anderen auch. Dann haben wir Schicksal selbst dort eingesperrt und Lilith den Garaus gemacht. Wir sind getrennte Wege gegangen und haben uns eigentlich versprochen, nie wieder ein Wort darüber zu verlieren, um nicht Gefahr zu laufen, dass Schicksal auf einmal wiederkommt."

„Sam." Sie seufzt abermals, und ihre Augen werden glasig. „Das ist nie passiert."

„Was ist nie passiert?"

„Du bist immer noch in diesem Gefängnis. Ich bin hier, um dich zu befreien. Dieses Haus. Dein Aussehen. Diese hässliche Couch. Und …"

„Und was?" Er schluckt schwer. Er weiß, was sie sagen wird, und doch will er es hören, vielleicht ist es bloß die Hoffnung eines Narren.

„Und deine Familie … All das ist nicht echt."

Sie weiß, wer vor ihr sitzt. Sie erwartet keinen emotionalen Ausbruch wie bei Natascha.

Sam nimmt die Brille ab und lächelt verhalten. Er schaut betroffen auf den Boden.

„Aber wenn das alles nicht echt ist ..." Er stockt einen Augenblick, und Tränen landen vor ihm auf dem hölzernen Parkett. „Wieso fühlt es sich so echt an? Ich liebe meine Jungs. John und Dean. Meine Frau, du solltest sie kennenlernen, sie –"

„Wo ist Fenrir?", fragt Kira, obwohl sie ihn nicht unterbrechen wollte. Aber die Frage lag ihr von Anbeginn auf der Zunge.

„Nachdem wir ... Aber du hast recht ... Er ist mit mir gekommen. Und hat sein Göttertum aufgegeben, um unter uns Menschen leben zu können."

Kira hat seine Antwort verstanden. Aber sie kann nicht anders, als nachzuhaken: „Und wo ist er jetzt?"

Sam zieht seine Brille wieder auf und bittet sie, ihm zu folgen. Die beiden wandern durch das beschauliche Häuschen zur Hintertür, die in den Garten führt. Gerade als Sam die Tür öffnen möchte, hält sie ihn davon ab. Sie hat verstanden.

„Das passt", sagt sie. „Ich habe dir schon genug Schmerz zugeführt. Aber wir müssen los, ich –"

„Ich habe hier ein ganzes Leben. Woher weiß ich, dass du nicht diejenige bist, die versucht, mich hier rauszulocken? Dass du wirklich Kira bist? Ich wollte es vor meiner Familie nicht sagen, aber du bist nicht die Kira, die ich kannte."

„Weil ich jünger bin? Wie viele Jahre sind seit –"

„Weil du lebst." Sam nimmt die Brille erneut ab und mustert Kira eingängig. „Die Kira, die ich kannte, ist im Kampf mit Schicksal umgekommen. Lilith hatte uns betrogen und ... wie hieß sie noch gleich?"

„Tali ..."

„Tali umgebracht, genau. Danach warst du verschwunden. Einfach weg. Wir haben dich gesucht, aber nirgendwo gefunden. Lady Anne meinte, dass du im Seelengefängnis eingesperrt bist, wir aber ohne die wahre Unsterbliche – also ohne dich – keine Chance hatten, dich zu befreien. Also haben wir unsere letzten Reserven aufgebraucht, sind auf die Erde, haben Lilith davon abgehalten, noch mehr Unheil anzurichten, und Schicksal mithilfe von Lady Anne ebenfalls ins Seelengefängnis geworfen. Da ist er bis heute. Der Wärter war nicht glücklich darüber, aber er musste sich an die kosmischen Gesetze halten. Meine einzige Erklärung ist – und ehrlicherweise habe ich da immer dran geglaubt –, dass du dich aus deinem Gefängnis befreien konntest."

Kira möchte ihm widersprechen, bleibt aber erst einmal stumm. Der Zweifel, dass Sam recht haben könnte, keimt auf. Eigentlich möchte sie ihm keinerlei Raum schenken, doch was ist, wenn sie ihn aus dieser Welt herausholt, in der alles ein Happy End hatte?

„Was ist mit den anderen?", fragt sie.

„Du meinst Jen, Peter, Natascha und die anderen?"

„Genau die meine ich."

„Ich habe sie schon lange nicht mehr gesprochen. Das Letzte, was ich gehört habe, waren aber gute Nachrichten von allen. Jen und Ellie leben mittlerweile zusammen. Natascha ist ausgewandert. Aber was sie alle genau machen, kann ich dir leider nicht sagen."

„Und die Urgötter? Was ist aus Ren geworden?"

Sam seufzt laut und legt seine Brille weg.

„Ich wusste gar nicht, dass du Brillenträger bist. Hattest du damals immer Kontaktlinsen an?"

„Die kam erst mit dem Alter", erklärt er lachend. „Meine Augen sind rapide schlechter geworden."

Sie setzt sich ein gezwungenes Lächeln auf.

„Aber um deine Frage zu beantworten", er setzt sich auf einen kleinen Stuhl, der etwas verloren am Rande des Raumes steht, „Ren ist damals mit dir verschwunden. Renée, Kali, Freya … Sie sind auf ihre Planeten zurückgekehrt. Alle bis auf Freya. Wir gehen davon aus, dass sie zurück nach Asgard gegangen ist, aber keiner weiß es so genau."

Kira fragt sich, ob sie Sam überhaupt benötigt. Oder ob sie ihn hierlassen kann. Selbst wenn es nur eine Illusion ist, hier scheint er glücklich zu sein. Doch wie kommt sie hier wieder raus?

„Meine Empfehlung", sagt er und bemerkt ihr Nachdenken, „wäre, dass du nach Hause zurückkehrst. Dort in dich gehst und überlegst, was wahr und was falsch sein könnte. Was anderes fällt mir nicht ein. Insbesondere wüsste ich nicht mal, wo ich mit dir hingehen sollte, sofern deine Geschichte stimmt."

„Dabei war ich so erleichtert, dich als Erstes gefunden zu haben."

Sam steht auf und begleitet sie zur Haustür.

„Wieso das?", fragt er und lächelt.

„Ich war der festen Überzeugung, wenn einer eine klare Antwort hätte, dann du."

Er öffnet die Tür, und Kira tritt einen Schritt heraus. Sie atmet die frische Luft tief ein und könnte vor Freude weinen. Sie hat so lange nicht mehr an der Sonne gestanden und die „Erdenluft" eingeatmet.

„Sicher?", fragt er. „Ich hatte eher das Gefühl, dass ich euch auf den Keks gegangen bin."

„Vielleicht manchmal. Aber dein Notizbüchlein war immer sehr hilfreich."

Sam macht einen Schritt nach hinten und hält sich die linke Hand an die Schläfe. Ein schmerzhafter Blitz durchzuckt ihn.

„Sam?"

Kira springt zu ihm hin und stützt ihn, damit er nicht nach hinten überkippt.

„Mein …" Er stottert leise, und Kira versteht seine Worte kaum. „Notizbuch?"

Abermals durchzuckt ihn ein Gedankenblitz und lässt ihn am ganzen Körper zittern.

„Samuel", sagt eine Stimme, die aus der Küche kommt, aber nicht einmal im Ansatz wie seine Frau klingt. Die Stimme ist tief, kratzig und klingt wie ein Dämon. „Wo bleibst du, Samuel?"

„Fick mein Leben", murmelt Kira und stolpert mit Sam nach draußen. „Du hättest mich beinahe an meinem eigenen Verstand zweifeln lassen."

„Wo … ist …"

„Keine Ahnung, aber wir müssen hier schleunigst raus. Was auch immer gerade aus deiner Küche nach dir gefragt hat, war kein Mensch. Ich hasse, dass wir das hier im Schnelldurchlauf machen müssen, aber wir haben gerade keine Zeit, uns mit deinen Emotionen auseinanderzusetzen."

„Wo …"

„Wie gesagt, alles nicht echt, ich –"

„Notizbuch. Kira. Antwort ist –"

„Im Notizbuch, okay, verstehe. Pass auf. Du bleibst hier sitzen, ich gehe wieder rein."

Er schüttelt den Kopf.

„Nicht da."

„Da bin ich beruhigt. Ich hatte echt keine Lust, mich mit der Familie von Freddy Krüger anzulegen."

„Notizbuch ..."

„Ist in dir irgendwas durchgebrannt, dass du keine ganzen Sätze mehr bilden kannst?"

Er schüttelt leicht den Kopf und zeigt auf den Garten. Kira seufzt. Natürlich zeigt er genau darauf. Wohin auch sonst?

„Ernsthaft?", fragt sie ihn, und er nickt nur.

Sie läuft herüber und wiederholt immer wieder, dass das hier alles nicht echt ist.

„Hast du das Notizbuch wirklich MIT IHM vergraben?"

Er nickt abermals.

„Mit ihm ... ging es zu Ende."

Plötzlich hört Sam hinter sich ein Kratzen an der Tür und die dämonische Stimme, die lange und genüsslich seinen vollen Namen ausspricht.

„Kira", ruft er mit letzter Kraft, und sie lässt sich nicht lange bitten.

Sie nutzt ihre Hände und gräbt ein Loch – ironischerweise wie ein Hund. Sie gräbt, so schnell sie kann, und es dauert nicht lange, bis sie etwas zu fassen bekommt.

„Bitte sei das Buch, bitte sei das Buch ..."

Sie zieht den ledrigen Einband heraus, der voller Dreck ist, und läuft herüber zu Sam, der aussieht, als würde er gleich in Ohnmacht fallen.

„Und jetzt?", fragt sie.

Er schüttelt den Kopf. Er weiß es nicht.

Er streckt die Hand aus, und sie gibt ihm das Buch.

Eine lila Blase öffnet sich um sie herum, und mit einem Mal stehen sie in Sams Zelle im Seelengefängnis. Er sieht wieder ganz aus wie der Alte, scheint aber ohnmächtig zu sein.

WUFF

Kira erschreckt und bemerkt, dass Fenrir vor der Zelle steht und die beiden irritiert anschaut. Den Kopf zur Seite gedreht und die lange Zunge ausgestreckt.

„Bruder", ächzt sie, „lange Geschichte. Erzähl ich dir später. Hilf uns erst mal, ins andere Zimmer zu gelangen. Da kann sich Sam ausruhen. Wenn wir nur –"

WUFF

„Dein Ernst? Du bist klasse, Fenchlo!"

Der Götterhund wedelt wie ein Propeller und läuft zum Ausgangspunkt, der einfach nur wie eine Wand erscheint. Er haut mit der Pfote dagegen, und plötzlich öffnet sich die Wand und das Eingangszimmer mit dem Schreibtisch des Wärters ist wieder begehbar.

„Wieso ist mir das vorher nicht aufgefallen?", fragt Kira und zieht eine Augenbraue hoch.

Sie nimmt Sam auf den Arm und schleppt ihn rüber ins Wärterzimmer.

XLI

GEFANGEN IM HIMMEL

„Du bist aber ganz schön schwer", scherzt Kira und setzt Sam vorsichtig auf den riesigen Stuhl des Wärters.

„War lange außer Gefecht", sagt er und versucht, sich ein Lächeln abzuringen, doch die Erinnerung an seine Kinder – und seine Frau – ist noch zu deutlich. Er wurde darauf trainiert, ein Soldat zu sein und alles andere auszublenden. Und anscheinend ist immer noch Krieg.

„Hier." Er hält Kira sein Notizbuch hin. „Irgendwo am Ende hat James ein paar Dinge zum Seelengefängnis aufgeschrieben. Vielleicht helfen sie dir."

Kira nimmt das Buch dankend entgegen. Sie ist überrascht, dass er ihr es überreicht, da er es bisher wie seinen Augapfel gehütet hat.

Kira schlägt es auf und sucht nach etwas, das ihr helfen könnte. Sie liest überraschend detaillierte Beschreibungen darüber, was das Gefängnis ist, und fragt sich abermals, woher

die beiden Brüder so viel Wissen über etwas gewinnen konnten, das sie bisher – bis heute – nicht von innen gesehen hatten.

„Sag mal, Sam", sie dreht sich zu ihm hin, die Augen dabei aber weiterhin auf die Seiten des Buchs gerichtet, „woher weiß James, dass der Wächter Igor heißt?"

„Mein Bruder ist viel rumgekommen", erwidert er und hustet. „Lilith hat ihm viel erzählt. Warum, weiß ich nicht."

Kira nickt und gibt sich mit der halbgaren Erklärung zufrieden. Bis auf ein paar weitere Infofetzen, die im Vorfeld hilfreich gewesen wären, findet sie nichts. Zumindest, dass die Urgötter keinen Zutritt in den Hauptraum haben, ist ebenfalls vermerkt. Auch eine Info, die Kira etwas misstrauisch werden lässt.

„Ich kenne diesen Blick", sagt Sam. „Weder mein Bruder noch ich sind Verräter. Dieses Buch ist das geballte Wissen unserer Familie über vier Generationen hinweg. Geschichte wiederholt sich – immer. Da liegt es nahe, dass in den letzten zweihundert Jahren viele dieser Informationen zusammengetragen werden konnten."

Sie nickt und übergibt ihm das Buch.

„Was auch immer du bis hierhin unternommen hast, es hat funktioniert. Mach das doch einfach weiter." Lady Anne tritt aus dem Schatten hervor.

„Woah!" Sam erschreckt und dreht sich unter Schmerzen zu ihr hin. „Wo kommst du – wo kommen Sie denn her?"

„Kira hat mich befreit. Und das Du ist vollkommen in Ordnung."

„Genauso, wie sie uns befreit hat?"

Lady Anne nickt und setzt sich auf eine der Stufen, die in den anderen Raum führt.

„Ich würde dir gerne helfen", sagt sie und schaut an die Decke. „Aber ich kann nicht. Du solltest trotzdem keine Zeit verlieren."

Sie guckt Kira mit Nachdruck an. „Wenn wir eins nicht mehr haben, dann Zeit. Und wer weiß, wie lange du dieses Mal weg sein wirst."

„Moment", entgegnet Kira und zieht eine Augenbraue hoch. „Wie lange war ich weg?"

„Schwer abzuschätzen. Für mich war es relativ kurz, aber in Menschenzeit –"

„NATÜRLICH IN MENSCHENZEIT!"

Lady Anne verstummt, und ihre Gesichtszüge verwandeln sich. Ihr unmissverständlicher Blick könnte wahrscheinlich sogar töten, wenn sie es wollte.

„Sorry", sagt Kira missmutig und schaut verstohlen zu Boden. „Aber die Zeit –"

„Wird so oder so voranschreiten. Wenn wir uns gegenseitig demoralisieren, wird es nichts daran ändern ... Ein paar Tage, lautet die Antwort auf deine Frage."

„Dann waren wir alle –"

„Ich war ein paar Jahrzehnte weg." Sam lächelt leise. „Ich hatte ... ein Leben."

Kira beugt sich zum Götterhund herab, der sich in die Mitte des Raumes gelegt hat. „Pass bitte auf ihn auf. Ich hole die anderen."

Ein leises Wuff entweicht Fenrir, und er kratzt sich genüsslich am Ohr, steht auf und legt den Kopf auf Sams Schoß, der aufgrund des Gewichts beinahe vornüberfällt.

„Weiter geht's." Kira winkt verhalten und begibt sich zurück in den Zellenturm.

Sam und Lady Anne bleiben wie besprochen zurück. Sie mustert ihn und bemerkt seinen Blick.

„Hat dir das Seelengefängnis ein Leben versprochen, das du gerne gehabt hättest?"

„Nein." Er schüttelt den Kopf und zieht die Nase vorsichtig hoch. „Es hat mir etwas gezeigt, was einst hätte sein können."

Es bedarf keiner weiteren Worte. Lady Anne kniet sich zu ihm und streichelt ihm sanft den Kopf. Er verschränkt die Arme und legt die Stirn darauf, um leise in sich hineinzuweinen.

Kira schaut sich im Seelengefängnis aufmerksam um und ruft erneut die Namen ihrer Freunde. Eine Antwort bleibt jedoch aus. Schreie erklingen aus verschiedenen Ecken, manche von ihnen scheinen hunderte Meter über ihr zu sein.

„Ich bin manchmal so ein Dummdumm", murmelt sie und schließt die Augen. Obwohl sie auf diese Weise nun schon mehrfach ihre Kollegen gefunden hat, dauert es immer ein wenig, bis ihr diese „Kraft", die sie da besitzt, wieder einfällt.

Sie denkt an ihre beste Freundin Jen. An all das, was sie auf dieser Reise erlebt haben, aber auch an die Liebe, die sie füreinander empfinden. Wie Schwestern, die bei der Geburt getrennt wurden und sich wiedergefunden haben. Sie weiß, sie kann ihr alles erzählen, mit ihr über alles reden, und würde dafür niemals ein schlechtes Wort von Jen hören. Natürlich streiten sich die beiden auch, aber das gehört nicht nur dazu, sondern ist sogar wichtig, damit sie sich weiterentwickeln können. Kira war in ihrem Leben schon verschiedensten Menschen beggenet. Durch sie wurde ihr bewusst- wenngleich es auch manchmal etwas dauerte –, dass Freundschaften Einbahnstraßen sein können. Dass

vermeintliche Freunde einem viel versprechen, es aber nicht umsetzen. Letztlich waren aber immer die Taten entscheidend, nie die Worte. Manche sprachen nur über sich selbst und verstanden nicht, warum es Kira irgendwann zu viel wurde. Es gab auch Menschen, die sich weigerten, aus ihrer Komfortzone auszubrechen, und es ihr sogar krummgenommen haben, wenn sie versuchte, diese Freunde herauszufordern, sich weiterzuentwickeln und nicht auf der Stelle stehenzubleiben. Doch all das traf nie auf Jen zu. Sie war immer bereit, sich zusammen mit Kira in alle Abenteuer zu stürzen, die auf sie warteten. Und sollte sich eine der beiden mal unverhältnismäßig benommen haben, konnte die andere problemlos darauf hinweisen. Sie sind stets zusammen weitergekommen, haben auf den anderen achtgegeben und sich nie auseinandergelebt, weil sie beide wussten, was sie aneinander hatten und wie viel Arbeit es ist, so eine besondere Beziehung zu pflegen.

Daher ist es auch keine große Überraschung, dass Kira mit geschlossenen Augen zu Jens Zelle findet.

„Hey, Jen", sagt sie und geht in die Hocke, um auf Augenhöhe mit ihrer besten Freundin zu sein, die die Hände über den Kopf gefaltet hat und nervös vor und zurück wippt. „Ich hol dich hier raus, versprochen."

„Ich konnte dich nicht beschützen. Ich konnte Ellie nicht beschützen. Ich konnte niemanden beschützen", wiederholt sie immer und immer wieder. Eine Tränenpfütze hat sich vor ihr auf dem Boden gesammelt, und ähnlich wie Sam scheint sie so nicht ansprechbar zu sein. Kira ahnt nicht, was sie erwartet.

„Jen", fragt sie mit sanfter Stimme, „darf ich eintreten?"

Ihre beste Freundin schaut auf, und Kira guckt in tiefschwarze Augen. Keine freundlichen Pupillen und der liebe Blick, den sie von ihr gewohnt ist, scheint verschwunden. Die Augen sind tiefschwarz, genau wie ihre Tränen.

„Wenn du dich traust", knurrt Jen und versenkt den Kopf wieder zwischen den Knien.

„Cool cool cool cool cool cool", erwidert Kira, schließt abermals die Augen und tritt einen Schritt nach vorne.

Sie steht in einer Wohnung. Wessen, weiß sie gerade noch nicht.

„Immerhin sieht es hier nicht so altbacken und creepy aus wie in Sams Traumhaus."

Sie macht einen leichten Schritt und schaut, ob sie jemand bemerkt. Bisher nicht. Vor ihr steht ein kleiner Wohnzimmertisch, komplett aus Glas. Auf ihm liegen diverse Magazine, die sie selbst noch nie gelesen hat, aber aus dem örtlichen Kiosk kennt. Die Themen, mit denen sie sich beschäftigen, sind ihr fremd. Ihr Lesestoff beschäftigt sich mit Videospielen – insbesondere mit denen aus ihrer Kindheit.

Überall stehen dekorative Zimmerpflanzen und kleine Blumensträuße. Sie verleihen dem Raum nicht nur eine freundliche Ausstrahlung, sondern riechen auch angenehm.

„Sollen wir nachher noch kurz zum Sport?"

Die Stimme kommt aus einem der anderen Räume. Kira wandert langsam hinüber und folgt dem Dialog, der aus der Frage entstanden ist. Wenn sie sich nicht irrt, sprechen hier vier Frauen miteinander. Jen ist eine von ihnen, aber wer sind die anderen drei?

„Ich hätte Lust auf eine Runde Squash. Das haben wir schon lange nicht mehr gespielt."

Kira verzieht die Mundwinkel. Schwitzen und einem kleinen Ball hinterherrennen, der nicht einmal anständig springen kann. Das ist nicht ihre Definition von einem coolen Teamsport. Wobei ihr spontan auch nur Fortnite einfällt und das eher weniger als Sport gewertet wird.

„Oder wir spielen mal wieder Badminton, das –"

Sie steht im Türrahmen und wird von den vier Anwesenden ungläubig angeschaut. Jens Kinnlade ist nach unten gefallen, und auch die anderen drei, die Kira ebenso bekannt sind, wissen nicht, was sie sagen sollen.

„Ich hatte schon Sorge", sie betritt den Raum und stellt sich vor die vier Frauen, „dass ich hier Jen und drei Dämonen vorfinden würde."

Betretenes Schweigen.

„Im Seelengefängnis scheint man wohl seinen Sinn für Humor zu verlieren."

„Kira?" Jen ist die Erste, die ihre Stimme wiederfindet. Und Kira versteht, warum sie die anderen drei nicht direkt erkannt hat. Sie alle sind erheblich älter geworden. Genau wie Sam scheinen sie einige Jahrzehnte ihres Lebens im Seelengefängnis – der Illusion – verbracht zu haben.

„Auch wenn ich gerne bessere Umstände gehabt hätte – ich kann gar nicht sagen, wie gut es tut, euch alle wiederzusehen."

Jen, Ellie, Renée und Freya lächeln sie liebevoll an. Insbesondere der Blick der Muttergöttin verrät Kira alles, was sie wissen muss. Was sie nicht versteht, ist, warum sie nicht mehr wie Götter, sondern wie irdische Frauen aussehen. Haben sie in dieser fiktiven Welt ihr Göttertum aufgegeben?

„Ich wusste", sagt Freya und steht auf, „dass du eines Tages wiederkehren würdest."

Selbst als Mensch überragt sie all die anderen Frauen erheblich, und selbst wenn Kira es nicht schon wüsste, würde sie direkt annehmen, sie hätte es mit einer Göttin zu tun. Oder mit jemandem, dessen DNA vor der Geburt so zusammengemischt wurde, dass nur die Gene überwiegen, die für den Jackpot sorgen.

„Du wusstest das?", fragt Jen. „Und du hast mir NICHTS erzählt?"

„Ich glaube leider nicht", erwidert Freya und legt den Arm um Kira, „dass es ein erfreulicher Besuch ist."

„Kein Problem. Wem müssen wir in den Arsch treten?"

Kira lacht, und Tränen schießen ihr ungewollt in die Augen. Sie springt förmlich zu Jen hin und umarmt ihre Freundin so fest und innig, wie sie kann.

„Ich habe dich so vermisst", sagt Kira und lässt nicht los.

„Ich sag's mal so. Wir dachten auch ehrlicherweise alle, du hättest dich für uns geopfert. Ich muss also gerade auch erst mal klarkommen und weiß gar nicht, wie ich reagieren soll."

„Entschuldigt", Ellie räuspert sich und spricht leise, obwohl sie alle Anwesenden hören können, „aber sind wir sicher, dass es sich hierbei um die echte Kira handelt?"

„Ich könnte euch umgekehrt dasselbe fragen", kontert die Auserwählte und tritt vor Ellie. „Aber ich bin wirklich echt. Und ihr auch. Was aber nicht echt ist –"

„Kira", unterbricht Renée sie. „Es ist schön, dich wiederzusehen. Hast du nicht Lust, mit uns ein Eis essen zu gehen? Ich denke, danach können wir über all das sprechen, weswegen du hier bist. Da macht eine Stunde mehr oder weniger nichts aus, oder? Es wäre doch schade, ein so schönes Wiedersehen direkt mit schlechten Nachrichten zu belasten."

„Ich hab das Gefühl", erwidert Kira, „dass das eine sehr gute Idee ist. Und dass ihr beide schon wisst, warum ich hier bin."

„Du hattest eben was gesagt", wirft Ellie ein. „Seelengefängnis. Warst du da nicht gefangen?"

„Also, die Idee mit dem Eis", wirft Freya an, „fand ich schon sehr überzeugend. Sollen wir das nicht zuerst machen und dann über alles Ernste reden?"

„Solange Schicksal, Lilith, Astaroth und wie sie alle heißen mögen, nicht zurückgekehrt sind, gerne", erklärt Jen und löst die Umarmung ihrer besten Freundin.

Kira versucht, sich nichts anmerken zu lassen – was ihr zu fünfzig Prozent gelingt. Sie weiß, dass Freya und Renée bereits im Bilde sind. Warum haben sie die Illusion also nicht aufgelöst?

Auf dem Weg zur Eisdiele erzählen Jen und Ellie, was sie damals nach dem vermeintlichen Sieg über Schicksal und Lilith unternommen haben. Wie sie lange um Kira trauerten und sich die Freundesgruppe irgendwann auflöste, weil jeder etwas anderes aus ihrem Opfer gewinnen wollte. Sie alle waren sich einig, ihr Leben fortan anders zu gestalten. Freya und Renée gaben ihren Götterstatus auf, um mit den anderen auf der Erde weiterleben zu können. Das Unterfangen war angeblich sehr leicht, da sie schon viele Äonen lebten und ihre Aufgabe erfüllt war. Kira ist sich unsicher, ob sie es nicht einfach taten, weil sie bereits wussten, dass sie sich in einer Illusion befanden. Aber warum haben sie es ihren Schützlingen nicht verraten?

Kira ist in ihre Gedanken versunken und nickt immer wieder, um den Anschein zu erwecken, sie würde zuhören. Bis ein Satz fällt, mit dem sie nicht gerechnet hat.

„Unsere Hochzeit war wirklich wunderschön", sagt Ellie und drückt Jens Hand. „Das Einzige, was wirklich fehlte, warst du."

Kira schaut die beiden mit glasigen Augen an. Auch wenn sie Sam schon aus dem Seelengefängnis befreit hat, merkt sie erst jetzt nach dieser Geschichte und als ihr aufgeht, mit wie viel Liebe sich die beiden anschauen, dass sie einen schwerwiegenden Fehler begangen hat.

„Das hier ...", sagt sie mit gedämpfter Stimme. Sie kneift sich in den linken Arm und hält die Tränen zurück. „Das hier ist alles echt."

Freya bekommt ebenfalls feuchte Augen und lächelt sie herzlich an. Kira hat die Frage, warum die Urgötter nichts gesagt haben, damit selbst beantwortet.

„Was soll es sonst sein?", scherzt Jen, bevor sie den Blick ihrer besten Freundin bemerkt. Sie umarmt sie erneut. „Ich weiß, das ist alles gerade ein bisschen viel. Du warst Jahrzehnte in diesem Gefängnis eingesperrt und –"

Kira zieht sich zurück und schüttelt den Kopf. Sie wischt sich die Tränen aus dem Gesicht.

„Ich meinte", sie holt tief Luft, „ihr seid echt. Das, was ihr erlebt habt. Eure Hochzeit. Euer gemeinsames Leben. Wer bin ich, euch da rauszureißen."

„Wenn wir gebraucht werden –" Ellie kann ihren Satz gar nicht beenden.

„Werdet ihr, aber nicht so, wie du denkst."

„Ich sag's mal so, Kräfte haben wir ja auch keine mehr", nuschelt Jen.

„Ich hatte wirklich gehofft, mir ein leckeres Eis genehmigen zu können, bevor wir uns mit der Realität auseinandersetzen." Freya legt Ellie und Jen die Hände auf die Schultern. Kira stockt einen Moment. Ist hier niemandem aufgefallen, dass die Frau einfach doppelt so groß wie alle anderen ist?

„Aber dafür wird auch ein andermal Zeit sein."

„Hast du uns was vorenthalten?", fragt Jen und wischt ihre Hand weg. „Weißt du etwas, das wir nicht wissen? Ich dachte, dir war es immer wichtig, dass ALLES MIT DER KLASSE GETEILT WIRD!"

Renée schaut verstohlen zur Seite.

„DU AUCH?" Jen verschränkt die Arme und sagt laut „PAH!".

Kira weiß nicht, wie sie es den beiden beibringen soll. Sie möchte sie nicht aus ihrer kleinen, sonnigen Welt herausreißen. Vielleicht ist es sogar besser so. Wäre diese wunderschöne Lüge nicht der Wahrheit vorzuziehen? Ein Lächeln breitet sich auf ihrem Gesicht aus. Sie könnte ihre Freunde auf ewig in dieser Welt lassen. Und auch das mit Sam könnte sie wieder geradebiegen. Es gibt gar keinen Grund, sie einfach hier –

Sie schüttelt den Kopf. „NEIN!"

Die anderen schrecken verwundert auf.

„Entschuldigt", flüstert sie. „Ich habe mich nur gerade an etwas erinnert, das mir mal eine Freundin gesagt hat, und ich hätte nie gedacht, dass ich erst so spät den Grund dafür begreifen würde."

„Willst du das mit dem Rest der Kl–" Freya kann ihren Satz nicht beenden, weil sie von Jens bösen Blicken durchbohrt wird, und räuspert sich nur leise.

„Es ist immer nur eine Frage der Zeit, bis die Wahrheit ans Licht kommt. Die Wahrheit, mit Vorsicht und Zuversicht überliefert, ist jedweder Lüge vorzuziehen – unwichtig, wie schmerzhaft sie ist."

„Und was", Ellie schluckt und drückt die Hand ihrer Partnerin so fest, wie sie nur kann, „ist die Wahrheit?"

„Ihr seid im Seelengefängnis gefangen. Ihr beide. Ich bin dazugestoßen, um euch zu retten. Das hier. Alles. Es ist eine Illusion. Eure echten ... Körper. Sie liegen in den Gefängniszellen."

Ellie schaut auf den Boden.

„Seit Jahrzehnten?" Jen kratzt sich am Kopf. „Hätten wir nicht längst den Hungertod erleiden müssen?"

„Es ist ein magisches Gefängnis", flüstert Renée, die von Kiras Worten über die Wahrheit unangenehm berührt ist. War es ein Fehler, die beiden so lange in Frieden leben zu lassen?

„Und es sind auch keine Jahrzehnte", fügt Kira hinzu. „Es sind nur ein paar Tage. Die Zeit vergeht in dieser Illusion vollkommen anders."

„Verstehe", erwidert Jen und schaut ebenso einen Moment lang zu Boden, bis sie direkt die richtigen Worte gefunden hat. „Na, gar kein Problem. Dann mal Abmarsch. Kam mir damals echt zu leicht vor, wie wir Schicksal besiegt haben."

Ellie schaut ihre Partnerin an und reißt die Hand weg. „Abmarsch? Das war's? Wir haben uns hier ein ganzes Leben aufgebaut. Wir haben darüber gesprochen, ein Kind zu adoptieren, wir –"

Jen küsst Ellie und drückt sie fest an sich. Sie tritt einen Schritt zurück und hält sie an beiden Armen sanft fest. „Aber das ist ja alles noch da. Es ist ja nicht weg. Außer ... Moment ... Kira." Sie dreht den Kopf zu ihrer besten Freundin. „Vergessen wir hiernach alles?"

Kira schüttelt den Kopf, auch wenn sie unsicher ist, ob die Erinnerungen ewig halten.

„Siehst du", sagt Jen und schaut wieder Ellie an. „Wir drehen einfach noch eine Runde. Wir haben eine zweite Chance bekommen, Elliebär. Wer könnte das jemals von sich behaupten?"

Ellies wütender und verständnisloser Blick wandelt sich langsam.

„Und wenn es nicht noch mal genauso sein wird?", fragt sie und schaut an Jen vorbei.

„Dafür werde ich sorgen", verspricht Jen. „Das Erste, was ich mache, wenn wir Schicksal endgültig besiegt haben, ist, wieder um deine Hand anzuhalten."

„Ich könnte ja schwören", Ellie lächelt mit einem Mal, „dass ich dich gefragt hatte, ob du mich heiraten willst."

„Das ist Haarspalterei."

Sie umarmen einander innig, und die anderen drei können nicht anders, als berührte Blicke zu tauschen. Kira dachte, es würde um einiges schwerer werden, sie zu überzeugen.

„Aber wieso", fragt Ellie und schaut Freya an, „hast du uns das nie erzählt? Wieso –"

„Weil ich wusste", Freya beugt sich zu ihrem Schützling hinab wie eine Riesin, die durch ein Fenster im Erdgeschoss schauen möchte, „dass uns Kira eines Tages finden würde. Weil ich wusste, dass wir hier einen Moment ausruhen können, ohne etwas befürchten zu müssen. Und weil ich wusste, was für eine wunderschöne Zeit wir alle miteinander verbringen würden."

Renée nickt. Sie hätte ehrlicherweise noch angefügt, dass sie Angst vor dem hatte, was passieren würde, wenn sie einfach verrät, wo sie sind. Schicksalsgesetze und so. Aber das behält sie lieber für sich.

„Wie kommen wir hier raus?", fragt Jen.

„Das kann ich euch nicht beantworten", erwidert Freya.

„Kannst du nicht oder willst du nicht?"

„Kann ich nicht. Das Wissen entzieht sich Renée und mir."

Kira überlegt einen Augenblick.

„Bei Sam war es so, dass ich sein Notizbuch erwähnt hatte. Und auf einmal brach die Welt in sich zusammen. Die Illusion verschwand. Als hätte ich ihn damit an was erinnert, was er lange vergessen hatte."

„Wir haben kein Notizbuch", murmelt Ellie.

„Ich weiß", erwidert Kira. „Aber irgendetwas in der Art. Irgendetwas, das in Vergessenheit geraten ist, das –"

Kira hat einen Geistesblitz.

„Okay." Sie schaut ihre beste Freundin an. „Das könnte sehr weit hergeholt sein. Aber erinnerst du dich an das Freundschaftsbändchen? Bei dem ich sagte, egal, wo du bist, ich werde dich finden?"

„Das Freundschaftsbändchen …?"

„Du hattest deins verloren, ich habe dir meins gegeben."

„Das Freundschaftsbändchen …!"

Jen kramt gedankenverloren in ihren Taschen. Es dauert einen Augenblick. Sie zieht ihr Portemonnaie hervor, öffnet es und zaubert das Freundschaftsbändchen hervor, das sie und Kira als Kinder zusammen gebastelt und sich jeweils gegenseitig geschenkt haben.

„Nichts passiert", stellt Kira fest und kommt ins Grübeln.

„Dann muss es was anderes sein", erwidert Ellie.

Sie denken gemeinsam nach. Jen spielt nervös mit dem Bändchen.

„Zeig mal", bittet Kira und will danach greifen.

„Ah, ah!", entgegnet Jen und lacht. „Das hast du mir geschenkt. Ist jetzt meins."

„Ich will es doch nur mal kurz sehen –"

Kira bekommt es zu fassen, und beide halten es fest. Ein lautes Getöse ertönt, und die Welt um sie herum verdunkelt sich.

„Wie bei Sam", flüstert Kira.

„Ellie …" Irgendwoher ist eine dämonische Stimme zu hören.

„Jen …" Die immer lauter wird.

„FREYA!" Und immer wütender.

„RENÉE!" Sehr wütend.

„Okay", sagt Kira, „Zeit zu gehen. Irgendwo hat sich ein Portal aufgetan. Da müssen wir durch."

„Der Ort, an dem wir uns zuerst getroffen haben", schlägt Jen vor. „Der ist nicht weit von hier. Im Park, erinnerst du dich?"

Ellie nickt und lächelt. „Natürlich erinnere ich mich. An dem Tag hat sich mein Leben –"

„ELLIE!"

„In Erinnerungen sollten wir später schwelgen." Freya schubst die beiden an. „Lasst uns das Portal finden."

Die fünf Frauen laufen los und sehen relativ zügig, dass Jen recht hatte. Kira zieht eine Augenbraue hoch, doch für Fragen ist keine Zeit. Sie lassen sich nicht lange bitten und springen mit Anlauf hindurch.

XLII

DEM ZIEL ZUM GREIFEN NAHE

ie stehen im Seelengefängnis. Fenrir begrüßt sie mit lautem Bellen und wedelt wie ein Verrückter. Eine nach der anderen wird abgeschlabbert und um Knuddeleien angefleht. Und keine von ihnen lässt sich zweimal bitten – bis auf Kira, die den Moment nutzt und nach den zwei verbleibenden Jägern Ausschau hält.

„Hab ich dich vermisst", sagt Freya und wuschelt durch Fenrirs Fell. „Ich hoffe, du hast gut auf Sam und James aufgepasst!"

„James", sagt Kira und schnippt mit den Fingern.

Die anderen zucken zusammen.

„Bist du wahnsinnig?", fragt Jen. „Hier wird nicht mit den Fingern geschnippt!"

„Ach so. Sorry!"

„Ist James auch irgendwo hier?"

„Das weiß ich nicht", antwortet Renée. „Er könnte zurück im Purgatorium sein. Schließlich hatte Lilith etwas Besonderes mit ihm vor."

„Jen", sagt Ellie und schaut ihre zukünftige Frau an. „Woher wusstest du das? Mit dem Portal? Dass es da ist, wo unser erstes Treffen war?"

„Kira meinte, bei Sam war es das Notizbuch. Etwas, das für ihn sehr besonders ist. Und für mich ist unser erstes Treffen einer der schönsten Augenblicke meines Lebens. Und ich ging einfach frech davon aus, dass es bei dir genauso ist."

Ellie nickt, und sie umarmen sich.

„Fenrir", ruft Kira. „Kannst du die vier nach draußen geleiten? Ich kümmere mich um Natascha und Peter. Und mit etwas Glück auch um James."

WUFF

Der verspielte Wolfshund dreht sich vor Freude im Kreis und bringt sie nach draußen.

Kira hat das Spiel verstanden und schließt die Augen. Sie konzentriert sich auf Natascha und Kali. Sie pflegen zwar keine besondere Beziehung zueinander, doch vielleicht eint sie der Hass auf Lilith und Schicksal, um zueinanderzufinden.

„Hey, Natascha", sagt sie und kann nicht anders, als zu kichern. „Das hat echt funktioniert. Obwohl du und ich bisher selten auf einer Wellenlänge waren. Aber, hey, ich hol dich trotzdem hier raus."

Natascha blickt auf und bleibt stumm. Ihr Blick ist leer. Keine Tränen, keine Wünsche, nichts.

„Ich sag's, wie es ist", fährt Kira fort. „Dein Blick ist schon etwas creepy. Und irgendwas brauch ich von dir. Du musst mich schließlich reinlassen."

Natascha zuckt mit den Schultern, und ihr Blick wandert an Kira vorbei. Sie dreht sich instinktiv um, kann aber nichts erkennen.

„Du verstehst mich", sagt Kira. „Dann lässt du mich rein?"

Abermals zuckt die Hülle, die Natascha ist, mit den Schultern. Eine andere Regung geht nicht von ihr aus.

„Ich nehm das jetzt einfach als Ja."

Kira schließt die Augen, tritt einen Schritt vor – erwartet, dass sie gegen die Gitterstäbe knallt – und steht aus heiterem Himmel vor Nataschas Haus.

„Okay, crazy, ich hatte nicht erwartet, dass –"

„Da bist du ja endlich", hört sie eine bekannte Stimme sagen.

Kira guckt sich erschrocken um, kann aber niemanden ausfindig machen. Woher kam –

„Ach, komm."

Ein weiteres Mal schaut sie umher, sieht aber immer noch niemanden.

„Hier oben am Fenster, bist du blind? Wie haben wir dich denn zu unserer Anführerin gewählt?"

Kira blickt hoch und sieht Natascha, die auf dem Fenstersims sitzt und nach draußen schaut.

„Ich kann dir gar nicht sagen", sie schnalzt mit der Zunge, „wie viele Bücher man in so vielen Jahren lesen kann."

„Wie viele Bücher?" Kira steht auf dem Schlauch. Verwechselt Natascha sie mit jemanden?

„Klar, wenn man in so einer dämlichen Illusion gefangen ist, hat man unfassbar viel Zeit."

Kira zieht beide Augenbrauchen hoch.

„Warte mal ... Du weißt, dass das hier nicht echt ist?"

„Ja." Natascha nickt. „Ich bin eine gute Jägerin. Natürlich weiß ich das. Du etwa nicht? Ach, fuck, bist du auch nur eine Illusion? Moment, bleib da stehen, ich hole meine Säbel."

„NEIN!", ruft Kira ihr entgegen. „Ich bin keine Illusion. Ich bin hier, um dich aus dem Gefängnis zu befreien, ich –"

„Ich wusste, dass ich recht hatte", ruft Natascha hinter sich ins Zimmer hinein. „Wir können mit der Scharade also endlich aufhören. Schicksalsgesetze am Arsch."

Kira hört bis nach draußen das laute Seufzen.

„Die Alternative wäre gewesen, dass diese Welt über uns zusammenbricht und deine Seele auf ewig begräbt", erwidert Kali. „Verzeih mir also, dass ich diese Scharade gespielt habe."

„Aber woher –"

„Weil ich schon mal in so einer Welt gefangen war. Ich wurde hier von einem Abziehbild begrüßt, das so tat, als wäre es mein Vater. Also habe ich meine Säbel gezückt, kurzen Prozess gemacht und der Dämon hat sich in Luft aufgelöst. Unzählige Dämonen sind hier ein- und ausgegangen. Aber keiner von ihnen hatte auch nur den Hauch einer Chance. Dafür war es ein verdammt gutes Training und ich bin nicht eingerostet. Und sieh mich an."

Natascha schaut nach unten, zuckt mit den Schultern und springt aus dem Fenster. Sie landet mit einem lauten Wumms unmittelbar vor Kira. Die Faust in den Asphalt gerammt. Sie steht auf, reibt sich die Hände, und Kira bemerkt das kleine Loch, das ihre Faust im Stein hinterlassen hat.

„Wie krass bin ich bitte gealtert? Kaum Falten, gesunde Hautfarbe und selbst mein Gewicht konnte ich halten. Rotwein vom Feinsten."

Kira schüttelt ungläubig den Kopf. Steht vor ihr die echte Natascha? Oder ist das vielleicht nur –

„Nein, ich bin keine Illusion. Ich hatte nur einige Jahrzehnte zum Reflektieren, und wie gesagt, ich habe sehr viele Bücher gelesen. Anfangs Romane. Auch so schmuddelige. Danach aber auch sehr viel Psychologiekram. Es ist erschreckend, dass es selbst in so einer Scheinwelt Lieferung am

nächsten Tag gibt. Und zwar alles, auch die echten Bücher. Ich habe nämlich mit meinen Lieblingsromanen angefangen, und da war jedes Wort dasselbe. Selbst die Musik –"

„Okay, okay", unterbricht Kira sie. „Ich habe es verstanden. Aber das ist doch echt verrückt. Wieso konntest du dann nicht selbst heraus–"

„Weil ich die wahre Unsterbliche brauchte. Was glaubst du denn? Dein Titel muss doch für irgendwas gut sein, abseits davon, immer wiedergeboren zu werden. Also los. Ich möchte endlich Schicksal so hart in den Arsch treten, dass er nie wieder aufstehen kann."

Kali hat sich zu den beiden gesellt und lacht. „Das war echt anstrengend. Immer so zu tun, als wüsste ich nicht, wovon du sprachst, wenn wir über diese Illusion gequatscht haben. Was ein Mumpitz!"

Natascha nickt und klopft Kali auf die Schulter.

„Ich hab zwischen den Zeilen gelesen, das hat doch auch gut funktioniert. Aber ich bin mehr als bereit, hier wieder rauszukommen. Kira, wo geht's lang?"

Die Jägerin überlegt und erzählt in Kurzfassung, wie Sam, Ellie und Jen den Ausgang gefunden haben.

„Irgendetwas, an das ich nicht denke?", überlegt Natascha. „Aber wie soll mir etwas einfallen, an das ich nicht einmal denke? Das ergibt doch überhaupt gar keinen Sinn! Wobei ... Kali, weißt du es?"

Kalis Augen werden groß, und sie schaut zur Seite. Fehlt nur ein verdächtiges Pfeifen.

„Dann sag es!"

„Unter keinen Umständen, denn wenn Schicksal das mitbekommt –"

Ein lautes Grollen hallt über die Ebene.

„Ist das dein Ernst?", ruft Natascha. „Wir sind hier Jahrzehnte gefangen, Kira findet uns, und jetzt machst du einen Aufriss, weil uns irgendwas nicht einfällt, damit wir hier rauskommen? Dann hilf uns auf die Sprünge! Schließlich haben mein Fuß und dein Hintern noch eine Verabredung!"

Keine Antwort.

„Etwas, das dir wichtig ist, was du vergessen haben könntest."

„Vielleicht ist mir irgendein Hobby nicht eingefallen?"

„Ich möchte keine Wunden aufreißen, also verzeih mir bitte, aber wie war dein Vater damals verstorb-"

„Bei einem Autounfall. Und alles easy. Ich hatte sehr viel Zeit, meine Trauer zu verarbeiten und in etwas Positives umzuwandeln. Ein Truck kam von der Seite angerast, und er war abgelenkt durch irgendwas, ich weiß aber nicht mehr, was, ich -"

„Das hattest du mir erzählt. Ihr hattet zusammen *Don't Fear the Reaper* von Blue Oyster Cult -"

Natascha fasst sich an den Kopf und brüllt laut auf.

„VERDAMMT!"

Ein Blitz schlägt im Haus ein, und es wird dem Erdboden gleichgemacht. Über die ganze Ebene schallt das gerade genannte Lied, und ein lautes Beben nähert sich.

„NATASCHA!", brüllt eine tiefe Stimme, die leider so gar nicht dämonisch klingt.

Sie schaut Kira an und nickt ihr zu. „Das hatte ich in der Tat vergessen."

„Wer kreischt da nach dir?"

„Mein Vater. Also ein Dämon, der sich für meinen Vater ausgibt. Lass mich ihn kurz um die Ecke bringen -"

„Wir müssen das Portal nach draußen suchen."

„Die Musik", sagt Natascha. „Sie kommt aus dem zerstörten Haus. Mein Vater hatte im Keller ein kleines Zimmer, in dem er immer Musik gehört hat. Große Boxen, krasse Anlage, sehr viele CDs und Schallplatten. Da wird das Portal sein. Ich komm gleich nach, lass mich nur kurz -"

„Wir müssen zusammen -"

„Ich schaff das schon."

Natascha und Kali preschen los, und Kira bleibt irritiert zurück. Sie wandert zum zerstörten Haus hinüber und sieht eine Möglichkeit, die Treppe nach unten zu nehmen. Sie geht hinab, und zu ihrer Überraschung hatte Natascha recht. Ein Portal, direkt in einem Zimmer, in dem Schallplatten und CDs kaputt in der Gegend rumfliegen. Sie seufzt einmal, zuckt mit den Schultern und tritt hindurch.

XLIII

EINER NOCH

ira steht erneut im Gefängnisturm. Ein letztes Mal – denkt sie sich. Wenn sie niemanden vergessen hat, fehlt nur noch Peter. Und Mona.

Sie schaut umher und hofft ebenso auf Lebenszeichen von James und Tali – und auch Ben, wenngleich sie es sich nicht eingestehen möchte. Doch sie weiß, dass Lilith beide umgebracht hat. Sams Bruder verweilt mit hoher Wahrscheinlichkeit erneut im Purgatorium. Was auch immer die Dämonenkönigin mit ihm vorhat, sie benötigt ihn lebendig.

„Peter?", ruft Kira und dreht sich langsam um die eigene Achse. Sie zuckt mit den Schultern und schließt die Augen. Es hätte ja auch so klappen können. Doch zu ihrem Verdruss spürt sie ihn nicht. „Peter?", ruft sie abermals. Keine Antwort.

„Das jetzt schlecht", murmelt sie in sich hinein und inspiziert die Zellen ein weiteres Mal. Aufgrund der Höhe des Turms und der schier unendlichen Zahl an Gefangenen wird sie ihn, wenn überhaupt, nur in den ersten beiden Reihen sehen können. Die restlichen Jägerinnen und Jäger waren schließlich hier.

Sie weiß nicht, wie lange sie ihn gesucht hat, doch sie findet ihn nicht. Sie möchte nicht aufgeben, aber die Zeit ist – seitdem sie die Höllenringe betreten haben – nicht auf ihrer Seite. Einen Augenblick hält sie noch inne, schließt erneut die Augen, vergeblich. Sie kehrt auf der Stelle um und betritt den Eingangsraum, das Büro des Wärters.

Obwohl Kira mit dem Bauchgefühl einer Versagerin eingetreten ist, kann sie nicht anders, als zu schmunzeln. Jen, Ellie, Sam, Renée, Fenrir, Freya und sogar Natascha und Kali, von denen sie gar nicht mitbekommen hat, dass sie an ihr vorbeigegangen sind.

„Peter und Mona", sagt sie und setzt sich gedankenverloren auf den roten Wärterthron. „Ich kann sie nicht finden."

„Vergisst du nicht noch wen?", fragt Renée.

„Wir haben doch schon festgestellt, dass James im Purgatorium ist und Tali und Ben ... Sie sind nicht mehr da." Kira lehnt den Kopf an und schaut stoisch an die Decke.

„Sie meint –"

„Gib ihr einen Augenblick", erwidert die Dimensionsherrscherin und unterbricht Jen, die es für ihre beste Freundin buchstabieren wollte.

Wie vom Blitz getroffen springt Kira auf. Die Augen weit aufgerissen, der Mund ebenso weit geöffnet.

„Fuuuuuuuuuuuuuuuck", brüllt sie, sodass man es problemlos im gesamten Turm hört. „Ren! Ich habe Ren vergessen!"

Freya und Renée werfen sich einen Blick zu und können nicht anders, als zu lachen.

„Das ist nicht lustig", antwortet die Jägerin und stapft schnurstracks zurück zu den Zellen. „Reeeen!"

Sie schüttelt den Kopf. Langsam müsste sie doch verstanden haben, wie der Hase läuft. Kira schließt die Augen

und denkt an nichts anderes als an ihren Partner. Den ersten Moment ihres Aufeinandertreffens. Seine dummen Witze. Und wie viel er ihr bedeutet.

Als sie die Augen wieder öffnet, steht sie vor ihm. Er guckt aus seiner Zelle hinaus und grinst sie an. „Ich versuch, es nicht persönlich zu nehmen."

Kira schweigt, sie ist sich unsicher, ob er ebenfalls in einer Illusion gefangen ist.

„Suchst erst nach allen anderen, und dann fällt dir auf einmal ein, DASS DEIN PARTNER FEHLT."

Seine ernste Miene weicht relativ zügig einem herzlichen Lachen.

„Bin ehrlich", fügt er an. „Ich habe auch nichts anderes erwartet."

„Wie kann ich dich hier rausholen? Du scheinst ja in keiner Illusion gefangen zu sein."

„Die Antwort wird dir nicht gefallen", antwortet er. „Der Wärter ist stolz darauf, einen Urgott – ohne eine Partnerperson – eingesperrt zu haben. Das gelingt nur alle Jubeljahrtausende. Ohne seinen Schlüssel werde ich hier nicht rauskommen."

„Das klingt nach einem harten Kampf."

„Bist du harte Kämpfe nicht gewohnt?"

„Ich sag's dir offen, Ren. Ich bin müde."

„Ich weiß. Und du wirst bald deine verdiente Ruhe bekommen. Aber erst mal müssen wir endlich das erledigen, was wir von vornherein unternehmen wollten. Schicksal in den Arsch treten, die Tore der Hölle schließen und dafür sorgen, dass alle lebendig hier rauskommen."

„Tali ..."

„Sie ist nicht verloren. Solange ihre Seele nicht zerstört wurde, gibt es eine Chance."

„Wie soll ich dem Wärter gegenübertreten? Ich weiß nicht einmal, wo er ist. Aber viel wichtiger, ich habe meine Kräfte gar nicht. Die anderen müssten für mich kämpfen, und bei dem Gedanken wird mir ganz mulmig. Ich möchte nicht mehr, dass andere Menschen Kämpfe für mich austragen. Ich bin viel zu weit gekommen, als dass ich meine Freunde vorschieben muss, wenn ich etwas erledigen soll."

„Sieh dich an. Eine starke, unabhängige Frau ist aus dir geworden. Ich bin so stolz, ich könnte vor Freude diese Gitterstäbe verbiegen."

Kira zieht eine Augenbraue hoch.

„Könnte. Kann ich leider nicht. Verdammte Magie. Aber jetzt mal ganz ehrlich, liebste Kira. Ich habe dir damals einen Seelenvertrag angeboten, und du hast ihn angenommen. Du hast herausgefunden, dass Joker nur ein Deckname war. Und vor allen Dingen warst du diejenige deiner ganzen Versionen, die verstanden hat, dass der Vertrag niemals einseitig war."

„Ich fühle mich geschmeichelt. Aber das ändert nichts daran, dass du hinter verzaubertem Schloss und Riegel sitzt, und egal, ob ich deinen Namen oder du meinen rufst, wir unsere Kräfte nicht teilen."

Ren lächelt sie an. Doch keine Spur von Häme oder Witzelei. Ein Lächeln, das ein Vater seiner Tochter schenkt, wenn er realisiert, dass sie ihn nicht mehr braucht, weil er ihr alles beigebracht hat. Was aber nicht heißt, dass er nicht an ihrer Seite steht. Ganz im Gegenteil. Er wird bis zum sicheren Ende an ihrer Seite verweilen und sie notfalls auch danach weiterhin bis in alle Ewigkeit begleiten.

„Unsere Kräfte", wiederholt Kira. „Ich brauch dich gar nicht."

„Autsch, so hätte ich das jetzt nicht formuliert."

„Nein, sorry, ich meine, all das, was wir uns teilen, es schlummert in beiden von uns."

„Genau. Ein Nephalem. Erinnerst du dich?"

„Das ist alles so lange her", erwidert sie. „Kann es sein ... dass wir hier auch schon seit Jahrzehnten eingesperrt sind?"

Ren antwortet nicht, doch sein Blick verrät ihr alles, was sie wissen muss.

„Schicksal hat uns so viel genommen", sagt sie. „Einfach nur, weil ihm danach war. Aus Willkür. Aus Langeweile. Es ist Zeit, dass wir uns alles zurückholen, was er uns gestohlen hat."

Kira streckt die rechte Hand aus. Es dauert einen klitzekleinen Augenblick, und die Zweifel, die in ihr aufkeimen möchten, verdrängt sie mit einer viel lauteren Stimme, die ihr bestätigt, dass niemand sie aufhalten kann.

Ein Lüftchen weht, und das herumliegende Geröll der unendlichen Mauer schwebt in der Luft. Kira ist umgeben von einer Aura, die alle Wesen im Turm spüren – seien sie Mensch, Monster oder Dämon.

Dante fällt von oben herab und landet perfekt in ihrer Hand. Das Schwert, das sich einst wie die Last der Welt anfühlte, liegt wie eine Feder darin. Eine tödliche Feder, die problemlos durch Luft schneidet. Ihre Rüstung verändert sich. Ein schuppiger schwarzer Panzer erscheint, der mit roter Malerei, die an fantasievolle Märchenwesen erinnert, überzogen ist. In ihrem Gesicht zeichnet sich Kriegsmalerei ab, die Augen sind schwarz untermalt, die Wangen ebenfalls rot bemalt und die Haare zu einem langen Zopf zusam-

mengebunden. Der Panzer überzieht ihren gesamten Körper, und mit bloßem Auge sieht er so aus, als könnte nicht einmal ein Presslufthammer einen Kratzer verursachen – geschweige denn die Waffe eines dämonischen Gegners.

„Cool", sagt Kira, als sie an sich herunterschaut. „In meinem Kopf sah das alles etwas freundlicher aus. Aber nehme ich."

Sie guckt Ren an. „Tritt mal einen Schritt zurück."

Ein großes Fragezeichen ist in seinem Gesicht zu erkennen.

„Ich habe keine Lust mehr auf die Spielchen", erklärt sie und greift mit der linken Hand nach einem der Gitterstäbe. Sie zieht und nichts passiert.

„Ich sagte doch –"

Sie zieht ein weiteres Mal, und mit einem ordentlichen Ruck reißt sie das gesamte Fundament der tief eingebohrten Zelle aus dem Boden und lässt Ren verstummen.

„Was zur Hölle …"

„Keine dummen Gesetze. Keine Magie mehr. Zeit, es zu beenden."

„Das war ein Fehler", sagt eine Stimme hinter den beiden. Sie drehen sich um und gucken in die glutroten Augen des Wärters.

„Irgendwie habe ich gedacht, du siehst beeindruckender aus." Kira zückt Dante und stellt sich angriffslustig vor die Kreatur.

Das Wesen hat eine dicke Hornbrille auf, die seine Augen riesig erscheinen lassen. Es rückt sie zurecht. „Erscheinungen können täuschen."

Es trägt einen dunkelblauen Anzug, den Kira in ähnlicher Form zuletzt bei der Hochzeit zweier Freunde gesehen hat. Der Wärter hat eine lange, spitze Nase, eine Halbglatze

und sieht eher nach freundlichem Opi als bitterbösem Dämon aus.

„Bist du ein Mensch?", fragt Kira.

Der Gefängniswärter lacht und schüttelt den Kopf.

„Ich bin ein Gott."

„Und da hättest du dich nicht mal anders anziehen können?"

Er nimmt die Brille ab und putzt sie mit der Innenseite seines Jacketts.

„Sei lieber vorsichtig", mahnt Ren. „Ich bin der Kreatur noch nie gegenübergetreten und kenne sie nur aus Erzählungen, und es könnte –"

„Ich habe einen guten Tag", sagt das Wesen. „Ihr dürft gehen."

Kira und Ren schauen blöd drein. Hat der Wärter das gerade wirklich gesagt?

„Ich dachte", Kira klemmt sich Dante auf den Rücken, „ich hätte einen großen Fehler begangen?"

„Das hast du auch, Kind. Aber ich musste kurz meine Brille putzen, um zu erkennen, wen ich vor mir stehen habe … Du hast eine Verabredung mit dem Schicksal. Da möchte ich ungern dazwischenstehen. Aber die Chancen stehen gut, dass du und ich uns eines Tages wiedersehen werden."

„Wo sind Peter und Mona?", fragt Kira und umklammert den Griff ihres Schwerts fester. Der Wärter bemerkt ihre Geste und schließt die Augen. Er schüttelt den Kopf und zuckt mit den Schultern. „Ich führe über jeden Ankömmling Buch. Diese beiden Namen habe ich noch nicht gehört. Weder Jäger noch Urgötter mit diesen Namen sind hier eingesperrt."

„Wieso sollte ich dir glauben?" Sie hebt Dante leicht an, um zu zeigen, dass sie ihn in Windeseile zücken könnte.

„Junge Frau", erwidert er und schiebt seine Brille höher, „einen Lügner wirst du hier nicht finden. Ich bin für die Ausarbeitung der Seelenverträge zuständig und leite sie gleichermaßen an Götter wie Dämonen wieder. In diesen Zellen finden sich ausschließlich diejenigen, die gegen die Gesetze verstoßen haben."

„Hast du auch meinen Vertrag ausgefertigt?" Kira lässt Dante wieder los und merkt, wie sie die Neugierde gepackt hat.

„Eine Frage für einen anderen Tag, wie ich fürchte."

Sie nickt.

„Wie kommen wir hier wieder raus?"

„Da mach dir mal keine Gedanken. Folge mir in mein Büro."

Kira und Ren folgen dem schrulligen Wesen und betreten das Wärterzimmer. Die anderen Jägerinnen, Jäger und Urgötter schrecken auf und ziehen schnurstracks ihre Waffen.

Der Wärter lacht in einer hohen Stimmlage.

„Heute bin ich nicht euer Feind, sondern euer Retter in der Not."

Als sie sehen, dass Kira und Ren hinter ihm eintreten, atmen sie allesamt erleichtert aus. Lady Anne hat sich in der ganzen Zeit nicht aus ihrem Schneidersitz erhoben.

„Ich glaube", Kira rümpft die Nase, „wir können ihm vertrauen."

Renée klopft Ren auf die Schulter. „Schön, dich wiederzusehen. Das war wieder länger als gedacht."

„Ist mir gar nicht aufgefallen", erwidert er. „Als hätte ich ein bisschen länger geschlafen."

„Stellt euch in die Mitte des Raumes", verlangt der Wärter. „Ich schicke euch dorthin zurück, wo ihr hergekommen seid."

„In die Unterstadt?", fragt Jen.

„Nein", entgegnet er. „Auf die Erde."

Die Jägerinnen und Jäger tauschen erwartungsvolle Blicke. Endlich ist es Zeit heimzukehren.

„Stellt euch auf einen Kampf ein", sagt Freya. „Und auf Leid."

Die anderen bleiben stumm, nicken aber. Der Wärter hält die Hände wie ein Dirigent in die Luft – die passenden, samtweißen Handschuhe trägt er bereits. Eine schnelle Bewegung, und sie befinden sich auf der Erde.

„Das … Nein …" Sam bekommt keinen Ton heraus.

„Ach du Scheiße …" Natascha stellt sich neben ihn.

„Dafür wird sie bezahlen. Mit ihrem Leben." Jens Augen leuchten hell auf, und sie schreit laut. Wuchtige Energieblitze erscheinen in ihren Händen.

„Da bin ich dabei." Kira zückt Dante. „Lilith wird dafür büßen. Und Schicksal nehmen wir auch direkt mit."

Die Urgötter schauen mit Trauer im Herzen auf ihre Schützlinge. Das, was einst die Erde, einst ihre Heimat war, besteht nur noch aus lodernden Flammen, Schutt und Asche.

XLIV

DAS ENDE

ira, Sam, Jen, Ellie, Natascha, Freya, Fenrir, Ren, Renée, Kali und Lady Anne schnetzeln sich durch eine Dämonenhorde nach der anderen. Sie mögen zurück auf der Erde und in ihrer Zeit sein, aber die Zeit im Seelengefängnis ist an niemandem vorbeigezogen.

„Sind unsere Familien und Freunde alle tot?", fragt Jen.

„Sieht zumindest danach aus", antwortet Natascha und zieht ihre Säbel aus einem toten Dämon heraus.

„Das meinte ich nicht."

„Ich glaube schon", erwidert Ellie und legt den Arm um ihre Freundin. „Aber vielleicht funktioniert es wie bei dir. Und wir können sie alle wiederholen."

„Es muss wie bei Jen funktionieren", sagt Sam. „Ansonsten war all das, was wir getan haben, was James aufgeschrieben hat, wofür meine Familie gekämpft hat – all das war ansonsten nutzlos."

Fenrir reibt den Kopf sanft an der Brust seines besten Freundes, der ihn im Gegenzug fest umarmt.

Kira sucht nach Worten, die den Schmerz lindern, doch sie steckt selbst voller Wut und Trauer. Alles, was sie sagen könnte, wären Lügen.

„Es wird wie bei Jen funktionieren", erklärt sie und schreitet voran. Sie wissen nicht, wo sich die Dämonenkönigin oder Schicksal befinden. Aber sie werden suchen, solange es nötig ist.

Sie schaut sich um und erblickt nichts. Eine Straße der Zerstörung und eine riesige Wüste des Todes. Wo einst Häuser standen, ist nicht mal mehr eine Ruine zu erkennen. Nur Gestein, Asche und die Gebeine der Verstorbenen. Der Geruch von verbranntem Holz und Fäulnis liegt in der Luft. Und noch ein Aroma, über das sie nicht nachdenken möchte. Sie kann sich nicht einmal sicher sein, wo sie gerade sind. Ihre Handys funktionieren nicht, und auch jedwede andere Gerätschaft sind hinfällig. Selbst Sams Kompass dreht sich im Kreis, egal, in welche Richtung er ihn dreht.

„Sie werden die Pole zerstört haben", mutmaßt er. „Anders kann ich mir das nicht erklären."

„Aber wozu das alles?", fragt Ellie. „Wieso haben sie all das zerstört, wenn Lilith es doch regieren wollte?"

„Macht. Zorn. Willkür. Ihr Ziel war niemals, euch oder eure Heimat wirklich zu kontrollieren. Das war ein fadenscheiniger Grund. Einzig ihr Hass auf die Menschen, aufgrund eurer gemeinsamen Vorgeschichte, hat sie angetrieben", erwidert Freya. Sie stellt sich in die Mitte der Jägerinnen und Jäger. „Ihr dürft eure Zeit nicht mit der Suche nach dem Warum verbringen. Diese Frage wird euch niemand beantworten können – nicht einmal Lilith. Verbringt sie mit dem Wie. Wie können wir wieder aufbauen

und im besten Fall das Geschehene wieder ungeschehen machen?"

„Wie viel Zeit ist vergangen? Seit dem Seelengefängnis?"

„Viele Jahre", antwortet Lady Anne auf Kiras Frage und schaut stoisch auf den Boden. „Nicht so viel wie in den Illusionen, aber genug Zeit, dass die Zerstörung unaufhaltsam wüten konnte."

Kira geht in die Hocke und greift in die heiße Asche. Sie nimmt eine Handvoll, steht auf und lässt sie zerrinnen.

„Wie kann man so viel Hass und Zerstörung hinterlassen … Sie mag eine Dämonin sein. Aber Schicksal? Ich dachte, er wäre hier, um uns zu lenken. So lenkt er gar nichts. Sie regieren beide über eine tote Welt. Glückwunsch."

„In Asgard", Freya lehnt sich an eine der Wände, die noch halbwegs intakt sind, „war es nicht anders. Und wir haben sie kommen sehen. Unsere besten Krieger und Walküren haben gegen sie gekämpft. Und doch sind wir gefallen. Ich hatte gehofft, euch dieses", ein schmerzhaftes Lächeln zeichnet sich auf ihren Lippen ab, „Schicksal ersparen zu können."

„Wieso …", Kira klopft sich die Hand an ihrer Rüstung ab und dreht sich zur Muttergöttin hin. „Wieso hast du deine Kinder nicht aus der Hölle –"

„Walhalla."

„Wieso hast du sie nicht gerettet? Ihre Seelen zurückgeholt? Jen ist der lebende Beweis dafür, dass das möglich ist."

Freya stützt sich von der Wand ab und geht zu Kira hinüber. Ihre Augen sind glasig, und ihr Ausdruck ist zum ersten Mal nicht zielgerichtet.

„Ich war allein."

„Du bist die Muttergöttin."

„Mein Kind." Freya atmet tief ein. Sie möchte nicht, dass sich ihre Wut in die falsche Richtung lenkt. „Ich war eine Göttin. Meine Söhne. Mein Mann. Sie waren die stärksten Götter, die ich je kannte. Zusammen hatten wir keine Chance, allein gab es keinen Grund, es zu versuchen."

Kira hört den Schmerz in ihrer Stimme und legt Freya die Hand auf die Schulter. Eine nonverbale Entschuldigung, die sie hoffentlich annimmt.

„Doch wir haben etwas Besonderes. Allein seid ihr stark. Aber zusammen sind wir unbesiegbar."

„Aber wenn doch selbst –", Ellie möchte einhaken, wird aber sofort von der Muttergöttin unterbrochen.

„Weil wir ein Bündnis eingegangen sind. Wir haben nur ein Ziel vor Augen. Es gibt keinen Plan B."

Lady Anne tritt vorn, ruft etwas, das die Menschen unter den Anwesenden nicht verstehen, und aus ihrem Rücken wachsen in Windeseile Flügel. Sie schießen gleichzeitig zu beiden Seiten heraus und umspannen eine ganze Straßenbreite. Pechschwarze Federn glänzen im Mondlicht und sehen aus wie gesponnene Seide. Sie klappt die Flügel ein und dreht sich zu den anderen um. „Ich werde vorausfliegen und erkunden. Wir wandern ziellos umher. Auch wenn Zeit kein Faktor mehr ist, sollten wir nicht zu viel von dem vertrödeln, was sowieso schon knapp ist."

Sie setzt an zum Flug, wird aber von Renée aufgehalten. „Wie findest du uns wieder?"

„Renée." Sie lacht. „Ich weiß zu jeder Zeit, wo ihr seid."

Abermals setzt sie an, wird aber von Kira unterbrochen. „Wo sind Peter und Mona?"

„Hätte ich sie gespürt", sie seufzt, „hätte ich diese Information längst mit euch allen geteilt."

Sie fliegt los, und die anderen können nicht anders, als mit großen Augen hinterherzuschauen.

„Ich denke, wir sollten weiterhin ziellos umherirren, oder?", fragt Ren und grinst. Niemand reagiert auf ihn. Eine unendliche Leere breitet sich in den Mägen aller aus. Sie wissen, dass sie sich wie Narren an die Hoffnung klammern. Sie wandern weiter, schlachten Dämonen ab und lenken ihre Gedanken auf das, was sie in ihren Illusionen erlebt haben. Das Leben, das sie sich alle gewünscht haben. Außer Kira. Sie kann nicht anders, als an Ben und Tali zu denken. Den Verräter und die, die verraten wurde. Mit beiden empfindet sie eine tiefe Verbundenheit. Wobei Ben wahrscheinlich an dieser ganzen Misere hier keine kleine Schuld trägt. Sie hätte Tali hingegen gerne besser kennengelernt und ihre ganze Geschichte erfahren. Die Jägerin hatte nicht einmal die Chance zurückzukehren. Vielleicht auch Glück im Unglück, denkt sich Kira. Sie hätte eine zerstörte Erde und nichts als Schmerz und Leid vorgefunden. So blieb sie immerhin davon verschont.

„Worüber denkst du nach?", fragt Ellie und reißt Kira aus ihrer Tagträumerei.

„Nichts Wichtiges", erwidert Kira. „Dasselbe wie ihr. Was wäre, wenn wir es geschafft und die Tore der Hölle geschlossen hätten."

„Das schaffen wir vielleicht noch", meint sie und nimmt Kira kurz in den Arm.

„Aber das Leid ist damit trotzdem angerichtet", hakt Natascha ein. „Wir würden zwar Rache nehmen, bekämen dafür aber nichts zurück."

„Mein Kind", sagt Freya. „Wenn du dich an Rache klammerst, hältst du nur dich selbst gefangen."

„Das meinte ich", erwidert sie. „Daher sollten wir uns darauf konzentrieren, was noch möglich ist. Können wir trotzdem wieder eine Zivilisation aufbauen?"

Die Blicke wandern allesamt unweigerlich zu Sam, der gedankenverloren im Notizbuch blättert. Er schaut erschrocken auf. „Hab ich was verpasst?"

Ren klopft ihm auf die Schulter. „Ich drück dir die Daumen, dass noch ein paar Energy-Drinks übergeblieben sind."

Kira schmunzelt, auch wenn sie den Witz nicht sonderlich lustig fand. Viel zum Lachen bleibt aber nicht.

„Was ist mit dir passiert?", fragt Jen und schaut Natascha an.

„Mit mir?"

„In deiner Illusion. Du bist nicht mehr die Natascha, die ich einst kannte."

Natascha lacht und bleibt stehen. Die anderen tun es ihr gleich.

„Keiner von uns ist mehr die Person, die wir mal waren. Wir wurden als Team zusammengewürfelt, gezwungen, in den Abgrund der Hölle zu steigen, und haben versucht ihren", sie zeigt auf Kira, „Verlobten da rauszuholen. Der uns einfach nur noch tiefer in die Scheiße geritten hat. Ich weiß, dass ich einst dagegen war, uns als Team oder sogar Freunde zu bezeichnen. Aber das ist lange her. Wenn ich nicht falschliege, mindestens zwei Jahrzehnte, dank der Illusion. Und auch, wenn wir bisher nicht darüber geredet haben, bin ich mir sicher, dass es euch nicht anders ergangen ist."

Sie schaut in die Runde und bemerkt, dass Jen und Ellie Händchen halten.

„Von daher bin ich natürlich nicht mehr die Natascha, die du einst kanntest. Ich bin mehr als das. Ihr seid mehr als das. Und egal, was passieren wird, ich bin trotzdem froh, dass

wir diese Reise auf uns genommen und es versucht haben. Ansonsten müssten wir uns nämlich zu den armen Seelen gesellen, die um uns herum liegen und, so wie es aussieht, qualvoll verendet sind."

„Bisschen unfair", scherzt Kira, „dass ihr alle ein ganzes Leben in diesem Gefängnis hattet und ich –"

„Da sind sie!", brüllt jemand am Ende der Straße, und eine ganze Armada an gleich gekleideten Leuten rennt auf sie zu.

„Seht ihr das auch?", fragt Ellie. „Haben die Waffen in der Hand?"

„Schusswaffen", erwidert Sam. „Wir sollten ruhig bleiben."

„Können Schusswaffen euch was anhaben?", fragt Jen und schaut Renée an, die lediglich den Kopf schüttelt.

„Sollte sie feindselig sein", sagt Kali, „können wir problemlos zum Gegenangriff übergehen."

Die Truppe rückt näher, und was aus der Entfernung noch nach einer bedrohlichen Einheit aussah, wirkt von Nahem wie eine Cosplay-Veranstaltung, bei der man nur Teile, die man zu Hause hat, nutzen durfte. Selbst die Waffen sind stark mitgenommen, und Renée ist sich nicht mal sicher, ob sie funktionieren.

„Seid ihr die Dämonenjäger-Brigade, angeführt von einer Kira Laiendecker?", fragt der vorderste Soldat.

„Oh ja", ertönt eine Stimme hinter der Truppe. „Das sind sie."

XLV

DER WIDERSTAND

ine vermummte Gestalt tritt aus der kleinen Soldatenmenge hervor und zieht die Schutzmontur aus. Skibrille, Sturmhaube und Halstuch geben nach und nach ein bekanntes Gesicht frei.

„Peter?", fragt Jen und schaut ihn ungläubig an. „Wieso bist du hier? Was hast du – wo wart ihr?"

„Ich erzähle euch alles. Lasst uns verschwinden. Dämonen patrouillieren hier für gewöhnlich und –"

„Ach so", wirft Natascha ein. „Die haben wir alle schon getötet."

Peter nickt und schiebt die Unterlippe vor, um zu zeigen, wie beeindruckt er ist.

„Trotzdem" fährt er fort. „Wir sollten in unser Lager gehen und dort weiterreden."

Sie folgen dem Anführer der kleinen Bande, und nach ein paar Minuten Fußmarsch kommen sie an einem kleinen Zeltdorf an. Es sieht dreckig, beengt und kalt aus. Sie sehen eine Handvoll Frauen und Männer in ihrem Alter, die sich

um ein kleines Feuer versammelt haben. Kinder, alte Menschen oder gar Tiere sehen sie nicht.

„Was ist hier passiert?", fragt Kira und stellt sich zu Peter, der mit allen im Eingang stehenbleibt.

„Mona wusste, was Sache ist. Sie hat uns – also sich und mich – mit einem Zauber geschützt und auf die Erde teleportiert. Wir konnten dir beim Seelengefängnis keinerlei Hilfe anbieten. Nur du, Kira", er legt ihr die Hand auf die Schulter, „warst in der Lage, unsere Kämpfer zu befreien. Obwohl Mona und ich direkt hier waren, als es losging, konnten wir Lilith und Schicksal –"

Die Meute am Feuer horcht bei den Namen erschreckt auf und rückt instinktiv näher zusammen.

„Sorry", sagt Peter und spricht leiser. „Wir konnten sie nicht aufhalten. Sie haben uns überrannt und jeden umgebracht, egal, ob groß oder klein. Wir sind die Letzten in unserem Distrikt, die übergeblieben sind und kämpfen. Wir halten hier die Stellung. Auch wenn –"

Peter stockt und schaut sich vorsichtig um. Er bittet seine Jägerkolleginnen und -kollegen, nah an ihn ranzutreten, um so leise wie möglich zu sprechen.

„Auch wenn ich mir sicher bin, dass wir Lilith und Schicksal egal sind. Sonst hätten sie uns schon lange umgebracht."

„Wie damals auf Asgard." Freya schaut mit einem verlorenen Blick auf die Überreste des Krieges. „Ich bin die letzte Überlebende meines Volkes. Ich weiß, wie ihr euch alle fühlt, und es tut mir unsagbar leid."

„Wo finden wir sie?", fragt Sam und klappt sein Notizbuch laut hörbar zu. „Und ihn? Jetzt oder nie. Wir bereiten den beiden ein Ende."

„Das ist einerseits nicht so einfach und andererseits sehr einfach", erwidert Peter.

„Seit wann sprichst du in Rätseln?", fragt Jen.

„Sie sind überall."

Kira und die anderen schauen sich reflexartig um, können sie aber nicht offensichtlich sehen.

„So meinte ich das nicht", präzisiert Peter. „Ihr wisst doch, mit wem wir es zu tun haben. Lilith und Schicksal werden längst wissen, dass ihr wieder hier seid. Sie haben eure Ankunft antizipiert. Als ich damals auf sie traf, hat sie mich am Leben gelassen, aber –"

Ein weiteres Mal kommt er ins Stocken. Er atmet tief ein, seufzt laut, und es sieht aus, als würde er die Tränen zurückhalten.

„Aber sie war nicht freundlich zu ihm. Im Gegenteil", schaltet sich eine Frau ein, die sich unbemerkt zu ihnen gesellt hat.

„Mona", sagt Renée und freut sich sichtlich, die Zauberin wiederzusehen.

„Renée, Ren, Freya, Fenrir, Kali …" Sie schluchzt. „Wir haben uns so lange nicht mehr gesehen. Es sind so viele Lebzeiten vergangen, ich habe irgendwann aufgehört zu zählen."

„Drei Jahre", wirft Peter ein und runzelt die Stirn. „Ist schon nicht wenig, aber das bekommt man ja an einer Hand abgezählt."

„Drei Jahre …", flüstert Kira und schaut verstohlen in den Himmel. Sie bemerkt das pechschwarze Firmament, die hellen Sterne und einen roten Schleier, der sich über alles gelegt hat.

„Ich will hier nicht die Downerin sein, aber was hat Lilith mit euch gemacht?", fragt Natascha.

Peter überlegt einen Augenblick. Er schaut Mona an, die ihm zunickt. Er legt seine Waffe zur Seite und zieht seine zusammengeflickte Rüstung hoch. Der Blick auf seinen Bauch und seine Brust – die beide erheblich muskulöser aussehen als das letzte Mal, als sie Peter gesehen haben – ist frei. Sie sind übersät mit tiefen Narben, alten Wunden und schmerzhaft aussehenden Blessuren. Beinahe wie eine Operation, bei der mehr schief – als richtig gelaufen ist.

„Sie hat mich auseinandergenommen", flüstert er. „Und wieder zusammengesetzt. Immer und immer wieder. Bis mir nichts mehr einfiel, das ich sagen konnte. Es ... Es tut mir leid."

Jen stellt sich zu ihm, zieht seine improvisierte Rüstung wieder herunter und umarmt ihn fest. „Ganz egal, was du gesagt hast, du bist für uns durch die Hölle gegangen."

„Was ist mit dem Elefanten im Raum?", fragt Natascha weiter.

„Welcher Elefant?" Mona schaut sich irritiert um. „Ich dachte, die Tiere wären alle verendet!"

„Genau das. Hatte Kira nicht Billie den Garaus gemacht? Dürfte es nicht eigentlich keinen Tod mehr geben?"

„Die Details kenne ich nicht", sagt Peter und geht in die Hocke. „Aber sie kamen mit einem Sensenmann – oder einer Sensenfrau? – auf die Erde. Wir gehen davon aus, dass Schicksal eine neue erschaffen hat."

„Scheiß drauf", sagt Kira, und aus heiterem Himmel erscheint Dante in ihrer rechten Hand. „Ren? Los geht's."

Er nickt. Zusammen mit ihrem Partner dreht sie sich um und sie ziehen los. Die anderen schauen ihnen irritiert hinterher.

„Rennt sie jetzt weiter orientierungslos durch die Gegend?", fragt Natascha.

„Sie weiß, wo sie hinmuss", erwidert Renée. „Peter hat ihr den letzten Hinweis gegeben."

„Und wieso lassen wir sie allein gehen?", will Ellie wissen.

„Manche Dinge", antwortet Freya. „Sind zu persönlich, als dass andere –"

„Bullshit", grätscht Jen rein, und kleine Blitze wabern um sie herum. „Niemand von uns muss allein durch die Hölle gehen. Das haben wir bewiesen. Ihr nach."

Jen zieht voraus, und die anderen folgen ihr, ohne weitere Fragen zu stellen. Auch Peter und Mona kommen mit und bitten die anderen Soldaten, zurückzubleiben.

Sie stapfen im Gleichschritt nebeneinanderher und sehen am Horizont ihre Anführerin lospreschen, mit dem Schwert in der Hand und dem Urgott an der Seite. Sofort zücken sie die Waffen.

„Erst, wenn wir alles verloren haben, sind wir frei, alles zu tun."

Sie laufen los, und ein Kampfschrei erklingt erst von Jen, dann von Ellie, dann vom Rest. Kira, die schon ordentlich Vorsprung hat, hört ihre Freundinnen und Freunde und dreht sich um. Sie kann nicht anders, als zu lächeln. Sie wischt sich unbemerkt ein kleines Tränchen weg und streckt Dante siegessicher in die Luft.

„HEUTE", brüllt sie, „IST DER TAG DES WIEDERAUFBAUS! HEUTE HOLEN WIR UNS UNSER LEBEN ZURÜCK!"

Die anderen jubeln ihr zu.

Sie bleiben vor ihr stehen und bilden einen Halbkreis. Kira steht mit gezückter Waffe vor ihnen. Wie eine Genera-

lin, die ihrem Bataillon Mut zusprechen muss für den letzten bevorstehenden Kampf, der alles entscheiden wird.

„Wir haben versagt", flüstert sie und schaut gedankenverloren auf den Boden.

„Guter Anfang", nickt Ren. „Das wird motivieren."

„Aber wir geben nicht auf." Sie hebt den Kopf und guckt ihre Freunde an. „Versagen war immer schon der größte Lehrer. Es gibt keine Schande im Versagen. Es wäre nur eine Schande, wenn wir aufgeben würden. Schaut euch um. Unsere Welt ist zerstört. Geliebte Menschen wurden uns genommen. Und Lilith und Schicksal, sie lachen sich über uns schlapp. Aber sie haben einen großen Fehler begangen. Einen Fehler, der dafür sorgen wird, dass wir siegreich vom Platz gehen und alles wieder aufbauen werden. Sie haben uns unterschätzt. Sie dachten, die Gefängnisse würden ausreichen, um uns für immer in einer falschen Sicherheit zu wiegen. Doch auch da haben wir rausgefunden und sind unserem Ziel näher als zuvor. Erst schlagen wir dem Schicksal ein Schnippchen, töten die Dämonenkönigin und schließen auf ewig die Tore zur Hölle –"

„Aber was ist –"

„Und auf dem Weg dahin holen wir die Seelen unserer Freunde und Familien zurück! Egal, was nötig ist. Wir werden alles daransetzen, sie wiederzuholen!"

Jen kratzt sich verlegen am Hinterkopf, weil sie Kiras Ansprache beinahe unterbrochen hätte.

„Tolle Ansprache, Boss", sagt Natascha. „Aber wie finden wir die beiden? Schicksal? Lilith? Die können doch überall sein, die –"

„Keine Sorge", unterbricht Kira sie. „Ich bin mir sicher, dass Schicksal alles gehört hat, oder? Komm gerne raus. Ich weiß, dass du hier bist."

Ein hellweißer gleißender Blitz schlägt unmittelbar hinter Kira mit einem lauten erdbebenerzeugenden Knall ein. Als sich der pechschwarze Rauch lichtet, erscheint Schicksal direkt hinter ihr. Er lehnt sich nach vorne und flüstert ihr ins Ohr: „Na, Kira. Hast du mich vermisst?"

XLVI

VERSPROCHEN

as war aber eine schöne Ansprache. Hat mich beinahe zu Tränen gerührt", sagt Schicksal und klatscht – ironisch – in die Hände. „Ich bin nur wirklich nicht sicher, warum ihr denkt, heute einen Blumentopf gewinnen zu können. Schaut euch um. Eure Welt ist vernichtet. Eure Freunde sind tot. Lilith hat das sichergestellt. Ben, Tali, James … Ihre Seelen sind sicher verwahrt. Da werdet ihr niemals rankommen. Also, was hat sich geändert?"

„Wir haben keine Angst mehr vor dir", entgegnet Kira und geht mit ihrem Gesicht so nah an seins, wie es nur möglich ist.

„Ich hatte auch nie Angst vor ihm", behauptet Natascha und hustet zweimal. „Guck dir den Lauch doch mal an."

Schicksal erwidert die Geste der Jägerin und zieht seine Sonnenbrille ab. Eine ganze Galaxie ist in seinen Augen beheimatet. Sie versucht, seinem Blick standzuhalten, und zu ihrer Überraschung gelingt es ihr sogar. Er setzt die Brille wieder auf und tritt ruckartig einen Schritt zurück. Er trägt einen beigen Anzug, aber nach wie vor das weiße T-Shirt

mit der Band, die niemand kennt. Seine Schuhe sind tiefschwarz und auf Hochglanz poliert.

„Warst du auf dem Weg zu einer Hochzeit?", fragt Kira und lacht gezwungen.

„Nein", erwidert er. „Auf dem Weg zu einer Beerdigung."

„Trägt man da nicht eigentlich Schwarz?"

„Nicht, wenn man sich darüber freut, dass derjenige verstorben ist."

Kira hebt die Nase an, rümpft sie und räuspert sich.

„Eine Frage hätte ich noch", sagt sie. „Auf die einfache oder die harte Tour? Wenn es nach mir ginge, definitiv die harte, allein für das, was ihr Peter angetan habt. Aber eine Chance möchte ich dir lassen."

Schicksal lacht inbrünstig. Ein tiefes, bitterböses Lachen, das man bis zum Soldatencamp hören kann.

„Warum nicht, liebste Kira. Nehmen wir die harte Tour."

Sie lässt sich erst gar nicht bitten, und Dante schnellt vor. Schicksal weicht aus, schüttelt den Kopf und stößt ein „Tztztztz" aus. Er schnippt, und mit einem Mal ist er verschwunden.

„Feigling!", brüllt Natascha.

„Ohhhh, Natascha. Feigling? Da bist du aber schnell dabei, mit dem Finger auf andere zu zeigen", sagt er, doch nicht nur, dass seine Stimme die gesamte Ebene erfüllt, sie klingt wie die eines Dämons. Eines viel zu groß geratenen bitterbösen Dämons.

„Wo ist er?", fragt Ellie und behält ihren Bogen im Anschlag.

„Sei vorsichtig, mein Kind. Er könnte zu jeder Zeit –"

Freya kann ihren Satz jedoch nicht beenden. Urplötzlich schießt eine Lavafontäne aus ihrer Mitte hervor, die sie alle

zwingt, in verschiedene Richtungen davonzulaufen. Sie wird binnen Sekunden riesig groß und trennt sie allesamt voneinander. Aus ihr schaut ein hausgroßer Oberkörper hervor, mit Armen, die doppelt so lang wie Straßenlaternen sind, und einem Kopf, der einen so großen Mund hat, dass er sie alle problemlos einen nach dem anderen mit einem Happs verschlingen könnte. Das Monster ist von einem Lavasee umgeben.

„Das ist nicht Schicksal", begreift Jen mit zitternder Stimme.

„Es ist Lilith", ruft Sam vom anderen Ende und kritzelt allen Ernstes was in sein Notizbuch.

„Viel Erfolg", sagt die Stimme aus dem Nichts. „Sagt Bescheid, wenn ihr fertig seid."

„Schööööön", Lilith scheint in ihrer Riesenform erheblich langsamer zu sprechen, „euuuuuuuch wieeeeeeederzuuuuuuuuseeeeeeeehen."

„Das wird schnell alt werden", sagt Jen. „Können wir nicht einfach zum Kämpfen übergehen?"

Lilith lässt die Zähne aufblitzen, und aus heiterem Himmel regnen ihre Fäuste auf Peter, Jen und Sam und ihre Urgötter hinab. Fenrir schubst Sam mit voller Wucht zur Seite und bringt sich selbst im letzten Moment in Sicherheit. Jen und Renée springen jeweils nach links und rechts weg und schießen Energiekugeln in Richtung Lilith. Peter und Mona bleiben standhaft. Sie sagen zusammen einen Zauberspruch auf, und eine magische Blase erscheint um die beiden, die sie vor den Schlägen schützt.

Lilith brüllt erzürnt auf und schlägt weiter auf die beiden ein.

„Kann sie hier durchkommen?", fragt Peter.

„Nein", erwidert Mona. „Die Khaosblase ist unzerstörbar. Mein Meister hatte sie genau für solche Momente erschaffen. Wenn übernatürlich starke Gegner –"

Ein fester Schlag, und mit einem Mal klafft ein langer Riss in der Blase – wie in einem kleinen Hoffenster, gegen das ein Fußball geschossen wurde.

„Wenn übernatürlich starke Gegner draufschlagen, kann sie aber Risse bekommen. Wollte ich gerade sagen", ergänzt Mona mit einem aufgesetzten Lächeln.

„Großartig", erwidert Peter. „Folg meinem Beispiel."

Mona starrt ihn durchdringend an und reißt die Augen auf.

„Nicht so", sagt er. „Achte einfach auf mein Signal."

Ein weiteres Mal schnellen die Fäuste von Lilith hinab, und kurz bevor sie ankommen, springt Peter zur Seite – Mona folgt ihm einen Augenblick später und gerade noch rechtzeitig. Er schlägt das Zauberbuch auf, und übergroße Dornenranken, die Metallketten gleichen, sprießen aus dem Boden hervor und ketten Liliths Hände an.

„Sooo eeeeeiner biiiiist duuuu aaaaalso!"

Ihr widerwärtiges Lachen erfüllt abermals die ganze Ebene, und mit einem Ruck hat sie sich wieder befreit.

„Hat hier wer einen besseren Plan?", ruft Peter.

Lilith greift nach ihm und bekommt ihn zu fassen.

„Soooooooll iiiiiiich diiiiiich wiiiiie eiiiiiiiine Bluuuuuuuume auseinanderrrrrrPFLÜCKEN?"

Peter versucht, sich zu befreien, steckt aber fest und windet sich vor Schmerz.

Sam springt auf Fenrirs Rücken, und der Wolfshund prescht los. Er setzt an, und mit einem Affenzahn fliegen beide in Liliths Gesicht. Erst jetzt wird Sam klar, wie riesig die

Dämonenkönigin wirklich ist. Ihr Auge ist in etwa so groß wie er selbst. Doch sein Innehalten währt nicht lange an. Er rammt mit voller Geschwindigkeit seine Krallenhandschuhe in ihre Pupille, und Fenrir tut es ihm auf der anderen Seite gleich. Die Dämonin brüllt vor Schmerz auf und lässt Peter einfach fallen, der schnurstracks Richtung Lavasee stürzt. Fenrir reagiert blitzschnell und fängt ihn auf. Er springt zu Mona hinüber und setzt Peter vorsichtig ab. Sie bedankt sich und zaubert abermals eine Khaosblase um sie herum. Der Götterhund springt zurück zu Sam und geleitet ihn ebenso weg von der schreienden Bestie.

„DAS WERDET IHR BÜSSEN!"

Ellie und Freya warten einen Augenblick, und in dem Moment, in dem die Königin ihre Augen öffnet, schießen sie einen ganzen Pfeilhagel innerhalb weniger Sekunden ab. Das Monster hält sich schützend die Hände vors Gesicht und schafft es, den Großteil der Geschosse abzufangen.

„Kein Problem", ruft Natascha, und zusammen mit Kali springen sie auf die Arme. Sie klettern den Unterarm entlang, und mit einem festen Ruck versenken sie ihre Säbel in der Hand. Immer und immer wieder. Lilith versucht, sie abzuschütteln, doch sie hat keine Chance.

Jen und Renée nutzen den Augenblick und schießen vollgeladene Energiekugeln gegen sie, die lauthals explodieren und sie ins Wanken bringen.

Kira nickt Ren zu, und die beiden nehmen Anlauf, springen ab und bohren Dante mit voller Wucht in Liliths Schädel. Die Königin schreit auf, schlägt erneut um sich und kommt zum Stillstand. Ihre Atmung schwächt ab und lässt nach. Die Jägerinnen und Jäger bewegen sich nicht von ihren Plätzen.

Mona versucht, Peter aus seiner Ohnmacht zu holen, und der Rest verharrt an Position.

„Haben wir ... Haben wir sie besiegt?", fragt Ellie und umklammert fest ihren Bogen.

„Das kann ich mir eigentlich nicht –" Erneut wird Freya unterbrochen, denn Liliths Diadem leuchtet glutrot auf, und ein Feuerschwall schießt nach vorne heraus. Der Drache ist zum Leben erwacht. Liliths Körper füllt sich wieder mit Luft, sie öffnet die Augen und brüllt laut los. Die Jägerinnen und Jäger erschrecken und werden von der Druckwelle ihrer Stimme zusammen mit den Urgöttern von ihr weggeschossen.

Sie kommen schmerzhaft auf dem Asphalt auf, und Kira stellt fest, dass Dante noch halb in Liliths Schädel steckt.

„Das ist aber auch ein kleines Schwert im Vergleich zur Riesenbirne", scherzt Ren und zuckt mit den Schultern.

„SCHLUUSSSSSSS DAAAAAAMIT!"

Lilith dreht sich langsam, aber tödlich im Kreis, und ihrer Drehung folgt eine riesige Feuerwelle, die droht, alles zu verschlingen. Die Jägerinnen, Jäger und Urgötter weichen ihr nacheinander aus, stellen aber schnell fest, dass sie das nicht ewig machen können.

„Was jetzt?", brüllt Jen.

„Wir müssen ans Diadem!", schreit Kira zurück.

„Aber wie?", ruft Sam.

„Ich suche einen Zauber", antwortet Peter, der durch die Hitze aus seiner Ohnmacht erwacht ist.

„Ich lenke sie ab." Natascha springt mit einem beeindruckenden Rückwärtssalto über die Feuerwelle herüber, kommt auf, setzt an und krallt sich an Liliths Hinterkopf fest. Kali eilt hinterher, und die beiden klettern schnurstracks rauf. Sie lassen ihre Säbel auf das Diadem niederfahren, das nicht einmal einen Kratzer bekommt. Lilith bemerkt die Störenfriede, und für einen Augenblick hält die Feuerfontäne an. Sie versucht, Natascha und Kali zu fassen, die beiden weichen aber schneller als Fliegen aus, die nicht von ihrer Nahrungsquelle lassen wollen.

Sie schlagen weiter auf das Diadem ein. Bis unverhofft ein lauter Schrei zu hören ist, der sich wie der eines Drachen anhört. Der Kopf des Diadems knackt, und ohne Vorwarnung dreht sich der Drache zu ihnen hin und speit Feuer.

„NATASCHA", brüllt Jen und will hinterherspringen. Renée hält sie zurück.

„NEIN!"

Sie beobachten allesamt entsetzt, wie die beiden bei lebendigem Leib verbrannt werden.

„Natascha", schluchzt Ellie, die die schmerzerfüllten Schreie am liebsten ausblenden möchte.

„Leute", ruft Peter und zeigt ans Firmament. „Was ist das?"

Ein Meteor schießt vom Himmel hinab und steuert auf Lilith zu. Die Dämonenkönigin bemerkt ihn jedoch zu spät. Sie schaut auf, und ohne Vorwarnung schlägt die Feuerkugel in Liliths Kopf ein und drückt Dante damit eine ganze Etage

tiefer. Das Diadem hört auf, Feuer zu spucken, und aus der Asche des Einschlags tritt Lady Anne hervor, die Natascha in den Armen hält und mit ihr zu den anderen fliegt.

Lilith, der soeben ein Schwert tief ins Hirn gebohrt wurde, fällt leblos zurück ins Loch, aus dem sie hervorgekommen ist.

„Natascha", sagt Ellie und umklammert ihre Hand. Ihre Freundin ist mit Verbrennungen dritten Grades übersät.

„Wo ist Kali?", fragt Renée. Lady Anne schüttelt nur den Kopf.

„Sie hat sich für ihren Schützling geopfert."

„Tretet einen Schritt zurück", verlangt Mona, und die anderen leisten ihrer Anweisung Folge. Sie öffnet ihr Buch, und ihre Augen leuchten pechschwarz auf. Eine grimmige Wolke erscheint über ihnen und hüllt Mona in Blitze. Auf Enochian sagt sie einen Spruch auf, bei dem Freya nur die Augen aufreißen kann.

„Dunkle Magie", flüstert sie und kann nicht anders, als die Arme zu verschränken.

Nataschas Wunden heilen schlagartig, und sie sieht aus wie aus einem Ei gepellt.

„Hast du sie geheilt?", fragt Jen.

„Ich –" Mona bricht vor Erschöpfung zusammen.

„Sie hat sich der Magie aus der dunklen Dimension bedient. Nicht auszudenken, welche Türen sie damit geöffnet hat", murmelt Freya.

„Schlimmer als hier wird es da nicht aussehen", sagt Peter, und die anderen nicken simultan. Er trägt Mona in den Armen.

„Was jetzt?", fragt Sam. „Lilith haben wir besiegt, aber Schicksal meinte –"

„GENUG!" Kira brüllt aus vollem Leib, sodass es auch wirklich alle hören.

Schicksal schnippt, und die beiden stehen sich gegenüber. Die anderen wurden im Kreis um sie herum abgesetzt, unfähig, sich zu bewegen.

„Ich wusste, dass du die ganze Zeit hier warst", sagt sie.

„Hast du es endlich verstanden?", fragt er lachend. „Wir können dieses Spiel ewig weiterführen. Ich kann euch erneut in alle Winkel dieses Universums schicken, und ihr müsst erst wieder zusammenfinden, um einen weiteren ausweglosen Kampf gegen mich zu führen. Es gibt hier keinen Pokal zu gewinnen. Keinen Preis, den ihr mit nach Hause nehmen könnt. Ich bin nicht böse, ihr seid nicht gut. Nichts hier ist Schwarz und Weiß."

„Ich habe verstanden", sie versucht, einen Schritt nach vorne zu machen, kann sich aber ebenso wenig bewegen wie ihre Kollegen, „dass du Angst vor mir hast."

Die anderen reißen die Augen auf. Was meint sie damit?

Schicksal schaut sie in einem flüchtigen Moment an.

„Mädchen", erwidert er und schnalzt mit der Zunge, „ich bin Schicksal. Ich habe vor niemandem Angst. Mit einem Fingerschnippen existiert ihr nicht mehr. Oder wenn ich es so möchte, erschaffe ich mit einem Schnippen eine neue Welt. Ohne euch. Mit neuen Menschen. Ich –"

„Warum –"

„ICH MUSS NICHT EINMAL SCHNIPPEN. ICH MUSS ES NUR DENKEN."

Schicksal nickt, und mit einem Mal erscheint Lilith neben ihm. Sie räuspert sich und bewegt sich einen Schritt zurück.

„Über dein Versagen sprechen wir später", sagt er zu ihr, und sie bleibt genauso versteinert wie die anderen stehen.

Kira atmet tief ein. Sie schaut auf ihre Freunde. Sie denkt an diejenigen, die nicht mehr unter ihnen sind. Vor allem an Kali, die sich einfach so selbstlos geopfert hat, damit Natascha weiterleben kann.

„Ich habe verstanden", wiederholt sie.

„Ist deine Schallplatte kaputt?", fragt er und grinst hämisch.

Kira macht einen Schritt nach vorne und schaut ihn durchdringend an.

Seine Augen werden schmal, seine Atmung wird unregelmäßig.

„Hast du etwa Angst?", fragt Kira und geht weiter auf ihn zu. „Vor mir? Einem einfachen Menschen?"

Er versucht, seine Unsicherheit mit einem Grinsen zu überspielen.

„Was ist?", fragt sie. „Warum schnippst du nicht?"

Er stockt und sieht, wie die Jägerin – die wahre Unsterbliche – immer näher kommt. Er überlegt und schnippt. Doch es passiert nichts.

„Ich habe es endlich verstanden, Schicksal."

Sie stehen sich erneut von Angesicht zu Angesicht gegenüber. Doch dieses Mal ist es Kira, die ihr Gesicht so nah, wie es geht, an seines drückt. „Deine Gesetze gelten nicht für mich."

Er schnippt erneut, und ihre Freundinnen und Freunde werden in die Luft gehoben und schreien vor Schmerz.

Aber Kira reagiert gelassen. Was dafür sorgt, dass sie zum allerersten Mal das sieht, was sie sich von Anbeginn erhofft hat. Angst breitet sich in seiner Mimik aus, denn sie kennt die Lösung. Nach Äonen ist sie die Erste, die es wirklich verstanden hat.

Sie schnippt, und ihre Freunde gleiten sanft zu Boden. Sie schauen sich mit aufgerissenen Augen an. Nur die Urgötter teilen allesamt denselben erleichterten Ausdruck.

„Deine Gesetze gelten auch nicht für meine Freunde. Und für diejenigen, die unter meinem Schutz stehen."

Er schluckt, und wenn sie es nicht besser wüsste, könnte sie fast auf den Gedanken kommen, er würde weglaufen wollen.

„Und jetzt?", fragt sie und setzt erneut zum Schnippen an.

„Nur", er räuspert sich und versucht, seine Fassung zurückzugewinnen, „weil du auf irgendeinem Machttrip bist und denkst, du könntest dich mit einem Wesen anlegen, das sogar den Göttern überlegen ist, heißt das nicht, dass du gewonnen hast!"

„Was heißt es dann?"

„Ihr mögt unantastbar sein. Aber eure Welt liegt immer noch in Schutt und Asche. Weder hast du die Macht, die Seelen der Verlorenen zurückzuholen, noch, eure Welt wieder instand zu setzen."

„Und du hast diese Macht?"

„Mädchen ..." Seine Fassung ist wieder da. Er nimmt die Brille ab, haucht drauf und putzt die Gläser mit seinem Sakko, bevor er sie wieder aufsetzt. „Ich kann tun und lassen, was ich möchte."

„Und was möchtest du dafür?"

„Wofür?"

„Ich weiß, dass du mich verstehst."

Die anderen schauen zu. Sie wissen, dass keiner von ihnen helfen kann. Gewalt war nicht die Lösung. Und wenn einer von ihnen mit Schicksal einen Deal aushandelt, dann Kira.

„Machen wir es einfach, liebe Kira." Schicksal streckt die Arme zur Seite aus, als wolle er seine Muskeln präsentieren. „Ich möchte deine Macht. Und dein Versprechen, dass der Kreislauf mit dir endet."

„Kira", warnt Lady Anne und bemerkt, dass Schicksal ihr einen tödlichen Blick zuwirft. Obwohl sie die Obergöttin ist, bleibt ihr keine andere Wahl, als sich bedeckt zu halten.

„Die Konsequenzen wären nicht auszudenken", flüstert Freya. „Und Kira …"

Kira wandert um Schicksal herum und mustert ihn von Kopf bis Fuß. „Du hast kein Druckmittel mehr", sagt sie. „Ihr habt alles zerstört. Du und deine … Hündin."

Liliths Zähne blitzen auf, und sie schnappt spielerisch nach Kira. Beleidigungen sind wie Komplimente für sie.

„Es gibt noch genug Menschen", erwidert er. „Glaubst du, ich könnte sie nicht mit einem Schnippen zu uns holen? Und ihnen vor deinen Augen langsam die Haut abziehen?"

„Aber wozu? Menschen, die mir nahestehen, sind doch schon längst –"

Er schnippt, und neben ihm erscheint aus heiterem Himmel Ben, der gar nicht weiß, wie ihm geschieht. Er guckt sich hektisch um und fühlt sich wie das Reh, auf das die Scheinwerfer eines LKWs gerichtet sind.

„Ben", sagt sie und versucht, ihn zu berühren.

Schicksal stellt sich vor ihn, dreht den Kopf leicht zur Seite, verzieht die Mundwinkel nach unten und hebt den Zeigefinger. „Na, na, na, so aber nicht."

Er schnippt abermals, und Ben löst sich in Wohlgefallen auf. Kira versucht erneut, nach ihm zu greifen, bekommt aber nur weiße Asche zu fassen.

„Dieses Spielchen können wir eine Ewigkeit spielen. Kein Problem. Was mir wie ein verschwendetes Wochenende vorkommt, wird deine gesamte Lebenszeit in Anspruch nehmen. Außer natürlich, du willst, dass wir zusammen in dieser Ewigkeit gefangen sind."

Er schaut sie an. Sie versteht seinen Blick im ersten Augenblick nicht. Doch im nächsten merkt sie, wie viel frischer sie sich auf einmal fühlt. Ihre Energie ist wieder da, und obendrein fühlt sie sich fitter. Ein Spiegel erscheint vor ihr in der Luft, und sie erkennt sofort, wen sie vor sich sieht: die junge Kira, die sie einst war, bevor sie dieses Abenteuer angetreten haben. Bevor sie Ben kennengelernt hat. Ein paar Stirnfalten weniger, alles etwas straffer.

Sie lacht. Schicksal lässt den Spiegel verschwinden, und seine Zähne blitzen auf. Er versteht den Gag nicht.

„Das mag ich einst gewesen sein", gibt sie zu und tritt einen Schritt näher an ihn heran. „Aber ich bin sehr froh, die Person zu sein, die dir jetzt direkt ins Gesicht schaut."

„Wie gesagt: Ich kann das den ganzen Tag machen."

„Wieso brauchst du meine Macht? Du bist doch das mächtigste Wesen im Universum? Was würde meine Kraft daran ändern? Du bist unsterblich. Du stehst über allen Dingen. Alles deine Worte."

„Cleveres Mädchen", erwidert er. „Viel. Zu. Clever!"

„Solange du mir nicht die Wahrheit sagst, findet kein Deal statt. Die Ewigkeit, die du mit mir verbringen möchtest, gehe ich gerne ein."

Die anderen Anwesenden – bis auf Lilith, die sich mittlerweile gelangweilt auf eine halbwegs intakte Mauer gesetzt hat – schlucken.

„Vertraut ihr", flüstert Ren. „Ich glaube, ich weiß, was sie vorhat."

Schicksal nimmt erneut die Brille ab und steckt sie in die Innentasche seines Sakkos.

„Weißt du, Kira. Ohne dich – ohne die wahre Unsterbliche, wer auch immer sich das hat einfallen lassen –, wäre mein Leben erheblich einfacher. Manche würden sagen, du seist das Zünglein an der Waage. Aber das bist du gar nicht. Du bist einfach nur eine Fliege, die immer wieder unter meinen Schuh gerät, egal, wie oft ich sie auslösche. Doch ohne dich – und mit deiner Macht – könnte ich mich endlich zur Ruhe setzen. Das war es schon."

„LÜGNER", brüllt Lady Anne, und ein scharlachroter Blitz schlägt unmittelbar vor ihren Füßen ein. Sie breitet die Flügel aus und schießt nach vorne. Ihre Axt trifft Schicksal mit ordentlichem Schwung im Gesicht. Er fällt zurück und kneift die Augen zu. Sie dreht sich zu Kira um, wohl wissend, dass ihre Zeit abgelaufen ist. „Du bist die Einzige, die ihn aufhalten kann, deswegen will er deine –"

Ohne Vorwarnung zerbirst ihr Körper in einer riesigen Blutfontäne. Schicksal steht mit ausgestrecktem Zeigefinger unmittelbar hinter ihr und wird mit ihrem roten Lebenssaft getränkt.

Kira blinzelt ungläubig und schnippt. Nichts passiert.

„Ich sagte doch schon", er zieht sein Sakko aus und wirft es auf den Boden – wie ein Kind, das seine Jacke nicht anziehen wollte, weil ihm zu warm ist, „du magst deine Freunde beschützen können. Aber nur, solange ich nicht an sie rankomme. Und vergiss das mit der Ewigkeit."

Er zieht seine Anzugweste aus, und seine gestählten Arme kommen zum Vorschein.

„Ich gebe dir eine Chance, meinen Deal anzunehmen."

Er stellt sich angriffsbereit hin. Wie ein Zirkusboxer, die in den Fünfzigerjahren auf Werbeplakaten prangten.

„Deine Macht, und ich lass euch in Ruhe."

„Scheiß drauf", faucht Natascha, die aus ihrer Ohnmacht aufgewacht ist. „Du hast Kali umgebracht."

Sie prescht vor, hat die Säbel gezückt. Kira realisiert einen Moment zu spät, was ihre Freundin vorhat. Natascha schlägt zu, Schicksal weicht aus, greift nach einem ihrer Säbel und durchbohrt ihren Brustkorb. Sie dreht sich zu Kira um, versucht, etwas zu murmeln, spuckt Blut aus und fällt leblos zu Boden.

Schicksal lässt die Knochen in seinem Nacken knacken und winkt die Meute zu sich hinüber.

„Pass auf, Kira", warnt er, ohne sich zu ihr umzudrehen. Er hat sich neben sie gestellt und flüstert ihr ins Ohr: „Einen nach dem anderen werde ich jetzt vor deinen Augen umbringen. Und da ich das verdammte Schicksal höchstselbst bin, werde ich ihre Seelen umgehend VERNICHTEN."

Fenrir knurrt und springt zusammen mit Sam auf die Entität drauf. Er weicht abermals aus, boxt Fenrir in die Seite, sodass der Götterhund laut aufheult und bewusstlos gegen eine der übriggebliebenen Wände fliegt. Sam schafft es nicht einmal, an Schicksal ranzukommen, sondern boxt förmlich nur in die Luft. Sein Gegner lacht bloß, packt ihm an die Kehle und drückt langsam zu. Der Jäger schaut mit blutunterlaufenen Augen zu Kira herüber, und auf seinen Lippen formt sich das Wort „Sorry".

Ein lautes Knacken, und sein Genick ist gebrochen.

Lilith applaudiert fröhlich und legt den Kopf gespannt auf die Hände, um sich das finale Schauspiel anzugucken.

„Kira", ruft Ren. „Jetzt oder nie!"

Schicksal schaut ihn mit hochgezogenem Kinn an.

„Ich konnte dich noch nie leiden", sagt er zum Urgott, prescht herüber, und die beiden kämpfen einen Augenblick. Den ersten Schlägen weicht er aus. Die restlichen treffen, und Ren sackt in sich zusammen.

Schicksal bemerkt, wie Peter und Mona zusammen einen Zauberspruch aufsagen.

„Ah", er springt in die Richtung der beiden, „ein Khaoszauber."

Er schlägt mit voller Wucht zu, und seine Fäuste brechen durch die Brustkörbe der beiden. In beiden Händen hält er ihre schlagenden Herzen und zerdrückt sie genüsslich.

„Hättet ihr den Zauber mal fünf Minuten vorher gewirkt."

„Ellie", ruft Freya, „stell dich hinter mich."

„Du auch, Jen", sagt Renée und bemerkt nicht, dass ihr Schützling gar nicht mehr neben ihr steht. „Jen?"

„KIRA!", brüllt Jen und gibt ihrer besten Freundin eine Ohrfeige, die man bis nach Asgard hören kann. „JETZT ODER NIE!"

Tränen laufen Kira in Strömen über die Wangen.

„Jen ... Es ... Es ist ... vorbei ..."

Ihre beste Freundin rüttelt an ihr, und sie sackt auf die Knie.

„So macht das aber auch gar keinen Spaß." Schicksal lässt von den restlichen Jägerinnen und Jägern ab. Er schlendert herüber zu Kira, hebt auf dem Weg seine Anzugjacke auf, schnippt und sieht wieder wie gestriegelt aus.

„Darf ich mal?", fragt er, zieht Jen an den Haaren hoch und wirft sie mit ordentlich Kraft gegen Ellie. Ein lautes Aufeinanderschlagen wie von Kokosnüssen ist zu hören, und die beiden bleiben ohnmächtig liegen.

Freya zückt ihren Bogen, setzt an und wird von Renée aufgehalten, die den Kopf schüttelt. „Wir haben versagt. Lass es uns nicht noch schlimmer machen."

Lilith spaziert provokativ zu Schicksal hinüber. Sie legt ihm den linken Arm gelassen auf die Schulter und lacht. „Ihr habt mich köstlich amüsiert."

„Und trotzdem", raunzt er, „haben sie dich besiegt, DÄMONENKÖNIGIN."

Sie weicht einen Schritt zurück, und ihr amüsierter Blick wird mordlustig. „Sei froh", fährt er fort, „dass ich noch Gebrauch von dir machen muss. Ansonsten hätte jemand anderes deinen Platz eingenommen."

„Wie kannst du es wagen –"

Ketten schießen aus der Erde, überzogen mit langen, spitzen Stacheln, und zwingen Lilith in die Knie. Sie umschließen ihre Beine, ihre Arme und auch ihren Mund, sodass sie nichts mehr sagen kann. Er schaut von oben auf sie herab, nimmt ihr Drachendiadem an sich, was sie sichtlich verärgert, und zerdrückt es in der Hand.

„Bleib", sagt er und wendet sich Kira zu.

„Die Zeit ist abgelaufen, Mädchen. Mein guter Wille ist aufgebraucht. Schau dich um. Deine Welt ist zerstört. Deine Freunde – bis auf diese beiden – sind tot. Entweder gibst du mir deine Macht aus freien Stücken oder wir fangen einfach von vorne an. Du wirst wiedergeboren, bekommst eine neue Gruppe Jägerinnen und Jäger – DIE SIEBEN – auch so ein bescheuerter Name – an deine Seite gestellt und ihr versucht es ein weiteres Mal."

„Okay ...", schluchzt sie.

„Okay?", fragt er und imitiert ihr Augenbrauenhochziehen.

„Kira", flüstert Freya und lässt den Kopf sinken. Renée hat sich die beiden ohnmächtigen Jägerinnen über die Schulter geworfen.

„So einfach war das jetzt?", will er wissen und streckt die Hand aus. Kira schwebt vor ihm in der Luft.

„Fangen wir von vorne an", sagt sie.

Schicksal knurrt laut auf wie ein Hund, dem der Knochen vor der Nase weggeschnappt wurde, den er sich für schlechte Zeiten beiseitegelegt hatte. Er atmet tief ein, seufzt laut auf und atmet mindestens genauso lange wieder aus.

„Wenn das dein Wunsch –"

„Du bekommst meine Macht."

Freya blickt erschrocken auf, und Renée legt die beiden Frauen vorsichtig hin, macht sich bereit einzugreifen.

„Ach so?" Schicksal steht ein riesiges Fragezeichen im Gesicht.

„Du bekommst meine Macht." Kira schluckt, ihre Kehle ist trocken, und die Tränen haben nicht geholfen. „Und dafür beginnen wir von vorn."

„Ich glaube", er lacht auf, „du hast nicht so ganz verstanden, was mit deiner Macht passiert, wenn ich –"

„Doch, das habe ich", unterbricht sie ihn und löst sich aus seinem Griff. Sie steht vor ihm, die glasigen Augen zielgerichtet. Sie denkt an ihre Freunde. An das Leben, das sie hätten führen können, wäre Kira nicht da gewesen. Wenn sie für sie nicht alles aufgegeben hätten. Das glaubt sie zumindest. Denn sie sieht nicht, wie viel Gutes sie in ihnen ausgelöst hat. Dass sie als Beispiel vorangegangen ist und ihnen gezeigt hat, wie viel mehr sie aus ihrem Leben herausholen können, wenn sie einfach nur an sich glauben und nicht auf die Nein-Sager und Warum-Frager dieser Welt hören. Sie

wäre so gerne bei der Hochzeit von Jen und Ellie dabei gewesen. Wäre eine Tante für Sams Kinder gewesen. Sie hätte einmal die Woche mit Fenrir eine Hunderunde drehen können. Und Natascha – nach all dem, was sie durchgemacht hat, diesen kleinen Hoffnungsschimmer zu sehen und wie viel Positives sie doch für sich herausziehen konnte. Wahrscheinlich wäre sie neben Jen ihre zweite beste Freundin geworden. Selbst Peter, der sich zum Anführer einer ganzen Widerstandsbewegung gemausert hat, nachdem ihre Erzfeindin ihn auseinandergenommen und wieder zusammengebaut hatte. Und Tali ... verloren in der Zeit. Selbst wenn es mit Ben niemals was geworden wäre, hätte sie ihm doch verziehen und gehofft, dass er sein Glück auf anderem Wege findet. Vielleicht wäre James ja ...

Sie merkt, wie sie sich in ihren Gedanken verliert. Es ist so viel Zeit vergangen, da bleibt doch eigentlich genug, um einmal alles im Schnelldurchlauf Revue passieren zu lassen.

„Ich habe verstanden. Hier ist mein Vorschlag."

Schicksal merkt auf und hört mit gespitzten Ohren zu. Lilith ahnt nichts Gutes.

„Die letzten drei Jahre, das, was ihr hier angerichtet habt. Das wird ungeschehen gemacht. Du bringst die Seelen der Verstorbenen zurück. Die meiner Freunde – genau wie der Urgötter. Du schließt die Tore der Hölle ein für alle Mal. Keine Dämonen mehr auf der Erde oder auf irgendeinem anderen Planeten."

Freya und Renée schauen gebannt zu. Sie sind überzeugt davon, dass Schicksal sie auslachen wird.

„Das Leben, das meine Freunde in ihren Seelengefängnissen hatten. Das wird ihr neues Schicksal sein. All das Glück und die Zufriedenheit, die sie sich vorstellen können. Das haben sie sich verdient. Und vor allem: Sie sollen sich an all das hier nicht erinnern. An das ganze Leid. Den Tod der anderen. Das sind meine Bedingungen."

Schicksal grinst. Er geht auf der Stelle auf und ab und kratzt sich am Kopf, murmelt dabei leise vor sich hin. Ab und an schaut er auf die an den Boden gekettete Lilith und winkt despektierlich ab.

„Sonst noch was?", fragt er, ohne Kira anzuschauen.

„Eine Sache noch."

Er lacht.

„Ich weiß, was mit mir passieren wird."

„Ich sag's ja." Er räuspert sich. „Viel. Zu. Clever."

„Aber ich möchte dabei zusehen, wie es meinen Freunden ergeht. Damit ich weiß, dass du deinen Teil der Abmachung eingehalten hast."

„Verstehe. Ein Seelengefängnis ganz für dich allein, bei dem du nach draußen schaust, und das bis in alle Ewigkeit. Und dabei zusiehst, wie deine Freunde nacheinander sterben. Gefällt mir."

Freya und Renée reißen die Augen auf und versuchen einzugreifen. Doch Kira streckt die linke Hand aus und bittet sie mit einer Geste, sich nicht zu bewegen.

„Ich sag's, wie es ist, Mädchen. Das sind schon heftige Bedingungen dafür, dass ich einfach nur deine Macht bekomme. Mir fehlt die Kirsche auf der Torte."

Kira schaut sich um. Mehr hat sie ihm nicht zu bieten, oder etwa doch?

„Mein Schwert."

„Dein Schwert?"

„Die Götter sagen, eine Seele wäre darin gefangen. Dante."

Schicksal schüttelt den Kopf. Wieso wusste er nichts davon? Er schaut auf Lilith hinab, die mit den Augen rollt. Renée unterdrückt einen Seufzer.

„Weißt du was?", fragt er. „Heute bin ich milde gestimmt. Machen wir das doch so."

„Aber", sie hebt den Zeigefinger, „Ren soll mir Gesellschaft leisten. Solange er möchte. Er darf jederzeit gehen."

„Ich hoffe", er klatscht in die Hände, „dir ist bewusst, dass deine Freunde auch dich vergessen werden, wenn sie all das Leid hier vergessen sollen? Also, ehrlicherweise lasse ich sie dich vergessen. Aber das ist hoffentlich kein Problem für dich?"

Eine Träne rinnt Kiras Wange hinab, doch sie lächelt. „Wenn das das größte Opfer ist, das ich bringen muss, damit du sie alle zurückholst und sie ihr Leben nach ihrem Ermessen gestalten können, ist das kein Problem für mich."

„Wir werden dich sehr vermissen", flüstert Freya, und sie und Renée halten sich an den Händen.

„Also, noch mal für mich zusammengefasst: Dich werden alle vergessen, wir machen die letzten drei Jahre ungeschehen, alle sind wieder lebendig, deine Freunde haben die beste Zeit ihres Lebens, und du schaust einfach von der Ersatzbank aus so lange zu, bis du vor Langeweile umfällst?"

„Und die Tore der Hölle?"

„Wie konnte ich die vergessen? Die schließen wir natürlich auch. Gar kein Thema!" Lilith versucht aufzuschreien, wird aber von den Ketten noch fester auf den Boden gedrückt.

„Hand drauf", sagt Schicksal und streckt die rechte Hand aus.

Kira blickt ihre ohnmächtigen Freundinnen und die zwei Urgöttinnen hinter sich an. Sie nicken ihr zu. In ihrem Blick zeichnen sich Dankbarkeit und Reue ab.

Sie streckt die Hand aus und ergreift Schicksals.

„Deal", sagt er, und urplötzlich wird es schwarz. Die beiden stehen sich gegenüber. Niemand sagt etwas. Er grinst und fühlt, wie ihre Macht ihn durchdringt. Er hat sein Ziel erreicht.

XLVII

DAS NOTIZBUCH

ira wacht mit einem Mal in einer riesigen Seifenblase auf – zumindest sieht sie wie eine aus. Ren schaut auf sie herunter. „Na, endlich bist du wach. Ich habe viele Fragen an dich. Sehr viele."

Sie steht auf und schaut sich um. Sie geht ein paar Schritte und setzt sich wieder hin.

„Überraschend geräumig", scherzt der Urgott. Er schaut weiter auf Kira, die sich im Schneidersitz in die Mitte der schwebenden Kugel gesetzt hat und zufrieden hinausblickt.

„Ich war erst unsicher", sie räuspert sich, „ob ich das Richtige getan habe. Aber wenn ich mir die anderen so anschaue ..."

Viele kleine Bläschen schwirren vor ihnen durch den leeren Raum. Jede einzelne repräsentiert das Leben, das ihre Freunde aufgrund von Kiras Opfer geschenkt bekommen haben. Sie fungieren wie ein Guckloch, das sie zu jeder Zeit am Alltag der anderen teilhaben lässt – zumindest in einer Beobachterrolle. Mit glasigen Augen betrachtet sie jede davon haargenau. Jen, die zusammen mit Ellie einen Kaffee trinkt. Peter, der am Theater in die Hauptrolle eines bekannten

Stücks eines längst verstorbenen britischen Schriftstellers geschlüpft ist. Natascha, die mit ihrem Vater im Auto sitzt und Blue Oyster Cult hört. Und Sam, der seinem Bruder von den Abenteuern erzählt, die sie zusammen bestritten haben. Neben ihnen liegt nicht nur Fenrir, sondern auch seine Miniaturversion. Es dauert einen Augenblick und eine Frau mit schwarzen Haaren tritt ein, die den beiden Getränke bringt. Kira erkennt sie sofort. Tali hingegen sitzt allein in der Uni und lauscht aufmerksam einer Vorlesung. Und Ben ... Ben, der niemals zu einem Jäger wurde und zusammen mit Freunden eine Skipiste herunterfährt.

„Wo sind die anderen?" Ren schaut fragend in ein Bläschen nach dem anderen. „Wo sind Renée, Freya ...?"

„Die Tore der Hölle sind geschlossen." Kira steht auf und wandert zu Ren hinüber. „Die anderen Urgötter sind bestimmt zu ihrem ... eurem Planeten zurückgekehrt."

Sie drückt ihn innig an sich.

„Es tut mir leid." Ein lauter, schmerzvoller Seufzer erfüllt die Blase. „Es tut mir leid, dass du mit mir zusammen gefangen bist. Aber ich wollte nicht allein sein. Du kannst jederzeit gehen."

„Ich habe es dir doch schon im Gefängnis gesagt. Wenn man mich vorher gefragt hätte, mit wem ich gerne eine Ewigkeit verbringen würde, wärst du immer meine erste Wahl."

Sie umarmen einander, und für diesen einen Augenblick – der für die beiden sehr lange anhalten wird – ist die Welt in Ordnung.

„Hast du da was in deiner Tasche oder freust du dich nur, mich zu sehen?", fragt Ren.

„Stimmt", erwidert Kira. Sie wischt sich die Tränen weg und zaubert ein Buch hervor. „Das ist Sams Tagebuch. Also, das von James. Das Sam – Du weißt schon."

Er nickt und bittet sie, es aufzuschlagen.

„Sams Notizen", sagt sie. „Wann hat er all das aufschreiben können?"

„Ist das nicht unsere Geschichte?", fragt der Urgott und schaut verdutzt auf die erste Seite.

Kira lässt sich gar nicht erst bitten und beginnt vorzulesen: *Es ist ein weit verbreiteter und irrwitziger Irrglaube, dass die Menschen gänzlich allein im unendlichen Universum sind. Milliarden Lichtjahre durchziehen den schwarzen Horizont, bewohnt von unzähligen anderen Wesen ...*

DANKSAGUNG

Der größte Dank gebührt euch! Vielen Dank fürs Lesen meiner Geschichte! Ich hoffe, sie hat euch gefallen und ihr konntet für eine Weile in Kiras Welt eintauchen und habt mitgefiebert. Die „Herrschaft der Dämonenkönigin" ist eine Geschichte, die ich schon sehr lange erzählen wollte, und ich bin unfassbar happy, wie sie rausgekommen ist.

Daher auch ein dickes Danke an meine Redakteurin Mareike, Lektorin Kerstin und „Agent" Boris, ohne die es diese Geschichte in der Form nie gegeben hätte – und natürlich auch an meinen Verlag Community Editions!

Außerdem ein dickes Danke an Testleserin Jodie Calussi, die mir einige hilfreiche Tipps mit auf den Weg gegeben hat!

Und auch ein Extradanke an Kira, für das wunderschöne Cover, das sie mir gezeichnet hat!

Und zu guter Letzt ein Danke an Familie, Freunde und Kollegen, die Verständnis dafür hatten, wenn ich mal doch keine Zeit hatte oder mir ebenso Tipps und Feedback mit an die Hand gegeben oder einfach nur Mut zugesprochen haben. Daher noch mal ein gesondertes Danke an euch, in keiner besonderen Reihenfolge: Jake, Melina, Finja, Meggie, Patti, Sylvia, Markus, Patrick, Jens, Luis, Julian, Kotta, Hammes, Hiro, Johanni, Freya, Fenrir und mein gesamtes Team bei PietSmiet. <3

DAS BÜRO DES SCHICKSALS

enkst du nicht, dass sie eines Tages die Wahrheit herausfinden wird?" Lilith schaut Schicksal mit Welpenblick an.

„Was würdest du bevorzugen? Eine wunderschöne Lüge oder die schmerzvolle Wahrheit?"

„Es ist immer nur eine Frage der Zeit, bis die Wahrheit ans Licht kommt. Die Wahrheit, mit Vorsicht und Zuversicht überliefert, ist jedweder Lüge vorzuziehen – unwichtig, wie schmerzhaft sie ist."

„Hast du in deiner Rolle als Lissy etwa zu lange mit den Menschen verbracht und dir ihre Empathie angeeignet?"

Lilith lacht. Sie wendet Schicksal den Rücken zu und schlendert gemächlich zur großen Holztür.

„Einer der Menschen hat diesen Mumpitz von sich gegeben."

„Selbst wenn die Wahrheit eines Tages ans Licht kommen sollte. Sie wird nichts unternehmen können. Ich habe ihre Macht. Und vergiss niemals, ich weiß, wie alles endet."

Lilith greift nach dem Türknauf, hält inne und dreht den Kopf halb zu Schicksal.

„Unterschätze sie nicht. Die wahre Unsterbliche …"

Mit einem beherzten Ruck schwingt die Tür auf und knallt mit hörbarer Wucht hinter der Dämonenkönigin zu.

Schicksal schaut stoisch in die Leere. Er hat sein Ziel erreicht.